背中の蜘蛛

誉田哲也

双葉文庫

目次

背中の蜘蛛

第一部　裏切りの日

1

日常に、なんの変化も感じないと言えば、嘘《うそ》になる。

だが、日々起こる事件の一つひとつに驚きを覚えるほど、もう若くはない。

本宮夏生《もとみやなつお》は眼鏡を外し、鼻根の両側にできているであろう、楕円形《だえんけい》の痕《あと》を揉んだ。ぬめりがある。皮脂だ。同じものが、眼鏡の側にも付着しているはずである。双方を半日使ったハンカチで拭《ふ》く。レンズは拭かない。見たところ、そこまで汚れてはいない。

眼鏡を掛け直し、刑事部屋をそれとなく見回す。既視感と言ったら大袈裟《おおげさ》だが、特に代わり映えのしない眺《なが》めだ。

壁掛けの時計は十五時二十四分。机に着いているのは課員の半数以下、三十人程度。

少し離れた席で、二十代のデカ長（巡査部長刑事）が頭を掻《か》き毟《むし》りながら調書をまとめている。自分が若い頃は全部手書だった。今はみんなパソコンだ。字の上手い下手で仕事の出来不出来を言われることはなくなった。だが文章の上手い下手は今もある。警察業務の大半は書類仕事だ。

木村《きむら》デカ長。あいつは地域課の平和通交番から上がってきたばかりだから、まだ「事件を書く」ということができない。この先は分からない。上手くなるかもしれないし、下手なままかもしれない。だが今みたいに、担当係長や統括係長に指摘されて、その個所だけ手直ししているうちは駄目だ。使えない。決して難しい要求をしているのではない。要は「文脈」だ。事件を文脈で捉えることが肝要なのだ。脈が乱れたら、読む方は引っ掛かる。疑問を持つ。そんな書類、検事は喰《く》わない。突き返してくる。刑事の仕事は、最終的には検事に書類を喰わせること。そこにたどり着くまでが捜査だ。

右手を挙げる。

「……星野《ほしの》係長、ちょっと」

強行班（強行犯捜査係）担当係長の星野警部補を呼ぶ。はい、と応じた星野の眉間に浅く皺《しわ》が寄るのを見た。小言を言われるのが嫌か。ならば、それなりの仕事をしろと言いたい。

「はい、課長。何か」

星野が昨日作成した弁解録取書、今日作成した供述調書。どの個所というのではないが、机に広げたそれに指を落とす。

「この学生、採尿はしなかったのか」

星野の口が「は」の形になる。

もう一度訊く。

「したのか、してないのか」

「して……ないです」

「なぜしなかった」

意地の悪い訊き方なのは自覚している。気づかなかったから採尿しなかった。それ以外に理由はあるまい。

「お前……これがただの、学生同士の喧嘩《けんか》だとでも思ったのか」

返事はない。星野は決して馬鹿ではないから、本宮の言いたいことはもう分かっているはずだ。分かっているからこそ、返事ができない。反論できない。

「あの顔、目の動き、口の動き、肌艶と発汗。三分見てれば分かるだろう。俺は調室に入るのを一瞬見ただけだが、分かったぞ。分かるぞ普通。シャブ喰ってるだろ、あいつ。今頃、キンタマ握り締めてションベン絞り出してるぞ」

「すんませんッ」

星野は回れ右をし、刑事部屋から飛び出していった。

留置場に行って、係員に頭を下げてマル被（被疑者）をもう一度出してもらって任意で採尿。応じなければ令状を取って強制採尿。陽性反応が出たら覚醒剤使用で再逮捕。取調べをして、入手ルートの把握が困難なら組対《そたい》（組織犯罪対策課）に協力を要請するか丸投げするか。それは、そうなってから考えればいい。

星野の件は措《お》いておいて、別の調書を読む。

刑事課長のデスクは常に書類の山だ。ここ、池袋署刑事課には強行犯捜査係、知能犯捜査係、盗犯捜査係、鑑識係の四つがある。人員は七十八名。うち課長代理は四名。四人もいれば課長業務のかなりの部分を肩代わりしてくれそうなものだが、本来そのための課長代理なのだが、本宮にはそれができない。決裁済みの書類にも目を通してしまう。そして、今のような粗《あら》を見つけてしまう。

課長代理も統括係長も飛ばして、下の者に直接指示するのを快く思わない者もいる。承知の上だ。ならば、中途半端な決裁はするなと言いたい。目を通すだけ時間の無駄。そういう書類作りをすればいい。

些末《さまつ》な誤りだが、また見つけてしまった。一応指摘しておこう。

「岡村《おかむら》代理、ちょっと」

主に盗犯係を監督する岡村課長代理を呼ぶ。岡村とは本部の捜査一課で一緒だったこともあり、気心は知れている。

「……はい、なんでしょ。また何か、やってましたか」

良くも悪くも、他の課員ほど恐縮することもない。

岡村は部下たちに「課長の小言は天気予報」と言っているらしい。それを聞いた本宮が「どういう意味だ」と訊くと、「必ず毎日耳にする、でも三十パーセントまでは気にする必要はない」と説明された。本宮が「それじゃ降水確率だろう」と指摘すると、「課長、こういうのは語呂、リズムなんですよ。いわば『文脈』です」と返してきた。岡村とはそういう男だ。

「あのな……オヤジ（署長）の漢字には気をつけろと、再三言ってるだろう」

「あ、やってましたか。誰ですか」

調書や報告書というのは基本的に、捜査員が所属長に向けて作るものだ。今も頭を掻き毟っている木村デカ長を例にとれば、司法警察員巡査部長、木村敬太《けいた》が、池袋警察署長、司法警察員警視正、渡邊三朗《わたなべさぶろう》に宛てて書くものだ。よって署長の名前が「渡辺三朗」であったり、「渡邉三朗」「渡部三朗」「渡邊三郎」であったりしてはならない。

「千田《ちだ》チョウ（巡査部長）だよ。もうオヤジも着任一ヶ月なんだからさ。テンプレートの上のところを直すなり、単語登録するなりすれば済むことだろう」

「はい。厳重に、注意しておきます」

「こういうの、マル被の名前でやらかしたら問題だろ」

「はい。厳重に、注意しておきます」

「……という降水確率は、何パーセントだ」

「三十パーセント以下ですね」

「コノヤロウ」

岡村は「失礼します」と苦笑いしながら調書を引き取っていった。

次の調書を読む。


一昨日、渋谷署で一緒だった後輩から突然連絡があった。

『上山《かみやま》です、お久し振りです』

「おお、久し振りだな。元気か」

『ぼちぼち、ですかね……本宮さんって、今どこですか』

池袋署だと答えると、会って一杯やらないかという。お前はどこだと訊くと、『富坂《とみさか》の近くです』という微妙な返答だった。詳しくは会ってから聞けばいいと思い、場所だけを決めた。双方、帰りの都合を考えると新宿がよさそうだった。

上山が予約したのは、駅から五分ほどのところにある全席個室の居酒屋だった。九月も末とはいえまだまだ暑いので、駅から近いのは助かる。池袋の本屋で少し時間を潰してきたので、着いたのは待ち合わせの二十時ちょうどだった。

入ったところで上山の名を告げ、店員に案内されていくと、上山はもう掘座卓の席に着き、生ビールで始めていた。これも、そういう男だ。

「どうも、お疲れさまです。お先にやってます」

「おう、お疲れ。ほんと、久し振りだな……生、もう一つ」

上山は本宮の八つか九つ下だから、今年、四十五か六か、それくらいの歳のはずだ。渋谷署時代から数えると、約二十年。多少は老けたし、顔も丸くなったように思うが、全体の印象は変わらない。警察官にしては細身の、なかなかの美男子だ。

本宮のビールと料理がいくつか揃《そろ》ったところで乾杯する。

「じゃ、改めまして。お久し振りです」

「ああ、乾杯」

ジョッキ半分くらいまでを一気に空けた。冷えたビールが、腹の底まで真っ直ぐに落ちていく。一瞬にして全身から汗が引く。

「……そういやお前、富坂の近くって、なんだよ」

富坂署、なら分かる。仮に富坂署地域課に配属されて交番勤務になったのだとしても、「富坂の近く」という言い方はない。普通に「富坂です」「富坂署です」と言えばいい。

上山は片頬を持ち上げながら塗り箸を握った。

「本宮さん、サイバー攻撃対策センターって、分かりますか」

公安部の附置機関だということくらいしか分からない。

「まあ、なんとなくは……それが、富坂署の近くにあるのか」

「ええ。生安《せいあん》（生活安全部）の特別捜査隊と一緒の建物ですけどね」

附置機関とはいえ、上山が公安部に籍を置いているとは驚きだ。

「お前、渋谷のあとは機動隊だったよな」

「ええ。二機（第二機動隊）に行って、麻布に行って、そのあとに三課です」

刑事部捜査第三課。その辺りまでは連絡をとっていたので、ぼんやりと覚えている。

ひと口、お通しの煮物を口にした上山が箸を置く。

「そのあとも……まあ、刑事が多かったですね。途中、組対もやりましたけど」

「それが、なんで公安なんだよ」

大雑把に言ったら、公安部は「国家体制を脅かす事案」に対応するための部署だ。刑事部のように、事案を一つひとつ捜査し、立件していく部署とはまるで性格が違う。

上山は小さくかぶりを振った。

「分かりません。なんか去年、急に、FBIに研修に行けって」

キャリアならともかく、ノンキャリアの警察官が海外研修にいく機会は滅多にない。普通に考えたら名誉なことだ。

「FBI、か……あっちで、何を」

「そりゃまあ、いろいろありましたけど。でも、FBIと州警察の関係は、サッチョウ(警察庁)と本部(都道府県警察本部)の関係と、そもそも全然違いますからね。参考になるようでもあり、ならないようでもあり……その前に、こっちは滅多に発砲なんざできねえんだよ、って話ですよ」

「確かにな」

それでも、羨《うらや》ましい話ではある。

「どれくらい行ってたんだ」

「十ヶ月ですね。だからまだ、帰ってきて二週間ですよ」

「それで、帰国後に放り込まれたのが」

「ええ、サイバーです。一応、前の部署からの異動って形にはなってますけどね。だから、まだ着任三日目です」

おそらく、上山がFBIで勉強してきたのは主にそれに関することなのだろうが、後輩とはいえ現役の公安部員に根掘り葉掘り訊くのは憚《はばか》られる。

話題を変えよう。そう思ったのは上山も同じだったようだ。

「本宮さん……そりゃそうと、去年から、警視庁は副総監を二人に増やしてますよね」

「ああ。ちょうど、お前の留守を狙ったみたいにな」

「全くです……って、それはいいんですけど。あれって、どういう狙いなんですかね」

レンゲで揚げ出し豆腐を一つ、自分の皿に取る。

「お前、妙なことを気にするんだな」

「だって、変じゃないですか。今までずっと、総監一人、副総監一人でやってきたのに、副総監ポストをもう一つ設けるなんて」

警視庁だけで四万六千人もの警察官及び警察職員が働いている。一見不可解な人事など、掃いて捨てるほどある。

「そりゃ……一人じゃ、手が回らんからだろ」

「たとえば、どういうことですか」

そんなことを本宮が知るはずがない。知るはずがないが、推測でよければこういうことになる。

「それこそ、お前の研修と一緒なんじゃないか？　特殊詐欺だのサイバー攻撃だの、従来の盗みや殺しと違う、現場に足を運ばない犯罪は増加する一方だ。防カメ（防犯カメラ）映像から逮捕できるのは、せいぜい出し子か受け子まで。その上の連中は、ちょっとヤバくなったらプイッとフケちまう。で、すぐまた別のアジトを構えて、バイト感覚で入ってきた出し子、受け子を使って荒稼ぎする。そりゃ、捕っても捕ってもキリがないはずだよ……単純に考えれば、そういう実務対応専門の副総監と、言わば庶務担当の副総監と、両方が必要なご時世になってきた……と、いうことじゃないのかね。よくは知らんけど」

上山は口を尖《とが》らせ、何度か浅く頷《うなず》いた。あまり納得はいっていないらしい。

一つ、近況で聞き忘れていたことがあった。

「ちなみにお前、今はなんだ。まだブケホ（警部補）か」

上山がビールを吹き出す真似をする。

「やだな……警部になりましたって、ちゃんと連絡したじゃないですか。そんとき、本宮さんだって『おめでとう』って、言ってくれたじゃないですか」

まるで覚えがない。

「そうだったか」

「そうですよ」

「じゃあ、そのサイバーじゃ」

「係長です。一応」

「そうか……」

偉くなったもんだな、まで言ってやろうと思ったのだが、ちょうどスラックスのポケットに震えがきた。

「すまん」

片手で詫《わ》びて携帯電話を取り出す。池袋署の代表番号からだ。

この時間の電話が、いい連絡のはずがない。

「……はい、本宮です」

『もしもし、草間《くさま》です。今ちょっといいですか』

刑事と鑑識を半々で見ている課長代理、草間順平《じゅんぺい》警部だ。

「ああ、大丈夫だ」

『西池袋五丁目で、殺人容疑事案です』

西池袋五丁目といったら、池袋署と目白署の管轄の、ちょうど境界線の辺りだ。

「マル害（被害者）は一人か」

『はい、一人です』

「道具は」

『刃物と見られていますが、詳しいことはまだ』

「分かった。ちょっと酒、入れちまったけど、一応戻る。いま新宿だから……三十分かそこらで着く」

通話を終え、携帯電話をポケットにしまう。

上山は、焼き鳥の串を横に咥えながらニヤついていた。

「……大変ですねぇ、池袋の刑事課長さんともなると」

「なに言ってんだ。お前も、そのうちこうなるさ」

財布を覗《のぞ》くと、五千円札があったのでテーブルに一枚出した。

上山は「すんません、今度またゆっくり」と空いている右手を挙げた。

今度とお化けは出たためしがない。

二十一時には署に戻れた。

二階の受付を覗くと、署の通信指令システム——リモコン指揮台の前に何人か集まっている。草間もいる。

「……お疲れ」

ひと声かけると、草間、今夜のリモコン指揮者であろう生安の統括係長、警備の担当係長、他三人もこっちを向いた。

一歩、草間がその輪から進み出る。

「課長、お疲れさまです」

「どんな状況だ」

「はい。遺体発見現場は西池袋五丁目、二十三と二十四の間の路上。機捜（機動捜査隊）も入って周辺を捜索してますが、不審者等の報告はありません。マル目（目撃者）も今のところなし。本部の検視官もこれからです」

「死因は」

「腹部に刺創がある模様です。ただ、マル害は刺されてからしばらく歩いたらしく、路上に血痕が点々と続いているとのことです。目下、殺害現場の特定と、発見現場の保存範囲を広げさせています」

ということは、だ。

「じゃあ、傷害致死かもしれんな」

「可能性としては」

「あと、あの辺って、目白の管轄とギリだよな」

「ええ。五丁目二十五からは目白です。あっちで刺されて、こっちまで歩いてきた可能性も、なくはないです」

「……ま、それはどっちでもいいか」

「ですね」

どの道、殺人事件で特別捜査本部が設置されれば、隣接署から応援の捜査員を掻き集めなければならない。そうなったら、管轄の境界が云々などという話はどうでもよくなる。そもそも、重要なのは発見現場だ。

「……じゃあ、凶器も」

「はい、まだです」

「あの辺は住宅地だよな」

「周りは一軒家ですね。一本ズレると、むしろマンションの方が多いんですけど」

「道幅は」

「四メートルくらいだと思います」

「今夜何も出なかったら、明日は防カメだな」

「ですね」

長い夜になりそうだ。

まもなく現場周辺に潜伏していた犯人を逮捕、というような状況が最も望ましかったのだが、残念ながらそれは叶《かな》わなかった。

特定された犯行現場は、遺体発見現場から五十メートルほど離れた、やはり住宅地の路上だった。奇《く》しくも草間が口にした通り、両側がマンションになっている、物静かな場所だという。

マル害の身元は所持品の運転免許証から判明した。

浜木和昌《はまきかずまさ》、四十三歳。神奈川県川崎市多摩区登戸《のぼりと》在住。所持していた携帯電話に登録されていた自宅電話番号から、妻、名都《なつ》と連絡がとれ、遺体を確認してもらうことになった。

浜木名都が池袋署に到着したのは二十三時過ぎ。担当係員が霊安室に案内し、遺体が夫、浜木和昌であることが確認された。

彼女に事情を聴いた青木佳子《あおきよしこ》巡査部長によると、浜木和昌はここ三年ほど職を転々としており、この半年は定職に就いていなかったらしい。たまにハローワークからの紹介で会社の面接などに出向きはするものの、普段はほとんど自宅から出ることもなく、なぜ東京の池袋にいたのかは全く分からないという。

本宮も、途中からその聴取を近くで聞いていた。

場所は刑事部屋にある応接セットだ。

「大変、不躾《ぶしつけ》なことをお伺いいたしますが」

「……はい」

意気消沈は当然として、妙に古風な女だな、というのが本宮の第一印象だった。古風といっても昭和や明治ではない。もっと古い、江戸時代とか室町時代とか、古い図画や人形でしか知らない日本女性のイメージに近い。特に顔。目が細くてのっぺりとしている。良く言えば着物が似合いそうな、悪く言ったら古臭くて垢《あか》抜けない、そんな印象の女だ。

「ご主人が、このような事件に遭った原因について、何か、お心当たりはありませんか」

「……いいえ……何も……」

突然のことでショックが強過ぎ、涙も出ないといったところか。被害者家族には普通にある反応だ。ある意味、安心した。

殺人事件では、身内が犯人というケースが非常に多い。だが多いからといって、決して慣れるものではない。

親が子を殺す。子が親を殺す。夫が妻を、妻が夫を殺す。祖父が、祖母が、孫が、兄弟、姉妹が身内を殺す。そういう犯人は逆によく喋《しゃべ》る。冷静に、かつ遠回しに、一聴《いっちょう》するとまるで筋が通っているかのように、自分が犯人ではないことを主張する。

警察官だってそんなものは見たくないし、聞きたくない。

2

「西池袋五丁目路上男性殺人事件特別捜査本部」の設置が決まったのは、事件発生の翌日。初回会議は翌々日、九月二十七日木曜日の朝に開かれた。

場所は池袋署七階にある講堂。

「気をつけ……敬礼……休め」

本部の刑事部捜査第一課殺人犯捜査第六係、捜査支援分析センター機動分析第一係、池袋署の刑事課及び各課の捜査経験者に加え、管轄が隣接する板橋、滝野川、巣鴨、目白の各署からも応援を受け、本件特捜本部は総勢五十五名で捜査を開始することとなった。

上座には捜査一課長、同管理官、同殺人班（殺人犯捜査）六係長、池袋署長の渡邊と本宮が座った。

まずは捜査一課の、殺人班係長から事案の詳細説明がある。

「ええ……本件、西池袋五丁目路上男性殺人事件は、九月二十五日、二十時十九分、発見

現場近くに住む男性、樋口武雄《ひぐちたけお》、四十二歳の一一〇番通報を受け、池袋二又《ふたまた》交番係員が臨場、これを現認した」

続いて検死の結果報告。

死亡時刻は二十五日二十時前後、致命傷は心臓下部に達する刺創、死因は失血によるものと判明した。刺入口及び創底の形状、刺創管の長さから、凶器は刃長七センチ以上の有尖片刃器、おそらく折り畳み式ナイフのような刃物であろうと推測される。他にも、切創が右前腕に一ヶ所と左掌に一ヶ所ずつあるがいずれも小さく、これらは防御創であると見られている。遺体発見現場及び犯行現場周辺を隈なく捜索したが、凶器と思われるような刃物は発見できなかった。

被害者の所持品はウエストポーチ一つ。中身は、川崎の自宅マンションの鍵、運転免許証、JR東日本のチャージ式ICカード、財布、ハンカチ、携帯電話、タバコ、使い捨てライター。財布には現金が三万一千と七百二十二円、クレジットカードが二枚、キャッシュカードも二枚、レンタルビデオ店等の会員証が七枚入っていた。

これまでのところ目撃情報は得られていないが、池袋署刑事課が独自に収集した周辺の防犯カメラ映像には、犯行時刻の前後、六名の通行人の姿が記録されていた。このうち一名は浜木和昌本人と思われ、現在、残り五名の割り出しを急いでいる。

これらを受け、捜査一課の兼松《かねまつ》管理官が示した初動捜査の方針は、こうだった。

「現段階では、本件は怨恨とも、通り魔的な犯行とも判断できないため、できるだけ広く、細大漏らさず、情報を収集するよう務めてもらいたい。特に防カメ映像と地取り。事件発生当日に限らず、不審人物等の情報は過去までさかのぼって、余すことなく吸い上げてもらいたい」

具体的には、機動分析係を中心に犯行現場周辺の防カメ映像を徹底収集、分析を進める。これに充《あ》てる捜査員は十二名。現場周辺の聞き込みをする地取り班は、捜査一課殺人班と本署捜査員を中心に十六名。被害者、浜木和昌の関係者を当たる鑑取り班は、殺人班と隣接署捜査員から十名。浜木和昌宅の固定電話及び個人使用の携帯電話等の通信記録を当たる特命担当は本署の二名。現場周辺で採取された遺留品及び所持品の分析をするのは本部と本署の鑑識担当六名。捜査情報の整理と連絡を担当するデスク要員は、殺人班の担当係長一名と所轄署捜査員から三名。

最後は、捜査一課長の訓示だ。

「犯人は常日頃から、殺傷能力のある刃物を持ち歩くような人物である、そういう可能性があることを、忘れないでもらいたい。しかも遺体の、防御創の少ない状態を見るに、いきなり心臓部を刃先で突いてくる、粗暴な性質の持ち主である可能性も否定できない。聞き込み担当の捜査員は特にこの点に留意し、受傷事故のないよう、本件の捜査に当たってもらいたい。以上……散会」

「気をつけ、敬礼ッ」

五十人の捜査員が一斉に起立、十五度の礼をする。

いよいよ、本件の捜査が本格的に始まる。

会議終了後に少し、捜査一課長の小菅守靖《こすげもりやす》警視正と話をした。

「本宮さんも、一課が長かったんですよね」

小菅とは昨日の事前打ち合わせで初めて顔を合わせたのだが、なんというか、昔から知っているような、そのくせ変に緊張感を覚える、奇妙な男だった。歳は本宮より二つ若い。

「いえ、長いといっても、部長のときに三年、警部補のときは五年いましたが、統括のときは二課に行きましたんで、実際はそんなでもないです」

「そうでしたか。お名前はよく伺っていたので、どんな方だろうと楽しみにしていたんですよ」

ひと口に「警視庁刑事部捜査第一課」と言っても、所属課員は三百数十名もいる。昨今は殺人犯捜査係の数を減らす方向にあるらしいが、それでも全体で三十近くの係があり、その約三分の二が実際の捜査部門になる。それらがバラバラに、都内に百二ある警察署に派遣されるのだから、同時期に所属していたとしても顔を知らない人間の方がむしろ多い。

「……怖いですね。陰口でなければいいんですが」

小菅は「とんでもない」とかぶりを振った。

「大変緻密な捜査をする、厳しくも優秀な方だと伺っています。現場近くの居酒屋の、魚の仕入れ先まで調べていたとか、徹夜の張込みとなったら、本当に一睡もしないとか」

その二つは嘘ではないし、陰口でもないのでほっとした。

「いや、魚の仕入れは、裏取りの段階で店の定休日と矛盾がないか調べただけで、張込みで一睡もしないというのは……まあ、体質です。わりと寝なくても平気だというだけですよ」

「今も、ですか」

「ええ。今も睡眠時間は、三時間もあれば充分です」

小菅は笑みを浮かべながら「なるほど」と頷いた。

「じゃあれは、それに付き合わされた捜査員の、愚痴だったのかもしれませんね」

「誰ですか、そんなこと言ったのは」

「今、科捜研の管理官をやっている、佐久間《さくま》です」

佐久間佳伸《よしのぶ》か。しかし、彼と一緒に張込みをしたことなどあっただろうか。記憶にない。

殺人が最も憎むべき犯罪であるのは間違いない。刑事警察がそれらの解決に多くの人員を割《さ》くのは至極当然である。しかし、だからといってその他の犯罪捜査を疎《おろそ》かにしていいわけではないし、今のように殺人事件で池袋署に特捜本部が立ったからといって、池袋の街が急に平和になってくれるわけでもない。

酔っ払い同士の喧嘩、暴行、傷害、窃盗、強盗、強制わいせつ、脅迫、恐喝に特殊詐欺。事件は日々絶え間なく発生し、捜査員は常にその処理と捜査に追われる。

ここが、捜査一課のような本部の警察官と、池袋署のような所轄署の警察官との大きな違いだ。

所轄署の、地域課以外の内勤警察官は通常、六日に一度の本署当番、一般にいう宿直勤務に就かなければならない。刑事課員も当然これに含まれる。つまり一週間・七日サイクルで勤務するのではなく、朝から夕方までの日勤が三日、次に本署当番があって、翌日が「明け」、その翌日が休みという、六日サイクルで勤務している。これを「六班体制」という。

だが特捜本部が設置されると、この六班体制が維持できなくなる。当然だ。刑事課に限らず、署内から捜査経験者を掻き集めて特捜本部に預けてしまうのだから、通常業務をする人員は極端に少なくなる。すでに、池袋署は特捜が初動捜査にある間、本署当番を三班体制に移行する方針を固めている。これが何を意味するのか。日勤・本署当番・明け、この三日サイクルを、初動捜査が終わるまで繰り返すということだ。

つまり、休みがなくなる。

しかも、それが初動捜査の期間、概《おおむ》ね二十日で終わるという保証は、一切ない。事件が解決せず、捜査が二ヶ月、三ヶ月と長引けばその間、池袋署はずっと本署当番三班体制のまま。そういう事態も大いにあり得る。

七階の講堂から刑事課のある四階に下りてきて本宮がまず見るのは、そんな不安を顔に滲《にじ》ませた刑事課員たちの顔だ。

課長代理の岡村が声をかけてくる。

「課長、お疲れさまです」

「ああ……まだ、疲れるほど何もやってないけどな」

「どうでしたか、特捜は」

「どうもこうも、まだ分かんないよ。ま、SSBC（捜査支援分析センター）が防カメからホシ割って、そいつをサクッとパクッてくれたら、それに越したことないけどな」

本宮が捜査一課にいた頃は、まだ捜査支援分析センターなどという部署はなかった。防犯カメラの映像がここまであらゆる事件捜査を左右するようになるなんて、想像もしていなかった。

岡村も、似たような時代を生きてきた男だ。

「……防カメ映像頼みってのも、なんだか、味気ない気はしますけどね」

「おいおい、贅沢《ぜいたく》言うなよ。ホシが捕れれば、方法なんてなんだっていいよ。お前だって、早く帰ってミホちゃんの寝顔くらい見たいだろ」

すると、岡村は強めに眉をひそめてみせた。

「課長ね……今どきの女の子は、寝てる間に父親が入ってこないように、ドアに鍵を掛けるんですよ」

そうなのか。

「中学一年なのに？」

「そんなの、小学校のときからずっとですよ」

「それ、お前のところだけじゃないのか」

本宮にも娘はいるが、部屋に鍵を掛けるなんて、そんなことはなかった。とはいえ、とっくに成人しているので、これは「時代が違う」ということなのかもしれない。

まあ、そんなのはどうでもいい。

「……じゃ、俺はオヤジのところに行ってくる」

「はい、行ってらっしゃい」

今朝は署長も特捜の会議に出席していたため、署長室での朝会《あさかい》がこれからなのだ。もう十時過ぎだが、今から各課の課長が集まって、昨日から今朝にかけて起こった事案の報告や引継ぎ、人員調整について話し合う。

特捜が立って多忙になるのは現場の捜査員だけではない。署長を始め本宮のような署の幹部も、捜査経験者に抜けられてしまった地域課も、本部捜査員の寝食まで面倒を見なければならない警務課も、みんな普段通りにはいかなくなる。

それだけに、というだけではむろんないが、事件は早期に解決するに越したことはない。早期に解決すれば、みんなが助かる。


SSBC機動分析係の活躍により、実に数多くの、かつ多様な防犯カメラ映像が集められ、その分析も迅速に進められた。

犯行時刻前後、現場近くにいたと思われる浜木和昌以外の五人は、いずれも男性であると見られている。彼らはその後、どのような経路をたどって、どこに向かったのか。

調べを進めると、一人は近所に住む三十二歳のサラリーマン、久田秀樹《ひさだひでき》であることが、比較的早い段階で判明した。任意で事情を聴いたが、浜木和昌との接点はなく、またこの夜は、西早稲田にある勤め先から真っ直ぐ帰ってきたとのことだった。

勤め先に出向いて確認もした。退社時間を示すタイムカードは久田が供述した通りの時間に押されていた。帰宅経路についても、最寄りの西早稲田駅構内、副都心線に乗って下車した要町《かなめちょう》駅構内、地上に出て、要町交差点にあるコンビニエンスストア、通り沿いにあるコンビニエンスストア、マンション、民家の各防犯カメラの映像で確認できた。全て久田の供述通りだった。

同様の捜査で、浜木和昌は池袋駅から事件現場まで歩いて向かったことが分かっている。動線的にも時間的にも、久田が浜木和昌を殺害したとは考えられなかった。

また浜木和昌の、事件前の行動についても徐々に明らかになってきた。

浜木が川崎市の自宅マンションを出たのは十五時数分前。これはマンションから歩いて二分ほどのところにある工事現場の、警備員の証言から明らかになった。

事件当日、浜木は濃いグレーのTシャツに青色のジーパンというラフな服装だった。普通ならあまり印象に残らなそうだが、警備員が覚えていたのには理由があった。

同じような服装の男性が、ちょうど警備員の目の前で年配女性の乗る自転車とぶつかりそうになり、よろけた女性が「ちょっと」と声を荒らげたものの、相手男性は一瞬顔を向けただけで、そのまま行ってしまった。ちょっと謝ればいいのにな、と警備員は思い、それで記憶に残っていた、ということだった。浜木の写真を見せると、よく似ているという。その後、すぐに三時の休憩になったので、時刻も午後三時数分前で間違いないという。

浜木の姿はその後、小田急小田原線、向《むこう》ヶ《が》丘《おか》遊園駅のカメラで確認されている。改札を通ったのは十五時八分。これは浜木が所持していたJRのICカード番号から確認がとれた。

浜木が乗ったのは十五時十三分の急行新宿行。下車は新宿駅。到着は十五時三十六分。カードの履歴から、浜木はこのあとJR山手線に乗り、十六時七分、鶯谷《うぐいすだに》駅の改札を出ていることが分かった。

次に浜木が鶯谷駅の改札を入るのは十八時十二分。このおよそ二時間、浜木は鶯谷駅周辺で何をしていたのか。たまたま防犯カメラがない住宅街にでも入ったのか、今のところ、その詳細は摑《つか》めていない。目撃情報もない。しかし浜木は、事件当日より前にも、三回ほど鶯谷を訪れていることが分かっている。曜日こそ違うものの、時刻はだいたい同じ頃、午後から夕方にかけて。鶯谷に何かあるのはまず間違いない。現在はこの班を二十名に増員し、捜査を続けている。

浜木の経歴については、妻、名都から詳しく聴いた。

三年前まではグラフィックデザインの会社に勤めていたが、人間関係が上手くいかず、これを退職。その後、一度は同業の会社に再就職したが、半年足らずでここも退職。このときも原因は人間関係だったという。以後は印刷会社、飲食店と業種を替えたが、いずれも長続きはしなかった。

浜木はもともと明るい性格ではなく、口数も少ない方だった。それは名都自身も同じなので、二人でいる分にはいいが、クライアントや上司、部下とやり取りをしながら進める仕事に、当時はかなりのストレスを感じていたようだという。

名都には遺体確認と聴取の計二回、池袋署に来てもらっている。その後も二回、自宅を訪ねて捜査員が話を聴いている。

本宮はいつも思う。こういった聴取を自分がやっていたら、どうだったのだろうと。

調書には書かれていない表情や声色はどうだったのか。どのような訊き方をしたら喋るのか、あるいは喋らなくなるのか。そのときの口調は。特定の単語に対する反応は。飲み物を口にするタイミングは。携帯電話を気にする様子はあったか、なかったか。

だが、それらを確かめる術《すべ》はない。

もし自分が捜査一課員だったら、仮に一課の管理官だったら、気になった点は係の捜査員に必ず確かめると思う。いや、この特捜の兼松管理官が駄目だというのではない。彼も彼なりのやり方で確認しているとは思う。ただ、自分ができないことに、どうしようもないもどかしさを感じるのだ。

あくまでも形式上ではあるが、特別捜査本部とは、事案を認知した所轄署が、警視庁本部に捜査協力を求め、設置されるものである。今回のケースでいえば、池袋署刑事課が警視庁刑事部捜査第一課に協力を求めたため、本件特捜本部は設けられたのだ。だが実際に殺人事件が起これば、よほど早期に解決されない限り、ほぼ自動的に特捜は設置されるし、捜査一課は出張ってくる。そうなれば捜査の主導権は捜査一課が握ることになる。池袋署の事件が本部の、捜査一課の事件になる。

本宮もできる限り会議には出席するようにしているが、決して主導的な立場にはない。会議中に意見を求められたり、気づいた点があればこちらから指摘したり、本署捜査員の性格、得手不得手などについて助言することもあるが、一課の捜査方針に横槍を入れるようなことは一度もしていない。

本宮も元は捜査一課員。その辺の匙《さじ》加減は心得ているつもりだ。

普段よりは四人の課長代理を頼りつつ、それでも可能な限り刑事課の通常業務をこなしながら、本宮は浜木和昌殺しの捜査に携わり続けた。岡村代理には「あまり寝てないんじゃないですか」と心配されたが、ある頃までは全く平気だった。睡眠時間も、一時間か二時間はかろうじてとれていた。一週間分の着替えを届けにきた家政婦の渥美利子《あつみとしこ》にも「目に隈ができてますよ」と指を差されたが、気のせいだと言って取り合わなかった。

だがさすがに、二週間を過ぎた辺りから少しずつ、体が重たく感じるようになってきた。昼間でも、意識が遠退くように感じる瞬間があった。無理はよくないと思い、仮眠室で一時間とか、武道場の助教室で三十分とか、署内の人目につかないところで休憩をとるよう工夫した。

そのうちの十分でも、十五分でも睡眠がとれたらよいのだろうが、それもまた本宮にはできなかった。捜査のことをあれこれ考えてしまい、意識が完全に落ちるところまではいかないのだ。だが目を閉じて、じっとしているだけでも体力は回復する。医学的に正しい知識かどうかは分からないが、本宮はそう信じている。

そして捜査の第一期に当たる、二十日が過ぎた。

本部の鑑識、SSBCの半数、応援で特捜入りしていた隣接署の捜査員、本署地域課の捜査経験者など十六名が抜け、特捜の捜査員は三十四名に減った。当然、捜査方針も見直しを余儀なくされる。

今後は浜木和昌の、かつての職場関係者をより重点的に調べていくことになった。よって、防カメ映像の収集と分析は三分の一以下の六名、地取りも同数の三組六名、関係者を当たる鑑取りは十四名に増やし、特命担当は本署鑑識係員と合流して遺留品担当に、これが四名、デスクは引き続き四名となった。

捜査自体は、お世辞にも進んでいるとは言えない状況だった。

犯行時刻前後、現場近くにいたと思われる五名の男性のうち、身元が判明したのは久田秀樹のあとに二名。いずれもマル害との接点はなく、その後の映像分析でも犯行に関わったとは考えづらかった。

残る二人のうち、捜査開始当初から注目されていたのは、黒っぽいスーツを着た男だ。身長は百六十五センチ程度、中肉、黒色の短髪、年齢は三十代から五十代と見られている。なぜ注目されたのかというと、これとよく似た風貌の男が浜木とほぼ同時刻、二十五日の十八時十一分に鶯谷駅の改札を通り、池袋駅で下車していたからだ。そこまでは防カメ映像と改札の履歴で分かったが、その後の行動が分からない。ちなみに男は定期券ではなく、浜木と同様、無記名のＩＣカードを使用している。それもあって、現在のところ身元の特定には至っていない。

また男が改札を出たこの時間帯は、池袋駅構内がちょうど帰宅ラッシュでごった返しており、さすがのＳＳＢＣもその動きを追いきれなかった。それは浜木も同じで、十八時半過ぎに池袋駅のＪＲ中央二改札を出たことは分かっているものの、その直後の行動は分かっていない。再び二人の行動が確認できるのは約一時間後、要町通りの裏手にあるコンビニエンスストアの防カメ映像でだ。当初、浜木は要町通りを通って事件現場まで行ったと考えられていたため、この映像にたどり着くまではかなりの時間を要した。

しかし不可解なのは、その店の前を通過する順番だ。

まず黒いスーツの男が店の前を通り、その七秒ほどあとに浜木が通過していく。スーツの男と浜木に何かしら関係があるのだとしたら、尾《つ》けていたのは浜木の方であり、スーツの男はむしろ尾けられていたことになる。

このあと、事件現場にたどり着いた二人に何があったのだろう。口論になり、刃物を取り出したスーツの男が浜木を刺したのか。あるいは、刃物を取り出したのは浜木の方で、それを取り上げた男が逆に浜木を刺したのか。

事件後、スーツの男は方角でいうと南、私立小学校の方に歩き始めている。だが途中でどこかの角を曲がったのだろう、一軒家の多い住宅地で姿を消している。この辺りの住人である可能性もあるため、地取り班は一軒一軒くまなく聞き込んで回ったが、それらしい人物が居住しているとの情報は得られなかった。

住宅街に消えた、黒っぽいスーツの男――。

本宮は、捜査が好ましくない方に進んでいる気がしてならなかった。防カメ映像に頼り過ぎ、従来の泥臭い、足を使っての捜査に警察は弱くなっている、刑事は弱くなっている。そんなふうには思いたくない。考えたくはない。

だが、本宮にはどうしようもない。

今の自分は現場の捜査員でもなければ、捜査一課の幹部でもないのだ。

3

朝一番で特捜の会議に出席し、終わったらそのまま署長室に直行。署長朝会の終盤に加われることもあるが、たいていは署長と一対一。特捜の様子を報告したり、多少の雑談などをして刑事課に戻る。朝会自体は代理の誰かが出てくれているので、特段の支障はない。

刑事課では通常業務に専念する。代理からの報告、各係から上がってくる書類の決裁、新たに認知した事案、捜査を継続している事案についての相談や方針の決定、人員の調整、などなどなど。

「課長、麦茶でいいですか」

「ああ、ありがとう」

新米刑事はお茶汲みから、などという慣習はすでにないが、それでも気を利かせた若手が飲み物を用意してくれることはある。そろそろ麦茶ではなくて、熱い緑茶の方がいいのになな、などと思いながらのひとロ。だが、買い置きの麦茶パックを使いきるまではこれなのだろう、とも思う。

こういうひととき、思考の片隅から黒々と湧き出てくるのは特捜のことだ。浜木和昌殺しについてだ。

特捜はスーツの男を、浜木の関係者リストから炙《あぶ》り出そうとしている。それはそれで間違った方針ではない。潰しておかなければならない要素だと、本宮も思う。ただ、それだけでいいのか。逆方向から犯人にたどり着こうという試みも、同時に進めるべきではないのか。

本宮が気にしているのは、スーツの男の職業だ。

浜木和昌は鶯谷で、二時間も何をしていたのか。鶯谷のどこでかは分からないが、おそらく、スーツの男が動くのを待っていたのだ。そして事件当日の十八時頃、男は動き出した。浜木は男を追い、二人は池袋まで来た。到着は十八時半過ぎ。この約一時間後、二人はコンビニエンスストアの防カメに映り、さらにその三十分後、浜木は池袋駅から一・三キロほど離れた住宅街で刺殺される。普通に歩いたら十分ちょっとの道程だが、裏道も通っているので、実際にはもう少しかかったものと思われる。なので、空白の時間は一時間程度。

浜木の行動はいい。おそらく、スーツの男に合わせたものなのだから。では逆に、スーツの男は何をしていたのか。夕方までは鶯谷にいた。そこから移動し、池袋駅の周辺でまた一時間程度過ごし、二十時頃、駅から一キロ以上離れた住宅街に向かった。しかもスーツ姿で。

加えて、男は定期券での移動をしていない。つまり、鶯谷は勤め先でも自宅でもない可能性が高い。

スーツを着て、しかし定期券を利用しないで、夕方から夜にかけて移動する職業。移動したら、一定時間その場所に留まる職種。何かの販売員、営業マンか。会計士、弁護士、コンサルタントか。

いや、もしかしたら――。

「おい、岡村代理」

顔を上げ、そう呼びかけたときだった。

刑事課のドア口に、捜査一課長の、小菅警視正が立っているのが目に入った。特捜のある七階の講堂ではなく、四階の刑事課に捜査一課長が顔を出すというのは、事件発生当初ならいざしらず、この段階に至ってというのは少々妙だ。

「なんでしょ、課長」

「いや、いい」

こっちに来た岡村に掌を向けて断わり、本宮は刑事部屋の出入り口に向かった。

「一課長、どうかされましたか」

小菅は口を結び、「うん」と小さく頷いた。

「本宮さん……ちょっと、いいですか」

「はい、かまいませんが」

「出られますか」

「ええ、出られます」

廊下を歩き出した小菅に、とりあえずついていく。エレベーターは使わず階段で一階まで下り、小菅が向かったのは署の裏手、ＰＣ（パトカー）や輸送用バスが停まっている駐車場だった。

人に聞かれたくない話だというのは分かった。

なんでしょう。そう本宮が訊くより早く、小菅が口を開く。

「実は一つ、頼まれ事を引き受けてもらいたい」

頼み事ではなく「頼まれ事」と表現したことに、何か意味はあるのか。

「……はい。どんなことでしょう」

「内密で、浜木名都の過去を調べてもらいたい」

「マル害の、妻の過去ですか」

「できれば大学、高校時代までさかのぼって。男関係とか、そういうことをです」

奇妙な指示だが、だからこそ内密で、ということなのだろう。

「それを、なぜ私に」

小菅の横顔に表情はない。目は裏門の方に向いているが、何かを見ているふうはない。

「理由は訊かないでもらいたい。この前まで、特命担当はおたくの中堅でしたね」

「藪木《やぶき》担当（警部補）と、金内《かなうち》主任（巡査部長）です。今は、鑑識と一緒にナシ割り（遺留品捜査）をやらせてます。主に足痕です」

「どんな捜査員ですか」

「藪木は粘り強い、肚《はら》の据わった男です。藪木と比べると、金内は若いのもあって、少し粗いところもありますが、勘所を摑むのは上手いです。二人とも、優秀な捜査員です」

「口は堅いですか」

「もちろん」

「鑑識の二人は」

「……口、ですか」

「そうです」

「それは、黙っていろと言えば、喋りはしないですが」

小菅が小さく頷く。

「けっこうです。では、藪木と金内をナシ割りから抜いて、浜木名都の捜査に充ててください。くれぐれも、誰にも知られないように。何か出たら、会議ではあなたの独断専行ということで、報告してください」

問題は、責任の所在なのか。

「私がこの件を思いつき、特捜に無断で藪木と金内を動かした、ということにしろと」

「その通りです。一時的にあなたが悪者になる可能性はありますが、結果が出れば問題はありません。兼松管理官が反発するようであれば、それは私が捩《ね》じ伏せます。その報告をする会議には、私も出席しますので」

分からない。

「一課長……でしたら普通に、兼松管理官に、浜木名都を調べるよう指示を出した方がよろしいのでは」

「それをしたくないから、あなたに頼んでいるんです。それに私は、理由は訊かないでほしいと前置きしたはずです。今あなたがしたのは、私に対する誘導尋問ですよ」

なんだ。一課長が、部下の管理官を陥れようとでもいうのか。

やはり分からない。実に不可解極まりないが、断わることもできそうにない。

「……分かりました。藪木と金内に、そのように指示を出します。ちなみに、平間《ひらま》巡査部長に、名都の印象について聞くことは可能ですか」

特捜設置後、浜木名都の聴取を担当してきたのは、捜査一課の平間千加子《ちかこ》巡査部長だ。

「それも控えてください。既出の捜査資料を再読するとか、その程度に留めていただきたい」

「……分かりました」

全く、訳が分からない。

今度は本宮が、内緒で藪木と金内を呼び出す番になった。

同じ場所というのも芸がないので、署の裏にあるコンビニまで来いと伝えた。二人は特捜のある講堂ではなく、署の鑑識係で作業をしている。抜け出してくるのはさして難しいことではない。

「……なんですか、課長」

あらかじめ買っておいた缶コーヒーをそれぞれに手渡す。

「ちょっと、頼みたい事がある。一緒に来い」

本宮は、横断歩道を渡ってホテル・メトロポリタンの角、植え込みの縁に腰を下ろした。ついてきた藪木と金内は、コーヒー缶を持って立ったままだ。

「実はな……君ら二人に、浜木名都の過去を、高校時代までさかのぼって調べてもらいたいんだ。特に、男関係」

二人揃って、さも怪訝《けげん》そうに眉をひそめる。

藪木が訊く。

「なんですか急に」

「ちょっと気になるタレコミが、俺のところにあってな。確信は持てないんだが、かといって無視もできない。下手に特捜の会議にかけて、空振りしたときに恥を掻くのも嫌だしな……だから、君ら二人で、内密で。頼むよ」

藪木より、金内の反応の方が渋い。

「今の、ナシ割りはどうするんですか」

「抜けていいよ。あとの二人には俺から話しておく。特捜に伏せておくことも、俺から言っておく。心配するな」

やはり、藪木の方が肚が据わっている。

「分かりました。金内、やろう」

「ああ……はい」

もう二つ、注意事項がある。

「ちなみに名都に関する情報は、既出の捜査資料を確認する程度にしてくれ。それから、当時の交際相手が割れたら、まずそいつの、現在の職業を確認してくれ。それがもし……」

本宮の推測を聞かせると、二人は「なるほど」と目を輝かせた。

多少は前向きになってくれたようだった。

特命担当の二人は、たったの四日で結果を持ち帰った。

「……課長。これ、当たりかもしれませんよ」

この前のようにホテルの植え込みというわけにもいかないので、報告は池袋駅の近く、個室のある喫茶店で聞いた。

二人と直に話をするのは、隠密捜査を命じたあの日以来だ。

「聞かせてくれ」

藪木が自信ありげに頷く。

「はい……じゃあ、細かいことは措いておいて、まず結果から。浜木名都、旧姓、フジオカ、藤色の『フジ』に、大岡越前の『オカ』、藤岡名都。三十八歳。千葉県、船橋市立船橋第一高等学校卒。これの同窓会が一年前にありまして、名都も出席していました……で、肝心の、高校時代の交際相手ですが」

反対向きにした手帳を、藪木がこっちに押し出してくる。

「清水杜夫《しみずもりお》、同じく三十八歳。現住所、東京都中野区中野五丁目◯◎の▲、アイ・レジデンス二◯二、妻と五歳になる娘との三人暮らし。この、清水杜夫の職業が……課長の読み通り、家庭教師でした」

確率は半々だと思っていたが、そうか。やはり家庭教師だったか。

定期券ではなくICカードで移動していた理由は、生徒の家によって行き先がバラバラだからだ。夕方の鶯谷はおそらく小学生の授業、学校から帰ってすぐというタイミングだったのではないか。そこから池袋に移動して、ひょっとしたら一人で食事を済ませてから、夜の生徒の家に向かったのかもしれない。中学生とか、高校生とか。

とりあえず、事件当日の行動についてはこれで説明がつく。

「この清水杜夫は、どこかの派遣会社に所属してるのか」

「ええ。テレビCMでもやってる『家庭教師のガッツ』の契約講師です。五段階ある講師のランクで、清水は最上級のAランクです。長谷田大学卒というのと、これまでの実績が評価されてのことだと思います」

社会的地位もそれなりにある、というわけだ。家庭教師が必ずしもスーツを着る必要はないと思うが、着ていればそれなりに信頼度は上がる。実際、娘に何人か家庭教師をつけた経験のある岡村に訊いてみたところ、ベテランの講師ほどスーツ着用だったという。ちなみにこれは、岡村本人が覚えていたのではなく、細君に確認してもらって得た情報だ。

「で、清水もその同窓会に出席していたのか」

「はい、来てました。そこで二人は再会し、焼け棒杭に火が点いた……可能性は、ありますよね」

金内が、ふいに割り込んでくる。

「ちなみに、名都の携帯電話について、特捜は調べてなかったんでしょうか」

それは本宮も思った。だから確認しておいた。

「名都は今年の六月に携帯の電話会社を替えている。事件の三ヶ月前だ。特捜は今のキャリアでの通信履歴しか確認していない。もし、以前のキャリアでの履歴までたどることができるなら、清水杜夫との通話やメール、メッセージのやり取りなんかも、分かるかもしれないな」

だが、ここまで分かればもう、あとはさして難しくない。

藪木と金内には、清水杜夫の行動確認を命じた。一週間も尾行すれば、鶯谷在住の生徒を担当しているか否か、西池袋近辺ではどうか、掴めるはずだ。また、どこかの改札を通過した時点で利用したICカードの番号を調べれば、スーツの男が清水杜夫であるかどうかの確認もできる。

果たして、その通りになった。

清水杜夫は鶯谷駅から徒歩八分、台東区根岸二丁目にあるマンションの五〇六号、「香《か》山《やま》」という世帯で、火曜日の十五時半頃から十七時半過ぎまで教えていた。事件発生の九月二十五日と同じ、火曜日だ。清水があの日も同じ行動をとった可能性は極めて高い。ICカード番号の確認もできた。むろん、特捜がスーツの男のものとしていた番号とも一致した。

その後も事件当日同様、清水は池袋に移動。ただし、行き先はかなりズレていた。西池袋三丁目にある一軒家。事件現場から歩いたら十分近くかかる場所だ。位置的にはむしろ、事件現場よりこの家の方が池袋駅には近い。なぜ事件当夜、清水はわざわざ遠回りをして事件現場まで行き、浜木和昌を殺害したのか。現段階では分からない。報告書によると、この家には一度、初動捜査の段階で地取り班が聞き込みに行っているが、これといった情報は引き出せていなかった。

藪木と金内の働きは、成果としては充分だった。ここから次の段階に進むには、もう浜木名都に直接話を聴く以外にあるまい。

「藪木、金内、よくやってくれた。あとは俺に任せてくれ」

すぐ小菅一課長に連絡を入れ、今夜、浜木名都の高校時代の交際相手について会議にかけようと思う、と伝えた。小菅は『会議には必ず出席します』と返答した。

ただ本宮個人としては、会議でいきなり名都に関する報告をして、兼松管理官に恥を掻かせるようなことはしたくない。小菅は、本宮の独断専行という形で報告するよう言っていたが、他にもやり方はあるはずだ。

本宮は夕方、通常業務の終わる十七時十五分を待ち、七階の特捜に上がった。

ドア口から覗くと、兼松管理官は講堂の奥、情報デスクの向こう、窓際まで移動させたキャスター椅子に腰掛けて、腕を組んで目を閉じていた。ようやく手が空いて仮眠をとっているところなのかもしれないが、申し訳ない。これから背筋の凍るような、そうでなければ頭に血が上るような——どう感じるかは兼松次第だが、少なくとも眠気の失せるような話をしなければならない。

「兼松管理官」

「……ん……ああ」

兼松は目を開け、こっちを見上げ、「本宮さん」と腕を解いた。

「どうしました。まだ、会議までは多少時間がありますが」

「ええ、ちょっと……折り入って、兼松管理官のお耳に、入れておきたい話がありまして」

なんのことかさっぱり分からないはずだが、それでも兼松は「分かりました」と、少しだけ億劫《おっくう》そうにキャスター椅子から立ち上がった。

兼松をいざない、人のいない上座の方に移動する。

本宮は窓際で、立ったまま話を始めた。

「まず、お詫びをしなければなりません。実は私の独断で、ウチの藪木と金内をここ一週間、動かしました……動かして、いました。申し訳ありません」

頭を下げると、再び兼松が腕を組むのが見えた。

「……なぜ」

声を低くしたのは怒りを抑えるためか。あるいは他の者に聞かれないようにするためか。

本宮は頭を上げた。

「浜木名都の、過去について調べるためです」

「マル害の女房の過去を、今さらですか」

夕方だからか、兼松の息が少し臭う。

本宮は頷いてみせた。

「はい……浜木はスーツの男を追っていました。仮に恨みを持っていたとしたら、それはむしろ、浜木がスーツの男に、ではなかったのか。そう考えました。その理由の一つとして想定できるのが、女房の男関係です。浜木はスーツの男が名都と関係を持ったと考えたのではないでしょうか。それを抗議するために、あるいは脅すために尾行していた。だが事態は思わぬ方に転び、逆に浜木が殺される破目になった」

兼松は、小馬鹿にでもするように鼻息を吹いた。

「それは……本宮さんの想像、ですよね」

本音では「妄想」と言いたいのだろう。

「ええ、可能性に過ぎません。ですので、藪木と金内に確かめさせました」

「ほう……それで？」

「一年前、名都は高校の同窓会に出席しています。そこで、かつての交際相手と再会しています」

「よくある話ですな」

「相手の男にも家庭があります。現段階で、二人が不倫関係にあったかどうかは分かりません。しかし、その男……清水杜夫という、家庭教師派遣会社に所属する、プロの家庭教師ですが」

兼松の眉根に、微《かす》かに力がこもる。

「……家庭教師」

「火曜日には、夕方に台東区根岸二丁目で、夜は西池袋三丁目で、教えていることが分かりました。事件当夜も、同じ二軒で教えていたと考えられます。JRのICカード番号も一致しました」

兼松が深く息をつく。やはり臭う。

「本宮さん……あんたそれ、本当にただの想像で、二人の捜査員に当たらせたの」

「はい。可能性を潰したかっただけです」

「それでいきなり、女房の高校時代のカレシに行き当たったの」

「まぐれ当たりです。しかし、当たりは当たりです」

今、小さく舌打ちが聞こえた気がしたが。

「それさ……そういうのさ、ちゃんと手順踏んでからやってもらわないと、困るんだよね。あんただって、駆け出しの新米じゃないんだから、池袋の刑事課長なんだからさ。組織捜査のなんたるかくらい、言われなくたって分かるでしょ」

ご尤《もっと》もだと、本宮も思う。

「ですから、最初にお詫びを申し上げました。申し訳ありませんでした……これは池袋のヤマだとか、自分の部下に手柄を立てさせたいだとか、そんなことではないんです。ただ、あるかもしれない可能性を潰しておきたかった、それだけです。ですので、今の話はいっそ管理官から、会議で報告していただいた方がいいのでは、とも思っています」

ニヤリと、兼松が片頬を持ち上げる。

「……そいつぁ、話が上手過ぎないか、本宮さん」

「そうでしょうか」

「何か、交換条件でもあるんじゃないの」

見透かされていたか。

「ああ……まあ、強いて言えば、一つお願いが」

「でしょうな。いいですよ、聞きますよ。それでこの件は終わりにしましょう」

ならば、遠慮なく言わせてもらう。

「ありがとうございます。では、平間巡査部長と、浜木名都に話を聴きにいくことをお許しください。あくまでも、私が立会いという立場でかまいませんので」

また兼松が鼻息を吹く。だがさっきよりも、表情は幾分和《やわ》らいでいる。

「本宮さんはそれでよくても、平間はどうですかね。巡査部長の立会いが、警視って……そういうのを『役不足』って言うんでしょ」

本来の意味で言えば、そういうことになる。

4

会議自体は特段荒れることもなく、滞りなく進んだ。例の件は、まるで管理官が藪木と金内に命じたかのような形で報告され、それについて他の捜査員が疑問を差し挟むようなこともなかった。

最初からこの方がよかったのでは、と本宮は思う。管理官発の特命ということで、小菅一課長も納得している様子だった。報告の間、小菅が本宮に一瞥《いちべつ》をくれるようなことはなく、会議終了後に本宮を呼び止めることも、携帯電話に連絡してくることもなかった。また散会後の幹部会議に小菅は出席せず、いつものように管理官と殺人班の係長、統括主任と本宮の四人で、捜査員の組換えや今後の捜査方針について話し合った。

なんだか、肩透かしを喰ったような——そんな感覚が拭《ぬぐ》えなかった。

翌朝の会議では昨日からの変更点、重点事項、注意事項などを確認し、散会するとすぐ、本宮は平間巡査部長と、彼女がコンビを組む巣鴨署の深田智昭《ふかだともあき》巡査部長と三人で、川崎市の浜木宅に出発した。

「では、本宮課長、よろしくお願いします」

「こちらこそよろしく。平間さん、そんなに緊張しなくていいですよ。深田さんも」

「ええ……はい」

浜木宅の最寄駅は向ヶ丘遊園。池袋から埼京線で新宿に出て、小田急小田原線に乗り換えていく。

「次ですね……駅からは、歩いて五分くらいです」

「そうですか」

向ヶ丘遊園駅を出たら左、商店街を百メートルほど行って、また左、あちこちに工事現場と空地のある住宅街を抜けていく。

「もうすぐです」

「はい」

平間の立場からしてみたら、警視を電車と徒歩で現場に連れていくなんて失礼、ということなのかもしれないが、本宮自身、そこまで耄碌《もうろく》はしていないつもりだし、実際、この程度の距離はまるで苦にならない。

「ここです」

「……なるほど」

三階建ての小さなマンションだった。二階と三階は六世帯ずつ。一階はエントランスがある関係上、どういう造りになっているのか外からでは分かりづらいが、浜木宅は三階の三〇四号室。とりあえず気にしなくていい。

三人でエントランスに入り、インターホンで浜木名都を呼び出す。

《……はい》

「おはようございます。警視庁の平間です」

《はい……今、お開けします》

すぐにモーター音がし、ガラス格子になったドアのロックが解除される。

深田が、ドアボーイのように頭を下げながら開けてくれた。

「課長、どうぞ」

「ありがとう」

平間が、入って左手にある階段を恐縮しながら示す。

「すみません、ちょっとここ、エレベーターが……」

「大丈夫ですよ。署でも、できるだけ階段を使うようにしてますから。そんなに気を遣わないで」

「そう、ですか……はい、すみません」

三階まで上り、平間が階段のすぐ右にあるドアの呼び鈴を押す。

応答はなく、いきなりドアが開き、浜木名都が顔を出した。

「……おはよう、ございます……」

本宮の、浜木名都に対する印象は署で見かけたときとさほど変わらなかった。良くいえば古風な、和風の――「美人」と言ってあげられたらいいのだろうが、正直、そういう感じではない。

「何度もお邪魔して申し訳ございません。お電話でもお伝えいたしましたが、今日は池袋署の刑事課長も同行しております」

「本宮です」

挨拶をしても、溜め息のような声で「はい」と返すのみ。夫を突然の事件で亡くし、途方に暮れているのは分かる。だがもう事件から一ヶ月が経つ。今日は半休をとってもらったようだが、職場にはすでに復帰していると聞いている。名都は配膳サービス専門の人材派遣会社で、事務を担当しているという。もはやこれは、夫を亡くしたショックというよりは、もともとこういう性格、良く言えばおっとり、悪く言ったらぼんやりした感じの人なのだと思った方がよさそうだ。

「どうぞ……お上がりください」

「ありがとうございます」

勧められたのは、入ったところにあるダイニングテーブルの席だった。ここで名都はずっと、和昌と寝食を共にしてきたわけだ。

間取りは2DK。夫婦二人なら充分な広さだろう。ただ、陽当たりはあまりよくない。薄暗い感じは否めない。午後になったら、少しは違うのかもしれないが。

名都が紅茶を淹《い》れてくれた。それぞれに配り終え、名都も席に着く。本宮の正面に名都、彼女の左隣に平間、本宮の左に深田という形に落ち着いた。平間が質問をし、その表情を本宮が見る。そういう陣形だ。

平間が切り出す。

「いろいろ、捜査も進みまして、分かってきたことも、いくつかございます」

「……はい」

「先に一つ、確認させていただきたいのですが、名都さんは四ヶ月ほど前に、それまでの携帯電話を解約して、今の新しいものになさっていますよね。それって、何か理由がおありだったんですか」

名都の黒目が、所在なげに揺れる。そんな質問がくるとは思っていなかったようだ。

「あ、それは、あの……今の、携帯の方が、料金が、安かったから」

「そうですか。何か、携帯番号を変えたい理由とかがあったわけでは、ない？」

「いえ、そういう、ことでは……ない、です」

そう嘘をつかなければならない状況に、名都はある、ということだろう。

やや間を置き、平間が訊く。

「……名都さんは、清水杜夫さんという方を、ご記憶ですか」

名都は「え？」という顔をした。本人にも、そういう顔をしてしまった自覚があるのだろう。向かいにいる本宮の顔を見、深田の顔を見た。今の「え？」を見られたのかどうか、その確認だ。むろん見ていた。それは名都も察したようだった。

平間に顔を向け直し、頷く。

「……はい。存じております」

「どういったご関係ですか」

「高校の、同級生です」

「船橋第一高校の、同級生」

「……はい」

「何年生のときに一緒でしたか」

「クラスは、二年のときと、部活が……」

「吹奏楽部でしたね」

「……はい」

自分が喋っていないことまで、この刑事たちはすでに調べ上げ、把握している。それも分かったはずだ。

平間が頷く。

「一年前に、船橋第一高校の同窓会があったと思うのですが」

「……」

「名都さんも、出席されていますよね」

名都の顔に、苦渋の色が滲み始める。

「清水杜夫さんも出席されていました。再会されて、懐かしかったんじゃありませんか」

名都はごく普通の市民だ。プロの犯罪者でもなければ、特段異性関係にだらしないタイプでも、おそらくない。どちらかといったら善良な部類に入る女性だろうと、本宮は見ている。

だからこそ耐えられない。自分が疑われている状況にも、自分のかつての恋人が疑われているかもしれない状況にも、冷静に対処することができない。

この状況から早く抜け出したい、自分は悪い事なんてしていない、元来悪い人間でもない、そのことを分かってほしい。つい、そういう思考に傾き、流されてしまう。

それが、こういう迂闊《うかつ》な発言に結びつく。

「清水くんが……何か、事件に、関係あるんですか」

対して、犯罪者を相手にするプロである平間は、こう訊く。

「関係があるとしたら、何かお心当たりはありませんか」

名都は答えない。

平間が続ける。

「一年前に同窓会があり、名都さんと清水杜夫さんはそこで再会した。かつての恋人である清水さんと、あなたは再会した」

名都は「かつての恋人」と聞かされても、なんとか耐えている。背中を這《は》い回る不快感、首筋に湧き出してくる寒気、髪の毛の逆立つような恐れ。そんなものに、必死に耐えている。

手も震え始めた。

平間はやめない。

「懐かしかったですか。高校時代のカレシと再会して、嬉しかったですか。清水さんは、テレビコマーシャルでも見かけるような大手に所属する家庭教師。しかも評価は最上級のA。一方、ご主人はここ三年ほど職を転々とし、この半年は定職にすら就いていない。そんな今のご主人と、かつての恋人と……」

名都の、心の防波堤が決壊した。

「それが……それが、なんだって言うんですか」

「名都さん、落ち着いてください」

「主人が仕事もしないでブラブラしてて、そ、そういうことを私が言うと、あの人は手を上げて……そういうの、ずっと、何年も耐えてきて、同窓会で……」

平間がハンカチを差し出しながら、名都の肩をさする。

「名都さん、いいんですよ。あなたはご自分を責めているのかもしれませんけど、でもそれは、ご主人の事件とは、また別の話です。いま我々が調べているのは、ご主人が殺された事件についてです。あなたを責めているわけじゃない。だから……話してください。ご存じのことを、全て。お心にあることを全部、聞かせてください」

名都が、平間から受け取ったハンカチを頬に当てる。

「……清水くんが、犯人なんですか」

「その疑いは、あります」

「取調べ、してるんですか」

「……調べています」

取調べをしているか否かの問いに、「はい、取調べています」と現段階で答えたら、騙《だま》したことになる。だが肯定はせず、ただ「調べています」と言うだけなら、騙したことにはならない。警察官も「取調べ」を「調べ」と略すことはあるが、今それはさて措く。清水杜夫の行動確認をしたのは事実なのだから、「調べている」でも間違いではない。

名都は、しばし目を閉じていた。

細く吐く息が、震えている。

ハンカチを握った手が、震えている。

目を閉じたまま、口を開く。

「……同窓会で、清水くんと、十、何年か振りで、再会して……食事に、何度か誘われたりして……それで、一度だけ、関係を持ちました……本当に、一度だけ……刑事さんの言う通り、仕事もしない、だらしない、暴力も振るう主人に、嫌気が差していたのは、あります。でも、実際そうなってみると、罪悪感が……家にいる主人が、家に残してきた私の服とか、そういうので、何か気づくんじゃないかとか、私を尾行して、見張ってるんじゃないかとか……もう怖くて、それで、清水くんには、もう会えないって、伝えました……でも今度は、清水くんから連絡が、異常なくらい、くるようになって……音を消してても、メールとか、メッセージが入るたびに、携帯が、チカチカ光るから……主人にも、疑われ始めて……携帯を見られて、清水くんとの関係を、主人に、知られてしまいました」

細く息を吐き出し、名都が続ける。

「……不思議と、そのときは、殴られませんでした。むしろ、いつもの逆で……俺は、お前がいなきゃ駄目なんだ、見捨てないでくれって、泣かれました……私も、なんか、泣いてしまって、謝って。それで、携帯を替えることにしました。とりあえず、それで連絡はなくなったんですが、でも清水くんが、職場に、会社の外で、私を待っているようになって……その頃もまだ、主人は優しかったので、つい、相談してしまったら、今度は、物凄く怒られて……清水くんについて、知っていることを全部、喋らされました。それからです……夜、仕事から帰っても、主人がいないことが、何度かあって。何してたのって訊いても、大丈夫だ、俺に任せておけって……」

浜木和昌は、名都の不倫相手であり、その後ストーカーと化した清水杜夫に対して、直接行動を起こし始めた。

そこまでは分かった。


同じ日に、特捜本部は捜査員を「家庭教師のガッツ」本社に送り込んだ。清水杜夫の勤務状況を調べるためだ。

すると事件当夜、二十時半開始予定だった授業が、直前になってキャンセルされていることが分かった。理由は体調不良。

生徒の母親にも話を聴いた。

直前にというのは、清水先生は初めてだった。少し慌《あわ》てた様子で、とにかく行かれませんすみません、ということだった。お腹が痛いとか、熱が出たとかいうよりは、怪我をしたとか、そんな様子だった。でも、その次に来たときはもう元気だったので、あえて確かめることはしなかった。清水先生も、もう大丈夫です、ご心配おかけしましたと、特に変わった様子はなかった――。

また、名都が以前契約していた携帯電話会社に依頼したところ、かろうじて一ヶ月分の通信データが残っており、取り寄せることができた。

確かに、尋常ではない量の通話とメール、メッセージが、清水杜夫から発せられていることが分かった。これだけでも清水杜夫をストーカー規制法違反に問うことはできる。

特捜本部は十月三十日、清水杜夫に任意で事情を聴く方針を固め、翌三十一日の十四時十分、自宅から出てきた清水杜夫に任意同行を求めた。捜査員が「浜木名都さんとそのご主人、浜木和昌さんについてお話を伺いたい」と声をかけると、清水は「はい」と素直に応じたという。直接声をかけた捜査員は「少しほっとした様子でした」とそのときの様子を語った。

池袋署に連行されてきた清水は、取調官の質問にも素直に答え、自身で用意した折り畳みナイフで、浜木和昌を刺したことを認めた。これを受け、特捜本部は逮捕状を請求。同日十九時二十二分、清水杜夫を通常逮捕した。

清水は犯行に至る経緯を、こう供述している。

昨年の八月に同窓会があり、そこで浜木名都、旧姓・藤岡名都と再会し、連絡先を交換した。月に一度くらいのペースで食事に行くようになり、十二月に会ったときにホテルに誘い、関係を持った。以後、名都は食事には応じるものの肉体関係を持つことは拒み、三月になると「もう会えない」と言い出した。

以後も名都には連絡をとり続けたが、電話に出ることは少なくなり、メールやメッセージの返信も、連絡するのをやめてほしいとの内容がほとんどになった。だが懐かしさや、今の生活に対する閉塞感もあり、名都に連絡することをやめられなかった。本当に会えるかどうかよりも、会いたい相手がいま自分にはいる、そのことの方が重要になっていった。

六月になるとそれまでの携帯番号では連絡がとれなくなり、名都の職場に直接会いに行くしかなくなった。名都は事務職なので、日中はなかなか社屋から出てこないが、できる限り時間を作り、名都の出入りを見張るようにした。四回ほど直接会うことができ、声もかけたが、無視されるだけだった。それでも諦めきれず、同様の待ち伏せを続けていたある日、浜木名都の夫だという男に声をかけられた。浜木和昌だった。

浜木和昌は全て名都から聞いているようで、自分は名都を赦《ゆる》した、お前はどうなんだと訊かれた。家族に、会社に、こんなことがバレたら大変なんじゃないかと言われた。中野のマンションもまだローンが残ってるんだろう、とも言われた。最終的には、二千万円の現金を要求された。

浜木和昌は、会社や自宅より、受け持ちの生徒の家の近くで待っていることが多かった。移動中に付きまとわれるようになり、事件当日も同様に付きまとわれていた。二千万円を減額してほしいという話もしたが、浜木は応じなかった。要求通り払えないなら家族と会社に全部バラす、の一点張りだった。暴力を振るわれることもあった。人気のない道に連れ込まれ、腹を殴られたり、背中や太腿を蹴られたことも何度かあった。

ナイフをチラつかせたら浜木が静かになるかと思い、用意して持ち歩くようになった。事件当夜、初めてナイフを取り出してみせると、浜木は、刺せるものなら刺してみろと、強気に体を寄せてきた。ここで怯《ひる》んだら、一生この男の言いなりになってしまうと思い、ナイフを突き出した。それが刺さってしまった。浜木が後退りしたのか、自分が引き抜いたのかは覚えていない。だが、刺したあとに浜木が殴ろうとしてきたので、再びナイフを振るった。二回か三回、腕を切りつけたと思う。そのまま走って、しばらくは近くの公園の植え込みに身を隠していた。やがて授業の時間が迫り、しかし手が血塗《まみ》れであることに気づき、いつも通りの授業は無理だと判断した。生徒宅に連絡を入れ、体調不良だと説明し、その夜の授業はキャンセルした。

浜木和昌がどうなったのかは心配だったが、もし死んでいたら、殺してしまっていたらと思うと怖くて、ニュースも新聞も見られなかった。それでも四日後には我慢できなくなり、インターネットでニュースを検索した。傷害致死、殺人の両面で捜査されていると知り、さらに怖くなった。

事件からの一ヶ月余り、毎日が怖くて怖くて仕方がなかった。妻や子供にも心配されたが、何も話せないことが苦しくて堪《たま》らなかった。警察に逮捕されたときは、正直、ほっとする気持ちの方が大きかった。

浜木和昌に対し、あのような行為に出てしまったことを今は深く反省している。大変申し訳ないと思っている。浜木名都にも謝罪をしたい。自身の家族にも謝りたい――。

このまま何事もなければ、清水杜夫の起訴は延長勾留期限の十一月二十二日を待たず、数日前倒ししてされる見通しだ。


十一月になり、早くも一週間が過ぎていた。

特捜本部は最小規模まで縮小され、残ったのは起訴に必要な裏付け捜査担当のみとなった。捜査一課と池袋署刑事課から六名ずつの、わずか十二名。応援の捜査員はそれぞれの署、それぞれの部署に戻り、池袋署の本署当番は六班体制に復帰した。

本宮が特捜に顔を出すことも少なくなった。兼松管理官や殺人班の係長でさえ、もう特捜に常駐はしていない。小菅一課長に至っては清水杜夫の逮捕後、ほとんど姿を見せていない。

小菅とは一度、きちんと話をすべきだとは思っているが、そんな機会もないまま、時間ばかりが徒《いたずら》に過ぎていった。会えないならせめて電話で、とも思ったが、捜査一課長が多忙なのはよく知っているし、電話で済ませるのも礼を欠くような気がし、なかなか思いきれずにいた。

そうこうしているうちに、特捜が一つ下の階の小さな会議室に移動することになった。それも引越しは明日の朝一番、講堂を使うのは今日一杯だという。

ならば最後にもう一度、あの講堂の風景を見ておきたい——。

そう思った本宮は、少し手の空いた十五時過ぎに、七階まで上がってみた。

講堂の出入り口にはまだ「西池袋五丁目路上男性殺人事件特別捜査本部」と書かれた紙が看板の如く貼ってあるが、これも明日には剝《は》がされることになる。中を覗くと、強く西日が差し込む講堂に残っているのは、わずか三名。明日の引越しに備えてか、講堂後方に寄せられていた情報デスクも一台を残してすでに撤去され、電話や複合機がその周りに寂しく取り残されていた。

いや、捜査員と思われたうちの一人は、捜査一課長の小菅だった。

「……一課長」

声をかけながら入ると、小菅も振り返りながら「やあ」と手を挙げた。

「本宮さん。あなたには、いろいろお世話になりましたね」

むろん、例の件について言っているのだろうが、ここでその話をするのは憚られる。

「一課長、少しお時間をいただけますか。お話ししたいことが……」

全くの独断で、例の件を兼松管理官に振ってしまったことについて詫びる、今が最後のチャンスだと思った。

だが、小菅は静かにかぶりを振った。

「いえ、もういいでしょう。済んだことです。本宮さんは、やはり優秀な方だ。私は、そう思っていますよ……失礼。下に、車を待たせているので」

それだけ言って、小菅は本宮に背を向けた。チャコールグレーのスーツが白むほど、西日が強く、背中を照らしている。

そんな小菅の後ろ姿が、真っ暗に見えるほど陽の当たらない廊下に消えていく。

急に、怖くなった。

あの日、自分は深く疑うこともせず、小菅が秘密裏に発した特命を受け入れ、遂行した。それは漠然とではあるが、事が済めば小菅から説明があると、種明かしをしてもらえると、そう思い込んでいたからだ。

だが、それはなかった。

犯人が逮捕されてもなお、小菅は明かせない何かを肚に抱えている。自分はそれの、片棒を担がされたということなのか。

自分を含め、三人しかいないこの講堂よりも、もっと空虚な何かを想像した。分からない。この罪の意識に似たものは、なんだ。

自分は、何をしてしまったのだ。

自分は一体、何を裏切ってしまったのだ。

第二部　顔のない目

1

渋谷区千駄ヶ谷《せんだがや》二丁目、最寄駅は副都心線の北参道駅、徒歩七分か八分。他にも中央線の千駄ヶ谷駅まで十分、山手線や大江戸線の代々木駅まで歩いても十五分という、非常に恵まれた立地。

そんな場所にある、見るからに高級そうなマンション。夜になると、その高級感はさらに際立つ。エントランスから漏れてくる明かりが、大理石を敷き詰めたアプローチを煌々《こうこう》と照らしている。リッチでお洒落《しゃれ》で、なおかつ頑丈そうなマンションだ。

植木範和《うえきのりかず》は捜査用PC（覆面パトカー）の後部座席に身を沈めながら、目の前、助手席にいる佐古充之《さこみつゆき》に訊いた。

「……あの部屋、家賃、何万って言ってたっけ」

「三十二万とか三万とか、そんくらいじゃなかったですかね」

植木は警部補、佐古は巡査部長。植木は三十五歳で、佐古は二十九歳。植木は警視庁本部の組対（組織犯罪対策部）、佐古は高井戸署の刑組課《けいそ》（刑事組織犯罪対策課）所属。階級も年齢も所属も、ちょっとずつ植木の方が「上」だ。

「確か、2LDKだったよな」

「ええ。フロはジャグジー付きだって、報告書に書いてありました」

なんにせよ、自分たちのような地方公務員が住める部屋ではないということだ。

佐古が溜め息をつく。

「……キャバ嬢って、けっこう稼げるんですね」

だいぶ前に聞いた、歌舞伎町のキャバクラ店長の言葉を思い出す。

「そうとも、限んないんじゃないか。実際にやってみると意外とキツくて、一日で辞める娘も多いらしいよ。この仕事は向いてるって自分で思えて、なおかつタフで、頭の回転もよくて口が達者で、美人でスタイルもよけりゃ、そりゃ稼げるんだろうけどさ」

佐古が、鼻から半笑いを漏らす。

「植木さん、やけにキャバ嬢の肩持つんすね」

「別に、肩は持たねえけど、羨ましいっちゃ、羨ましいかな」

「それは、千倉葵《ちくらあおい》がですか。それとも、森田《もりた》がですか」

千倉葵は西麻布のキャバ嬢、森田一樹《かずき》はそのキャバ嬢とあの部屋で、今まさに現在進行形で乳繰り合っているのであろう、二十五歳、無職の男だ。

どちらが羨ましいか、と言えば。

「そりゃ……姦《や》らしてくれるっていうんなら、姦りてえからな。どっちかって言ったら、千倉葵と姦りまくってる、森田の方が羨ましいかな」

「植木さん、葵みたいな女、好みっすか」

「ああ、全然抱けるね……っていうかお前、最後にセックスしたの、いつ？」

佐古が少しだけ、肩越しにこっちを振り返る。

「そういうこと、訊きます？」

「訊くよ。っていうか、全然普通の話題だろ。夜の張込みってのは、要するに、他人の夜の営みを見張るわけだから、むしろムラムラして当然なんだよ……だから、言え。教えろ。最後に姦ったのいつだ」

後部座席から、助手席にいる佐古の表情は見えない。よって呆《あき》れ顔をしているのか、指折り数えて正確に答えようとしているのか、植木には分からない。

「……二週間前、ですかね」

予想以上に、佐古は真面目《まじめ》な男だった。

「ってことは、この前の休みか。お前、カノジョいるんだったよな」

「はい」

「ちゃっかり、やることぁやってんだ」

「植木さんは、どうなんすか」

「俺も二週間前だよ……俺の場合は、風俗だけどな」

素人女とは、もう五年以上もセックスをしていない。二十代の頃に結婚を考えていた相手とは、様々な生活習慣の不一致が原因で別れた。勤務時間、食習慣、性欲の強弱、他人を見る目、危機意識、将来設計。

「あなたといると……すごく、息が詰まる」

自分を曲げてまで、引き留めたい女でもなかった。だが五年以上経った今、植木はひどく後悔している。こんなに女日照りが長く続くと分かっていたなら、自分だってもう少しは努力できた。勤務時間はどうにもならないが、食い物くらいは合わせようと思えば合わせられた。セックスも「姦り溜め」みたいにせず、相手の体調や気分を考慮して控えめにすることはできた。二人で歩いているときくらい、今のあいつはコカインをやってるとか、すれ違った男が大麻臭かったとか、気づいてしまうのは仕方ないが、口を噤《つぐ》むことはできた。

いや、どうだろう。分かっていても、結局自分は努力などしなかったかもしれない。自分を曲げることなど、できなかったかもしれない。自分を曲げて合わせるのは、組織に対してだけで充分だ。それに関する不満はないし、疑問も感じない。ガツガツと、丼飯を掻き込むようにネタを喰い、ホシを挙げる。そこに集中できてさえいれば、自分はいい。自分で、自分を赦すことができる。

それはそれとして、千倉葵はなかなか、植木好みの女ではある。

「葵みたいなさ、なんつーの……豚っ鼻じゃねえけど、ちょっと鼻の穴のデカい女って、エロいだろ。自分でも、コンプレックスに思ったりしてんじゃねえかな。そういうのを、ちょっと恥ずかしがったりする感じが……なんかこう、エロいんだよ」

「植木さん、相当好きっすね」

「お前のカノジョはどうなんだよ。美人系か？　可愛い系か？」

「いや、別に……普通っすよ」

「仕事は」

「ウェブデザインの会社で、なんか、やってます」

「普通のOLさんか……ま、それが一番いいかもな」

植木は五十メートル前方の左手、千倉葵の住むマンションの明かりに目を向けつつ、鼻を穿《ほじく》った。

三月。寒さが和らいできたのはありがたいが、依然空気は乾燥している。小鼻を触るだけで、中に大きな異物があるのが分かる。パリパリに乾いた鼻クソだ。これを、なんとかして取り除きたい。

そこまで思って、ふと気づく。

俺は今、自分の鼻の穴に、自分の指を入れている。

この、監視対象者との格差は、どうしたものだろう。

森田一樹は今も、あの二階の角部屋で千倉葵とよろしくやっているに違いない。二十分も三十分もユッサユッサやって、全身汗塗れになって、終わったら二人で、シャワーも一緒に浴びるのかもしれない。羨ましい。泣けてくるほど羨ましい。

千倉葵がシロなのは分かっている。少なくとも現時点まで、その周辺から違法薬物使用を疑うような証拠は拾えていない。使用済みのティッシュや粘着クリーナー、掃除機の紙パック、吸い殻、割り箸、生理用品などなど、日常出るゴミから得られる情報は多岐にわたる。それらを定期的に、しかも隈なく調べた結果、葵はシロであると、現段階では考えられている。千倉葵からクスリを買った人物がいるという話も、今のところ警察は把握していない。

つまり森田一樹は、女をシャブ漬けにして奴隷化しようだとか、葵にも西麻布の店でブツを売らせてさらに儲けようだとか、そこまでする鬼畜ではない、と考えてよさそうだ。また森田自身の周辺からも薬物反応は出ていない。

森田一樹は、覚醒剤、大麻、コカイン、ＭＤＭＡといった多種類の違法薬物を売り捌《さば》いているにも拘らず、自身ではそれらを一切使用しない、ある意味、徹底したプロの売人だ。二十五歳にして大した野郎だ。

それだけにタチが悪い、始末に負えないとも言える。放っておいても、薬物の過剰摂取で死んだりはしてくれないのだから、それでいて生きている間は薬物を売り続けるのだろうから、ここは警察が腰を据えて、その入手ルートまで一網打尽にする必要があるのだ。

森田が浜田山三丁目の自宅マンションを出たのは今日の夕方、十六時十分頃。最寄りの西永福駅から井の頭線に乗り、渋谷で下車。ファッションビルで洋服を見て回り、シャツを一枚購入したのが十七時半。家電量販店に移動して携帯電話のケースを物色し、散々悩んだ挙句に買わず、店を出たのが十八時半過ぎ。駅近くの喫煙所で一服して、公園通りにあるカニ料理屋に入ったのが十九時。

ここまでの行動確認は、植木と同じ組対五課薬物捜査二係の西本《にしもと》警部補の組と、広川《ひろかわ》巡査部長の組が担当した。その、カニ料理を一緒に食べているのは千倉葵だという報告を受け、だったら今夜は千駄ヶ谷の千倉宅に流れるだろうと予測し、植木の組が車で千駄ヶ谷に先回りし、張込みに入った。

案の定、食事を終えた森田と千倉は副都心線で北参道に移動。二十二時三十分、千倉のマンションに入ったところで、植木たちが行確を引き継いだ。西本と広川の組はいったん離脱し、メシを食いにいった。もうすぐ四人も戻ってくるはずだ。

森田は、今日もおそらく終電かタクシーで浜田山に帰る。ここ半年続けてきた行確で、それは概ね分かっている。森田が女の部屋に泊まることは滅多にない。朝まで女と過ごしたのは、この半年でたったの二回だ。理由は分からない。薬物売買に関係する何かなのか、あるいは単に枕が替わると眠れないタチなのか。今のところそれを確かめる術はないが、商売に関する何かであってくれたら、と思ってはいる。

現状、植木たちが籍を置いているのは新宿署内に設置された捜査本部だ。そうはいっても、実際には「間借り」あるいは「居候」に近い。俗に「戒名」と呼ばれる「〇〇事件捜査本部」のような名称もない。本部の組対五課と新宿署や渋谷署、あるいはその周辺署の銃器薬物対策係から捜査員を集めて編成した即席捜査班だ。

捜査本部設置のきっかけとなったのは、各所轄署から上がってきた情報だった。

二十代で長身、複数種類の薬物を扱う売人がいる。指定暴力団の関係者ではない。いわゆる「半グレ」とも違う。外国人でもない。

そうなると逆に、ヤクザ者や半グレは警察に協力的になり、積極的に情報を提供してくれた、と新宿署の捜査員は語った。

「クラブとかライヴハウスとか、イベントを指定して、コソコソッとやり取りするみたいです。現場を押さえようとした組員もいるんですけどね、何しろ逃げ足が速いらしくて。いろいろ内輪で情報回して、取っ捕まえてシメてやろうと思ってたらしいんですが、なかなか尻尾が摑めない……で、今に至るという」

敵の敵は味方――まるで、縄張りを荒らす不届き者をヤクザや半グレに代わって警察が成敗してやろう、という話に聞こえなくもないが、そもそも「マル暴」の捜査にはそういった側面が付き物だ。反社会的勢力ともギヴ・アンド・テイク。善悪や白黒をはっきりさせればいいというものではない。

それよりも問題なのは、この薬物販売ルートがどれほどの規模なのか、ということだ。

何人かの末端使用者を逮捕し、その連絡方法を逆利用し、売人が森田一樹という二十五歳の男であるところまでは突き止めた。犯歴がなく、反社会的勢力との接点もない森田が、一体どこから薬物を仕入れているのか。それも一種類ではない。覚醒剤からＭＤＭＡまで、少なくとも七種類の薬物を販売したことが確認できている。そんなに多くの違法薬物を、森田はどうやって調達しているのか。

しかも、ここ三ヶ月の森田は以前よりもさらに注意深くなっている。自分の客に逮捕者が出たことを察知したのだろう。取引方法を変更したのか、しばらく商売を控えるつもりなのかは分からないが、今では植木たち捜査員も取引現場を押さえられなくなっている。

千倉葵が手を貸している可能性は、むろんあった。だがどんなに彼女の周辺を捜査しても、千倉本人の使用は疎《おろ》か、周辺人物にもそのような兆候は見られなかった。別件でもなんでもいいから、千倉の自宅を捜索しよう、という乱暴な意見もあったが、植木は反対した。何ヶ月も行確を続けてきたのだから、ここはじっくり進めた方がいい、この販売ルートに携わった全員を調べ上げて一網打尽にする方がいいと、今も植木は考えている。

とはいえ、森田の行確に半年というのは、確かに長過ぎる。

最初の三ヶ月間で森田から薬物を譲り受けた者は、こちらが把握しているだけで十七名。うち十一名は身元が確認できたので、取引から一週間ないし十日ほど時間を空けてから逮捕した。しかし、以後の三ヶ月は見事にゼロ。この期間、森田が警察を警戒し、商売を控えているのならいい。捜査自体が薬物取引の抑止力になったと見ることができる。だが密《ひそ》かに取引は継続されていて、それを自分たちが事実上野放しにしてきたのだとしたら、これは大問題だ。捜査過程が明るみに出たら、警察は何をしていたのだという話にもなりかねない。

まあ、それで自分の首が飛ぶようなことは、ないとは思うが。

食事から戻った西本組と広川組は車内で待機。植木の組はマンション近くで張込みを続けることになった。

佐古が携帯電話で時刻を確認する。

「零時、十七分……もうそろそろ出てこないと、終電に間に合いませんね」

終電で帰るためには、森田は北参道駅、零時三十二分の副都心線に乗らなければならない。

「だな……奴の懐具合を考えたら、タクシーでご帰宅なんて、贅沢はできねえはずなんだけどな」

だが、実際にはそうなってしまった。

森田がマンションから出てきたのは午前一時二十分。

植木は早速、西本に連絡を入れた。

「マル対（監視対象者）出た。車番確認に回ります」

『了解』

念のため、佐古は携帯電話で森田がタクシーに乗り込むまでを撮影。森田は【割増】二台を見送ったのち、ようやく【空車】を確保。森田より二十メートルほど先で待機していた植木たちは、余裕をもって車両番号を確認できた。

「品川五〇〇、い、※△、※◇」

『了解』

あとは浜田山の自宅まで尾行するだけだから、さして難しい仕事ではない。一分ほど時間を置いて出発した西本たちも、植木の前を通り過ぎるときに、全員で親指を立ててみせるほど余裕の構えだった。三分後には広川から『無事、車両を捕捉しました』との連絡を受けた。

とりあえず、植木たちの任務はここで終了だ。

一つの任務が終わったからといって、決して家に帰れるわけではない。これからタクシーで西本たちのあとを追い、浜田山の張込み拠点に戻る。

そうはいっても、拠点での張込みは別の組がやってくれるので、植木たちはシャワーを浴びたり食事をとったり、ある程度は仮眠もとれると思う。

「お疲れぇ……」

森田の行確開始から二ヶ月ほどして、ようやく借りられたマンションの一室。2DKで九万五千円。大の男が八人から十人常駐する部屋として充分とは言い難いが、車内と路上しか張込み場所がないよりは断然いい。

玄関を入ったところ、ダイニングキッチンに置かれたテーブルには四枚の皿が並べられている。

コンロの前でフライパンを振っているのは、植木と同じ組対五課薬物二係の松田《まつだ》だ。

「おう、お疲れさん。もうすぐチャーハンできるぞ」

「嬉しいっす。すげえ腹減ってたんすよ……ああ、いい匂い」

正面の洋室と、その左手の和室にはバルコニーに出られる窓がある。そこから都道を隔てて向かいにある森田のマンションを監視するわけだが、向こうにこっちの動きを悟らせるわけにはいかないので、外から見ても不自然に思われないよう常にカーテンを引き、さらに暗幕を張ってこっちの明かりが漏れないようにしてある。その上で、小型のビデオカメラを二台、洋室の窓の上端に仕掛け、それを大型モニターに繋《つな》いで監視している。一台は森田の部屋の窓、一台はマンションのエントランスを狙っている。こっちは三階、向こうは四階なので、若干下からのアングルになるが、窓に明かりがあるかどうかくらいの確認はできる。ここにいる間は、このモニターを見るのが主な任務になる。

植木は洋室に進み、隣の和室を覗いた。敷きっぱなしの布団に四人ほど寝転がっている。たぶん、野口《のぐち》巡査部長と、池田《いけだ》巡査部長と、彼らの相方二人だ。

「……あれ、西本さんたち、帰ってないの」

モニターを見ていた鳥山《とりやま》巡査部長がこっちを振り返る。

「いったん帰ってきたんですけど、ビールが切れてたんで、買いに出ていきました」

マル対の生活リズムは分かっているので、その辺はこっちも自由にやっている。飲酒運転さえしなければ問題はない。

「俺の分も買ってきてくれるかな」

「と、思いますよ。松田さんが金渡してたんで」

松田は統括警部補。この行確班の責任者だ。経費の管理も、基本的には松田の担当だ。

植木は空いていた座布団に腰を下ろした。

「その後……宅配便とか、きた？」

鳥山の隣にいる中津《なかつ》巡査部長が頷く。彼は新宿署の組対係員だ。

「一つありましたけど、普通に通販でした。明日令状とって、業者に確認する予定です」

「誰が」

「たぶん、遠藤《えんどう》さんの組になると思います」

遠藤も組対五課薬物二係の警部補。今日は休みをもらって、自宅に帰っている。

「俺らが出てから、係長来た？」

鳥山がかぶりを振る。

「いいえ、来てないです」

「だよな……ほんと、何やってんだろうな、あの人。ちゃんと、こっちのバックアップする気あんのかな」

「でも、ゴミはちゃんと柄本《えもと》さんとかが持っていってくれますし。やることは、やってくれてるんじゃないですかね」

柄本は、主に新宿署の捜査本部でデスク業務をしている警部補。こっちの拠点には捜査資料の引き取りにくる程度で、張込みや尾行には一切タッチしていない。

「植木、できたぞ」

「あー、すんません」

よっこらしょ、と立ち上がり、ダイニングテーブルに向かう。ちょうど佐古も便所から出てきたところだった。

その表情が、やけに優れない。動きも、なんだかクネクネとおかしい。

「……どうした」

「いや、ちょっと、クソが」

「出ねえか」

「いや、出たんですけど、硬くて」

「切れちゃったか」

「ええ、ちょっと、血が……前にも切れたとこなんで、痛くて」

痔と便秘は、張込みにはつきものだ。

松田がフライパンをテーブルまで持ってくる。

「おいよぉ、これからメシにしようかってときに、クソだの切れ痔だのイボ痔だの、ケツメド話はよせって。せっかくの、俺の特製チャーハンが不味《まず》くなるだろ」

佐古は「すんません」と頭を下げたが、いちいち下ネタを拾って広げるのは松田の芸風だ。気にする必要はない。

でも一応、フォローは入れておく。

「まあまあ、今日はチャーハンなんだから、カレーのときじゃなくて、よかったじゃないですか」

「ほんと、それな。カレーのときに限って下痢の話したり、お好み焼のときにゲロの話したりする奴って、必ず一人はいるよな」
あんただよ。

2

未明に森田が自宅を出たことは、これまでに一度もない。むろん油断などはしない。モニター担当もしっかり監視を続けてはいるが、傾向としてはそうだった。森田が動き出すのは早くても午前十時か十一時。今日は十五時を過ぎてもまだ、外には出てきていない。

現在のモニター担当は植木と佐古。室内待機は西本、遠藤、桃井《ももい》の組。車内待機は広川組。室内待機組は仮眠をとったり、新聞を読んだり、思い思いに過ごしている。パソコンで報告書を作るような真面目なメンバーは、今現在は一人もいない。

遠藤は、昨日の宅配便業者と通販業者の双方に確認をとり、ついさっき拠点入りした。

「荷物の中身は、最新型のジューサーだってさ。テレビ通販限定のサービス商品で、ハンドブレンダーとか泡立て器とか、いろいろセットになってるらしい」

その話を思い出したのだろう。

モニターを見ながら、佐古が呟《つぶや》く。

「そういえば、ジューサーって……あいつ、料理なんてするんですかね」

あの森田が、頭にバンダナを巻いてエプロンを着けている姿を想像する。あり得ないこともない、とは思う。

「まあ、健康志向を気取って、スムージーとかなんとか、作ってみたくなったんじゃねえか」

「ジューサーが薬物製造に使われる可能性って、ないんですかね」

「なくはないだろうけど、それよりは原材料だろ。それを押さえさえすれば、ジューサーなんざどうでもいいさ」

まだ佐古は納得がいかないらしい。

「千倉葵の他に、女はいないんですか」

佐古は、捜査本部設置の二ヶ月後に加入したメンバーだから、ところどころ知らないことがあるのは仕方ない。

「最初はもう一人いたけど、すぐに別れたのか、そもそも一、二回の遊びだったのか……結局、継続的に会ってるのは千倉葵だけだ」

「森田の部屋に来る女って、いないいんですか」

「いないね。それは今まで、一度もない……なに、女が料理作りに来るんじゃないかってこと?」

「ええ」

「ないね。そもそも、そういう家庭的なタイプとは合わないよ、森田は」

単なる偏見だが、そう思う。

そんな、どうでもいい会話を交わしたり、交わさなかったり、意味のあるような、ないような時間を過ごしての、十六時五十分。

そろそろモニター担当を遠藤組と交替しようと、植木が立ち上がった瞬間に、森田が動き出した。

「あ、森田出てきた」

佐古が携帯電話を構える。

「広川チョウ(巡査部長)に連絡します」

植木は遠藤と目を合わせた。

「じゃ、俺ら出ます」

「おう、しっかり頼むぞ」

遠藤組、西本組を残し、植木は佐古と桃井の組を連れて拠点を出た。ここは三階なので、一階に下りるまでには多少時間がかかるが、そこは車内待機の広川組がフォローしてくれる。

　早速、広川から連絡があった。

『森田、駅に向かってます』

「了解」

　速足で行くと、すぐ広川組には追いつき、森田の姿を確認することもできた。今日は深い緑色のニット帽、青色のデニムジャケットに、細い黒色のチノパンツというコーディネイト。手には黒っぽいクラッチバッグ。だが、ここから西永福駅までは住宅街の細い道を抜けていかなければならない。もし森田が振り返り、後ろから男が六人もゾロゾロと尾いてきていたら、即座に警察の尾行だと見抜かれてしまう。

　直近での尾行は広川組に任せ、植木たちは多少遠回りになるのを覚悟の上で、並行する別の道から駅に向かった。幸い、森田はさほど速く歩くタイプではない。どちらかと言ったら、ちんたらと退屈そうに歩くことが多い。こっちが先回りすることはさして難しくない。

　案の定、植木たちが駅前に着く方が早かった。

　あとから森田が来て、線路の手前、改札へと向かう階段を上っていく。

　数秒待ってから、植木たちも階段に向かった。広川組も数メートル向こうまで来ていたが、植木が目で合図するとそのまま来た道を戻っていった。彼らは引き続き車内で待機。植木たちが森田の目的地を特定したら、それから応援に出る段取りになっている。

森田が乗ったのは渋谷行きの井の頭線。ここまではいつも通りだったが、今日は渋谷までは行かず、珍しく明大前駅で降り、本八幡《もとやわた》行きの京王線に乗り換えた。

直近の尾行は薬物二係の後輩、桃井巡査部長に任せ、植木と佐古、桃井の相方の三池《みいけ》巡査部長は、ドア一つ離れたところで二人の様子を窺った。

佐古が小声で訊いてくる。

「明大前で乗り換えって、最近じゃ珍しくないですか」

「だな。新宿にでも行くのかな」

しかし、森田は新宿でも降りなかった。直通で都営新宿線に替わっても、まだ吊革を離さない。

結局、森田が電車を降りたのは市ヶ谷だったが、そこからまた新木場《しんきば》行きの有楽町線に乗り込む。

「これは、何かありますね」

「そのようだな」

「広川チョウに連絡入れときますか」

「頼む」

　最終的に森田が降りたのは、新木場駅だった。

　新木場はその名の通り、江東区深川にあった旧木場の機能を移転する目的で造られた材木問屋の街だ。最近で言えば、東京都中央卸売市場を築地から豊洲に移転したのと似たようなケースだ。

　ただ昨今、都内では材木屋の数が激減している。街道沿いでも、開店休業状態の店をよく見かける。当然、その仕入れ先となる新木場も大きく影響を受けざるを得ないのだろう。パッと見、材木問屋の街というよりは、オフィスビルや物流センターのような建物の方が多く目につく。

　そんな街を、森田は一人で歩いていく。身長が百八十センチ以上あるので、かなり距離を置いても見失う心配はない。また、人通りもそれなりにあるので、適当に隠れながら歩けるのも植木たちには都合が好かった。

　いや、待て。こんな、オフィスビルと物流センター、材木問屋くらいしかない街にしては人通りが多い。しかも、通行人の多くはかなりカジュアルな恰好をしている。ある意味、ちょっと洒落ている。

　佐古も同じ疑問を覚えたようだった。

さっと何か調べて、携帯電話の画面を植木に向けてくる。

「この先に、コンサートホールみたいなもんがありますね」

材木問屋が撤退してできた空地の利用法としては、悪くない。

しかし、コンサートホールということは。

「野郎、とうとう商売する気になったか」

「……にしては、場所が辺鄙《へんぴ》過ぎませんか」

「都心じゃやりづらくなったってことだろ。そこ、なんて名前」

「スタジオ、イーストゴースト、ですね」

「広川に知らせろ」

「はい」

ただ、コンサート会場となると簡単には中に入れない。当日券が残っていればいいが、売り切れていたら、警察手帳を使って脇から入れてもらうしかない。

森田はさらに真っ直ぐ歩いていく。オフィスビルが少なくなり、やけに空が広くなり、運河に架かる橋に差し掛かっても、まだ歩き続ける。

「会場は、橋を渡って左手です」

「ああ」

佐古の推理通り、変に洒落た通行人たちも、森田も、橋を渡り終えると迷うことなく左に折れていく。

「広川に、目的地確定、全員乗せてこいって」

「はい……全員は、無理っすけどね」

植木たちも、流れに乗って左に曲がった。

なるほど。明らかに以前は倉庫街というか、材木問屋が複数あったような場所だ。今もそんな、建坪が大きいわりに平べったい建物が何棟も並んでいる。ただし、その眺めに古臭さや寂《さび》れた雰囲気は微塵《みじん》もない。どの建物も外装を白っぽくリフォームしており、全体としてはむしろアミューズメントパーク的な、非日常を楽しむための空間に様変わりしている。

そんな中でも、ひと際目立つのが【Studio East Ghost】の電飾看板だ。まるでアメリカの映画館かライヴハウスのようだ。

植木は、その看板を指差してみせた。

「チケット買うの面倒臭えから、関係者入り口から入れてもらおう。責任者捕まえて、隅っこで手帳見せればなんとかなるだろ」

「ですね」

幸いまだ開場直後らしく、来場者が百人か二百人、入り口前に列を作って並んでいる。その最後尾付近に森田の背中もある。時刻を確認すると十八時五分。こっちも入場を急いだ方がいい。

列から少し離れたところ。黒色のスーツを着て、《チケットをお持ちのお客様は》と拡声器でアナウンスしている男に訊いてみる。

「ちょっとすんません、関係者受付って」

男は事もなげに「あちら、正面入り口の左手になります」と教えてくれた。

「どうも」

それを聞いた佐古が、小さく指で合図を送る。それだけで察したか、十メートルほど離れたところにいる桃井が頷く。彼らがここに残って森田を監視していてくれれば、見失う可能性はない。

係員に聞いた通りに行くと、確かに、小さくではあるが【関係者受付】と書かれた札が立っていた。

その例の最後尾に——並んでいる時間はない。「すんません」と断わりながら列の先頭まで進む。

建物に入ってすぐのところ、受付用テーブルが並んでいるその後ろに、水色のニットを着た女性が立っている。右耳にイヤホンを入れているので、受付に座っているスタッフジャンパー姿の女性たちより、多少は話を聞いてくれそうだ。

そのニットの彼女を手招きで呼び寄せる。

「……はい、何か」

最初は愛想よく対応してくれたが、

「すみません、警察です。周りを見ないで聞いてください」

そう言いながら、胸元で手帳の身分証を提示すると、ニットの彼女は眉根を寄せ、目だけを動かして植木たちの恰好を確かめた。

上衣は植木が薄いグレー、佐古が黒色のブルゾン、下衣は二人ともデニム。警察官らしくないと思ったのだろうが、それに対する言い訳をしている暇もない。

「今、我々が尾行している人物が会場に入ろうとしています。我々はチケットを持っていないので、申し訳ありませんが、ここから中に入れていただけますか」

無意識なのだろうが、彼女が周りを見ようとしたので、「見ないで」と強めに制した。

彼女が頷く。

「あ、すみません……あの、はい。ええと、それはかなり、緊急を要する事態、ということでしょうか」

「と申しますと」

「一応、責任者に確認をとりませんと」

「あなたは責任者じゃないんですか」

「いえ、私は、一スタッフですので」

ここで下手に、偉そうなスーツのオヤジにでも出てこられたら逆に面倒だ。

「でもスタッフなんでしょ。責任者への報告はあとにしてください。私と、この佐古と」

佐古も隣で頭を下げる。

「あとから、桃井と三池という二人がきます。全員、警視庁の警察官です……あ、名刺渡しておきます」

佐古も倣《なら》って名刺を差し出す。

「その二人も身分証を提示しますんで、それで、中に入れていただくわけにはいきませんか。事情はのちほどご説明します。なんなら警視庁本部に問い合わせて、その名刺の部署と名前を確認してください。とにかく、今は我々を入れてください」

多少は並んでいる客にも聞こえたかもしれないが、かまうものか。

彼女が、恐る恐るといったふうに頷く。

「はい、分かりました……では、こちらから、どうぞ」

こっちとを隔てていた白い柵を動かし、その隙間から植木たちを入れてくれた。

「すみません。失礼ですがお名前は」

「ナカネです」

「ナカネさん、ありがとう」

一緒に入った佐古が、早速今の状況を桃井に伝える。

「……今ですか、分かりました。じゃあ入り口に先回りして確認しま……あ、マル対、分かりました、確認しました。いま受付を通りました。こっちで引き継ぎます。お二人も、関係者受付に、水色のニットの、ナカネという女性がいますから、彼女に身分証を提示して入ってください。名刺……はい、了解です」

植木も森田を視認した。今、クラッチバッグの中身を係員に確認されている。どんな薬物をどれだけ持ってきているのかは分からないが、係員の目的は録画・録音機材や危険物の有無の確認なのだろうから、あの程度のチェックで引っ掛かるはずもない。そもそも森田だって、薬物入りのパケを裸でバッグに入れてはこないだろう。

さっとロビー全体を見回す。

入場した客はそのままホールに入っていくのと、ロビーに留まってブラブラしているのとが半々くらいか。バーのようなカウンターがあり、そこでビールやスナックを買って一杯始めている客もいる。

ホール入り口の脇には、祝花が並べて飾られている。どうやら今夜出演するのは「アップルマッスル」というアーティストらしい。名前からしてソロではなさそうだから、何かしらのグループなのだろう。ロックバンドか、あるいは「マッスル」だから、マッチョな男性アイドルグループか。客層は男女が半々、二十代から四十代が多いように見える。パンクやヘビーメタルのような、いわゆる「ワル」っぽい恰好の客は見当たらないので、傾向としてはお洒落系とか、爽やか系なのではないか。

すぐに桃井組も入ってきた。

「遅くなりました」

「いや、大丈夫」

森田はバーの前に一人で突っ立っている。すぐ人混みに紛れる感じではない。

もう少し周りを見る。

入り口からすると右手奥、突き当たりの壁には【コインロッカー】の文字と矢印が書かれたパネルが貼ってある。なるほど、思う存分楽しむためには、手荷物だってない方がいいに決まっている。

と、いうことは。

「佐古、ここって椅子はあるのか、それとも立ち見か」

「見てきます」

佐古が小走りで行くのと、森田がふらりと動き出したのが、ほぼ同時だった。相変わらず怠《だる》そうな、ちんたらとした歩き方だ。合わせて植木たちも動き出したが、佐古はすぐ戻ってきたのでよかった。

「……オールスタンディングですね。関係者席みたいな、ロープで囲われた一画にパイプ椅子はありますが、その他はないです。一般客は立ち見になります」

「その、立ち見エリアは区切られてないのか」

「ないですね。フェスとかと同じで、いい場所は早い者勝ちです。まあ、あとからでも強引に割り込んでいけば、前の方にもいけますけど」

植木自身は音楽フェスになど行ったことはないが、なんとなくテレビで、その手の風景は見て知っている。想像はつく。

あんな、大勢の人間が海原の如くウネる状況で、森田はどうやって取引相手と接触するつもりだろう。取引相手はそれが森田だと、どうやって認識するのだろう。また自分たちがその取引現場を現認し、捕捉することなど可能なのだろうか。

いや、違う。

ダラダラとではあるが、森田が進む方を見ていたら、急に疑問が晴れた。

「……分かった、ロッカーだ」

佐古、桃井、三池も前方を見てハッとする。

突き当たりの壁に貼られたパネル。そこにある【コインロッカー】の文字と、右斜め上を示す赤い矢印。おそらくあの右手には階段があり、そこを上っていくとコインロッカーがあるのだ。

開場間もないこのタイミングからすると、まず森田がブツをロッカーに預け、その鍵を人混みに紛れて取引相手に手渡し――いや、それよりも、双方がブツと代金を別々のロッカーに入れ、公演中にどこかで互いの鍵を交換し、あとは各々、都合のいいタイミングで目的のものを取り出す、そういう段取りの方が効率的だ。あるいは逆、今日は森田にとって仕入れの日で、森田がブツを受け取り、交換で相手に代金を渡すという可能性もある。もし今日その現場を押さえることができるなら、その方が収穫は遥かに大きい。

佐古は「なるほど」と呟いたが、桃井はその先を考えたようだ。

「でも、防犯カメラがあればバッチリ、何もかも分かりますよね」

一理あるが。

「どうかな。全てのロッカーにレンズが向いてるとは限らねえさ。あんな連中だ。上手いこと死角を狙ってやり取りするくらい、考えてんじゃねえの」

予想通りと言っていいだろう。森田は奥に向かって歩いていく。突き当たりまで行くと右に進路をとり、すぐのところにある階段を上り始める。

「佐古、撮影しとけ」

「はい」

植木たちも階段に向かう。

「三池は上ったところで待機、逃げようとしたらブッ倒せ。佐古は他に連絡口がないかチェック。あったらそこを塞《ふさ》げ」

「はい」

森田が階段を上りきった。植木たちも階段を上り始める。

半分まで上ったところで、植木は気づいた。

見え始めたコインロッカーの扉が、やけに平らでスッキリしている。番号札が付いた鍵なんて、どこにも見当たらない。

そうか。ここのコインロッカーは昔ながらの、コインを入れて鍵を引き抜くタイプではなく、荷物と代金を入れたら、暗証番号とか、ＱＲコードのようなものが印字されたレシートが出てくる、比較的新しいタイプなのか。ということは、相手と直接鍵を交換しなくても取引はできてしまう。携帯電話で番号なり画像なりを交換すれば、それだけでロッカーから目的のブツを取り出すことはできる。

それでも森田が何番のロッカーを使うかは重要だ。そこに森田が何を入れ、あとで誰がそれを取り出すのか。代わりに森田は、何番のロッカーを開けるのか。

植木たちも階段を上りきった。

広さにして三十畳くらいだろうか。ほぼ正方形のフロアの壁三面が、コインロッカーで埋まっている。何個くらいあるだろう。百か、もっとか。今現在、このフロアにいる客は十人ほど。未使用のロッカーを探したり、扉を開けて荷物を押し込んだりしている。

植木は三メートルほど距離を保ちながら、森田の後ろに回った。佐古は森田の左側、桃井は右側から様子を窺っている。他に連絡口はなさそうだ。

森田は手に持った何かを見ている。小さな紙片、レシートかメモのようなもの。だとすると、すでに取引は始まっているということか。先に代金がロッカーに入れられていて、それを取り出す代わりに森田がブツを中に預ける、そういう段階なのか。

どうやら、目的の番号のロッカーが見つかったようだ。

森田は階段から見ると正面奥、やや右寄りの位置で立ち止まった。自分の顔の高さにある扉、その右側にある黒い小窓に、持っていた紙片をかざす。ピッ、と音がしたかどうかは分からない。

植木は一メートルまで、慎重に距離を詰めた。ここまで近づけばロッカーの中身も確認できる。

森田が扉の取っ手に指を掛ける。そのまま手前に引く。

角度にして九十度、扉が真っ直ぐになるまで開く、そのコンマ何秒か前に、植木は妙なものを見た。

扉と中にあるものを繋ぐ、何か細いもの。

備え付けのチェーンとは別にある、白い、紐？

それが、ピンと張る。

あっ、と声に出す間もなかった。

ボゴンッ、という轟音《ごうおん》と共に、赤白い閃光《せんこう》が両目に突き刺さる。同時に抗しきれないほどの衝撃と、鈍くて重たい圧力が前方から襲い掛かってくる。

何も、見えない。

熱、激突、後頭部、熱、左肩、左腕、顔面、刺さる、熱、左脚、頬、額、煙、火薬、煙、痛み、熱、声、悲鳴、遠い、熱、叫び声、焼ける、声、植木さん、桃井さん、熱、重い、熱い――。

3

たぶん、棺桶の中だ。

物凄く狭くて、身動きがとれない。ただ、真っ暗ではない。目を閉じていても、ある程度は明かりが透けて見えている。つまり、すでに火葬中ということか。でもそれにしては、明かりが白い。あの手の火は、漠然とだが黄色というイメージがある。あと、全然熱くない。いや、自分はもう死んでいるのだから、熱は感じられなくても仕方ないか。熱を感じずに焼かれるのなら、さほど苦しくはあるまい。怖くもない。

全てが白い炭になるまで、自分は焼かれるのだ。

「……い……ゃん」

幻聴か、女の声が聞こえる。自分が極端に女好きだとは思わないが、人間、最後に残るのは性欲だという説もある。しかし、その最後を経たあとでも、そうなのだろうか。人間は死んでもなお、火葬中でも異性に想いを馳《は》せるものなのだろうか。

「お兄ちゃん」

待て。最後の最後に、妹はないだろう。それとも、そういうプレイなのか。いやいや、他にもっとあるだろう。別れたあの女とか、フラレたあの女とか、声をかけることもできなかったあの女とか、最後に相応《ふさわ》しい女は他にもいるだろう。

叶うなら、大学時代にバイト先で出会って少しだけ付き合った、あの女ともう一度姦りたい。

「誰だよ、コユキって」

だから、大学時代に、バイト先で知り合った、細いわりに巨乳の女だ。一つ年上だった。

「で、そのコユキさんと、もう一回エッチしたいの」

「ああ……最後に……もう一回……姦りたい」

「それを、なんで私に言うの」

「……え？」

重たく閉じた瞼を、引っ張り上げるようにして開く。

見えたのは燃え盛る炎ではなく、棺桶のフタの内側などでも、もちろん小窓でもなく、どこかの、やけに白い部屋の天井だと、そう認識するまでに、ひどく時間がかかった。

右横には黒い出っ張りがある。丸い、人間の頭くらいの。

いや、くらいではなく、人間の頭だった。

顔は、妹の真那《まな》に、よく似ている。

「……お……お前……なんで」

「お兄ちゃん、私、天使だよ」

「違う……お前は、天使なんかじゃ、ない」

「あー、それはある意味正しいんだけど、微妙に腹立たしいのはなんでだろう」

「……お前は……天使じゃ、ない」

「二度言うな。しつけーんだよ、死に損ないのくせに。悔しかったら看病してくれる女の一人くらいテメェで連れてこいってんだよ、このゼードロが」

ゼードロ、つまり税金泥棒。こんなことを自分に言うのは、この世でたった一人、妹の真那しかいない。

つまり、ここは現世。自分は、死んでなどいなかった。

ようやく植木はそう認識し、体を起こそうとしたが、身動きできないのは夢の中でも現実でも一緒だった。

「無理だよ、固められてんだから。動かせないって」

なぜ自分は、こんな状態にあるのだろう。

「……なんで」

「そもそも大して良くない頭が寝起きで余計に働かなくなってるみたいだから、説明してあげる。お兄ちゃんは昨日……じゃなくて一昨日、新木場のコンサート会場で捜査をしていて、コインロッカーに入ってた爆弾が爆発したのに巻き込まれて、大怪我をしました。左腕が千切れてなくなって……とか心配してるかもしれないけど、残念ながら手脚は二本ずつついてます。頭を強く打っていて、頭蓋骨にヒビが入っていて、煙を吸って気管もヤバかったけど、一酸化炭素中毒？　も多少あるんだけど、まあ生きてるんで、そのうち意識は戻るでしょう、ということで、今まで私が待ってました。戻ったんだから、それはいいとして。外傷はね……左手の中指を骨折、左肘が剝離《はくり》骨折、左肩が外れてたのはハメてもらったからＯＫ。左膝の靭帯《じんたい》は部分断裂。あとは、顔と頭と右肩に細かい傷とかあるけど、火傷もあるけど、それ以外は無事です。赤ちゃんみたいにちっちゃなオチンチンも、無事です。よかったね」

こんなことを、横浜でネイリストをやっている妹に訊くのもどうかと思うが、どうやらここには彼女しかいないようなので、一応訊いてみる。

「……森田、一樹っていう男は、どうなった」

「その方は亡くなりました。頭が半分失くなってたって。その人がお兄ちゃんの真ん前で、爆風？　みたいなのを全部受けてくれたお陰で、お兄ちゃんはその程度で済んだんだってさ」

馬鹿を言うな。

爆発に巻き込まれて怪我をしたのはこっちだ。

なぜそれを恩に着なければならない。

その日、真那は「私、忙しいから」といって昼頃に帰っていったが、夕方になって統括主任の松田が見舞いに来てくれた。

「おう、植木ぃ。意識が戻ったって聞いたから、様子を見に来たぜ」

起き上がって頭の一つも下げたいところだが、それもできない。

「どうも……森田、駄目だったんですか」

松田が、ベッドサイドの椅子に腰掛けながら頷く。個室なので、他人の耳を気にせず捜査について訊けるのはありがたい。

「ああ、妹さんから聞いたか」

「はい。頭が、半分失くなってたって」

松田が強く鼻息を吹く。

「そりゃ、ちょいとオーバーだな。顔の右半分が失くなってたっていうか、グチャグチャに変形して、陥没した感じかな。要するに、至近距離で散弾を喰らったのと同じだから、顔面に無数の穴ぼこが空いてるわけだよ。死因は失血。顔と首から大量出血をしての、即死だ。そういった意味じゃ、お前があのパチンコ玉を直に喰らわなかったのは奇跡と言っていい。頰の、その傷とかはそうなのかもしれないが、まんま喰らってたら、今頃は顔半分麻痺かもしれないし、一発でも額に喰らってたら、脳味噌やられてお陀仏だったかもな」

なかなか、怖いことを言う。

「爆弾には、パチンコ玉が使われてたんですか」

「ああ。それ自体は雑な素人細工で、まだ詳しいことは分かってないんだが、圧力鍋とパチンコ玉、釘が使われていることから、おそらく、ボストンマラソンを狙った例のやつと同じ方式だろうと見られている。使われた火薬が弱かったのか、威力は三分の一から五分の一程度らしいけどな。むろん時限発火ではなく、ロッカーの扉を開けることで爆発する仕掛けになっていた」

真那には訊けなかった、大切なことを確かめておきたい。

「他の……現場にいた捜査員や、一般客は、どうでしたか」

松田が頷く。

「佐古、桃井、三池は無事だった。ちょっと煙を吸った程度で、これといった外傷もなかった。ただ女性一名と、男性が一名、重軽傷を負った。特に女性は、左脚にロッカーの扉の破片が刺さってな、十七針縫った。かなり傷跡が残るらしい。煙も吸って、ひと晩入院したが、今はもう退院している。それでも、森田以外に死者が出なかったのは、不幸中の幸いと言っていいだろう」

あのコインロッカーのフロアには、十人近く一般客がいたように記憶している。その中の二名。深手を負った女性には申し訳ないが、確かに被害は少なく済んだ方だろう。

松田が小さく咳払いをする。

「……お前、自分がどうなったか、覚えてるか」

閃光に目が眩《くら》んだあとのことは、ほとんど覚えていない。

「いえ。目が開けられなかったですし、何かこう……分かりません。覚えていないというより、分からないです」

だろうな、とでも言いたげに松田が頷く。

「森田が扉を開けると、その瞬間に爆発が起こって、森田は吹っ飛ばされ、お前はそれを受け止めるようにして、一緒に真後ろに倒れ込んだんだそうだ。そのとき、とっさに左腕で庇《かば》ったんだろう。肘と指の骨折はそういうことだ。無意識だったのかもしれないが、お前は右手でずっと、森田の上着の襟を摑んでたって、それを離させるのが大変だったって、佐古が言ってた」

そんなことは、全く記憶にない。

松田が「それとな」と付け加える。

「たまたまなんだろうが……お前のジャケットの襟の内側に、森田の眼球が一つ、入り込んでたそうだ。右目は爆風とパチンコ玉で潰れてたから、左目だろうな。見つけたのは桃井だ。目玉が、顔のない目ん玉だけが、襟の中からこっちを睨《にら》んでるみたいで、不気味だったってさ」

ふいに、あの関係者受付にいたナカネのことを思い出した。

独断で警察官四名を会場に入れ、その数分後に爆発が起こったのだから、彼女もさぞ驚いたことだろう。ひょっとしたら、そのことで責任を問われ、立場を悪くしたかもしれない。もしそうだとしたら、警察官として大変申し訳なく思う。その一方、自分たちがあの場にいなくても爆発は起こったはずなので、爆発に巻き込まれて気を失ってしまった自分はともかく、桃井や佐古、三池といった警察官が現場にいたことは、プラスにこそなれマイナス面はなかったと考えることもできる。

とにかく、この一件で一番役に立たなかったのは、自分だ。

「統括……捜査は現状、どうなってますか」

長い溜め息が、松田の口から洩れる。

「森田一樹が何者であれ、殺人事件が起こっちまったわけだから、特捜を設置して捜一（刑事部捜査第一課）が主導権を握る流れは、避けられんだろうな。あと、爆弾が使われた以上、公安も黙っちゃいないだろう。今さら、極左の過激派もねえだろうが、連中が訳知り顔で首突っ込んでくるのは目に見えてる。正直、先が思いやられるよ」

植木も思いは松田と同じだが、現在の、警察の組織構造がそうなっているのだから、仕方ないとしか言いようがない。

「マスコミには、なんて」

「爆殺傷事件で無職男性が死亡、重軽傷が三名、ってところまでだな。会見は湾岸署（東京湾岸署）の副署長にやらせたんだが、とにかくボヤかせ、余計なことは言うなって言ったのに、記者にまんまと誘導されて、結局、爆弾テロの可能性もあるみたいに言っちまってよ……ま、別にいいけどな、俺たちの捜査には関係ねえし。ただそうなると、外国人観光客なんかは、減るかもしんねえな。総理も都知事も、今頃泡喰ってんじゃねえか。東京は安全ですって、なんか明るい話題でも持ってこねえと、いつまでもマスコミにイジられかねない。かと言ってあの都知事も、好きに喋らせとくと、とんでもねえこと言い出すからな。痛し痒しだよ」

テロの可能性、か。

何しろ左腕と左脚を同時に負傷しているので、松葉杖を突くことができない。なんとか、早く自力歩行できるようになって退院したいのだが、リハビリもなかなか思うようにいかない。

入院五日目の夕方には、組対五課薬物二係の泉田《いずみだ》係長が見舞いに来てくれた。

「思ったより、元気そうだな」

「すみません。早く歩けるようになって、退院したいんですが。でも、あと一日二日だと思いますんで」

泉田は「無理はするな」とかぶりを振った。

「身の回りの世話は、妹さんがやってくれてるんだろ」

「ええ、一日置きに、来てくれてます。助かってます」

「確か、実家は山梨だったよな」

「はい。父は亡くなりましたんで、今は母だけなんですが、妹が、まるで心配ない、ほとんどかすり傷みたいに伝えたらしくて、電話一本かかってきません。まあ、妹なりに気を利かせた、ってことなんでしょうけど」

泉田が浅く頷きながら、苦笑いを浮かべる。

植木の近況報告は、こんなものでいいだろう。

「係長、捜査の方は、どうなってますか」

「ああ。松田からも聞いたと思うが、湾岸署に特捜が立って、捜一が中心になってやってる。公安は、上の方で何かやり取りしてそうな気配はあるが、直接、特捜に首を突っ込んでくることはなさそうだ。少なくとも、現状ではな」

警視庁公安部は、極左、右翼、及び外国人による暴力主義的破壊活動に関する情報収集を専門とする部署だ。今回のような爆殺傷事件であれば、極左や外国人テログループを疑うのは当然だが、かと言って今どき、爆弾を使うのはその手の組織と決めつけるのも如何《いかが》なものかと思う。

「捜一は、どうですか」

「SSBCを投入して、周辺の防犯カメラ映像の収集と、分析を進めている。捜一の殺人班は、コンサートのスタッフを徹底的に洗ってる。現状、ウチとは共同捜査って形になってるが、やってることは一緒だ。全員、関係者の聴取に回ってる」

それは、植木も考えていた。

「あの会場では、ちゃんと来場者の手荷物チェックも行われていました。対象は録画や録音の機材とか、刃物やガソリン等の危険物だったと思うんですが、なんにせよ、圧力鍋を利用した爆発物なんて、持ち込めるはずがない……内部の人間の犯行である可能性の方が、自分も高いと思います」

泉田が小首を傾《かし》げる。

「いや、一概にそうとも、言いきれないんだ。あの日に開催を予定していたのは、『アップルマッスル』というアイドルグループのコンサートだった。舞台装置に音響機材、照明機材、それらの設営スタッフ、運搬、実際に本番で操作する、オペレーターっていうのか、そういう機材の専門家から、舞台演出家、事務所の人間、グッズの売り子、チケットのもぎり、会場側のスタッフ、売店の店員まで、二百名近い人数が関わっていた。ただし、これらは全て身元が分かっている。まだ全員に聴取できてはいないが、少なくともこれまでに聴取に応じなかった関係者はいない。この中に怪しい人間がいなかったら、捜査は振り出しに戻ることになる……だが昨日になって、ＳＳＢＣが面白い分析結果を報告してきた」

数秒、泉田が口を噤《つぐ》む。

何を勿体《もったい》つけている。

「なんですか」

「コインロッカー周辺の映像で、水色のキャップ、白っぽいブルゾン、ジーパン姿の男性と思しき人物が、例のロッカーに爆弾を仕掛けたことまでは、一昨日の段階で分かっていた。これが開場一時間半前だったので、内部の人間の犯行という見方とも合致していた。ただし、これが具体的に誰なのかとなると、皆目分からない。聴取に応じたスタッフに訊いても、見覚えがないという。ところが、SSBCがさらに分析を進めると……分かった」

だから、勿体つけるな。

「何者ですか」

「……花屋だ」

なるほど。

確かにあの会場内には、祝花のスタンドがたくさん並べられていた。送り主までは覚えていないが、たとえばテレビ局の番組スタッフとか、雑誌の編集部とか、付き合いのある芸能人とか、そういった関係者が送るケースが多いのではないかと思う。あるいは一般のファンが送ることもあるのかもしれない。

ただ、それを届けにくる花屋は、業界関係者でもなんでもない。

泉田が続ける。

「伝票をチェックすると、一軒だけ、連絡のつかない花屋があった。電話番号も住所も、もちろん店名もデタラメ。あいにく関係者用の駐車場に防カメは設置されておらず、そのニセの花屋がどんな車に乗ってきたのかは確認のしようもない。また伝票と、ニセの花屋が納めたスタンド花の両方から指紋を採取し、照合してはみたが、双方に重複する指紋はなかった。伝票はともかく、花の方から採取された指紋は、実際にあのスタンド花を活けた、いわば本物の花屋のものなんだろう。もちろん警察庁のデータベースに一致する指紋はない。今のところ分かっているのは、実際にあの花を活けた花屋は、前科者ではない、ということだけだ」

でも、祝花のスタンドを運搬したということは、車を使ったのは間違いないわけだ。

「なんとか、Nシステムで絞り込めないですかね」

Nシステムは「自動車ナンバー自動読取装置」の通称だ。

泉田がかぶりを振る。

「無理だな。そもそも車両番号が分からないし、あの一帯にNシステムは二ヶ所しかない。引っ掛からずに出入りすることはいくらでもできるし、仮に怪しい車両を特定できたところで……」

どうやら、泉田の内ポケットで携帯電話が震え出したようだ。

「すまん」

「いえ」

その場で取り出し、話し始める。

「はい、泉田です……ああ……え？　誰だ、それ……任同？　誰の指示で……容疑は……ほんとかよ……ああ、分かった。すぐに戻る……いや、まだ植木の病室だから……うん、頼む」

誰が、任意同行されたというのだろう。

「係長」

「ああ。特捜が、ナカジマアキラという男を任同で引っ張ったそうだ。現状、被疑内容は薬物所持だが、本命は爆取（爆発物取締罰則）と殺人だろう」

ナカジマアキラ。

初めて聞く名前だ。

4

左手中指の骨折はさして問題ではない。植木は右利きなので、箸もペンも普段通りに使える。

剥離骨折した左肘はほぼ伸ばした状態で固定してあるため、たとえば茹《ゆ》で卵の殻を剝《む》け
と言われたら「前ならえ」のような恰好になってしまうが、あとネクタイは締められない
が、それ以外のことは概ね右手一本でなんとかなる。トイレに行っても尻は拭けるし、パ
ンツもズボンもちゃんと穿《は》ける。

左膝の外の靭帯の部分断裂は、我慢あるのみだ。

「植木さん、明日退院なんて無理ですよ」

看護師の中でも一番可愛い、小林理佐《こばやしりさ》にそう言われると決心も揺らぎかけたが、そこ
はビシッと漢《おとこ》を通す。

「理佐ちゃん。俺にはね、どうしてもやらなきゃいけない仕事があるんだよ」

「でも、爆弾の犯人は捕まったんですよね?」

ニュース、見たのか。

「ん……うん。でも、取調べとかさ」

「別の刑事さんが、始めてるんじゃないんですか?」

マズい。この娘、意外と警察事情通だ。

「そう、なんだけどさ、俺にしかできない捜査ってのも、実際あるわけで……行かせてく

れよ、理佐ちゃん」

「私はいいですけど、でも、明日は祝日なので、会計ができないんですよ。そうなるとまた後日、改めていらしていただくことになってしまうんですけど、それでも大丈夫ですか」

なるほど。会計をしにまたここまで来るのは、正直面倒臭い。

仕方ない。もう一日、大人しく入院しておくか。

半分くらい漢を通し、なんとか十日目で退院してはみたものの、左膝をほとんど曲げずに歩くというのは、想定より遥かに右脚を酷使する苦行だった。冗談でなく、自宅に帰ってくるだけで二度と立ち上がれなくなるくらい、キツかった。実際、二、三十分は玄関でぶっ倒れていた。

とりあえず、泉田には現況を報告しておく。

「係長……お陰さまで、今日退院することができましたので、明日から、捜査に戻ります」

『だったら今から出てこいよ』

あんた鬼か。

「……分かりました。じゃあ、今すぐ」

『冗談だよ、明日からでいいよ。ちなみに、捜査本部は湾岸署の特捜に、正式に統合されたから、今さら新宿に行っても誰もいないぞ。ちゃんと、湾岸署に来いよ』

「はい、分かりました」

言われた通り、翌朝は江東区の埋立地、臨海副都心にある東京湾岸署に向かった。普段なら自宅から四十分もあれば行ける場所だが、この脚ではそうもいかないだろうと思い、七時前には家を出た。案の定、湾岸署前に着いたのは八時五分過ぎだった。

湾岸署の庁舎は一角を巨大なパネルで囲い、そこに警視庁のマスコットキャラクターである「ピーポくん」と【Tokyo Wangan】のロゴをデカデカとディスプレイしてある。他署の庁舎と比べると格段に近代的で、洒落ている。ちょっと、テレビ局っぽい華やかささえ感じる——などと言ったらさすがに言い過ぎか。都民に「余計なことに税金使ってんじゃねえ」とお叱りを受ける可能性もあるので、それは口に出さないようにしよう。

玄関の自動ドアを通ると、左脚を引きずっているからだろう、普段より怪訝な目で見られているのが分かったが、受付で身分証を提示すればそれも解消。植木はそこで教えられた通り、特捜の設置されている五階の講堂に向かった。

講堂の出入り口には「新木場二丁目男女爆殺傷事件特別捜査本部」と、筆で書いた長尺の紙が貼り出されている。なんとも事の本質から目を逸らした「戒名」だが、かといって「違法薬物売人爆殺事件」と書くわけにはいかないのだから、こんなものだろう。

「おはようござい……ます」

一歩講堂に入ると、植木はまず、その規模の大きさに圧倒された。

東京湾岸署が比較的新しい署だからか、あるいはここが埋立地だから土地代が安かったのか、はたまた都から多めに予算をせしめることに成功したのか、その辺の事情は一切知らないが、とにかく広い講堂だった。天井もわりと高い気がする。警視庁本部の大講堂以外で、こんなに立派な講堂を植木は見たことがない。

その講堂にびっしり、捜査員が集まっている。しかも、どの顔もやる気に満ちて見える。さすがは捜査一課が仕切る特別捜査本部だ。組対五課主導の、戒名も付けてもらえない「居候」捜査本部とは訳が違う。

むろん、それだけではあるまい。

違法薬物の売人と見られる捜査対象者が、よりによって警察官の目の前で殺されたのだ。警察にとって被疑者を取り逃がすのはもちろんマズいが、死なせてしまうのも同じくらいマズい。しかも死んだ理由が「爆殺」とあっては、警察はなんとしても犯人を逮捕、事件の全容を解明しなければならない。

とはいえ、本特捜本部はすでに「中島晃」なる被疑者を逮捕しているはず。言わば、事件は半ば解決したも同然。なのに、なんだ、このピリピリとした空気は。

講堂には、上座に向けて会議テーブルが並べられている。窓側、真ん中、廊下側の三本川。一つの川は、十、十一、十二――十七列ある。テーブル一つに二人ずつ座るので、満席で百二名か。下座には、それとは別に「島」が設けられている。事務机を四角く突き合わせて作った「情報デスク」だ。卓上には電話やOA機器が所狭しと並べられており、その周りにはキャスター椅子が十脚あるが、いま席に着いているのは七名。これに、上座に座る幹部を加えたら、ほぼ百二十名態勢の特捜本部ということになる。小さな特捜の三倍、控えめに言っても普通の倍の規模だ。

そんな講堂の隅っこで、植木はしばし立ち竦《すく》んだ。

久々に味わう疎外感だ。ちょっとした転校生気分と言ってもいい。それも、間違って進学校に転校してきてしまった落ちこぼれの生徒だ。勉強は遅れている、怪我をしているので運動もできない、唯一顔を知っている担任の先生も見当たらない、捜しに行きたくても脚が思うように動いてくれない。

畜生、俺だって、この事件の被害者の一人なんだぞ。

そう思いはするけれど、反して声は出なかった。自分が捜査員としてこの特捜に貢献できる自信が、急激に萎《しぼ》んでいく。

そんなときに、声をかけられた。

「あの……植木範和、警部補ですか」

たぶん、そこのデスクにいた男だ。歳は植木とほぼ変わらないように見える。背は、彼の方がだいぶ低い。

「はい、組対五課の、植木です」

男が、ちょこんと頭を下げる。

「SSBCのアガワです。泉田係長から伺ってます。お怪我、大変でしたね……それで、これまでの主な資料をまとめておいたんですが、どうされますか。会議前に、読まれますか」

アガワが手で示したのは、情報デスクの端っこの席だ。見れば、何冊ものファイルと裸の書類が高く積み上げられている。

「ああ、そうですね。このまま会議になっても、たぶんチンプンカンプンだと思いますし」

「ええ。そこ、空いてますんで、そのまま使ってください」

植木は礼で応じつつ、一つ確かめておく。

「……アガワさんは、ＳＳＢＣ？」

「はい、そうです」

「機動分析？」

「いえ、分析捜査係です」

微妙に耳慣れない部署名だが、まあいい。

植木は情報デスクに目を向けた。

「なのに、特捜のデスクみたいなこともするんですか」

アガワは、ふっ、と息を漏らしてから笑みを浮かべた。

「まあ、ケース・バイ・ケースですよ。分掌事務としては、事件に関連する情報の収集と分析となってますが、そうざっくり言われてもね……特捜によって、山ほど仕事があったり、逆に欠伸《あくび》が出るほど何もなかったり。なので、忙しそうだったら、デスクのお手伝いでも、なんでもします」

ＳＳＢＣ自体が新しい部署だから、まだその運用方法には手探りの部分があるのかもしれない。

「はあ、そんな感じなんですか……ああ、じゃあ遠慮なく、そこで読ませてもらいます」

「はい」

植木が一歩踏み出すと、それがよほど危なっかしく見えたのだろう。アガワは「おっ」と手を添えようとした。だが二歩、三歩と進み、それが今の植木の歩き方なのだと分かると、あとは黙って見ていた。植木が用意された椅子に座ると、アガワもやがて自分の席に戻っていった。

さて、「新木場二丁目男女爆殺傷事件」の捜査がどこまで進んでいるのか、とくと拝見しよう。

まずは事件現場、例のコインロッカーのフロアだ。

あのときは閃光で目をやられ、すぐに気を失ってしまったので碌に見ていないが、煙も収まった現場写真を見る限り、確かにさほど大きな爆発ではなかったようだ。周辺のコインロッカーも、扉や枠が歪《ゆが》んだり、煤《すす》が付着して汚れたりはしているものの、箱ごと吹っ飛ぶような破損はどこもしていない。ということは、女性の脚に重傷を負わせた扉というのは、まさに森田が開けたロッカーのそれだったわけか。

次に、森田一樹の遺体。

なるほど、確かに顔半分が失くなっている。肉塊と化した顔面に数えきれないほど穴が穿《うが》たれている。中には直接、血塗れのパチンコ玉が穴の中に見えている個所もある。これを見ると、犯人が如何《いか》に巧みに森田だけを爆殺したのかがよく分かる。逆に女性の脚の怪我は、犯人にとっては想定外だったのかもしれない。

だが、そうだとしても、あまりにもひどいやり方だ。

違法薬物の売人とはいえ、植木たちにとって森田一樹は、半年もその動向を見守り続けてきた男。一人の、同じ人間だった。恋人と楽し気に飯を食う姿も、知っている。バルコニーでぼんやりと、一人寂しげにタバコを吹かすときの顔だって、覚えている。埼玉の両親は共に健在で、高校のサッカー部ではフォワードだったと聞いている。意外と動物好きで、散歩中の犬を見かけると、必ず笑みを浮かべていた。声をかけ、飼い主と会話を交わすこともあった。洗濯は三日にいっぺんくらいのペースだったが、干し方は丁寧だった。シャツも皺にならないよう、一枚一枚、よく伸ばしてからハンガーに掛けていた。

森田一樹は、違法薬物の売人には違いないが、どこか憎めないところのある男だった。真面目なところだって、優しいところだってあった。少なくとも、こんな殺され方をしなければならないほどの悪人ではなかった。

森田。お前に痛い思いをさせた中島は、俺たちが必ず、ムショにブチ込んでやるからな――。

そろそろ、朝の会議が始まるようだ。

「気をつけ……敬礼……休め」

机に摑まってよければ、植木もこれくらいは合わせられる。

全員が着席すると、まず捜査一課殺人班の係長から捜査の変更点について発表があった。主に、中島晃に関する裏付け捜査の割り振りなのだろうが、初めて会議に出席する植木には、何が何やらさっぱり分からない。今は、これまでの資料を読むことに集中した方がよさそうだ。

特捜は森田宅の捜索もしている。違法薬物が、大麻、覚醒剤、MDMAが三種類、計五種類も押収できている。これらの入手ルートはいまだ解明できていないようだが、それもいずれ、中島晃を取調べることで明らかになるだろう。

その、逮捕された中島晃という三十六歳の男は、取調べで何を供述したのか。

結果から言うと、ほとんど何も喋っていないようだった。

新木場で爆破事件が起こったのがちょうど十日前、三月十三日の水曜日。植木が意識を取り戻したのが翌々日、十五日の昼頃。中島晃が確保されたのはその二日後で、十七日日曜日の夕方、十六時三十五分。泉田係長が「被疑者確保」の連絡を受けたのは、その直後。それは植木も近くで聞いていたので知っている。

中島が検察官に送致されたのは、十九日火曜日の朝。その日は一日新検調べで、翌二十日からが第一勾留。ここからが本格的な取調べと言ってもいい。今日は二十三日、勾留四日目ということだ。

四日あれば被疑者は喋るのか。それはケース・バイ・ケースと言うほかない。取調官の腕にもよるし、マル被の性格にもよる。ただ中島晃に関しては、あくまでも現状はということだが、特捜側に不利な点がある。

そもそも中島の逮捕容疑は薬物所持。現在の取調べは、それについて訊くのが「筋」ということになる。逆に言ったら、爆殺傷事件については尋問することができない。当たり前だ。薬物所持で逮捕したマル被に対して爆殺傷事件について訊いたら、それは別件逮捕ということになってしまう。そんな取調べで得た供述に証拠能力はない。起訴したところで公判は維持できない。爆殺傷事件については、薬物所持についての取調べが済んだのち、再逮捕してから改めて訊くことになる。

ではなぜ、特捜は中島を薬物所持で逮捕したのか。

中島の被疑内容を正確に言うと、麻薬及び向精神薬取締法、大麻取締法、覚醒剤取締法、これらのいずれかの違反、あるいは複数の併合罪ということになるだろう。

逮捕に至る経緯は、緊急逮捕手続書の【被疑事実の要旨】と、それに続く【被疑者が前記の罪を犯したことを疑うに足る充分な理由】という個所に記されている。

意訳するとこういうことだ。

中島は十七日の十五時四十分頃、東京都世田谷区南烏山《みなみからすやま》五丁目の月極駐車場に停めてあった、自身が所有する車両に乗り込んだ。中島の様子を見て、不審に思った警察官が声をかけると、中島は慌てた様子でエンジンをかけ、車両を発進させようとした。危険を感じた警察官はこれを阻止、エンジンを停止させ、車から降りるよう中島に促した。説得の結果、中島は指示に従い、車から降りた。警察官は中島に車内を点検する許可を得、これを捜索。警察官はグローブボックス内からポリ袋に小分けされた覚醒剤と思しき粉末と、同様にしたMDMAと思しき錠剤を発見。簡易検査キットで粉末の方を検査すると、覚醒剤であることを示す陽性反応が出たため、緊急逮捕した——。

これだけなら、ドジな薬物使用者がたまたま近くにいた警察官に目を付けられ、下手に逃走しようとしたため緊急逮捕された、というように読める。実際、薬物使用者を見慣れている警察官なら、その目付きや言動、挙動、肌艶や発汗からそうと見抜くことはできる。なんだったら、工事関係の車でもないのにやたらと傷だらけだとか、車内が散らかっているとか、車両の乱れた様子だけで持ち主の薬物使用を疑うこともある。ここまでいくと「罪を犯したことを疑うに足る充分な理由」もへったくれもない。完全に経験則、じゃなかったら、ただの勘だ。

こんなことを言うと「警察官が、犯罪を疑うに足る充分な理由もなく職務質問をするのは違法だ」などと、そこらの法律関係者が目くじらを立てそうだが、そんなのは糞喰らえだ。実際にそれで逮捕できた犯罪者は星の数ほどいる。この国の治安の一部は職務質問で守られている。それが事実であり、現実だ。善良な市民はちゃんと理解してくれる。職務質問にも手荷物検査にも任意で応じてくれる。これに異を唱えるのは後ろめたいことがある人間か、それ以外の戦い方を思いつかない小銭稼ぎの弁護士か、なんらかの理由で公権力を毛嫌いする偽善者だろう。

いや、そんなことは今どうでもいい。

植木がいま驚いているのは、中島晃に声をかけた警察官の名前だ。

これがなんと【佐古充之】となっている。あの、植木と一緒に森田宅を張込んだ、クソが硬くてケツの穴が痛いと泣き言を言っていた、高井戸署刑組課所属の、あの佐古充之巡査部長だ。

新木場の爆殺傷事件が十三日、中島が確保されたのが十七日。少なくとも森田が殺された十三日まで、植木は「中島晃」なんて名前は見たことも聞いたこともなかった。事件後に植木は入院してしまったため、以後の四日間で佐古が誰と組み、どういう捜査をしていたのかは分からない。だがしかし、十三日まで全く捜査線上に浮かんでいなかった人物を、たったの四日で職質同然の声かけから緊急逮捕に持ち込み、それが爆殺傷事件の犯人だったなんて、そんな上手い話があるだろうか。

まあ、百歩譲ってあったことにして、もう少し資料を読もう。

特捜は中島逮捕の翌日、十八日には令状を取り、逮捕場所から二百メートル離れたところにあるマンション、クレスト南烏山内の中島宅を捜索。新木場事件の爆弾と同種の火薬や、数種類に及ぶ大量の違法薬物を発見、差押えている。

この時点で、中島が新木場の爆殺傷事件に関わっている可能性は十二分に疑われるわけだが、でもこれって、なんかおかしくないか。

「……以上、散会」

マズい。資料読みに没頭していたら、いきなり会議が終了してしまった。本当に百人いたかどうかは分からないが、でもそれに近い人数の捜査員が一斉に起立し、敬礼してそのまま、各々荷物を持って席を離れ始める。

その人の流れが、凄い。勢いというか圧力というか、有無を言わさぬ迫力がある。

植木のいる組対部の、特に暴力団の取締りを行う組対四課には厳《いか》つい見た目の人間が多いが、実は、内部には「なあなあ」のユルい雰囲気がある。それと比べると刑事部は、特に捜査一課は生真面目な気質が強いように思う。常にピリピリしていて、些細《ささい》なことでも厳しく追及されそうな空気がある。とてもではないが、そんな流れに向かって今から大声を出して、佐古を呼び寄せることなどできそうにない。

今は、諦めるしかあるまい。朝は誰だって忙しいし、苛々《いらいら》している。待っていれば夕方か夜にはみんな帰ってくるのだから、そのときに佐古を見つけて話をすればいい。

植木は座り直し、資料に目を戻した。

自分はどこまで読み、何を考えていたのだったか。

そうだ。中島宅を捜索して、爆弾の材料が出てきたことになってはいるが、それはおかしいのではないか、と思ったのだ。

十七日の夕方、泉田係長は植木の見舞いに来てくれた。そのときにどこかから電話があり、特捜が中島晃を任意同行で引っ張った旨の報告を、泉田は受けた。

間違いない。あのとき泉田は「任同」と言った。決して緊急逮捕とは言わなかった。それだけなら誰かの伝え間違いなのかもしれないが、さらに泉田は、現状の被疑内容は薬物所持だが、いずれは爆発物取締罰則違反と殺人罪に問われるだろう、という意味のことも付け加えた。つまり、緊逮だろうが任同だろうが、中島は身柄を拘束された時点ですでに、爆殺傷事件の犯人と見られていたわけだ。家宅捜索の結果を見るまでもなく、特捜は中島が犯人であると考えるに足る何かを掴んでいたことになる。

そうなると、一周回ってまたあの疑問が頭をもたげてくる。

なぜ佐古は十七日の午後、中島に目を付け、声をかけたのだろう。

それまで特捜は、捜査員の多くを二百名近くいるコンサートスタッフの事情聴取に充てていた。だがそれとは別にＳＳＢＣが、爆弾を仕掛けたのはニセの花屋であることを突き止め、特捜はその線の捜査も進めようとしていた。三月十七日とは、そういう捜査過程にある一日だったはずだ。

やはり分からない。なぜ佐古は中島に声をかけたのだろう。佐古とて、その時点ではコンサートスタッフの誰かに事情を聴く任務に就いていたはずだ。それとも、中島もコンサートスタッフの一人だったのか。いや、そんなことはどこにも書いていない。

まあいい。時間は夜までたっぷりある。

それまでに、徹底的に資料を読み込んでおこう。

5

昼までかかって各種の捜査資料を点検したが、まだよく分からなかった。

なので少し、近くにいるデスク要員に話を聞いてみた。

主に相手をしてくれたのは捜査一課の主任、岡江《おかえ》警部補だ。

「そのネタは、佐古巡査部長が拾ってきたんだと思うよ。それを幹部に通して、じゃあ行確してみようと」

「それは、いつの話ですか」

「いつって……確保当日の朝、だったよな?」

頷いたのは、同じく捜査一課の高槻《たかつき》巡査部長だ。

「我々が中島晃の名前を聞いたのは、十七日の朝が初めてだったと思います」

高槻が視線を送ると、周りにいる何人かも頷いてみせる。

もう少し詳しく知りたい。

「それは朝の会議で正式に、って話ですよね」

「そう。普通に、佐古巡査部長の組と、ウチの柿田《かきた》主任の組で、中島の行確をすると、そういう話でした」

「急な話だな、とは思いませんでしたか」

岡江が半笑いで首を傾げる。

「そのときはこっちも、その中島ってのが本ボシだなんて思ってないから。関係者からの聞き込みで出てきた名前で、怪しいのがいるから念のために張ってみるか、みたいな話だと思ってたから」

分からなくはないが、そういうことなのか。

「佐古は、中島の名前を、関係者から聞いたと言ったんですか」

「いや、それについては、会議では詳しく言ってなかったかな。そうじゃなくたって、組対は半年前から森田について調べていたわけでしょう。森田殺しで、初めて関わった俺たちが把握していない情報も、きっとあるんだろうと思ったし」

「それ、誰も突っ込まなかったんですか」

岡江がかぶりを振る。

「突っ込まないよ。だって、もうそうするって、上が言ってるんだから。そもそも、こんな大事になるなんて思ってなかったし。あの朝の時点では、ああそうですか、頑張ってね、ってなもんだよ。他の捜査員には、それぞれ受け持ちの区分があったわけだし。そんなに、特別なことだとは思ってなかったってのが、正直なところかな」

結局、それ以上の情報は出てこなかった。少なくともデスクにいる人間は把握していなかった。

もう一つ気になったのは、中島晃の取調べだ。こちらは現在進行形なので、自分の足を使って——なかなか思うように動かない左脚ではあるが、下の階の刑組課まで下りて、直に様子を見てくることにした。

だがこちらも、一種異様な状況になっていた。

通常、取調室は各課のフロアの端や、でなければ廊下をはさんで向かい側に設けられている場合が多い。ここ湾岸署も、デカ部屋の端に第一から第三まで調室を置いている。中島の調べは第一調室で行われているようだ。別に、誰かに確かめたわけではない。確かめるまでもなく、見ただけで分かった。なぜか。第一調室の前にはズラリとパイプ椅子が並べられており、そこに、しかめ面をした特捜のお偉いさんたちが、肩を怒らせて鎮座ましましているからだ。

植木もちゃんとは覚えていないが、奥から順に言うと、湾岸署の刑組課強行犯捜査係長、同刑組課長、同署長と副署長、捜査一課の管理官、同殺人班係長、同統括主任、の七人だと思う。ほとんど、捜査会議の上席がそのまま移動してきた感じだ。

いや、まだいた。殺人班係長の後ろに、組対五課薬物二係長の泉田と、もっと奥の方に、組対五課第一薬物捜査の脇田《わきた》管理官もいる。

このお偉いさんたちは、こんなところに座り込んで何をしているのか。もちろん、中島の取調べの進捗《しんちょく》を見守っているのだ。

調室の壁なんてのはパーティションに毛が生えたような薄っぺらい代物だから、周りが静かにさえしていれば、中のやり取りはほとんど丸聞こえになる。そういった意味では

「盗み聞き」に他ならないのだが、ここまで堂々とやられると、もはや「盗み」という感じもしない。盗みでなければ、なんだ。強盗か、強奪か、搾取か？　いずれにせよ、ただならぬ雰囲気であることに違いはない。

しかし、ここの刑組課係員にしてみたら迷惑極まりない話だ。いくら湾岸署が新しくて間取りに余裕があるといっても、そもそも調室の前が広く空けられているわけではない。泉田なんてもうパイプ椅子ではなく、誰かのデスクのキャスター椅子に堂々と腰掛けている。この辺で仕事をしたい係員もいるはずだが、管理官や署長といった、階級が警視の大幹部に「邪魔だからどいてください」などと言えるはずがない。必要な書類だけ「すんません、すんません」とデスクから取らせてもらって、どこか他所の空いているデスクで、肩をすぼめて仕事をしているのだと思う。

植木は、しばらく泉田に視線を送っていた。というか睨んでいた。一瞬目が合ったと思ったが、そのとき泉田は、すぐ調室の方に視線を戻してしまった。もうしばらく睨んでいると再び目が合い、ようやく泉田は「おっ」という顔をした。まるでいま初めて、植木がここにいることに気づいたような様子だった。

小さく会釈をすると、向こうも頷いて返す。なおも睨んでいると、ようやく「俺か？」みたいな顔をする。それに植木が頷くと、泉田は「しょうがねえな」とでも言いたげに椅子から立ち上がった。

いったん調室から離れる方に進み、デスクの島を迂回してこっちに歩いてくる。植木とて、上司をアゴで呼び寄せるような真似はしたくなかったが、今は脚がこうなのだから、その辺は察してもらいたい。

近くまできた泉田に、改めて頭を下げる。

「すみません。今日から、また頑張ります」

「ああ。まあ、あんまり無理はするな」

「ありがとうございます……で、ちょっといいですか」

「何が」

「上である程度、資料は読んできたんですが、二、三、分からないことがあったんで」

「たとえば」

「まあ、いろいろ」

「二、三じゃないのか」

そこ、そんなに重要か。

何しろ歩くのがつらいので、廊下の突き当たり、あまり人が来そうにないところで話し始めた。

「なんか、中島のネタって、佐古が取ってきたみたいですね」

「ああ、そうらしいな」

なんだその、他人事《ひとごと》みたいな言い草は。

「らしいなって……係長は直接、佐古から聞いてないんですか」

「いや、聞くのは聞いたよ、あとから」

「佐古は係長に話す前に、上に通したんですか」

泉田は「うん」と、さも当たり前のように頷いた。

「そりゃそうだろ。だって、ここは一課が仕切る特別捜査本部だぜ。本来だったら、俺なんかが出る幕じゃないんだ。ただ、マル害についてのネタはこっちが握ってる。それを出し渋るつもりなんざ毛頭ないが、それがあるから……まあ、ウチの係員もいいところに配置されるし、廊下側だけど、会議の席も前の方をもらえてるわけだよ」

情けない。というか、ユルい。腰抜けとまでは言わないが、その一歩手前くらいにはユルい。捜査一課が刑事警察の花形なのは百も承知だが、組対には組対の仕事があり、やり方があり、プライドだってあって然《しか》るべきだ。そこまで卑屈に謙《へりくだ》る理由がどこにある。

もういい。これ以上、この男に何かを求めても無駄だ。知っていそうなことだけ聞いて、さっさと次のネタを取りに行こう。

「じゃあ、それはいいとして……中島の調べはどうなんですか」

「今のところは、完全黙秘だな」

「その『だんまり』を、あれだけの大幹部が雁首揃えて拝聴しているわけですか」

「そういう言い方するなよ。それだけ注目されてるってことなんだからさ」

暇なだけだろ。

「中島は、弁護士と接見したんですか」

「ああ、早々にな。そこで何か知恵をつけられたんだろう。宥《なだ》めても賺《すか》しても、怒鳴ってもおちょくっても、ひとっ言も喋らん。車内からブツが出てるのは間違いないんだし、部屋から爆弾の材料も出てるんだから、もはや黙秘でどうにかなる状況じゃないんだが……弁護士も、何を考えてるんだか」

それを考えるのが、あんたら幹部の仕事なんじゃないのか。

「取調官は一課の人ですか」

「そう。ホシカワっていう、そこそこベテランの主任だよ」

「中島ってのは、どんな男ですか」

泉田が、薄い眉を左右段違いにひそめる。

「それを聞いて、どうするつもりだ、お前」

「別に、どうもしません。さっき、逮捕時の写真を見ただけなんで、声も聞いたことないんで、さっぱりイメージが湧かないから、訊いてるだけです」

「まさか、碌に歩き回れないから、せめて中島の調べをやらせてくれ、なんて言い出すんじゃないだろうな。爆弾喰らった恨みで」

どうしてそういう、余計なところには考えが至るのだろう。そんなこと、植木はこれっぽっちも思っていない。

「言いませんよ、そんなこと……で、どんな男なんですか」

「どんな男、か……まあまあ、ハンサムではあるよ。スラッとした痩せ形だしな。今風に言ったら、チャラい感じ、っていうのかな。髪もこう、パーマ当てて、毛先をくるっとさせててよ。シャブなんか売ってないで、普通に会社勤めでもしてれば、そこそこモテるタイプなんじゃないのかね」

シャブの売買とモテるモテないは関係ない。どんなに真面目に生きていようと、モテない奴はモテない。

「分かりました……じゃ、自分は上に戻ります」

「おい、分かったって、何が分かったんだよ」

あんたに訊いても何も分からない、ってことが分かったんだよ。

その後も調書や報告書を読み漁《あさ》ったが、結局、一番知りたいことはどこにも書いていなかった。

佐古はいつ、誰から中島晃に関する情報を得たのか。

デスクに確認すると、佐古はここ数日、中島晃の交友関係の聞き込みに回っているという。捜査一課にとっての中島は爆弾を使う人殺しだが、植木たちにとっては森田に違法薬物を売り渡していたのであろう、いわば仲買人であり、より密売ルートの川上に身を置くと思われる重要人物だ。その交友関係は最優先すべき捜査項目であるし、それに佐古を充てることには植木も異論はない。

だから、待つしかなかった。

捜査一課の管理官や、係長クラスに確認をとればもちろん分かるのだろうが、さすがにそれはできない。復帰してはみたものの、今の植木にできる捜査など一つもない。そんな自分が、たった半日捜査資料を読んだだけで、これまでの捜査に疑問を差し挟むなどしていいわけがない。ここが組対の捜査本部なら話は別だが、あくまでも刑事部捜査一課が仕切る「特別捜査本部」なのだから、やはり分は弁《わきま》えるべきだろう。

ふと、泉田のことを「腰抜けの一歩手前」と心の中で断じた自身を顧《かえり》みる。結局、捜査一課に対して卑屈に謙っているのは自分だって同じなのではないか——いや、それは違う。植木は主任警部補、泉田は警部で係長なのだ。そこはもっと、たとえ相手が捜査一課であろうと、言うべきことは胸を張って言ってもらわねば。

そんなことを悶々と考えていたら、少しずつ捜査員が帰ってき始めた。もう十八時をだいぶ過ぎている。あと一時間半もすれば夜の捜査会議も始まるだろう。できればその前に、佐古から話を聞いておきたい。

開け放ったドア口に人影が現われるたび、佐古か、今度こそ佐古か、と期待してしまう。今日、彼がどんな恰好をしているかを知らないので、似たような体型の捜査員だと勝手に期待し、だが顔を見て、佐古ではないと分かると勝手に落胆する。そんなことの繰り返しだった。

こういう状況での十分、二十分は、やけに長い。

曲げられない左腕の手首に腕時計を巻いても見られないので、今は右手首にしている。十八時四十分。あまり、会議の直前になって戻ってきてもらっても話は聞きづらいよな、などと思ったところに、

「……おっ」

ようやく戻ってきた。佐古の顔を確認した途端、思わず声が出た。

「おい、佐古」

佐古も、植木と認めるとすぐに表情を明るくし、小走りで寄ってきてくれた。

「植木さん、いつ退院したんですか」

「退院は昨日、出てきたのは今朝から」

「今朝、いました？」

「いたよ、ここに。っていうか、今日は一日ここにいたよ」

「マジっすか。いやぁ、よかったですよ、大事にならなくて」

当人的には、これでもかなりの大事だが。

「佐古。二、三、訊きたいことがあるんだけど、いいか」

「ええ、いいですけど」

「できれば、ちょっと出て」

「ああ、はい、分かりました……」

佐古が、少し離れたところにいる捜査員に目配せをする。こっちでの、新しい相方だろう。彼はそれだけで察し、会議テーブルの並ぶ方に歩いていった。

「……で、どこに出ますか」

「いや、ほんの、その辺でいいんだけど」

とはいえ、人の耳がなくて声が響かない、そんな都合のいい場所は滅多にない。結局、泉田と話したときと大差ない、廊下のどん詰まりでの立ち話にならざるを得なかった。

佐古が、さも心配そうに植木の全身を見る。

「……やっぱり、脚が一番、重傷でしたか」

「どう、だろうな。曲げられないって意味じゃ、肘の方が重傷なのかもしれないし、ポッキリ折れてるって意味じゃ、指も重傷なんだけど、何しろ普通に歩けないからさ、不自由って意味じゃ、脚っていうか、膝が一番困るよな」

「ほんと、無理しないでください」

うん、と頷き、だがお見舞いはそこまでという意味で、植木はあえて真顔に戻した。

「……でまあ、お前に、訊きたいことがあるんだけどさ」

「はい」

「あの、マル被の中島晃。アレの情報を拾ってきたのって、お前なんだって？」

途端、佐古の表情に影が差す。

「……ええ、まあ」

「それ、どういう筋からの情報なの」

「どういう、っていうか……」

「少なくとも新木場の事件まで、森田の周辺に中島晃なんて名前は出てきてなかったよな」

「……はい」

「なのに、中島を確保したのは十七日の夕方なんだろ。その、たった四日の間に、何をどうしたらそんな情報に行き着くんだよ」

明らかに、佐古は困っていた。それは見ていれば分かる。

でもその理由が、植木には分からない。

「なんなんだよ。そんなにヤバい筋なのか」

「いや、別に……筋がヤバいわけじゃ、ないんですけど」

「だったら勿体ぶんなって。ちゃんと話せよ」

そこまで植木が言っても、佐古は言い渋った。小さく唸《うな》り、植木から目を逸らそうとした。

でも、植木が諦めないだろうことも、その間に悟ったようだった。

「まあ……ぶっちゃけて言うと、タレコミです」

「タレコミ？　誰からの」

「分かりません」

「どうやって」

「携帯に、直接。電話で」

「番号は」

「非通知でした」

「でも少なくとも、お前の番号を知ってる人間ではあるわけだろう」

「それはそうですけど、誰かが俺の番号を第三者に教えちゃうことだって、あるかもしれませんし」

確かに、警察官の携帯電話番号は、予測もつかないルートで出回ることがある。

「相手は、男だったか」

「はい、男性でした」

「声に心当たりは」

「ないです」

「どんな感じの男だった。ヤクザっぽいとか、若いとか年配とか」

またしばし、佐古が言い渋る。

「おいよォ、俺に勿体つけたってしょうがねえじゃねえかよ」

「いや、別に、勿体つけてるわけじゃ……」

「じゃ、なんなんだよ」

「いや、漠然とした印象で、こういう事を言うのも、どうかと思いますし……あまり、余計な話はするなと、幹部の方からも、言われてるんで」

また幹部か。捜査一課の。

「なんだよ、俺には言えねえってのかよ」

「いや、そういうわけじゃ……」

「じゃあ言えよ。さっさと喋れよ」

佐古は「参ったな」と頭を掻き、溜め息も二度ついたが、そろそろ観念のしどころと思ったのか、「分かりました」と首を折るように頷いた。

「あくまでも、自分の印象に過ぎませんが」

「ああ」

「相手は……警察官だったのではないかと、思います」

警察官が身元を隠し、警察官に情報を提供する――。

「何か、サツカンっぽい符丁でも使ってたのか」

「いえ、そういうのは、なかったです」

「口調が無線っぽかったとか」

「いやぁ……」

「中島晃でA号照会願います、みたいな」

「そんなことは言ってません。ほんと、雰囲気っていうか、なんとなくの印象です」

「そうか……」

不祥事絡みなら、それも分かる。上司や仲間の不正を警視庁本部の監察係にチクるなら、確かに名前は伏せたいところだろう。だがこの件は違う。普通に、犯人であろう人物の情報提供だ。なぜ正体を隠す必要がある。ひょっとして、その警察官も中島からクスリを買っていたのか。いや、それだったら逆に、中島が逃げる手助けをした方がいい。中島が逮捕されて、自分の名前を出されたらなんの意味もない。

それ以外だったら何がある。

考えやすいのは、縄張り意識が根底にある場合だ。刑事部、組織犯罪対策部、生活安全部、地域部——しかし、刑事部と組対部が手を組んでいる現状では、それも考えづらい。仮に、生安や地域が中島に関する情報を持っていたとしても、そこは普通に提供してくると思う。それも、部課長クラスを通して正式に、だ。

あと、あるとしたら公安部か。

刑事部を始めとする各部は、地域社会の治安を守ることをその責務としている。警視庁は東京都の、神奈川県警は神奈川県の地方警察本部なのだから当たり前だ。しかし公安部は違う。公安部は、いわば「国家警察」だ。実際、その予算の多くは国から出ている。それもあって、同じ警視庁本部にありながら、刑事警察とは違う判断基準で動くことが間々ある。

「佐古。お前、公安に個人的な知り合いはいるか」

「公安……部、ですか」

「そう」

「いえ、いません」

そんなにあっさり否定しなくてもいいだろう。嘘でも首くらい捻《ひね》ってみせろ。

「そう、いないか……そもそもさ、その男はなんて言ってきたんだ」

「中島についてですか」

「ああ」

「ですから、新木場の爆破事件には、中島晃という男が関わっている、クスリの売買も手掛けている、それと中島のヤサの住所、携帯番号を言ってきました。そのまま、そういうタレコミがあったことを上に報告すると、確認するからと言って……」

そこだ。

「上って誰」

「ああ、捜査一課の、浅沼《あさぬま》係長です」

今日、取調室の前にいたうちの一人だ。

「お前がタレコミの電話を受けたのは、正確にはいつ」

「十五日の深夜です。もう、武道場で寝ようとしてたところなんで、どうしようかと思ったんですが、そのとき、たまたま浅沼係長が道場に入ってこられたんで、すぐに報告しました」

特捜の捜査員は、捜査開始から一定期間家には帰らず、その所轄署の道場に寝泊まりすることになっている。その悪しき慣習が、今回は良い方に作用したわけだ。

「じゃあ、特捜は十六日いっぱい、情報を精査する時間があったわけだな」

「そういうことに……はい、なりますね」

「十六日の朝の会議で、それについての発表は」

「ありませんでした。タレコミについては、浅沼係長が、俺に預からせてくれと、他の誰にも言うなというので、自分は黙ってました」

これで浅沼係長が情報を握り潰したり、自分の部下にだけ捜査を担当させたりしたら、それこそ匿名で監察にタレこんでやるところだが、ちゃんと佐古本人にやらせたのだから、そこはフェアだったと評価してやろう。

そうなると、やはり分からないのは情報の出所だ。

「お前、その携帯電話については、幹部に何か訊かれなかった？」

「何か、と言いますと」

「通話履歴を電話会社に照会していいか、とかなんとか」

「いえ、言われてません」

「まあ、断わりもなく、やってんのかもしれないけどな……でも、その情報提供者が誰か、割れた様子もないんだよな？」

「はい、そういう話は聞きませんし、そういえば、それを追求する感じは、あんまり、ありませんでしたね」

ガセならガセでよし、当たってたら、それはそれでよしというスタンスか。

それがたまたま当たっていた、というだけの話なのか。

復帰二日目から、植木は正式にデスク要員として捜査に加わることになった。というか、幹部は碌に歩けない植木の使い道を、デスク以外に考えつかなかったのだろう。

そうは言っても、デスク業務の手が足りていないのもまた、事実のようだった。

何しろ、昨今珍しい爆殺傷事件ということで、百二十名近い捜査員を集めてしまったのだ。毎日上がってくる報告書は膨大な枚数になるし、それらを整理し、重要情報を要約して全員に配る資料の形にするだけでも、けっこうな仕事量だった。

「植木さん、これ一昨日の分で、まだ終わってないんですけど、お願いしてもいいですか」

「ああ、やりますやります」

「植木主任、中島のガサの報告書って、そっち行ってる?」

「えーと……ちょっと分かんないんで、いま探します」

「植木さん」

「ちょっと待ってッ」

午前中は、そんな調子でテンヤワンヤ。それでも昼休みになると、みんな気を遣って、植木と一緒に講堂で飯を食ってくれるという。

今日は、分かりやすくコンビニ弁当だ。

「すみませんね、なんか、付き合わせちゃった感じで……でもたとえば、この辺で食べるとしたら、署の食堂以外だと、普通はどこなんですか」

岡江警部補が、手にした割り箸で窓の方を指す。

「ここの、隣の隣くらいに、東京港湾合同庁舎ってあるでしょ。あそこの食堂が安くて旨いっていうんで、二、三回は行ってみたけど……な?」

高槻巡査部長が頷く。

「確かに安いですけどね……まあ、味は普通かな」

そんな話をしているときだった。

幹部の誰かが講堂に入ってきたのは、なんとなく目尻の辺りで感じていた。でも自分には関係ないだろうと思い、植木は特に顔を向けることもしなかった。こっちに近づいてくる気配もあるにはあったが、まさか自分に用があるとは思っていないので、声をかけられるまで見もしなかった。

「植木主任」

そう聞こえて、初めてそっちを向いた。

捜査一課の本宮管理官だった。管理官と言ったら事実上、この特別捜査本部の最高責任者だ。

「……あ、はいっ」

植木は慌てて立とうとしたが、本宮はそれを掌で制した。

「いや、立たなくていい。弁当食い終わってからでいいから、ちょっと、時間もらえるかな。話があるんだ」

捜査一課の管理官が、自分に一体、なんの用だろう。

第三部　蜘蛛の背中

1

白い壁は、見つめていると動き始める。細かな凹凸、そのひと粒ひと粒に生命が宿り、右に左に、上に下に、仲間を踏み越え、追い落とし、しかし何かの秩序に従おうと、蠢《うごめ》き続ける。

あの壁を手で押したら、どうなるのだろう。生米の詰まった米櫃に手を入れるように、細かな粒が指の股から這い上ってきて、五本の指を覆い尽くし、やがては手の甲まで呑み込むのだろうか。

手首まで埋まって、肘まで引き込まれて、肩、腋の下まで取り込まれて、おそらく俺は初めて見る。

蠢く白い粒の、一つひとつを。

脚がある。何本も。無数に蠢く白い虫。それが、壁の正体。

あの虫の集合体が壁であることをやめたら、どうなるのだろう。巨大な水槽のガラスが割れ、水が溢れ出すように、こっちに襲い掛かってくるのだろうか。雪崩《なだれ》に弄《もてあそ》ばれるように、俺は白い粒々の波に、身を委《ゆだ》ねるしかなくなるのだろうか。

手の届くところにあったウイスキーのボトルを掴む。奇跡的に倒すこともなく、口元まで運んでくることができた。フタは閉めていない。そのまま口をつける。安物のスコッチ。味は分からない。濃い熱が、口から胃までの内壁を融かしながら流れ落ちていく。

ベッドを背もたれにして、今一度、正面の壁を見る。

壁は、壁だった。

枕元に置いておいたタバコの包みに手を伸ばす。重ねてあったライターも一緒に掴む。太陽のぬくもりがある。珍しくカーテンを開けていたからだ。

抜き出した一本目は折れていた。二本目を銜え、火を点ける。

吸い込んだ煙を、全て吐き出す。天井に雲が溜まる。

稲光、雷鳴。

雲の中にいる、お前。なぜこっちを見ている。俺の何を見たい。何を知りたい。いい歳をして、真昼間から自慰に耽《ふけ》るさもしい姿か。半分乾いた昨夜の反吐《へど》を、今頃になってTシャツで拭き取る間抜けな姿か。

おい、今なんて言った。

こちらは、廃品回収車です。ご家庭内でご不要になりました、テレビ、エアコン、オーディオ、人間などを、無料にて回収いたします。壊れていても、かまいません。お気軽に、お声かけください。

ちょうどいい。俺だ。俺を回収してくれ。

世界が揺れている。歩いていると、壁がぶつかってくる。自販機がぶつかってくる。人がぶつかってくる。車がぶつかってくる。

電信柱の根元に腰を下ろす。手をついた地面は犬の小便で濡れていた。白線の向こう、車道のアスファルトに両足を投げ出す。郵便屋のバイクも、ダンプトラックも、タクシーも、俺の足を避けていく。

邪魔なんだよ、お前——。

分かってるよ。邪魔したいんだから、邪魔でいいんだ。

また一人、大きく俺を避けた歩行者、大学生の男が、向こう側の歩道を通り過ぎていく。携帯で女に連絡をとっている。今日は会えない、バイトがある。えー、今日は会えるって言ったじゃん。先輩から急に、シフト代わってって頼まれた。予約したお店どうすんの。キャンセルしといて。当日だとキャンセル料取られるよ。マジわりい。

その携帯には、別の女とのセックス動画が入っている。男は今夜、その女と会う。女から金を受け取るためだ。

タバコを吸いたくなったが、持ってきただろうか。砂粒と犬の小便のついた手で、あちこちのポケットを探る。タバコはなかったが、何百円か小銭が見つかった。これで買えばいい。一番近いタバコ屋はどこだ。

電信柱に掴まりながら立ち上がる。風圧を感じるほど近くを、路線バスが通り過ぎていく。窓際に座っていた老女は、これから孫のために金を届けにいく。会社の金を三百万盗まれた、すぐに補填しなきゃマズい、ばあちゃん、助けてくれ。分かったよ、どこに持っていけばいい。区役所前まで持ってきてくれれば、会社の後輩がいるから、そいつに渡してくれ。ああ、分かったよ、そうするよ。

ブロック塀に手をつきながら歩く。正面から若い母親。ベビーカーの子供は目を瞑《つむ》っている。この子さえいなければ、この子さえいなければ、この子さえいなければ。

右手には建築現場がある。造るのは七階建てのビルだが、今はまだ基礎工事中だ。ここの鉄筋、本当に半分でいいんですか。大丈夫だよ、分かりゃしねえよ。

現場の向こうは古い団地。もう嫌、こんな生活。奥さん、気分がスッキリするお薬、あるんですよ。じいちゃん、早く年金引き出してこいよ。ほらもう、早く塾に行きなさい。

あんた、いつんなったら仕事決めてくんのよ。ママには内緒だよ、おじさんとどんなことしたのか、ママには黙ってようね。もう、無理です、ほんとに、二千円しかないんです。だったら親の財布から抜いてこいよ。

まだ、タバコ屋は見つからない。

公園で目を覚ましたら、もう辺りは真っ暗だった。

ポケットを探ると、タバコはあった。ライターもあった。近くに灰皿はないが、かまうことはない。

ゆっくりと煙を吐き出しながら、黒い空を見上げる。明日の関東地方は晴れ、降水確率は十パーセントです。

空っぽのジャングルジム。誰も乗っていないのに、揺れ続けるブランコ。子供の笑い声、大人の怒鳴り声。植え込み、闇の塊、その隙間、向こうの歩道、ガードレール。

ペダルの音、揺れるぼやけた明かり、白いフレーム。

自転車に跨った、制服警察官。

ベンチに誰かいるぞ。酔っ払いか、ホームレスか。職務質問してみるか。こんなところで、強制わいせつでもされたら面倒だからな。

冗談じゃない。お前なんかに、根掘り葉掘り訊かれて堪るか。

「時刻」という概念の放棄。

早朝と夕方、深夜と未明、午前と午後。自宅ならともかく、街に出ると瞬間的にはそれが分からなくなる。分からなくても、かまわなくなる。唯一残るのは「空腹」だ。

「日付」という定義の消失。

時刻を放棄すれば、一日という枠組みも意味を失う。一日がなくなれば、当然「週」も「月」も「年」も瓦解する。それでもなお、俺を縛り付けるのは「季節」だ。寒さは現実だ。暑さは現実だ。相互の緩やかな移行は現実だ。抗《あらが》えば「死」を得ることもできる。それもまた現実だ。

「社会」という観念からの離脱。

「人は一人では生きられない」という。それは真理であると同時に、幻想でもある。妄想かもしれない。協力とは相互に求めるものであり、一方がそれを停止してしまえば成立はしなくなる。相互協力の集合体。それが社会であり、国家であり、国際秩序である。この観念からの離脱は二者択一を強いる。徹底抗戦か、自然消滅か。あるいは逃亡、潜行。擬態も、あり得るかもしれない。俺は壁、俺は地面、俺は煙。ただ「金銭」から逃れるのは困難だ。少なくとも、この東京にいる限りは。預金残高がゼロになるまでは。

ラーメン屋の暖簾をくぐる。

米が炊けるときのそれよりは少し重たい、膨らんだ湿気が鼻腔を圧する。

「いらっしゃい」

初めて入る店だ。テーブル席はない。厨房を囲うL字型のカウンターがあるだけ。十人は座れまい。九人か、八人か。そんなものだ。

今いる客は二人。一人はスーツを着たスポーツ用品の営業マン、もう一人はツナギを着た水道管工事の作業員。カウンターの中には店主が一人だけ。頭に白いタオルを巻き、黒いTシャツ、色落ちした緑色のエプロンを着けている。歳は、五十二。

「ご注文は」

「……しょうゆ、並で」

「しょうゆ並で。かしこまりました」

店主は日々、出汁《だし》をとる、具材を煮込む、麵を茹でる。一日三十杯出ればいい方だけど、今日はどうかな。たまたま通りかかって、ここでいいやと入ってきた客が、もう一度きてくれる確率はわずか三パーセント。週に二回以上くる常連客は四人、三回以上くるのは一人だけ。この店も、いつまで保《も》つやら。

「……いらっしゃい」

俺の次に入ってきたのは若い男だった。目が、反社会的な色合いを帯びている。粋がったフリーター。歳は二十五。

俺の後ろを通り、一つ奥の椅子に座る。

「えーと……メンマと餃子、あとビールね」

「へい、メンマ、餃子にビール。かしこまりました」

瓶ビールとコップ、メンマを載せた小皿はすぐに出てきた。

フリーターはまず手酌で一杯、コップに注いだビールをひと息で飲み干した。

うん、旨い。やっぱり、明るいうちから飲むのは気分がいいな。

「……んあー、うんめ。やっぱさ、明るいうちから飲むビールって、旨いよね。ね、大将」

「そっすよねェ、気分いいっすよねェ。羨ましい」

「大将もどう、一杯」

「いえいえ、私、こう見えても下戸《げこ》なんで」

店主は餃子を焼き器に並べ、水を少量入れてフタをし、続いてラーメン鉢にスープを用意し始めた。

「……大将。実は、このビールも生ビールだって、知ってた？」

「え、生ビールってのは、ジョッキのやつでしょう？」

「そう思うでしょ、思ってたっしょ。ところがさ、そうじゃねえんだな。ほら、ラガービールってあるじゃん。あれじゃないやつは、ほとんど全部、生なんだってさ。なんか、熱処理がどうたらこうたら、難しいアレなんだけど……とにかく、瓶でもジョッキでも、生は生なんだって……ほら、ここにも『生』って書いてあるじゃん」

フリーターが瓶のラベルを指差す。店主も「ん？」という顔でそれを覗き込む。

「あ、ほんとっすね」

「な？ だから大将もさ、生ビールありますって、書いて貼っちゃえばいいんだよ」

「いやぁ、でも、瓶じゃねえかバカ野郎って、瓶は生じゃねえだろって、逆に怒られちゃいますよ」

「はは、それもそっか」

喋りながらも店主は、着実に仕事をこなしている。

「はい、しょうゆ並、お待ちどうさまです。熱いんで、お気をつけください」

「……どうも」

店主が差し出してきたラーメン鉢を両手で受け取る。確かに、かなり熱い。

少し減って隙間のできた箸立てから、割り箸を一本抜く。上手く割れる気はまるでしなかったが、今回は奇跡的に真っ直ぐ、左右均等に割れた。これで一生分の「運」が目減りしたとしても、取り立てて困ることはない。

チャーシュー、鳴門巻き、メンマ、半分の煮卵、焼き海苔を避け、まず麵をすくい上げる。中太のちぢれ麵。最初のひと口を勢いよくすすり上げ、すすり上げ、最後まですすり上げようとしたが、途中で息が続かなくなり、仕方なく途中で嚙み切った。たぶん、上顎を火傷した。

人はよく「腹が減っては戦はできぬ」と言うが、俺は、腹が満たされても戦をする気はない。戦は疎か、何もする気がない。何も、する気になれない。人一人の無力さ。俺には、戦って無駄死にする価値もない。

麵を平らげ、チャーシューや煮卵も食べ、スープを半分くらい飲んだところで腹が一杯になった。胃は日々小さくなっている。食べたら酒は飲めない。飲んだら食べられない。

「……ご馳走さん」

「へい、ありがとうございます。六百二十円になります」

ズボンのポケットから小銭を摑み出す。五百と、五十、いや八十円。もう少しないか。

他のポケットも探ってみたが、残り四、五本のタバコの包み、アパートの鍵、何かのレシートと糸屑。それ以上は何も出てこなかった。

「……あれ」

何度数えても、五百八十円は五百八十円だ。

ラーメン鉢を下げた店主がこっちを見ている。冗談じゃねえよ、こっちはカツカツのギリギリで商売やってんだよ。たとえばよ、ツマミ食ってビールも二、三本飲んで、シメにチャーシューメンでも食ったってんなら、何十円かくらい負けてやろうって気にもなるけどよ、並のしょうゆラーメン一杯で四十円負けてたら、それこそ商売上がったりだ。かと言ってな、四十円ぽっちで警察に突き出すかって考えたら、それもな——。

「あんた、なに」

声がしたので顔を向けると、隣のフリーターが、俺の手の中を面白そうに覗き込んでいた。頬が、半笑いの形に持ち上がっている。

「……え」

「なに、金、足んねえの」

「あ、いや……」

「足んねえんだろ。さっきから、それ以上一円も出てこねえじゃん」

フリーターは、しょうがねえなと言わんばかりにかぶりを振り、自分の、薄手のブルゾンのポケットに手を突っ込んだ。

中にある小銭をジャラジャラと掻き回し、何枚か掴み出す。手を開き、俺に見せる。

色も形もバラバラの貨幣が、数枚載っている。

「ほら、足りない分、出してやるよ」

「え、いや……」

「いいって、遠慮すんな。どうせあんただって、うっかりしてただけなんだろ。家に帰ったら、千円や二千円はあるんだろ……そんな、何十円かで無銭飲食呼ばわりされたくねえだろが……いいから、ほれ、いくら足んねえんだよ」

もう一度、自分の持ち合わせを数える。

「……五百、八十」

「あと四十円ぽっちじゃねえか」

フリーターは手の中から五十円玉を一枚摘み、俺の、五百八十円を載せた掌に落とした。

カチャ、と小さく鳴った。

「すみません。じゃあ……」

俺はその中から十円玉を彼に返そうとした。

それを、彼は笑い飛ばした。

「いいよ、いいって。そんで釣りもらっちゃったら、あんた、ガチの無一文になっちゃうじゃん……っていうか、でも、アレか。十円だけ残ってても、あんま意味ねえか。今どきって、どうなの。今でも『うまい棒』とかなら、十円で買えんの。ねえ、大将、『うまい棒』って今、いくらすんの。知ってる？　知らない？」

俺は彼にもう一度礼を言い、店主に六百二十円を支払った。それで店を出ようとした。

だが、肩を摑まれた。決して強い力ではなかったが、ひどく大袈裟な、遠慮のない摑み方だった。

「まあ、まあまあ、座んなって。大将、コップもう一個……はいはい、ほら、あんたも飲みなって……あれ、ひょっとして車？　車じゃない？　じゃねえよな。じゃあ飲もう、一杯だから。一杯だけだから、付き合いなって……あ、大将、大丈夫だよ、俺はちゃんと持ってるから。金、いっぱい持ってるから……なんつって。全然、俺も貧乏だけど、これくらいはさ、大丈夫だから。チャーシューメンに、トッピング全部載せくらいイケちゃうから……さあ、飲もうよ。はい、ぐぐぐいーっと」

そのときになって、俺は初めて気づいた。

最初にいた営業マンと作業員が、いなくなっている。

彼らはいつ会計をし、いつ店を出ていったのだろう。

ラーメン屋を出て歩き始めると、彼は勝手に名乗った。

「俺、リョウタ。涼しいに、太いって書いて、涼太。よく、逆だって言われるけどな。痩せてるのに暑苦しいって。うるせーよって。ひでえよな。な、ひでえだろ……あんたは。あんた、名前は?」

見ず知らずの人に名前を訊かれるなんて、いつ以来だろう。いや、正確に言ったら、自分たちはもう「見ず知らず」ではないのかもしれない。すでにラーメン屋で顔見知りになり、俺はラーメンを五十円分、ビールをコップ二杯、餃子を二個、ツマミのチャーシューをひと皿奢《おご》ってもらっている。彼はちゃんと金を持っていた。少なくとも、場末のラーメン屋で好きなだけ飲み食いできる程度には金持ちだった。

「……オサム。理由の『リ』で、理」

「えっ、理由の『リ』一文字で『オサム』って読むの?」

「ああ」

「うっそ、マジで。俺そんな奴、今まで会ったことねえわ」

「そう。俳優にも、同じ名前の、いるけどね」

「知んねえ。俺、ドラマとか見ねえから……それよっかさ、俺んち来いよ。もうちょっと飲もうぜ。酒も食いもんも、なんかあっから」

ラーメン屋から十五分くらいだっただろうか。二人で歩いて、彼が「ここ」と指差したのは、築四十年以上は経っている、二階建てアパートだった。黴《かび》か煤けたのか、黒ずんだ掻き落としの壁には大きく亀裂も入っている。

「上がれ上がれ……遠慮しねえでいいから」

錆《さ》びた鉄骨階段を上がって、二階のふた部屋目。

彼、涼太は鍵も出さず、いきなりドアノブを握った。

「……姉ちゃん、帰ったぞぉ」

同居人がいるとは聞いていなかった。

涼太が開け放ったドアの中、すぐのところは台所になっている。

そこに女が一人、髪を括《くく》りながら出てくる。

ピンク色のTシャツに、色落ちしたジーパン。身長は百七十センチ弱。顔はよく見えなかった。

「お帰り……ああ、友達？　いらっしゃい」

迷惑がりはしないが、歓迎もしない。女はそのまま奥に引っ込んでいく。

「ほら、上がれ」

「ああ……お邪魔します」

促されるまま、玄関に入る。

涼太は雑にサンダルを脱ぎ散らかし、台所の向こう、奥の和室に入っていった。

「姉ちゃん、なんかツマミ作って」

「ツマミ……ってなに」

「なんかだよ、こいつと飲むんだから」

「飲むって、何を」

「酒だよ」

「お酒なんてないでしょ」

「あったじゃん、焼酎が」

「……ああ、あったね、そういえば」

「だからツマミ」

「えー、なんにもないよ……モヤシくらいしか」

「それでいいよ。モヤシでなんか作ってよ……おぉい、こらぁ、こっち入れって」

仕方なくスニーカーを脱ぎ、薄暗い台所を進む。

頭を下げながら、和室の戸口を覗く。

「すんません……お邪魔します」

女も、倣うように頭を下げ返す。灰色に濁った、暗い目をしている。見える範囲の肌に血の気はない。

「どうぞ……まあ、なんにもないけど、座って。モヤシと、あとなんかあるもので、炒めものくらい作るから」

女の言う「ない」は、料理の材料のことだろうか。それとも座布団や椅子といった「座るためのもの」のことだろうか。

確かに、ない。右奥の角に不揃いの布団がふた組、畳んで置いてある。左角には半透明の衣装ケースが積んである。真ん中、蛍光灯の四角い笠の下には丸座卓がある。その他にも、スポーツバッグや段ボール箱、女もののハンドバッグ、飲みかけのペットボトルやハンディ掃除機、中身の入ったコンビニ袋などは畳の上に散乱しているが、座るための何かは、ない。

「突っ立ってねえで、座れって」

丸座卓の向こうに腰を下ろした涼太が手招きをする。

「……ああ」

俺は涼太の左横、衣装ケースの手前に座った。

涼太が背にしている窓は、開け放たれている。下の方がネズミ色に変色した、古い木枠の窓だ。カーテンはあるが、網戸はない。

どこかから、野球中継の音声が聞こえてくる。

三振で、三者凡退。

2

いつもの、朝のニュース番組。事件報道に目新しいものはなく、政治に関しても、下らない揚げ足取りと欲得塗れの法案審議について報じたくらいで、興味の持てる話題は特になかった。コマーシャルを挟んだら、次は天気予報か。

上山章宏《あきひろ》は、画面左上の時刻表示を確かめた。六時四十二分。自分はまだ十分ほど余裕があるが、長男、蓮《れん》はそろそろ出なければいけないのではないか。

ここからは見えないが、キッチンの向こう、洗面所の方に声をかける。

「おーい、蓮、もう四十分過ぎたぞ」

ドライヤーを引き出しにしまうような音はしたが、返事はない。十六歳の息子の態度として、これはどうなのだろう。注意した方がいいのだろうか。それとも、思春期の男子なんてそんなもの、と放っておいた方がいいのだろうか。

数秒して、気配が動いた。

「……行ってきます」

キッチンに立つ妻、咲子《さきこ》が玄関の方を覗く。

「はぁい、行ってらっしゃい」

重めのスチールドアが開き、すぐにガシャンと、近所迷惑なほど大きく閉まる音がした。

咲子に訊いてみる。

「……なあ。蓮、何かあったのか」

「ん、何が？」

咲子は訊き返すだけで、こっちを振り返りもしない。

「何がじゃないよ。なんなんだよ、あの態度」

「何って、そんな……朝は忙しいんだから、しょうがないでしょ」

「声かけても、返事もしないじゃないか」

「行ってきますって言ったじゃない」

「それは返事じゃないだろ」

「行ってきますって、言うだけマシよ。他のお母さんの話聞いてると、おはようもただいまも、なんにも言わない子の方が多いんだから。蓮なんか上出来な方よ」

そこに長女、唯《ゆい》が起きてきた。さっきのドアの音で目を覚ましたのかもしれない。

「……おはよう、ございまふ」

こっちは十歳。まだまだ可愛いものだ。

「おはよう」

そう言った上山には目もくれず、唯は咲子の方に寄っていく。咲子は百六十五センチか六センチくらいあるので、唯との身長差はまだかなりある。

なんだろう。唯は、上山には聞こえないよう声をひそめ、見上げるようにして咲子に話しかける。父親には聞かれたくない内容なのだろうか。すると、女子特有のアレか。確かに、もうそういう年頃ではある。

咲子の声が少し大きくなる。

「……何も、今じゃなくたっていいでしょ」

それに対する唯の反論は聞こえない。

「じゃあ、自分で言いなさいよ……やだよ、ママだって」

なんだ。なんの話だ。

しばらくモジモジしていた唯が、意を決したようにこっちを向く。髪はクシャクシャだし、目も腫れぼったいし、パジャマの襟は片方だけ捲《めく》れて立っていて、ズボンも半ばズリ落ちているが、それでも何か、上山に言いたいことがあるらしい。

「……お父さん」

唯は上山を「お父さん」、咲子を「ママ」と呼ぶ。蓮はさすがに「お父さん」「お母さん」だが、そういえばここ最近、蓮に「お父さん」と呼ばれた記憶はない。

まあ、今は唯だ。

「なに」

「あの、あのさ……」

「うん、なんだよ」

「あのね……唯もね、ケータイ、欲しいの」

なんだ。またその話か。

「唯。小学校の間は携帯買わないって、お父さん、前にも言っただろ。学校行って、週二回ピアノ行って、プール行くだけなんだから、携帯電話は必要ないの」

シミも皺もない、つるりとした白い額。その下にある薄い眉。

唯はそれを、力一杯ひそめる。

「みんな持ってるのに」

「持ってるだけだろ。なくても困らないよ」

「持ってるだけじゃない。ラインやったりゲームしたりしてる」

「携帯電話はオモチャじゃないの」

「なんでウチだけ駄目なの」

「他にも持ってない子はいるよ。ちゃんとみんなに訊いてごらん」

「唯の友達はみんな持ってるの」

「持ってなくても友達は友達だよ」

「持ってないと遊べなくなるの」

見かねた様子で咲子が割って入ってくる。

「唯……お父さんもう出かけるんだから、また今度にしなさい」

キッ、と唯が咲子を睨《ね》め上げる。

「今度っていつ。お父さん、いつ帰ってくるの。帰ってくるの、いっつも唯が寝てからじゃん、夜中じゃん。アメリカから帰ってきたって、それじゃいないのとおんなじじゃん」

泣き真似か、怒った振りか。唯は踵《きびす》を返し、寝室の方に戻っていってしまった。3DKで、ひと部屋をリビング、ひと部屋を蓮の勉強部屋に充てているので、当然、残りのひと部屋に上山と咲子、唯の三人で寝ることになる。この部屋割りも近々見直さなければならまい。深夜過ぎにしか帰ってこない父親は、将来的にはリビングに布団を敷いて寝ることになると思う。

それはそれとして、そろそろ出勤時間だ。

「……じゃ、行ってくる」

「はい、行ってらっしゃい」

上山が立ち上がると、咲子がテーブル下に置いておいたカバンを手に取る。上山が玄関で靴を履いたら、咲子がカバンを差し出してくる。これが出勤時の、上山家のルーティンだ。

ただし、今朝はもうひと言、咲子からあった。

「……唯の携帯、少し考えてあげてよ」

唯は襖《ふすま》一枚隔てた和室にいる。聞こえないよう、咲子も声をひそめている。

言いたいことは分かるが、頷くわけにはいかない。

「小学生には必要ない」

「私たちが子供の頃とは違うんだから」

「だとしても、子供がオモチャ代わりに持っていいものじゃない。携帯買わない代わりに、ゲームは買ってやったじゃないか」

「そういう問題じゃないの。本当にあの子、仲間外れにされちゃうかもしれないんだから。昔だって……ボロボロの服着てたら、からかわれたでしょ。自転車持ってなかったら、一緒に遊びに連れていってもらえなかったでしょ。それと同じなの。あって当たり前のものなのよ」

当たり前のことが正しいとは限らない。

「また……機会を見て、俺から話すよ」

「ちゃんと考えてあげてよ」

「行ってくる」

もう、咲子の顔は見なかった。

妻が、娘が、納得のいく説明などできるわけがない。その一歩手前、いや、二歩、三歩手前のひと言さえ、上山は口にすることができない。

なぜ、小学生の娘に携帯電話を買い与えることを拒むのか。

それは、上山が警察官だからだ。

官舎から徒歩十分、最寄りの下井草駅から西武新宿線に乗る。通勤ラッシュ時なので当たり前だが、座ることは考えていない。それよりも毎朝、痴漢に間違われない手の位置を確保することに腐心している。電車内で、女性は自分の胸部や臀部を守る。男性は自分の両手を守る。妙な世の中になったものだ。

高田馬場駅で東西線に乗り換えたら、以前は飯田橋駅で下車し、また十分ちょっと歩いて、警視庁富坂庁舎まで通っていた。以前と言っても、ほんの四ヶ月前までの話だ。

今は大手町駅まで乗って三田線に乗り換え、御成門《おなりもん》駅までいく。そこから警視庁新橋庁舎までは徒歩二分。通勤時間はトータルで十分長くなったが、歩きは逆に十分短くなった。どちらが楽かと言ったら、若干だが新橋の方が楽な気がする。

新橋庁舎は愛宕《あたご》警察署のすぐ隣にある。そうはいっても、建物自体は署の三倍ほどもある地上十二階建てで、ワンフロアもかなり広い。上山の職場はその最上階。とはいえ、窓からの眺めがいいわけでは決してない。

エレベーターを十二階で降りたら右、突き当たったらまた右、そのまま一番奥まで進む。そこに、壁紙とそっくり同じオフホワイトに塗られた「のっぺらぼう」のスチールドアがある。

部署名の表記はない。

係員にだけ貸与されているカードキーを、そのドア横に組み込まれた読取機にかざす。

緑のランプが点灯したら五秒以内にドアを開け、十秒以内に閉める。それでいったん小部屋に入る。小部屋というか、短い通路だ。

正面にはもう一つドアがある。右側の壁には読取機と並んで番号入力キーがある。指紋認証と暗証番号入力のダブルチェック。それらを経て、ようやく職場に入れる。

「……おはよう」

すでに出勤していた係員何名かが挨拶を返してくる。

「係長、おはようございます」

「おはようございます」

一見すると、コールセンターのような部屋だ。壁際には大型のサーバが図書館の書棚の如く並び、フロア中央、川の字に並べたデスクには、それぞれデスクトップパソコンが設置されている。パソコンは全部で十二台。始業すれば、それぞれに係員がつくことになる。ただし、ここにいる係員は全て「技官」だ。「捜査員」ではない。誰が言い出したのかは知らないが、係員たちはここを「平場」と呼んでいる。

上山は右に進み、窓付きパーティションで仕切られたもう一つの部屋に向かった。こっちが捜査員専用の部屋になる。俗に「奥」と呼ばれている、いわゆる「刑事部屋」みたいなものだ。

ちなみに「平場」の壁にも「奥」のそれにも、窓は一つもない。

「おはよう」

「おはようございます」

出勤していたのは三名。統括主任の國見健次《くにみけんじ》警部補、担当主任の松尾信晴《まつおのぶはる》警部補、同じく担当主任の天野照良《あまのてるよし》警部補。上山のデスクも入れると席は十一あるが、全員が揃うことはまずない。今朝は上山も入れて四名、これで全員だ。

統括の國見に訊く。

「小松川《こまつがわ》は、動きましたか」

國見は五級職警部補、階級は上山の一つ下だが、歳は六つも上のベテランだ。部下とはいえ、敬語は省きづらい。

國見は小さくかぶりを振った。

「ちょっと、仕込みのタイミングを見てるんだと思います。ひょっとしたら、打たなくても済むかもしれないと、向野《こうの》は言ってますが」

ここで言う「打つ」「打たない」は「注射」のそれからきている。「カンフル剤」的な意味合いだ。

カンフル剤となる注射を、打つのか、打たないのか。

そのタイミングは現場の捜査員に任せるしかない。

「そうですか……じゃあ、今日も、よろしくお願いします」

「よろしくお願いします」

ここ、警視庁総務部情報管理課運用第三係には朝会がない。夜勤職員からの申渡しや引継ぎ、連絡、報告といったこともない。そもそも夜勤や宿直がない。取扱業務の性格上、そういった従来の勤務形態の適用外にあるのだ。必要とあらば、連絡や報告は二十四時間いつでも受け付ける。だがそれが良いのか悪いのかは、正直、上山にも分からない。新設部署ということもあり、その辺はまだ手探りの感が否めない。

担当主任の松尾が、自分のパソコン画面を見て「ん」と漏らす。

「……七号と十一号、これって、同じネタ追っかけてんじゃねえかな。ちょっと、行ってきます」

「ああ」

松尾が席を立ち、平場に出ていく。「●号」は十二台あるパソコンそれぞれに振られた番号であり、同時にそれらが動かしているソフトウェア「スパイダー」の回遊点をも意味している。松尾が言ったのは、つまり「スパイダー七号」と「スパイダー十一号」が同じ情報を検索し続けているのではないか、ということだ。

上山はコンピュータの専門家ではないので、詳しいことは分からない。だが、そういったトラブルは検索ワードの設定や、ウェブ上を回遊する「スパイダー」の周期設定、そのAI同士のデータ共有不徹底などが原因で起こるもの、程度には理解している。一方で、同じ情報を複数の「スパイダー」で検索することがそんなに悪いのか、という疑問もある。重複を無駄と考えるか、慎重さと捉えるかは見解の分かれるところだろう。

担当主任の天野が、手元の書類をまとめて揃え始めた。

「係長、統括……これ、ちょっと見てください」

その、几帳面《きちようめん》に揃えた束を持ってこっちに来る。

國見も席を立ち、上山の隣に来る。

天野は書類を上山のデスクに並べ始めた。

「これ……一見、合コンか何かの場所の打ち合わせというか、参加の打診というか、単なる連絡のようにも読めるんですけど、こっちと、こっち、あとここも……」

別紙にある、別メールの文面をいくつか指差す。

「これ、横浜で先週捕まった、特殊詐欺の主犯格が連絡をとってた相手の、別アカウントなんです。捜査本部は現状、このアカウントについては把握していません……まあ、主犯格の男がゲロすれば、早晩、こいつの正体も割れるのかもしれませんが、どうも、そこまで突っ込んでる気配はないんです」

また特殊詐欺か。

「捜査本部は、確か調布だったな」

「はい。荒山《あらやま》が入ってるところです」

昨今、特殊詐欺はあまりに件数が多過ぎて、あらゆる面で手が足りていないというのが実情だ。

「そうか。じゃあ、この件は俺から管理官に上げるから、もう少し分かりやすく、まとめておいてくれ」

「分かりました」

天野は元システムエンジニアという変わった経歴の持ち主で、以前は生活安全部のサイバー犯罪対策課の所属だった。非常に真面目で、仕事も迅速かつ的確にこなす、平場から上がってきた情報を精査し、捜査対象として取り上げるべき案件を抽出する目と技術も持っている、実に頼りになる担当主任だ。

それだけに、上山は案じてもいる。

こんな窓が一つもない職場で、来る日も来る日もモニター画面と向かい合い、目で見ることも手で触れることもできない広大な「サイバー空間」という戦場で、終わりなき捜査活動に従事しているのだ。心身共に、いつ壊れてもおかしくないと思う。天野は三十六歳。独身で、現在は交際している女性もいないという。せめて上司が気をつけてやらなければ、と上山は思っている。

松尾が帰ってきた。

「……すんません、俺の勇み足でした。別に問題ありませんでした」

対照的なのが、この男だ。

松尾は元公安二課で、いわゆる「極左」の担当をしていた。昔ながらの情報収集、犯罪の取締りといった活動経験を目下、サイバー空間のそれに応用しようと奮闘中である。それもあり、天野よりは早とちりも勘違いも多いが、そこは年の功、人生経験の豊富さでカバーしている。とはいってもまだ四十三。歳は上山と三つしか違わない。

この運用第三係には担当主任がもう二人いるが、今日は来ていない。それぞれ部下を連れて担当案件に専従しているため、あと二日か三日は顔を出さないと思う。

自分の席に戻った國見が、ひょいとこっちに顔を向ける。

「係長。新木場の案件、そろそろ、ウチは引き揚げてもいいんじゃないですかね」

新木場二丁目男女爆殺傷事件。東京湾岸署に特捜を設置し、刑事部捜査一課が捜査している事案だ。

「確かに、マル被は確保できてますからね。役目を終えたと言えば、確かにそうなんですが」

「特捜も、近々縮小されるでしょう。そのタイミングで阿川《あがわ》を抜いておかないと、のちのち面倒なことになりますよ」

國見の言いたいことは分かる。だが、捜査員の出し入れは極めてデリケートな作業だ。

今現在、運用第三係所属の阿川喜久雄《きくお》巡査部長は、刑事部の附置機関、捜査支援分析センターにも併任されている。要は所属を掛け持っている状態だ。よって、この案件なら警務部人事二課、刑事部捜査一課、捜査支援分析センター、少なくとも三つの部署の幹部及び関係者と調整を図る必要がある。場合によっては折衝になるかもしれない。それ自体は上山の上司、長谷川《はせがわ》管理官の仕事だが、その際の下絵を描くのは上山の役目だ。

それとは別に、現場の都合というものもある。

捜査員は将棋の駒ではない。

こっちは効率第一で捜査員を配置しようとするが、捜査員は行った先で、こっちが把握していない人間関係を構築している場合がある。いや、むしろそうなる方が自然だ。そんなところから、ひょいと摘み上げるように捜査員を引き揚げたらどうなる。理由を訊かれるかもしれない。探りを入れられるかもしれない。下手をしたら、おかしな「紐」が付いてくることだってあり得る。

それではマズいのだ。

一応、上山は頷いてみせた。

「昨夜、阿川から連絡がありまして、ちょうど今夜、会う約束をしてるんですが、実を言うと……俺はまだ、阿川はあっちに置いておいた方がいいと思ってるんです。確かに、湾岸の特捜はマル被を確保しましたが、聞くところによると、まるで喋ってはいないみたいですから。もう一本か二本、阿川に打たせる場面も、ひょっとしたら出てくるのかもしれない。もうしばらく、その辺の様子を見たいと、俺は思ってるんです」

國見は「そうですか」と頷いたが、とてもではないが納得した顔には見えなかった。むしろ「私は忠告しましたからね」と、その横顔には書いてあるように読めた。

警察官の職務に簡単なものなどありはしないが、それでも最近、上山は事あるごとに思う。

なんと面倒臭い部署に、自分は配属されてしまったのだろうと。

運用第三係には三台の車両が割り当てられている。うち二台は現場に出ているので、残りは一台。銀色のトヨタ・クラウンアスリート。高級車だけあって、乗り心地は申し分ない。

夜の捜査会議が終わるまでは、湾岸署の近くにある青海《あおみ》中央ふ頭公園の近くに車を停めて待った。近隣にいい店がないというのもあるが、そもそも居酒屋などでできる話ではないし、何より盗聴や情報漏洩が怖い。いつどこで、誰がどうやって聞いているか分からない世の中なのだ。そんなことに神経を使うくらいだったら、酒も肴《さかな》も要らない。安心できる警察車両の中で、用件だけ話し合えればそれでいい。むろん、この車両に盗聴器その他が仕掛けられていないかどうかは、乗車するたび厳重にチェックしている。それをしなければ、身内の車とて一切信用はできない。

阿川が姿を現わしたのは二十二時を数分過ぎた頃だった。

三月末。夜はまだまだ寒く、コートが手放せない。サイドミラーに映る阿川も、立てた襟に顔を半分隠すようにして、肩をすぼめて歩いてくる。

彼が助手席側に立つ、数秒前から気づいてはいた。理由は分からないが、阿川は運転席にいる上山をひどく鋭い目で睨みつけている。

その理由は、助手席に乗り込んできての第一声で判明した。

「係長……何も、こんなに遠くじゃなくたっていいでしょう」

何かと思ったら、そんなことか。

「そうか。地図だと、すぐ近くに見えたんだけどな」

「地図だからでしょ。実際に歩いたら十分以上かかるんですから」

「でも十分だろ」

「都心の夜の十分と、湾岸の夜の十分は違うんですよ。海風に吹かれて歩いてみたらいいんすよ。キツいの分かりますから」

「そりゃ……すまなかったな」

とはいえ阿川も、そんなことでいつまでも不機嫌を撒き散らしているほど子供ではない。

「いや、いいすけど……で、こっちはと言いますと、正直、調べは進んでないです。中島、全然喋んないみたいです」

中島晃。特捜が身柄を確保した、新木場爆殺傷事件のマル被。

阿川が続ける。

「特捜も、極刑を視野に入れて捜査してるみたいなところ、あるんで。そういうの、中島も感じてるんじゃないですかね。意地でも喋んないみたいですよ」

中島は、殺害一名、傷害三名、加えて違法薬物の売買を手掛けていた。確かに無期では手ぬるい感があるが、果たして極刑まで持っていくことは、現実問題として可能だろうか。

上山から訊いておく。

「SSBCとか、鑑取りとかはどうなんだ。中島で、間違いなく持っていけそうなのか」

阿川が首を傾げる。

「肝心の、新木場の現場に爆弾を仕掛けた直接的証拠となると、弱いんですよね。そこはまだ、なんとも言えないです。俺も……ひょっとすると、打つの早かったのかなって、ちょっと後悔してるとこもあって」

それは違うと、上山は思う。

「いや、それに関しては問題なかったと、俺たちは考えてる。何しろ相手は爆弾魔だ。すぐまた次に使う可能性だって否定できなかった。被疑内容がなんだろうと、とにかく中島の身柄を押さえる、それが最優先事項だった。お前がそこに疑問を持ったら駄目だよ」

阿川が小さく頷く。

「ええ、まあ……頭じゃ、分かってるんですけどね。みんな、本ボシ中島って結論ありきで動いてて、でもそこに繋げる筋道が、全然線にならないんで、苛々してるんすよ。それもなんか、俺としては……見てらんないっていうか」

そういうことだ。現場に入って「注射を打つ」捜査員は、あくまでも生身の人間だ。普通の警察官だ。その自分と同じ警察官が、しかも多くの刑事たちが、出口のない迷路で右往左往している姿を目の当たりにして、心が痛まないはずがない。

湾岸署の特捜からは早めに引き揚げた方がいいという、國見の見解は伝えないことにした。上山の独断だが、そう決めた。阿川にはまだ、あの特捜でやるべきことがある。そう感じる。

阿川が、腕を組みながらこっちを向く。

「そりゃそうと……去年の池袋の刑事課長が、まさかこの時期に、一課の管理官になって戻ってくるとは、想定外でしたね」

全くだ。これぱかりは上山にも、全く予想できなかった。

3

本宮が警視庁本部に異動になったのは先月の下旬、二月二十五日の月曜日。今日は三月二十四日、日曜日。捜査一課の管理官になって約一ヶ月が経った。

言うまでもなく警察官は公務員なので、定期的に異動がある。ノンキャリアなら一つの所属に通常五年。本宮のような幹部になるともっと短期間で動くことの方が多いが、それでも所轄署間の異動は定期のそれに沿ったものになる。

読めないのは本部人事だ。

警視庁本部の人事は常に待ったなし。まさに強権発動。欲しい人材、欲しい人数を、欲しいときに他部署から掻っさらっていく。本宮のときもそうだった。前任の刑事部捜査第一課第三強行犯捜査管理官が緊急入院、まもなく長期療養が必要であると判明したため、池袋署刑事課長だった本宮が急遽その任に就くことになった。

捜査一課への所属は三度目なので、勝手は分かっているつもりだった。だが数えてみれば、前回からはもう十四年も経っている。捜査手法の様変わりは当然だった。

池袋署時代にも殺人事件はいくつか扱った。去年の秋には「西池袋五丁目路上男性殺人事件」という、無職男性が殺害された事件の特捜に参加した。しかし、そのときの池袋署刑事課長という立場と、今の捜査一課管理官というそれとでは、実務の見え方が違う。感じ方が違う。

一番の違いは、デジタルデータの取扱いだろう。

むろん、十四年前にもパソコンはあった。しかし今は、それを扱う個人個人のスキルが、あの頃と比べて格段にアップしている。捜査書類の取りまとめも、データベースの作成も、それに関する分析も、目に見えて速くなっている。

加えてSSBC、捜査支援分析センターだ。

事件関係者が所有する電子機器のメモリーや、事件現場周辺の防犯カメラ画像及び映像といったデジタルデータの収集、解析、分析を一手に担う部署だ。十四年前には、これがなかった。今はまず、このＳＳＢＣありきで捜査方針が策定される。初動捜査の要と言ってもいい。本宮の古い感覚では十人くらい必要と思われる捜査範囲も、今現在は「三人で充分でしょう」となったりする。極端な話、「そこはＳＳＢＣが全部やってくれるので、その結果を待ちましょう」となる場合すらある。薄々、そういう時代なのだろうと感じてはいたが、実際に一課入りしてみると「ここまでか」という驚きを禁じ得ない。ちょっとした浦島太郎気分だ。

管理官になって半月が経った頃、新たに発生した事件として初めて担当することになったのが「新木場二丁目男女爆殺傷事件」だった。新木場のイベント会場で、違法薬物の売人と見られていた男が警察官の目の前で爆殺されるという前代未聞の事件だ。さらに同事案では、警察官一名と一般女性一名が重傷、一般男性一名が軽傷を負っている。

検視担当管理官ということで、本宮はいち早く東京湾岸署に入り、マル害の遺体を確認した。事件発生時、現場には四名の警察官が居合わせており、極めて稀《まれ》なケースではあるが、その時点ですでに事件発生時の詳細が分かっていた。それを踏まえての検視だった。

本宮自身、決して少なくない数の遺体をこれまでに見てきたつもりだが、さすがに、顔面を爆弾で吹き飛ばされたそれというのは初めてだった。なるほど。爆弾にはパチンコ玉と釘が使われていたと聞いているが、確かにそのように損傷している。具《つぶさ》に見れば頭蓋骨の断面も、何本かは歯も確認できるが、全体としてはぐちゃぐちゃになった肉の塊だった。イメージ的に一番近いのは、散弾銃で撃たれた頭部の損傷具合だろうか。とはいえ、そんなものは本宮も資料写真でしか見たことがないが。

初動捜査の段階では正直、手応えと言えるほどのものは何もなかった。防犯カメラも、自動車ナンバー自動読取装置も設置台数が少ない、新木場という土地柄が災いしたのだろう。あのSSBCですら有力な情報を拾うことができなかった。

だが事件発生三日目にして突如、ある有力情報が特捜にもたらされた。薬物事犯の捜査本部を経由して特捜に参加していた、高井戸署刑組課の捜査員、佐古充之巡査部長。彼のところに直接かかってきたタレコミ電話がそれだった。

爆殺傷事件には中島晃という男が関わっている、中島は違法薬物の売買も手掛けている――。

当たり前だが、当初はそれが有力情報かどうかも分からなかった。だが中島の行動確認に就いた捜査員が、職務質問から中島が所有する車両の内部を捜索する機会を得ると、グローブボックスから販売目的と見られる小分けにされた違法薬物が出てきた。捜査員はその場で中島を緊急逮捕。翌日に中島宅を捜索すると、爆弾の材料と見られる火薬や金属部品も多数発見された。

このときの本宮の本音を言ったら、「ほっとした」が一番近いだろうか。

管理官になって、初めて設置から関わった特捜本部。しかも百人超の大所帯。ここで捜査が難航、長期化、最後は未解決のまま特捜本部解散、などといった事態は避けたかった。別に、自分の経歴に傷がつくだとか、そんなことはどうでもいい。それよりも、自分で自分が赦せなくなるのが嫌だった。マル害・森田一樹の、肉塊と化した顔が夢に出てくるたび、すまない、すまないと、自分は詫び続けなければならなくなる。そういうプレッシャーがあった。

ただでさえ本宮には、忘れられない被害者の顔が二つある。

三鷹で誘拐され、八王子市内の山中で遺体となって発見された七歳の幼女。荒川区内の河川敷で、金属バット状のもので滅多打ちにされて殺された二十一歳の男子学生。いずれも本宮が捜査に携わり、しかし犯人を逮捕することができなかった事件の被害者だ。漠然とではあるが、これに森田の顔も加わるような予感があった。でも、それは回避することができた。そういう種類の安堵だった。

そうなると、途端に昔の「現場根性」が頭をもたげてくる。本筋とは直接関係ないような、枝葉末節と言われても仕方のない捜査の細部が気になってくる。

一つは、事件で重傷を負った植木範和警部補への聴取だ。彼は二日ほど意識を失っていたので、即座に聴取できなかったのは致し方ない。だが、事件発生時の状況は他の三人から聴けているからもう充分、というものでは決してない。ごく形式的な、後づけ的な聴取に終わるかもしれないが、それでもやはり植木警部補には事情を聴いておくべきだと、本宮は思う。

もう一つは、佐古充之巡査部長が持ってきた情報に関することだ。

彼の携帯電話に直接タレコミ電話があり、それによって特捜は中島晃という容疑者にたどり着くことができた。違法薬物も爆弾の材料も押収できた。それはいい。だがその、佐古巡査部長にタレコミ電話をかけてきたのは誰なのか、という疑問については現在、充分な追求はされていない。

中島の前足（事件前の行動）や後足（事件後の行動）を洗うのには多くの人員が要る。そういう殺人犯捜査係長や統括主任の言い分は、分かる。中島はいまだ何一つ供述していない、喋らせるためにはもっともっと多くの情報が必要だ。そういう意見も、分かる。だから今すぐでなくてもいい。薬物所持事案の調べに目途がついて、爆殺傷事件の容疑者として再逮捕したあとでもかまわない。佐古巡査部長にタレコミ電話をかけてきたのは、一体誰なのか。その点についても明らかにする必要はあると、本宮は考えている。

他にも数え挙げたらいくつかあるが、大きなところでいうと、その二点は特に気になる。

植木警部補が二十三日から現場復帰する、というのは組対五課薬物二係長の泉田警部から聞いていた。だがこの日は品川の荏原《えばら》署に設置されたもう一つの特捜に顔を出さねばならず、朝の会議を終えるとすぐ湾岸署を出てしまった。あの、情報デスクの端に座っていた、見慣れない顔の男が植木警部補なのだろう、と思っただけで、確認する時間はなかった。

本宮が湾岸署に戻ったのは十八時半過ぎ。講堂のある五階まで上がってきたときにはもう、なんだかんだで十九時近くになっていた。

殺人班の浅沼係長とは少し話をしておいた方がいいな、などと考えながら講堂に入ろうとすると、なんとなく、廊下の先で立ち話をしている捜査員二人の姿に目がいった。

一人は佐古巡査部長、もう一人はあの見慣れない顔、本宮が植木警部補ではないかと思った男だ。そういえば二人は、新宿署に設置された薬物事犯の捜査本部でコンビを組んでいた間柄だという。

しかし、それにしては様子がおかしい。

事件で重傷を負った植木が現場復帰し、佐古がそれを喜んでいるというのなら、分かる。

無理はしないでくれと、先輩を労《いたわ》るのなら分かる。だがどうも、そんな雰囲気ではない。むしろ植木の方が、佐古を詰問しているように、本宮には見えた。そう見えたが、でもそれだけだった。すぐ講堂に入り、浅沼係長が上座にいるのが見えたので、そっちの方に行ってしまった。

ようやく植木と話ができそうになったのは今日、二十四日の昼になってからだった。食事中に申し訳ないとは思ったが、声をかけさせてもらった。

「植木主任」

ハッとした様子で、植木がこっちを見上げる。本宮の存在に気づいてはいたようだが、自分が声をかけられるとは予想していなかったようだ。

「……あ、はいっ」

植木が慌てて立とうとする。

「いや、立たなくていい。弁当食い終わってからでいいから、ちょっと、時間もらえるかな。話があるんだ」

「はい、分かりました」

本宮は上座に進み、いつも会議で座る席に腰を下ろした。自分が近くにいたら食いづらいだろうと思ったからだが、それではまだ植木には不充分だったようだ。十何メートルか離れていても、彼が慌てて白飯を掻き込んでいるのが見ていて分かる。それも、無事だった右手一本でやろうとするものだから、ボロボロとよくこぼす。

急がば回れ、とりあえず落ち着いて食え、とは思ったが、そんな植木の様子を、本宮は好ましくも感じていた。おそらくは体育会系の、男っぽい性格をしているのだろう。ガッツがあって、タフで、明るくて、雑なところもあるが、それは粘り強さでカバーする。たぶん、とてもいい刑事なのだと思う。本宮の好きなタイプだ。

粗方食べ終わったのか、弁当にフタをして、ペットボトルに手を伸ばす。片手で開けられるか、と思ったが、あらかじめ開けてあったようだ。それを、垂直に近いラッパ飲みで流し込む。こっちまで聞こえるほど喉を鳴らして飲み干し、ボトルを置くと同時に立ち上がる。

隣にいた捜査員が、植木に何か言った。片づけますからいいですよ、ということか。植木はすまなそうに頭を下げ、左脚を引きずりながらこっちに歩き始めた。

本宮も立ち上がり、「その辺でいい」という意味で掌を向けたが、植木は止まらない。なんとかして上座に向かってこようとする。植木範和とは、そういう男らしい。

結局、ちょうど真ん中辺りの会議テーブルに二人で腰掛けた。

「すまなかったな、昼飯時に」

「いえ、大丈夫です」

どこかに飯粒の一つも付けていそうだったが、それはなかった。

ただ、右頬にはまだ小さな絆創膏《ばんそうこう》が貼ってある。

「怪我の方は、どうだ。膝は、無理しない方がいいぞ。膝だけじゃなくて、あとで体のあちこちにガタがくる」

「はい……ありがとうございます。気をつけます」

挨拶はこれくらいにして、本題に入る。

「いや、君に訊こうと思ったのは、実は、佐古巡査部長のことなんだけどね」

植木の目の奥に、一瞬、暗い何かが過《よぎ》ったように見えた。

「佐古の……なんでしょう」

「中島晃の逮捕は、佐古巡査部長が受けたタレコミ電話が端緒になった、ってことは、知ってるよな」

「はい、報告書その他で、そのように、読みました」

「昨夜、会議の前に、彼と話してただろう。その、廊下の先で」

植木は、明らかに本宮を警戒し始めていた。顔に一切の感情を表わさなくなった。

「はい。彼とは、新宿の捜査本部で組んでいたので……まあ、復帰の挨拶というか……そんなところです」

「それにしちゃ、ずいぶん怖い顔をしてたな、君は。まさか、君が爆弾を喰らったのは佐古くんのせいだとか、そんな恨みがあるわけでもないんだろう」

植木が小さくかぶりを振る。

「いえ、そういうのは……ないです。全く」

「じゃ、なんの話をしてたんだよ。プライベートに関することなら口を挟むべきじゃないんだろうが、捜査に関してだったら、隠し事は困るぞ」

本宮の、今の発言のどこが障《さわ》ったのだろう。

急に植木は目つきを尖らせた。

「だったら逆に、お訊きしたいことがあります。管理官は、佐古にタレコミ電話をしてきたのが誰なのか、気にはならないんですか」

なかなか、いい目をしている。

「君は佐古くんと、その話をしていたのか」

「答えてください。気にはならないんですか。追求する気はないんですか」

「あるよ。でも今はまだその時期じゃない」

「今じゃなきゃいつやるんですか」

「中島を爆取で再逮捕してからでもいいと、私は考えている。最悪でも、起訴に間に合えば問題はない」

「そんな悠長な話でいいんだったら、自分にやらせてください。どうせ地取りにも鑑取りにも出られませんし、デスクにいてもさして役に立てそうにはありません。佐古から、タレコミは番号非通知だったと聞きました。照会書さえ書いてもらえれば、自分が電話会社に行って通話履歴を出してきますから。せめてそれくらいはやるべきだと思うんですが」

本音を言ったら、本宮も意見は植木と同じだ。しかし、組織捜査というのはそんなに単純なものではない。タレコミ主の追求は後回し、というのが特捜の方針だ。暇をしている警部補がやりたいと言っていたから管理官判断でやらせた、では通らない。ましてや、植木は捜査一課員ではない、組対五課の人間だ。この特捜では傍流と言わざるを得ない。

そこまで思って、本宮は変に捩じれた既視感を覚えた。

そう遠くはない過去、自分は今の植木と、同じ立場にあったような――。

あれは、そう、「西池袋五丁目路上男性殺人事件」のときだ。本宮は当時の捜査一課長、小菅守靖警視正から密旨《みっし》を受け、マル害の妻の過去を部下に調べさせた。そこからまさに、犯人逮捕に繋がる情報は出てきた。

同じではないか。あのとき自分は池袋署の刑事課長だった。池袋署管内で起こった殺人事件なのだから、刑事課長は立派な捜査当事者とも言えるが、実情は違う。特捜が設置され、本部捜査となった以上、事件は捜査一課のものであり、所轄署の課長は「傍流」と見ることができる。いや、そう見られていたのだと思う。逆に言ったら、だからこそ本宮は選ばれたのかもしれない。

今回の、佐古巡査部長のように。

佐古は東京湾岸署の署員ですらない、高井戸署刑組課所属の捜査員だ。ある意味、当時の本宮以上に傍流だ。

類似点はまだある。

本宮は小菅から、事の全ては本宮の独断専行、会議でもそのように報告するよう求められた。この条件を満たすのに本宮が思いついた方便が「タレコミ」だった。自分のところにタレコミがあった、それを部下に調べさせたらたまたま当たっていた、その結果、犯人は逮捕できたのだから、難なく自供も取れたのだから、それでいいでしょう――。

決して本宮の本意ではなかった。小菅一課長の密旨を完遂するため、言わば方便に方便を上塗りしたのだ。あるいは小菅の意図を忖度《そんたく》し、可能な限り代弁してみせた、と言ってもいい。

すると、益々気になってくる。

佐古にタレコミ電話をかけてきたのは、どこの誰だったのか。

「……管理官」

植木の声で我に返った。

自分は、どれくらい考え込んでいたのだろう。

「すまない。ちょっと……」

「いや、ですから、自分に佐古の通話履歴を」

「待ってくれ……うん、君の言い分は分かる。佐古くんの通話履歴はいずれ必ず当たる。それは約束する。ただし、今は待ってほしい。ひょっとするとこれは、ただ闇雲に当たればいいだけの話では、ないのかもしれない」

前回、情報の出所は小菅捜査一課長だった。今回もそうだとしたら、通話履歴から割れるのは今の捜査一課長、徳永《とくなが》警視正の携帯電話番号ということになる。それを、どうする。

そうなったら、自分に何ができる。

佐古がタレコミの話を最初にしたのは、殺人班二係長の浅沼だ。佐古の通話履歴はあとでいいでしょう、と主張したのも浅沼だ。

どっちだ。

佐古が浅沼以外の誰かに、最初に報告する可能性はあったのか。もし佐古が殺人班の統括係長やデスクの担当係長に話していたら、それでも浅沼は「佐古の通話履歴は後回し」という主張をしたのだろうか。そもそも佐古は、本当にタレコミの電話など受けていたのだろうか。浅沼から、お前がタレコミ電話を受けたことにしてくれ、と頼まれただけではないのか。

あの日、小菅から密旨を耳打ちされた、本宮のように。

仮に、タレコミ電話自体は実際に受けていた、と仮定したら、どうだろう。

「植木くん……君は佐古くんを、どういう人間だと思う」

まだ植木は、本宮に対する警戒を解いてはいない。

「どういう、と仰いますと」

「慎重なタイプとか、思いきって仕掛けて、突破しようとするタイプとか」

しばし、植木が首を傾げる。

「……まあ、真面目な男だと、思いますけど」

「どんなふうに」

「どんな、って……まあ、たとえば、プライベートなことを、自分がちょっと、意地悪く訊いたりしても、意外なほど、真面目に答えたりしますから。まあ、真面目なんだなぁ、と」

「つまり、嘘はつけないタイプということか」

「んん……まあ、そうかも、しれません。平気で嘘をつく男かと訊かれたら、それは違うと、自分は思います」

ならば、話を戻そう。

「もう一度訊くが、君は昨日、佐古くんとなんの話をしていたんだ」

今度は「ああ」と、植木は質問に応じようとした。

「まさにその、タレコミ電話について、訊いていました。相手はどんな男だったか、とか、具体的にはなんて聞いた、とか」

「佐古くんは、なんと言っていた」

「え、いや……これ、言っちゃっていいのかな」

「どういうことだ」

「佐古もなんか、あんまり他で言うなって、口止めされてたみたいですし」

佐古に口止め。浅沼に違いない。

「かまわない。俺が訊いてるんだから、言っていいよ。君の立場も、佐古くんの立場も悪くなることはない」

「まあ、そりゃそうっすよね……その、これはあくまでも、彼自身の印象に過ぎないんですが、佐古は、電話の相手は……警察官だったんじゃないかって、言ってました」

タレコミの主は、警察官。しかし、浅沼が電話をして、直後に自分でその報告を受けようとは、さすがにしないだろう。声が似ていると思われたらその時点でお終《しま》いだ。少なくとも、代わりの誰かにかけさせるくらいはしたはずだ。

とはいえ、現時点ではその、情報の出所が浅沼であるという確証もない。

「そうか……近いうちに、佐古くんにも直接話を聞く必要がありそうだな。そのときは、君も同席してくれるか」

植木の顔には、明らかに「よく分からない」と書いてあったが、それでも彼は頷いてみせた。

「ええ、もちろんです」

それとは別に、本宮は、今だからこそ会っておきたい、もう一人の男の顔を思い浮かべていた。

4

上山は平日の通常勤務で、新橋庁舎の係長デスクにいた。

統括主任の國見は埼玉県所沢市の現場に出ており、いま上山は、それと交替で新橋に上がってくるはずの担当主任、奈良大貴《ならだいき》警部補を待っている。平場に技官の係員はいるが、天野は外出、松尾は休みなので、奥には上山一人しかいない。

ここ運三（総務部情報管理課運用第三係）において、捜査報告は基本的に口頭で行うことになっている。それを文書に残すかどうか、報告書の形にして管理官に提出する必要があるかどうかは、係長である上山が決める。國見統括にすら、相談することはほとんどない。

文書化に慎重になる理由はむろん、情報漏洩だ。

馬鹿デカいサーバをいくつも壁際に並べて、それにコンピュータを十何台も繋いで、日々それらと向き合う業務をしているにも拘らず、一方では、電話一本で事足りる簡単な報告すら面談でやり取りする決まりになっている。全く、馬鹿馬鹿しいにもほどがあると、上山ですら思う。だが、そうせざるを得ないのが現実だ。

警視庁も、昨今は情報漏洩対策を徹底して行っている。使用可能なUSBメモリーは警視庁公用の製品のみであり、それ以外のものが部署のパソコンに接続されると、警告音と共に「虎」の顔写真が画面に表示され、その後はフリーズする。

また、USBメモリーを外部に持ち出すには、所轄署なら課長の決裁を毎回仰がなければばならず、持ち帰ったものを使用する際は、事前にウイルス解析用のパソコンでチェックする必要がある。これを怠り、部署のパソコンにいきなり接続しようものなら、また例の「虎」が表示されてフリーズする。解除するには警部以上の上司に報告し、警務の担当係員に来てもらわなければならない。むろん始末書も書かされる。

この高度情報化社会で、その利便性を根底から否定するような内規だが、ここまではあくまでも警察署、あるいは警視庁本部で行われている情報漏洩対策だ。運三では、もう一歩踏み込んだ対策を実施している。

公用であろうとなかろうと、USBメモリーを含む外部記憶媒体の使用は一切禁止。また、係の室内では携帯電話の使用もできない。使用してはいけないのではなく、使用すること自体ができない。壁が、あらゆる電波を通さないように造られているので、メールも通話も、ここには一切届かないのだ。ただしこれは、電波による情報漏洩を防ぐための対策ではない。あくまでも、電波による外部からの妨害を防ぐための措置だ。

よって、外部との連絡手段は上山のデスクにある固定電話一台のみ。とはいえ、この一台は主に管理官と密に連絡をとり合うためのものなので、部下からのコンタクトは全て、警視庁から貸与された携帯電話で受けるようにしている。定期的に係の部屋から出て架電の有無を確認し、必要があれば折り返す。待っていて済む話なら、上山はいつまでも係のデスクで部下を待ち続ける。

ようやく、奈良主任が部屋に入ってきた。

「すみません、遅くなりました」

「お疲れさん……まあ、話は、ひと息入れてからにするか」

上山は、冷蔵庫に用意してあった缶コーヒーを二つ取り出し、一つを奈良に差し出した。

奈良は「すんません」と頭を下げ、すぐプルタブに指を掛けた。

「ちょうど、喉渇いてたんで……いただきます」

奈良は刑事畑が長い。松尾同様、従来の犯罪捜査には精通しているが、ネットワークを利用したそれとなると、専門と言えるほどの知識は持ち合わせていない。

奈良が現在担当しているのは、一年半前に発生した女子中学生の所在不明事案だ。

小堺《こさかい》美菜《みな》、十六歳。事案発生時は十四歳で、東京都武蔵野市在住の中学二年生だった。学習塾からの帰り道で行方が分からなくなり、しかしその後に身代金を要求する電話等はなく、事故と事件の両面で捜査が続けられていた。

それが、三週間前だ。突如、美菜の使っていた携帯電話番号から、美菜の声で、母親のところに電話がかかってきた。通話はたったの十七秒。美菜は『助けて』と繰り返し、母親が「今どこにいるの」と訊いても『分からない』としか答えなかった。母親は以後、何度も美菜の番号にかけたが、二度と繋がることはなかった。

武蔵野署が令状を取り、美菜が架電したときの基地局がどこだったのかを調べると、埼玉県所沢市青葉台一三〇〇付近であることが分かった。だがすでに電源を切ったのだろう、その後は位置情報も拾えず、美菜が再度架電してくることもなく、今日に至っている。

自分のデスクに腰掛けた奈良が溜め息をつく。

「……今のところ、動きはなしです。もう一度、一瞬でも電源を入れてくれたら、絶対に逃がさないんですけどね。周辺は二階建て家屋がほとんどで、戸建て九に、賃貸が一くらいの割合です。道も狭くて見通しが悪いんで……マグレでもなんでも、聞き込みして何か摑めるかっていったら、そんな感じは全然しないんですよ」

おそらく、そうだろうと思う。

「かといってな、微弱電波も拾えない現状で、スティングレイを全台投入しても、意味ないしな」

現在、運三に配備されている「スティングレイ」は計三台。それを一現場に結集させるには、それなりの根拠が必要になる。

奈良が眉をひそめる。

「そこですよね。次に繋がるとき、そのワンチャンスに懸けて、たとえば、五日とか一週間、全台投入して三角測定し続ければ、一発で場所、割り出せるんですけどね……なんにせよ、向こうが電源を入れてくれれば、の話ですけど」

スティングレイ一台では、検索対象にした携帯電話番号との距離を測定するのがせいぜいだ。しかし三台同時に投入することができれば、その三台で監視対象を囲うように配置できれば、奈良の言うように、向こうがたった一回電波を発信するだけで、その場所を特定することができる。幸運な場合、アパートの何号室かまで絞り込むことも可能になる。

奈良が、無精ヒゲの顎をひと撫でする。

「携帯、どうなったのかな……バレて、取り上げられちったのかな。圧《へ》し折られでもしてたら、って考えると……」

奈良も上山も今さら口には出さないが、想定している状況は一緒だ。

小堺美菜は何者かに拉致《らち》され、以後の一年半、監禁生活を強いられている。携帯電話は取り上げられた上、電源を切られている。犯人はまだ若い男性だろう。二十代から三十代、ひょっとしたら四十代、五十代ということもなくはないが、そこはあまり重要ではない。

運三は犯人像をプロファイリングしたりはしない。

性的関係の強要は、ある程度覚悟しておかねばなるまい。だが美菜本人が『助けて』と電話してきたことから、美菜がいわゆる「ストックホルム症候群」的な精神状態、犯人に共感を覚えるような心理状態にあるわけではない、というのは好条件と捉えていいと思う。

悔やまれるのは、なぜ警察に直接通報してくれなかったのか、ということだ。ただしこれも、マル害は一年半に及ぶ監禁生活が表沙汰になることを避けようとした、と考えれば無理からぬことと忖度できる。

それでも、マル害は脱出の意志を強く持っている。上山たちは今、そこに希望を見出そうとしている。一点、何しろ相手は携帯電話の電波なので、埼玉県所沢市青葉台一三〇〇付近で発せられたとはいっても、そこに犯人がマル害を監禁しているとは限らない。そのときたまたま車か何かで通り掛かっただけ、という可能性もないではない。しかし現状、それについては考えない。考えても仕方がないからだ。今は埼玉県所沢市青葉台一三〇〇付近の基地局が電波を拾ったという、その情報を突破口にしていくしかない。

奈良の相方についても訊いておく。

「菱田《ひしだ》は大丈夫か。体調、崩したりしてないか」

何しろ二人きりで、しかもせまい車の中で、何日もスティングレイに繋いだパソコンのモニターを見続けているのだ。実際は検索対象番号が電波を発すれば警告音が鳴るので、必ずしもモニターを注視し続ける必要はないのだが、精神的にも肉体的にも、非常に強いストレスの掛かる任務であることに違いはない。

奈良が、少し考えてから頷く。

「ええ……体調を崩す、まではいってませんが、そろそろ限界だとは思います。俺はいいですから、菱田を一回、こっちに上げてもらえませんか。早め早めに交替した方がいいと思うんで。現状でも一杯一杯なのに、一人でも潰れたら、他に二つも三つも、現場を引き揚げなきゃならなくなりますよ」

間違いなく、これは奈良からの「SOS」なのだが、それでも上山はある種の安堵を覚えていた。

直に会って目を見て話せば、奈良がまだ精神的に参っていないことは分かる。そんな奈良が、菱田の精神状態を的確に把握していることを頼もしく思う。

事の大小を問わず、電話やメールでの報告は認めない。報告は全て、面談のうえ口頭で行う。実に面倒臭い決まり事だが、一つだけいい点を挙げるとすればこれだろうな、と上山は思う。

目を見て話せば、必ず通話やメール以上に得るものがある。

そういうものだ。

夕方に戻ってきた天野と、十八時過ぎに新橋庁舎を出た。

第一の目的は、西麻布の現場に出ている出水《でみず》警部補と山路《やまじ》巡査部長に面談して報告を受けることだが、できれば二人を近くの店に連れ出して、軽く一杯飲ませてやりたいとも思っている。

場所は西麻布四丁目の月極駐車場。近くまでいくと出水が助手席、山路が後部座席左にいるのが見えたので、天野が運転席に回り、上山は後部座席右側のドアを開けた。

「……お疲れさん」

「どうも。お疲れさまです」

山路は隣を空けるため、スティングレイをパソコンごと引き寄せ、自分の膝に「よっこら」と載せた。それ自体はアタッシェケースのような外見だが、重量はかなりある。パソコンと合わせたら、普通は一人で持ち運べる代物ではない。膝に載せておくだけでもつらいと思うので、話は手短に済ませたい。

助手席の出水に訊く。

「動きは」

「ぼちぼち、奴も春川《はるかわ》と話してはいるんですが、さすがに、決定的なことは口にしませんね」

出水の組が追っているのは、ロシア大使館商務部に属するコンドラート・レベジェフという男、接触相手である春川広哉《ひろや》は、ヤマト電通のシステム開発事業部主席研究員だ。ヤマト電通は防衛装備品等の開発も手掛けており、これが特定秘密保護法違反に該当する行為なのか、あるいは不正競争防止法に触れるそれなのかは分からないが、スパイ行為である可能性が極めて高いため、現在は運三がその動向を注視している状況だ。

もう一つ訊いておく。

「レベジェフと春川を引き合わせた男の正体は」

一応、日本人らしいという報告は受けている。

「それも、分かりません。いつのまにか、このスキームからフェイドアウトしてるのかもしれないです。ある種のエージェント、工作員というか……誰の差し金で動いているのかも、本人の狙いがなんなのかも、全く」

もう一歩、具体的な何かが摑めれば公安に丸投げしたい案件ではあるが、現状ではそれも難しい。かといって今すぐ撤退できるかというと、安全保障上の観点からそれもできない。二進《にっち》も三進《さっち》もいかないとはこのことだ。

一つひとつの案件について、どこかしらで区切りをつけていかなければ、運三は仕事の抱え込み過ぎで近いうちにパンクしてしまう。その点で言うと、やはり新木場の爆殺傷事件から手を引くというのが、一番妥当で、かつ手近な解決策のようにも思える。

上山は、一つ頷いてから隣の山路に目を向けた。

「少し、ここは天野に任せて、飯でも行くか。どうせ二人とも、碌なもん食ってないんだろ」

ふわっ、と笑みを浮かべ、「はい」と山路が頷く。

出水が「すみません」と小さく頭を下げる。

さて、何がいいだろう。

新木場と違って、西麻布には洒落た店がいくらでもある。

上山は以前使ったことのある、肉料理の専門店はどうかと二人に提案した。二人とも、ここしばらくはコンビニ弁当程度しか口にしていないようで、「それいいっすね」と、口の端から涎《よだれ》を垂らさんばかりの勢いで喰いついてきた。

肉の匠「うえだ」西麻布店。

早速個室を予約し、三人で向かった。

「カワカミさまでございますね。はい、ご予約承っております」

上山たちは念のため、こういった場所でも本名は名乗らない。そもそも経費で落とすつもりがないので、偽名でも不都合はない。

案内されたのは、四人掛けのテーブルを中央に据えた八畳ほどの部屋だった。ここでも念のため、盗撮カメラや盗聴器が仕掛けられていないかを探知器でチェックしておく。とりあえず、心配になる種類の電波は出ていなかった。現在、運三には同型の探知器が九台配備されている。通販で手に入る二、三万の代物とはレベルが違う、二十万円以上するプロ仕様なので、一応、結果は信頼しておきたい。

コース料理を三人前注文し、まずはビールで乾杯する。

「いつも、ご苦労さん」

「ご馳走になります。お疲れさまです」

「お疲れさまです。いただきます」

出水が三十五歳、山路が三十一歳。二人ともまだ若いので、脂っこい霜降り肉でも、まるで蕎麦《そば》をすするような勢いで平らげていく。

特に山路は、こういう店は初めてなのかというくらい喜んでくれた。

「んーめっ……このカルビ、めちゃくちゃ旨いっすね」

「なんなら、俺のも食っていいぞ」

「いや、そんな、係長も食べてくださいよ。旨いっすから」

「遠慮するな。俺はお前らみたいに、張込み仕事してるわけじゃないから。好きなときに、なんでも自由に食えるから……ほら、いいから食えって。焦げるぞ」

比べると、出水の方が多少は舌が肥えているのだろう。中盤で出てきた、ヒレの熟成肉が気に入ったようだった。

「これは……なんか、旨みが凄いですね。肉の味が濃いっていうか、脂身はほとんどないのに……旨いです、これは」

だが、腹具合がある程度落ち着くと、話は自然と仕事絡みになっていく。

シメのカレーライスをひと口食べた出水が、急に眉をひそめる。

「……そういえば、係長。前に、増員の件、管理官に進言してくれるって、あれ、どうなりました」

いきなりその話か。

「ああ、それな……近いうち会うことになってるから、もう一度言ってみるよ」

「ということは、春は無理ってことですか」

すでに三月も終わりに近い。

「春の定期異動では……ないだろうな。いや、みんなにはすまないと思ってる。ギリギリの状況で、結果の出しづらい仕事ばかり背負わせて。現実問題、次の一件が入ったら、いま手掛けてる中から、一件は退かないと無理だと思うし。それに関しては、管理官にもよく言っておくよ」

むろん、こんな回答で出水が納得するはずもない。

「人間増やすのが難しいんだったら、せめて、マルAを増やすなりしてもらわないと」

警察用語には語頭に「マル」が付くものが多い。被疑者を意味する「マル被」、被害者は「マル害」、暴力団は「マルB」、目撃者は「マル目」、暴走族は「マル走」といった具合だ。

ただし「マルB」はあっても「マルA」はない。「マルC」もない。なぜなら、「マルA」と「マルC」は運三の内部限定の符丁だからだ。

上山たちが言う「マルA」は、例の機材「スティングレイ」を指している。「スティングレイ」自体は「アカエイ」を意味する英単語だ。あの海を泳いでいる、平べったくて長い尻尾のあるあれが、魚に分類されるのかどうかは上山も知らないが、とにかくあの生物だ。そのアカエイの「エイ」が「A」に変化し、頭に「マル」がついて「マルA」となったらしい。

一方「マルC」は、新橋庁舎にある総合検索システム「スパイダー」を指している。これについては上山も全く納得がいかないのだが、こういう経緯らしい。

英語の「スパイダー」は、言うまでもなく「蜘蛛」の意味だ。だが、これを口頭で聞いた関係者の誰かが「雲」と勘違いし、なぜか「クラウド」と再度英語に訳し、その頭文字「C」を取って「マルC」となったのだという。それだったら「クラウドコンピューティング」であるとか、「クラウドストレージ」の「クラウド」から取ったと言われた方がスマートでよかったのだが、どうも、そういうことではないらしい。

まあ、警視庁にはたまにこういうことがある。

営利誘拐事案などを扱う刑事部捜査第一課特殊犯捜査係は、その略称を「SIT」としている。そもそもは「捜査＝Sousa」「一課＝Ikka」「特殊犯＝Tokushuhan」の頭文字を取っての「SIT」だったのだが、ちょっと英語のできる管理官が、これを見て余計なことを言った。

「『Special Investigation Team』の略とは、洒落てるじゃないか」

以後、SITの正式な英語名称は「Special Investigation Team＝特別捜査班」となった。

それに比べれば、マルAもマルCも運三内部だけの限定的な用語なので、さして罪はないか、とも思っている。

要するに出水は、運三で使えるスティングレイの数を増やしてくれ、と言っているわけだ。

確かに、その問題も一方にある。それは上山も分かっている。

「奈良も言ってたよ。三台あれば、ピンポイントで場所が分かるのに、一台じゃ大まかな距離しか測れない、五日でも一週間でもいいから、三台全部投入して、ワンチャンスに賭けたいって」

出水が頷いてみせる。

「奈良さんの案件なら、そうですよね。一刻も早く、ってのは分かりますけど、でも、ウチも間空けちゃうとな……だから、増やしてもらうのが一番なんですよ。あれでしょ、あんなクソ重たいのじゃなくて、最近は、携帯できる小型のもあるんでしょ？　なんだっけ」

カレーライスを食べ終えた山路が、ナプキンで口を拭きながら答える。

「……キングフィッシュですか」

「ああそれそれ、キングフィッシュ。そういうの入れてもらえれば、いろんな意味で可能性広がると思うんですけどね」

せっかく「マルA」「マルC」と符丁で喋っていたのに、「キングフィッシュ」を口に出したら意味がないだろう、とは思ったが、一応ここは盗聴の心配がないという前提で話しているので、よしとしておこう。

「もちろんな、数が増えれば、それだけ運用も楽にはなるだろうが、そうはいったって、あれ一台、千四百万か、それくらいするんだから。二ヶ所で同時に三角測定できる態勢が理想だとして、三台追加で、ざっと四千二百万。拡張パーツをフルセットと、最新のソフトを入れたら、一台四千万って話もある。それだと三台で一億二千万……ウチの現状を考えたら、とても通る予算じゃないよ」

何しろ情報管理課運用第三係は、できたばかりの、まだ警視庁の公式資料にも載っていない部署なのだから。

5

俺の何が気に入ったのか、涼太は何かというと部屋まで訪ねてくるようになった。

「オサムぅ、俺、涼太。いるんだろ？　なあ」

酒瓶をぶら提げてくることもあれば、たこ焼きとか焼き鳥とか、ポテトチップのような駄菓子を持ってくることもある。

「旨えんだって、この火鍋味が。期間限定だからな、今しか食えねえんだからな。味わって食えよ」

とにかく一杯やりたいらしい。自分で酒を持ってこなかったときは、勝手にウチの冷蔵庫を開け、流し台下の収納を開け、酒を探し出す。

「これ、ウイスキー、開けていい？」

「ああ」

「水割りにする？　ストレートでいっちゃう？」

「……好きにしろ」

ここにはテレビも何もないので、飲み食い以外には、タバコを吸うか話をするくらいしかない。話すといっても、たいていは涼太が一方的に喋っているだけで、俺はなんとなく、それに相槌《あいづち》を打っているに過ぎない。

「それがさ、マジでウケんの。通じねえよ、通じねえよって泣きそうになってて。そりゃそうだよ、電話と電話繋いじゃってんだから。片っぽは壁のジャックに挿さなきゃ通じねえって」

涼太には話の初めに「ウケる」とか「面白え」とか、感想を予告してしまう癖がある。本来、そういう評価は話を聞いた者が個々に下すべきものだが、そんなことは考えない。自分が面白かったものは他人も面白がるに違いない、自分が旨いと思ったものは他人も旨いと思うに決まっている。そういう思考回路の持ち主だ。

「オサムは、仕事しねえの」

質問に対しては、支障のない範囲でなら答えるようにしている。

「ああ。もうしばらく、しない」

「金、どうすんの。あ、あれか、前の仕事の退職金とか、そういうのがまだあんのか」

「……まあ、ちょっとはな」

涼太がどんな仕事をしているのかなど、俺にとってはどうでもよかった。尋ねもしないし、聞いたところで相槌を打ちもしない。でも涼太が勝手に喋り続けるので、自然と何をしているのかは察しがつくようになった。

「俺みたいなさ……やってる側の人間が言うのもなんだけど、年寄りってやっぱ、馬鹿だよな。あんなにテレビで、同じような話やってんのにさ、やっぱ息子が事故ったとか、孫が会社の金失くしたとか言われたらさ、そんで金持ってきてって頼まれたらさ、そこに息子か孫がいるならともかく、代理の人間だぜ、見ず知らずの奴に、二百万も三百万も渡すんだからさ、やっぱ馬鹿だよ。騙す方も悪いけど、ありゃ騙される方だって悪いぜ」

そういう話はもう聞き飽きた。涼太が云々ではなく、一般的に、すでに慢性化していると思う。どんな注意喚起をしても、あの手の詐欺はなくならない。なくそうとするだけ無駄だ。

そうかと思うと、まるで関係のない話を急にし始める。

「姉ちゃん、ウチの姉ちゃん」

名前は幹子《みきこ》というらしい。

「オサム、聞いてんのかよ、姉ちゃんだよ」

「ああ」

「おっぱい、デケえだろ」

「……ああ」

事実なので同意を示しただけだが、思いきり肩を叩かれた。

「ああ、ってお前……なんだよ、ちゃんと、見るとこ見てんじゃねえか……な、だよな。だろ。姉ちゃんさ、もう小学生んときから、こーんなにおっぱいデカくてさ。ウチほら、貧乏だったからさ……って、今でも貧乏だけど、親が金ねえから、ブラジャー、なかなか買ってもらえなくて。乳首、Tシャツ一枚だと、ピクンて、ピクンッて、立ってんのが見えちゃうからさ、姉ちゃん、セロテープで隠してたんだぜ。それもさ、ウチのじゃもったいないからって、学校で、教室に置いてあるセロテープ、あれでずっと、乳首隠してたんだよ」

この話に「ウケる」とか「面白え」といった前置きは、あっただろうか。なかったとしても、涼太はそういうつもりで喋っている。

「笑えよぉ、オサム」

「……そんな、笑うような話じゃねえだろ」

なぜだろう。自分でもよく分からないうちに、そんなふうに答えていた。

涼太が、もぐり込むようにして下から俺を見上げる。

「あれ、あれれれ？　オサムちゃん、もしかして、姉ちゃんに気があったりすんの？」

応えずにいると、涼太はやがて背筋を伸ばして座り直し、ケッ、と吐き捨てた。

「やめとけやめとけ、あんな女。体はよ、体はいいからよ、昔AVに何本か出たことあんだけどよ、全然売れねえの。あれでな、ちっとは暮らしも楽になるかと思ったんだけどな……これが、全ッ然。ただの脱ぎ損。しかも本番。ただの姦られ損で、撮られ損」

その口振りから、幹子のことを軽蔑し、嫌っているのかと思えば、そうでもない。

酔いが回り、床に突っ伏すと、涙を流し始めたりする。

「……溺れてる人を助けるときは、あれな……慌てて自分も飛び込んじゃ、駄目なのな……一緒に、溺れちゃうだけだから……あれはさ、姉ちゃんは姉ちゃんでさ、必死だったわけ、俺を食わせんのに……それは分かってんの。分かってっから、分かってっからね、だったら、汚れ仕事は、俺がやればいいでしょ、って話だったの。でもさ……溺れる人数は、決まってねえからさ。向こうは、沈める人数、決めてねえから……そういうの、定員があるわけじゃ、ねえからさ……」

窓を開け、タバコを吸っていたら、鼾《いびき》が聞こえ始めた。

風邪をひくような季節でもなかったので、そのままにしておいたが、せめて眩《まぶ》しくないように、明かりは消してやった。

煙は、窓から迷い出たところで夜風にさらわれ、電車に撥ねられる人間みたいに、真横に勢いよく持っていかれ、消える。

形あるものが、それまで目に見えていたものが、圧倒的な力によって消し去られる。奪い去られる。抗うことができないのなら、身を委ねるのが正解なのか。この問いに答えはあるのか。

「オサム……明日さぁ、三時に、ウチ来いよ……カニ食おうぜ、カニ……旨えぞ……」

今日これまで、カニに関する話など一度も出ていなかった。

これは、ただの寝言か。


言われた通り、翌日の十五時には涼太のアパートを訪ねた。

玄関ドアをノックすると、出てきたのは幹子だった。

「……ああ、オサムちゃん」

どう見ても俺の方が年上だが、涼太がたまに俺のことを「ちゃん」付けで呼ぶので、どうやら幹子は、それに倣うことに決めたようだった。

「どうも」

幹子が、少し太めの眉をひそめる。

「涼太、さっき出てって、まだ帰ってきてないんだけど」

「そうすか。じゃあ……」

そのまま、俺は帰ろうとしたが、

「あ、でも……」

手首を摑まれた。細いわりに、力は強かった。

「カニ、オサムちゃんと一緒にカニ食べるの、涼太すごい楽しみにしてたから。もうちょっとしたら帰ってくると思うから、入って待ってて」

あれは、寝言ではなかったらしい。

「あそう……じゃあ」

あれから何度か来ているが、部屋の様子はいつも同じだった。布団と丸座卓、衣装ケースの他にあまり物はない。それでも、押し入れの手前に小さなテレビが置いてあるだけ、俺の部屋よりはマシだ。

丸座卓につくと、幹子も隣に来て座った。

「麦茶しかないけど」

一つ、先に訊いておく。

「あの……カニって、どうしたの」

幹子が「ん？」と訊き返す。

「どうって？」

「もらったとか」

「ああ、どうなんだろ……もらったのかな。それとも、給料出たから買ったとか、そういうことなのかな。とにかく、オサム呼んで食おうぜって、えらく張り切ってた」

「……そう」

昨日の今日なので、自然と幹子の胸に目がいった。形がそのまま透けて見えた。さすがに今は、ブラジャーが買えないほど貧乏なわけではないだろう。持ってはいるけど、たまたま着けていないだけだろう。

視線を感じたのか、幹子は俯《うつむ》き加減で話し始めた。

「あいつ、涼太……セロテープの話、したでしょ」

声には出さず、ただ頷いてみせる。

「嘘だからね、あんなの。ただのネタだから。いくら貧乏だって、子供用のブラくらい買えたっつーの……まあ、AVの話はほんとだけど」

幹子が、色のない爪で、左の頬を掻く。虫刺されのような痕はない。普通に白い肌をしている。

「でも、なんか……その話したあと、オサムちゃん、ちょっと怒ったような、怖い顔してたって……それをなんか、涼太、妙に嬉しそうに話すの……あいつ、怒ってた、怒ってたって」

言いながら、肩まである髪の毛先を弄ぶ。まとめて後ろに追いやっても、半分以上はパラパラと前に戻ってきてしまう。

「あたし、こんなだからさ……オサムちゃんさえよければ、別に、いいからね」

下手な誘い方だと思った。でも、上手な方がいいわけでもない。それは別に、どちらでもいい。

幹子の肩を抱いた。胸の印象よりも細く、薄い肩だった。

Tシャツを捲り、脱がせた。

もっと複雑な、悲惨な過去を思わせる肌が現われるものと思っていた。傷痕とか、火傷の痕とか。予想の範疇《はんちゅう》にはタトゥーもあった。だが反して、真っ白な肌だった。

色気のない体だった。胸以外は痩せていて、少し骨ばっている。体操選手のそれに近いかもしれない。筋張った両脚が俺の胴に絡みつく。腰の辺りで足を組む。

涼太が帰ってくるかもしれない。そういうことは気にしていないようだった。気にしない、姉弟なのだろう。幹子が部屋で誰かに抱かれていたら、涼太はもう一服してから入ってくるとか、どこかで缶ビールでも飲んでくるとか、そういうことだろう。

両膝が、畳にこすれて痛かった。幹子も、背中や尻が痛いのではないか。布団はすぐそこにある。掛け布団でもいいから一枚敷いて、その上ですればよかった。でももう、それも面倒だ。

幹子はよく濡れた。すべって、何度もすっぽ抜けた。でもまた、すぐに入れ直した。

幹子が下からしがみ付いてくる。俺の首を両腕で抱え込もうとする。それで動きづらくなっているのに、耳元では「もっと」とせがむ。動きの一つひとつを嚙み締めるように、目を固く閉じ、いま感じている全てを記憶に留めようとするように、顎を引く。

行きつ、戻りつ、頂に近づいていく。

押し込んで、押し込んで、もういっぺん押し込んで――。

そこで、体の底が抜け、全てを、幹子の中に注ぎ込んだ。

精液などという小量の液体ではなかった。何かもっと別の生命体が、たとえば蛇のような、ぬるりと細長い生き物が、自分から抜け出して幹子の中に逃げ込んでいったような、そんな感覚だった。

目を閉じたままの幹子が、微笑む。

いま俺には、彼女が何を考えているのか、思っているのか、感じているのか、分からない。読めない。伝わってこない。

懐かしい、痛みを感じた。

夕方早くに幹子は出ていった。ゆるめのサマーニットに、タイトなジーンズ。ブラジャーもちゃんと着けていった。

大して物のない部屋で、明かりも点けず、一人でタバコを吸っていた。窓を開けると、近くの工事現場から、まだ少し作業する音が聞こえてきた。どんな建物なのかは分からない。作業員が何人いるのかも、何を考えて仕事をしているのかも、分からない。

涼太は、夜になってから帰ってきた。

「……うわっ、びっくりしたぁ。もう帰っちったのかと思った。いるんだったら電気くらい点けろって」

涼太が部屋に入ってくる。銜えていたタバコを流し台に捨て、左手に提げていたレジ袋をこっちに見せる。

「酒、買ってきた。あと、白菜な。白菜って、けっこう高えのな。こんなに高えんなら肉買うか、とか思ったけど、カニと肉だけじゃ鍋になんねーな、と思って。シミズのステージから飛び降りたよ」

いろいろ間違ってはいるが、言いたいことは分かる。

「……姉さん、もう、出てったぞ」

「ああ、だろうね」

「カニ、一緒に食うんじゃなかったのか」

「いや、別に。俺はオサムと食うつもりだったから」

座卓にレジ袋を置き、焼酎の瓶と白菜を取り出す。

鍋といっても、土鍋で本格的にやるわけではない。普通の片手鍋に、千切った白菜とバラしたカニを入れ、一杯まで水を入れ、火に掛ける。

「ポン酢はあるから、それでいいだろ」

「……ああ」

本当にそれだけだった。茹でたカニと白菜を、ポン酢で食べる。カニも、そんなにたくさんあるわけではない。丸々一杯と、バラの足が四、五本だ。

「うんめーっ……な、旨えよな」

「ああ」

「ほら、もっと食え。ここ、ここまだ食えるぞ」

「……ああ」

ふと気づく。

幹子だけではない。涼太が何を考えているのかも、俺には分からない。三時に来いと呼びつけておいて、夜まで外出していたのはなぜか。幹子と二人きりになったのは偶然か。そうなるように、わざと涼太は出かけたのか。なぜ幹子は自分に抱かれたのか。涼太はそれを承知していたのか。どっちが望んだことなのか。幹子か、涼太か。何も分からないが、それでいい。

「ポン酢、足す？」

「いや、いい」

「俺、足しちゃお……姉ちゃんいるとさ、うるせえんだ。あんたはなんでもかけ過ぎ、とか。それじゃポン酢の味しかしないでしょ、とか、ソース飲んでるのと一緒でしょ、とか……うるせえっつーの」

飲みながら食べる量としては、ちょうどよかった。程よく酔えて、腹も満たされた。

重ねた布団に、沈み込むように寄り掛かった涼太が、天井を見上げながらタバコを銜える。

「……散歩でもいくか」

それも、いいかもしれない。

意外なことに、涼太にはこれという行き先があるようだった。

十五分か二十分くらい歩き、駅近くの繁華街までくると、さも適当そうに「ここでいいか」とガードレールに腰掛ける。白い波形の鉄板が付いたタイプではなく、ガードパイプと呼ばれる、まさにパイプが横向きに設置されたそれだ。

そこでまたタバコを銜える。路上喫煙の是非も、携帯灰皿の有無も、涼太は考えない。火を点けてひと口吐き出すと、大きく体を捻って、こっちに背を向ける。その姿勢から、まずは右脚、すぐに左脚も車道の方に出す。俺とは完全に、反対向きになる。

「オサムも、こっち向けって」

「なんで」

「話があんだよ」

「こっち向きでも聞こえるよ」

「いいから、こっち向いてくれって」

俺の両肩を摑み、強引に回そうとする。

そこまでされたら、仕方ない。

同じように背中を向け、左脚、右脚と車道に出す。

「……これでいいか」

「うん。だからさ……」

またひと口、涼太が大きく吐き出す。

「ウチさ、貧乏だったって、言ったじゃん。ま、今もだけど」

そう付け加える、癖。

「ああ」

「俺、親父の顔とか、全然知らねえしさ。母ちゃんもなんか、よく分かんない人でね……一応、働いてはいたんだろうけど、何やってたんだろな。水商売とか、そういうアレだったのかね。姉ちゃんも、よく分かんないって言ってた。それがまあ、病気になってさ。癌《がん》だけどね……姉ちゃんが、中二かそれくらいで、俺はだから、小三とか、そんくらいで」

いま幹子は三十二歳、涼太が二十七歳と聞いている。五歳差という辻褄《つじつま》は合っている。

「まあ当然、貧乏に拍車が掛かるわな。普通は施設だわ……でもなんか、俺らの場合、兄貴がいて、腹違いの。これがまた、複雑でな。父親が違うんだったら、あるよな。母ちゃんのさ、前の旦那との間に一人いて、その兄貴がさ、母ちゃんも、体がそんなじゃ大変だろって、父親は違うけど、妹と弟の面倒見てくれるって、そういうんだったらさ、分かりやすい、いい話じゃん。でも、たぶん違うんだよな。母親が違うんだよ……」

タバコを挟んだ二本指で、涼太が車道の向こうを指差す。

「出てきたわ」

細長いビルの、せまい出入り口。そこから二人、いや三人、人が出てきていた。三人とも女で、そのうちの一人が幹子だった。全員が、ビルの斜め前に停めてあった黒いワゴン車に乗り込む。

スライドドアが閉まり、ブレーキランプが明るく光ると、ワゴン車はすぐに走り始めた。

どういう仕事かは、大よそ見当がついた。

涼太がうな垂れる。

「けっこう歳、離れてっからさ……姉ちゃんが中二んときで、兄貴、もう三十くらいだったと思うんだよね。いい大人だわ……それがさ、俺が夕方、遊びから帰ってくっと、姦ってるわけ。母ちゃんは入院してるしね。姉ちゃんのさ……体だけ一丁前ってのも、良いんだか悪いんだかな。ずっと、そんな感じだよ。ずっと……兄貴のオモチャにされて、商売の道具にされて、でも、なんも言えなくて。母ちゃん死んで、葬式出してもらって、姉ちゃんも俺も、養ってもらって、二人とも高校まで出してもらって……」

また涼太が、ビルの出入り口を指差す。

ダークスーツを着た男が二人、黒ジャージの上下を着た男が一人。三人で、駅の方に歩いていく。ネクタイをした男は手ぶらだったが、ネクタイをしてない方と、ジャージの二人はクラッチバッグを持っていた。

「今の……スーツの、ネクタイしてたのが、兄貴。ゴツいっしょ。怖かったなぁ、ガキの頃……まあ、今も全然怖いけど」

依然、俺には涼太の考えが分からなかった。

自分たちの過去について明かし、異母兄の存在について明かし、俺にどうしろというのか。どうしてほしいのか。

幹子を近づけ、関係を持たせ、あとに引けなくしておいて、俺にこの状況を打開させようとでもいうのか。

それならそれで、かまわない。

そんな利用価値が、まだこの俺にあるのならば。

6

まるで気は進まないが、上山はこれから、桜田門にある警視庁本部に行かなければならない。

「じゃあ、國見統括、あとはよろしくお願いします」

「はい、行ってらっしゃい」

新橋庁舎と本部庁舎はさほど離れていない。地下鉄を使っていっても、せいぜい二十分とかその程度だ。また本部庁舎の最寄駅は有楽町線の桜田門駅だが、他にも日比谷線の霞ケ関駅が使えるため、行き方は何通りか考えられる。だがしかし、どのルートにも一長一短がある。駅まで十分以上歩くとか、歩かないで済む代わりに乗り換えがあるとか。別に歩くのが苦なわけではないし、決して地下鉄の乗り換えが苦手なわけでもないが、そもそも気乗りしない用件なので、どのルートを脳内でシミュレーションしてみても億劫に感じてしまう。

今日はもう、タクシーで行こう。

新橋庁舎を出て道を向こう側に渡ると、ちょうど空車を拾うことができた。

「……近場で申し訳ないですが、桜田門まで」

「地下鉄の、桜田門駅でよろしいですか」

「はい」

「かしこまりました」

車なら十分かそこら。せめてその間くらい、仕事以外のことを考えようと思った。

結論が出ている。少なくとも上山の中では。小学生に携帯電話は必要ない。もっと言えば、
最初に思い浮かんだのは娘の、唯の携帯電話の件だった。でもあれに関しては、すでに
ゲーム機だって本来は必要ないと思っている。あんなものは時間を無駄にするだけ、百害
あって一利なし。だったらもっと他に——だがそこで、思考は中断を余儀なくされた。

内ポケットにある携帯電話が震え始めたのだ。

取り出してみると【阿川】と出ている。

「はい、もしもし」

『……あ、珍しいっすね、直接出てくれるなんて』

自分でもそう思う。

「たまたまな……どうかしたか」

『ええ、今夜、すき焼きでもどうかと思いまして』

この手の言い回しに定まったルールはないが、喩《たと》えに使われる料理は、たいてい報告内容の重要度と比例している。焼き鳥やビールなら、ごく日常的な定期報告。すき焼きなら、もう少し事態に進捗があった場合が多い。ふぐ、フレンチ、寿司ときたら、さらにそれより上。そこに『銀座で』と付け加えてきたら、もう現場を引き揚げてもいいくらいの報告があると思っていい。

「分かった。いつものところでいいか」

店ではなく、公園前の吹きっ曝しの路上で申し訳ないが。

『はい。よろしくお願いします』

係員からの連絡は、概ねこんな調子だ。

携帯電話を内ポケットに戻すと、もう桜田門だった。

「お客さま、こちらでよろしいですか」

「もうちょっと、その先の……はい、この辺で」

支払いをし、釣りも領収証もきちんと受け取り、

「ご利用、ありがとうございました」

「どうも」

降車したら、十七階建ての警視庁本部庁舎を見上げる。

これが日本の、首都警察の中枢。自分はその一員——か。

社会人なら誰しも、自分の仕事に好きな面と、嫌いな面の両方があると思う。野球選手だって、試合は好きだけど練習で走らされるのは嫌だとか。女優でも、舞台に立つのは好きだけど、テレビ番組は嫌いだとか。

自分はどうだろう。部分的にであれ、今の仕事にやり甲斐を感じられているだろうか。

刑事をやっている頃だったら、あった。犯人逮捕に繋がる証拠や、そのもっと手前でもいい、証拠発見の端緒になるような小さな事柄でさえ、自分が関わることができれば「よし」と強く拳を握った。いつ終わるとも分からない張込み、書類作成、無駄かもしれない聞き込みも、あの「よし」に繋がると思えば耐えることができた。

今の自分に、たった一つでも「よし」はあるだろうか。正直、分からない。

正面玄関を入り、中層エレベーターで十一階まで上がる。降りたら桜田通り側、Bウィングの通路を進む。

副総監執務室。昔からある「副総監室」ではなく、比較的新しい「執務室」の方。上山が訪ねるのは、いつもこっちだ。

ノックするドアも、それなりに新しい。裏を返せば、木の質感に温かみがない。実際、表面材として使われているのは天然木ではない、合成樹脂なのだと思う。

「……総務部情報管理課、運用第三係長、上山です」

「どうぞ、お入りください」

秘書の案内で、奥の執務室に通される。

「上山警部がお見えです」

見えた応接セットには、すでにいつもの二人、副総監の野崎誠一《のざきせいいち》警視監と、総務部情報管理課管理官の長谷川剛《つよし》警視がいた。

「……失礼します」

上山が頭を下げながら入ると、野崎副総監は軽く左手を上げてみせた。

「忙しいところ、毎度呼びつけてすまないな」

「いえ」

「まあ座って」

「はい」

野崎副総監が正面、長谷川管理官が左側に座っているので、上山は右側、長谷川の正面になるところに座った。

非常に稀なケースだが、今の上山に、上司はこの野崎副総監と長谷川管理官、二人しかいない。彼ら以外には存在しない。むろん副総監の上には警視総監がいるわけだが、総監は「情報管理課運用第三係」の設置にも運用にも関わっていない。実際にどうかは別にして、建前上はそうなっている。

運三は副総監直属の部署。そのトップは管理官。決して総務部長や情報管理課長ではない。

野崎が長谷川を見る。

「じゃあ、早速だけど、長谷川さん」

「はい」

長谷川が、用意していた封筒を上山に向け、差し出してくる。大きさはA４判。厚みはさほどでもない。

中身を出し、ざっと目を通す。被害者氏名、被害金額などが列挙してある。

少し間を置いてから、長谷川が口を開く。

「簡単に言うと、預金詐取事案だ。なんの関連性もない……いや、そのように思われる被害者の預金口座から、次々と預金が引き出されていく。手法としては、一度、暗号資産（仮想通貨）に換金されて、支払いの形で送金されるのだが、その送金先がまるで分からない。分からないのに、預金だけはどんどん引き出されていく。すでに、被害金額は一千百万円を超えている。早急に、これらの犯行手口を解明し、犯人逮捕に繋がる情報を上げてもらいたい」

おそらく、ダークウェブを介した新手の預金詐取なのだろうが、ここで上山が軽々に見解を述べても意味はない。

「分かりました。早急に、この件に関しては調べを進めます」

まさか、野崎も長谷川も、上山が書類だけ受け取って大人しく新橋に帰るとは思っていまい。

この件に関する捜査は承った。その代わり、こっちの言い分もある程度は聞いてもらう。

「……しかし管理官。今の運三の係員数と、機材の台数と、下命された件数は、あまりにも不釣り合いです。捜査の初期段階は、まだいいです。技官を中心に情報検索を繰り返し、絞り込みをし、提供可能な形になるまで情報を整理していきます。しかし、その情報を実際に活用するのは、現場に入っていく係員たちです。併任され、いったん特捜にでも入ってしまったら、三日や四日で抜けてくるわけにはいかないんですよ」

野崎が何か言いたそうだったが、まだ言わせない。

「向野、荒山、阿川の三人はそれぞれの捜査本部に行きっ放しです。戻ってくる目途は立っていません。奈良、出水、菱田、山路はスティングレイに付きっきりで、もう何日も車中に缶詰め状態です。松尾も天野も内勤で疲れきってるのに、その上、スティングレイの交替要員までこなしてるんですよ。管理官は先月、春の定期異動で二人は入れると、約束してくださいましたよね。あの件はどうなったんですか」

長谷川が、半ば詫びるように頷く。

「それに関しては……大変申し訳ないと思っている。だが、係の性質を考えれば、動かせる人間なら誰でもいいわけではないことくらい、君が一番よく分かっているだろう。刑事か公安、いずれかの経験が五年以上あり、肉体的にも精神的にもタフで、特筆すべき病歴がなく、情報管理に関する失点が皆無で、前職は所轄署の内勤、一年以上本部捜査には関わっておらず……なお、職務上知り得た情報は絶対に、何があっても、命に替えてでも守り抜く人間でなければならない……逆に私が教えてもらいたいよ。君はそういう人間に心当たりはないのか。君の推薦なら、間違いないだろうからな」

ひどい言い草だとは思うが、ここで怒っても始まらない。

でも、何かしら言い返したい。

「……私自身に関していえば、情報管理に関する失点が皆無とは、必ずしも言いきれないと思いますが」

「あれか、例の、捜一の本宮管理官のことを言ってるのか」

「ええ」

ＦＢＩ研修から戻った直後、上山は本宮を誘い、ほんの短時間だったが新宿の居酒屋で話をした。上山はその際、一昨年から副総監が二人になった理由について、思い当たることはないかと本宮に尋ねている。当時はまさか、自分がその、二人目の副総監の直属部署に配属されるなどとは思ってもいなかった。そもそも、こんな部署が存在することすら知らなかった。

しかも本宮が、のちに新木場爆殺傷事件の担当管理官として特捜入りしてくるなど、予想は疎か想像すらできなかった。

野崎が背もたれから体を起こす。

「君、それは……この部署への異動を知らされる前だったんだから、失点にはならんだろう。それに、副総監ポストが増えたのは周知の事実だ。それについて旧知の先輩と話をするくらい、誰も問題視したりはしない。本宮警視の人事に関しても同じだ。君に非があるわけではない」

上山とて、自分に責任があるなどとは思っていない。

「お言葉ですが副総監、ＦＢＩ研修前か、遅くとも研修中に、この部署についての説明をいただいていれば、私は本宮警視と会ったりはしませんでした」

野崎がかぶりを振る。

「それは無理だな。あの研修自体……言い方は悪いが、君が運用第三係の係長に適した人材か否かを見極める、いわば採用試験の場を兼ねていた。仮に不適合という結果に終わっても、それはそれ。君には任期一杯、サイバー攻撃対策センターの係長を務めてもらう予定だった。喜ばしいことに、上山警部こそ運用第三係長に相応しいという意見が多かったので、我々は今、こうやって一緒に仕事をすることができている」

喜ばしい。一体、何がだ。

新橋庁舎に戻り、早速、預金詐取事案の捜査を開始するよう指示を出した。

この件は、天野に任せることにした。

「どうだ、パッと見て」

「まず……各被害者と、それぞれの口座に、本当に関連性がないかどうかですよね」

さすが、筋読みが速い。

「というと」

「何か、共通するシステム上の脆弱性《ぜいじやくせい》……たとえば、銀行は違っていても、使っているクレジットカードは共通しているかもしれない。クレジットカードは別々でも、同じネット通販を利用しているかもしれない。そういう、何かしら……どこかしらに、付け入る隙があったのだと思います。その共通する脆弱性から、当たってみます」

「頼む。率直に言って、これには何点必要だ」

一号から十二号まであるスパイダーの回遊点の、いくつをこの件に充てるか、ということだ。

天野が眉をひそめる。

「そりゃ、多い方がいいですけど……現実問題、三点が限度でしょう。二号と、九号、あとは十号ですかね」

「分かった。それで頼む」

天野が平場に出ていくと、すぐに國見が視線を合わせてくる。

「あの、係長。ついさっきですが、向野が来ました」

「あ、そうですか。いきなりですか」

「ええ、ちょっと時間ができたから寄った、と言ってました。係長……どうも、向野の口振りだと、本当にあそこは打たなくて済みそうですよ。ホシの供述通り、ブツも出てきたようですし。そろそろ、向野は引き揚げてもいいんじゃないですかね」

阿川とどっちが先になるかと思っていたが、そうか。向野を先に戻した方がいいか。

國見が続ける。

「今夜また、こっちに寄ると言ってました。そこで、係長決裁ということで、どうでしょう」

それは困る。

「いや、今夜また、新木場に行くことになったんですよ。さっき出た途端、阿川から電話があって」

「そうですか、新木場ですか。じゃあ、向野はいつにしましょう」

「明日の夕方以降は、今のところ空いてます。明後日になると、またちょっと分からないんで」

「じゃあ、それで調整しましょう。ちょっと出てきます」

「はい、お願いします」

そのまま、二十一時までは奥で仕事を続けた。

天野と松尾がまとめた報告書と、平場から上がってきたデータの示す事象に矛盾がないかをチェックしたり、部分的に手直しを指示した書類を再度チェックしたり、やるべき仕事はいくらでもある。

平場は、十八時頃にはすでに空っぽになっている。奥も、十九時過ぎまで國見、天野、松尾の三人がいたが、上山が「いいから」と言って強引に帰した。係長が帰るまでは部下も帰らない、などという前時代的な慣習は、この部署には馴染《なじ》まない。

「さてと……そろそろ、俺も行くか」

デスクの椅子から立ち上がると、今まで、まるで気にもならなかった機械音が、急にその存在を主張し始めたように感じた。上山にはよく分からないが、ここには二十四時間電源を落としてはいけない機械と、終業時に落としていいものとがあるらしい。いま回っているハードディスクや冷却ファンは、全てそのままでいいもの。上山は何も触らず、自分の取り扱った書類だけを引き出しにしまい、鍵を掛け、全体の照明を消し、係の部屋を出た。

そこで、急に腹が鳴った。

よく考えたら、今日は昼飯を食べていなかった。

新木場に行く前に、ハンバーガーでも買って食べようか。


いつものトヨタ・クラウンアスリートを運転し、青海中央ふ頭公園前に着いたのが二十一時四十八分。途中で買ってきたチキンバーガーを食べ終わったのが五十一分。阿川が現われ、助手席に乗り込んできたのが五十五分。

「……係長、ハンバーガー食ったでしょ」

「ああ。正確には、スパイシーチキンバーガーだけどな」

阿川が、眉間に皺を寄せてこっちを見る。

「なんで、俺の分も買ってきてくれなかったんすか」

「お前、特捜で弁当食べるからいいって、いつも要らないって言うじゃないか」

「ハンバーガーは、食べたかったっす」

「俺が食ったのは、スパイシーチキンバーガーだけどな……ポテトなら、ちょっと残ってるが」

「もらいます」

袋ごと渡すと、阿川は底の方からポテトを摘み出し、一本一本、丁寧に味わって食べ始めた。

「あの……中島ですけどね……ちょっとずつ、喋るようには、なってきたみたいっすね」

中島晃は、現在も引き続き違法薬物所持の容疑で取調べを受けている。

「クスリの、取引とかに関してか」

「いや、その辺については、あいつはあいつなりに、自信あると思うんですよ。クスリの売買も爆弾の材料調達も、あいつは全部、ダークウェブ経由で済ませてたじゃないですか。だから、それに関しては足がつくはずがないと思ってるんですよ。だからしれーっと、黙っていられる。職質から車内の捜索、パケが出てきて緊急逮捕ってのと、所持してた薬物が販売目的だったってこと、警察は繋げられないだろって、高括ってるんですよ……あくまでも、普通の刑事警察には無理、ってだけですけどね」

ダークウェブ。

語感だけだと、ホラー映画かSF小説か、まるで架空世界の話のようにしか聞こえないが、そうではない。これはれっきとした現実世界の話だ。

ごく一般的なパソコンユーザーが、ごく一般的なウェブブラウザを使用して閲覧しているのは「サーフェイスウェブ」と呼ばれる、インターネットの表層に位置するウェブサイトだ。それらは検索エンジンで探すことができ、誰でも自由にアクセス、無料で閲覧することができる。

これに対し、アクセス権を持つ限られたメンバーだけが閲覧できるページは「ディープウェブ」と呼ばれている。SNSの非公開ページや有料サイト、有料動画配信サービスなどもこれに含まれる。

「限られたメンバーだけが閲覧できる」などと聞くと、ディープウェブは比較的小規模なものに思われがちだが、実際は逆だ。サーフェイスウェブがインターネット内に占める割合は一パーセント未満で、それ以外の九十九パーセント以上は、何かしらの権限がないと閲覧できないディープウェブだと言われている。

そのディープウェブの、さらなる奥底に存在するのが「ダークウェブ」だ。

ダークウェブまでくると、もはや一般のウェブブラウザではアクセスすることができない。アクセスするには「ダイレクト・オニオン・ルーター＝DOR」や「ザ・ジャングル・ルーター＝JR」といった専用のソフトウェアが必要になる。DORは「ドア」、JRは「ジュニア」の俗称で呼ばれており、DORを使って見られるのはDORのネットワークにあるサイトだけ、JRで見られるのはJRのネットワークにあるサイトだけになる。

それでも、そんな暗黒世界は驚異的なスピードで拡大し続けている。その存在理由は明快だ。ダークウェブの世界には、徹底した匿名性の高さがあるからだ。

それゆえ、昨今では非合法取引に利用されるケースが非常に多い。違法薬物はもちろん、偽造免許、偽造パスポート、偽札、違法ポルノ、児童ポルノ、改造拳銃、正規の軍用拳銃、果ては爆弾まで。

運三はかなり早い段階で、例の中島晃が、ダークウェブを主戦場とする闇商人であるという情報を摑んでいた。だが、情報を摑むことと、裁判で使える証拠を揃えることとは違う。運三の持っている情報は、そのままでは裁判に証拠として提出できない。何かしらの方法で、情報を証拠の形に整え直す必要が出てくる。

簡単に言うと、阿川たちが現場に入ってやろうとしているのは、そういう作業だ。単なる情報を、証拠の形にまで昇華させる。言わば「裏情報」をカンフル剤として用い、膠着状態に陥った捜査陣に、密かに打開策を授ける。それこそが運三の任務であり、存在意義であり、そのためのマルA、マルCなのだ。

阿川が、強めに溜め息をつく。

「……取調べ中、中島は何かというと、証拠は、とか、根拠は、とか訊くらしいんです。そこですよね……ダークウェブと中島の繋がりが明確になれば、取調官も、もっともっと奴を追い込める。そういう、第二段を打つ段階にきてるんじゃないかと、俺は思うんですけど」

それより、一つ気になったことがある。

中島晃の正しい読みは「ナカジマアキラ」か、それとも「ナカシマアキラ」か。

7

三月二十六日、午前十一時三十分。

本宮は新宿署の三階、署長室の前まで来ていた。

突然の訪問ではない。アポは取ってあるし、受付にもその旨は伝えてあるので、直接ドアをノックする。

「刑事部捜査一課管理官、本宮です」

少し掠れた「どうぞ」の声を受け、ドアを開ける。

署長は奥にある執務机から、応接セットの方に出てくるところだった。柔和な面持ちで本宮にソファを勧める。その右手は、握手を求めているようにすら見える。

「本宮さん……池袋の特捜、以来ですね」

前捜査一課長、小菅守靖警視正。

彼が先月、刑事部捜査一課から新宿署に異動になり、署長に任ぜられたことは新聞発表にあったので知っていた。

本宮は一礼してから進んだ。

「急にお時間をいただき、申し訳ありません」

「いえ、かまいませんよ。お座りください」

「ありがとうございます」

向かい合って座ると、やはり妙な緊張感を覚える。

決して、小菅の人当たりが悪いわけではない。威圧的な雰囲気があるわけでもない。池袋の特捜で不可解な密旨を言い渡されたから、ということでもない。小菅に対しては、初対面のときからこうだった。本宮は小菅を前にすると、なぜだか、他の警察官には感じたことのない緊張を強いられる。目が笑っていない、という表現があるが、それとも違う気がする。

結局、よく分からない――そう、よく分からないから、緊張するのかもしれない。

小菅の目は本宮の上着の襟、捜査一課の赤バッジに向いている。

「ちょうど、私とは入れ違いでしたね」

「はい。私が本部に戻ったのが、先月の二十五日でしたので。小菅さんの十日後になります」

「いかがですか、一課の管理官というのは」

「いや……難しいですね。捜査手法が、思った以上にハイテク化されていて、正直戸惑います」

総務の係員がお茶を持ってきてくれるまでは、そんな近況報告で場を繋いだ。

それは小菅も分かっていたようで、係員が退室し、互いに一度湯飲みに口を付けると、彼の方から切り出してきた。

「今日は、あれでしょう……私が、浜木名都について調べてほしいとお願いした件について、訊きにいらしたんでしょう」

その単刀直入さを意外にも思ったが、それ以外、自分たちに何か共通の話題があるかというと、確かにない。

「ええ。しつこいのも、ご無礼も承知の上で、本日は伺いました。ご不快に思われたのであれば、先にお詫びいたします」

小菅は「いえ」と短くかぶりを振った。

「どこかで……私も、心のどこかで、予感していたというか、あなたが捜一の管理官になられたと耳にしたときから、いずれこんなときが来るのではないかと、思ってはいました」

「……そう、でしたか」

不思議なものだ。こうすんなりと本題に入られると、逆にこっちが訊きづらくなる。

小菅が、ほんの数センチ身を乗り出してくる。

「一つ、先にお伺いしてもよろしいですか」

今日は先手ばかり打たれている。

「はい、もちろん」

「今日、本宮さんがいらしたのは、それは、いま担当されている新木場の爆殺傷事件と、何か関わりがあるのですか。それとも、単にあの池袋の件が個人的に引っ掛かっていると、そういうことですか」

人は誰かにものを尋ねるとき、普通は、ある程度その答えを想定しているものだ。今の小菅もそうに違いない。

小菅は、西池袋の殺人事件と新木場爆殺傷事件には何かしら共通するものがあると、そう読んでいるわけだ。

「はい。私は、関連性があるのではないかと、考えています」

「そうですか。分かりました」

そろそろ、こちらから訊くべきだろう。

「……小菅さん。何か言いづらい理由がおありなのは、私も承知しています。承知していますが、あえてお訊きします。あの池袋の特捜で、私に、浜木名都を調べろと命じたのは、なぜですか」

小菅は、まるで茶柱でも探すかのように、視線を湯飲みに向けている。

「それは、あなたが優秀な警察官だと思ったからです」

「特捜に上がってくる警察官は、みな優秀です。私一人が特別なわけではない」

「むろんそうです。では言い直しましょう。本宮さんが優秀な幹部警察官だったから、優秀な幹部だと私が判断したから……」

小菅が視線を上げる。本宮の目を真っ直ぐに見る。

「これでは、答えになっていませんか」

「分かりません。私でなくても、あの特捜にはもっと優秀な幹部が何人もいました」

「なるほど。しかし、私はあなたが適任だと思ったのです」

「私が捜一の人間ではなく、池袋署の刑事課長だったからですか」

「それも、あります」

やはり、そうなのだ。

「他にも理由はありますか」

「そうですね……本宮さんは、特捜の和を乱してまで騒ぎ立てるような方ではないと、そう見込んだから、というのはあります」

あまり面白い言われ方ではない。

「私なら、黙って命令に従うだろうと」

「そう言うと少し語弊がありますが、幹部には多かれ少なかれ、そういった素養も必要でしょう。犯人逮捕、事件解決、それを最優先に考えれば、あなたのとった行動にただの一つも間違いはありませんでした。できればそれで……呑み込んで、いただきたかったのですがね」

「ところが、私は捜査一課に異動になった」

「それです。そこは確かに問題です……誤算と言った方がいいかもしれない。私のね」

小菅の誤算。本当にそうなのだろうか。

だが今それは措いておく。

「もう一つお訊きします。事件には、浜木名都のかつての交際相手が関係しているのではないかという、あれは、小菅さん個人の見解だったのでしょうか。それとも、どこかから情報の提供があったのでしょうか」

しばしの沈黙。小菅が、言えることと言えないことを頭の中で選り分けているのが、透けて見えるようだった。

一つ、小菅が小さく咳払いをする。

「……端的に申せば、情報提供はありました。しかしそれがどこからだったのかは、お話しできません。ただ、私に情報を提供してきた者が真の意味での情報元かというと、単なる憶測ですが、私は違うと思っています。そういった意味では、役職の違いこそあれ、あの特捜で私が演じた役割も、本宮さんが担ったものと大差はなかったと言えるでしょう。そして、私に情報提供してきた者ですら、立場は似通ったものだったのではないかと、私は考えています」

情報提供、あるいは「タレコミ」という名の伝言ゲーム。小菅はその処理を本宮に丸投げした。本宮は、自分の部下に丸投げした。ネタの出所は誰にも分からない。

そんなことが、果たしてあり得るだろうか。

もうひと口飲み、湯飲みを茶托に戻した小菅が、深めに息をつく。被疑者のそれと一緒にするのが失礼なのは百も承知だが、本宮はそんなふうに感じた。

小菅は、これから何か重大なことを語ろうとしているに違いない。

「本宮さん……これは情報提供でも、事情説明でもありません。単なる噂話《うわさ》の類《たぐい》と思っていただくのが、最も相応しいと思うのですが」

「はい」

「本宮さんは、『マルシー』という言葉を、耳にしたことはありますか」

それが警察用語なのだとしたら、「マルC」と変換するのが妥当だろう。

「いえ、聞いたことは、ないです。一度も」

「たぶん『マルC案件』、みたいな使い方をするのだと思いますが、私もその具体的な意味は知りません」

それでも、小菅がここでその単語を持ち出してきたことには、大きな意味があるはずだ。

「つまり、池袋や新木場の事案が、その『マルC案件』に当たる、ということですか」

小菅がかぶりを振る。

「それも、分かりません。ただ、そんなことをね、小耳に挟んだことがある、というだけのことです。なんなんでしょうね、マルCとは……」

小菅が、左手の人差し指を口の前に立てる。

「シー……シークレット、そんな意味なのかもしれませんね」

まさか。それなら別に「保秘」「カク秘」等の用語がある。

小菅が続ける。

「私はね、本宮さん……近頃は若者の言葉が乱れているとか、そういう言い方が、好きじゃないんですよ。考え方、と言った方がいいのかな。言葉は、実際には常に変化し続けている。そのときは珍妙に聞こえた言葉も、二十年もすれば標準語の仲間入り……あるでしょう、そういうことが。でもそれは言葉に限らず、社会通念であったり、本宮さんが仰ったような、ハイテク化であったりね……そう考えてみると、過渡期なんてものは、厳密にはないのかもしれないと感じます。テクノロジーの進歩は喜ばしいことだが、それは必ず犯罪にも利用される。警察はそれに対応するため、さらなるハイテク化を迫られる。我々もそんな……終わりのない変化の過程に、いるだけなんじゃないですかね」

一体、なんの話をしているんだ。

「すみません、ちょっと……よく、分からなかったんですが」

小菅が頷く。

「本宮さんが、ある疑問を解消するため、ここにいらしたのは理解できます。私も立場は似たり寄ったりですから。しかし、今それを追求する必要は、ひょっとしたら、ないのかもしれない。何年か経ったら、ああそういうことかと、そういうものだと、自然と呑み込める時代になっているかもしれない……そんなふうに、私は思うんです」

そこまで言って小菅は、安堵したように目を細めた。

小菅の言葉の真意は、本宮には分からない。でも一つだけ、分かったような気はした。自分が、小菅を前にすると覚える妙な緊張感。その原因は、他ならぬ小菅自身の緊張にあったのではないか。

ここまでの会話のどこかで、小菅は肩から荷を降ろした。自分一人の胸にしまっておかなければならない何かを、あえて本宮に明かした。いま小菅が見せた安堵の表情は、そういう心境の表われだったのではないだろうか。

今はもう、あの緊張感はない。

少なくとも、小菅の中には。

東京湾岸署は、他の所轄警察署と比べたら格段に広い。部屋数も多い。きちんとした手続きを踏めば、本宮が個人的に部屋を押さえることは充分に可能だろう。だがその手続きを、今は踏みたくない。

対して、湾岸署の周りには飲食店が非常に少ない。夜の捜査会議終了後まで開いている店となると、さらに選択肢は限られてくる。

本宮が携帯サイトで調べてようやく見つけたのは、お台場海浜公園駅近くにある和風居酒屋だった。ここなら朝の四時までやっている。歩いたら二十分以上かかりそうだが、タクシーを拾えば五分か十分で行ける場所だ。

その店の個室を二十三時半から押さえた。本宮は、捜査会議終了後も幹部を集めて一時間ほど打ち合わせをしていたので、店に着いた頃には零時半を過ぎていたが、二時間で入れ替えとは聞いていないので問題はないはずだ。

大学生くらいの店員に案内され、時代劇のセットのような、石畳を敷いた小道風の通路を進む。

「こちらになります」

「はい、ありがとう」

格子戸をがらりと開けると座敷になっており、座卓の手前側に二人、植木警部補と佐古巡査部長が肩を寄せ合うように座っていた。

さらに、通り道を空けようと佐古が膝立ちになる。

「管理官、お疲れさまです」

「お疲れさまです」

「悪いな、だいぶ遅くなった」

靴を脱ぎ、奥へと通る。二人の手元には、すっかり泡の消えた生ビールのジョッキと、空になった小鉢と、やや嵩の減った枝豆の笊《ざる》があるだけだ。

「なんだ、先にやってろって言ったじゃないか」

植木がジョッキを持ち上げる。

「いえ、遠慮なくいただいてます」

本宮がコートを脱ぐと、立ち上がった佐古がすかさずそれを引き受ける。ハンガーを通し、二人の上着と並べて長押《なげし》に掛ける。

佐古充之とは、こういう男か。

「ありがとう」

「いえ」

改めて席に着き、本宮は焼酎のお湯割り、あといくつか料理も注文した。

お湯割りだけはすぐに来た。一応、乾杯しておく。

「じゃ、お疲れさん」

「お疲れさまです」

「お疲れさまです、いただきます」

本宮が膝を崩すよう言ったので、二人ともそのようにはしているが、佐古の表情はまだかなり硬い。

本題について聞くまで、その緊張は解けまい。

「まあ、植木くんから聞いているとは思うが、いくつか君に、確かめておきたいことがあってね」

「はい」

「直接捜査に関係あるかどうかも分からないから、ざっくばらんに、思い出せる範囲で聞かせてくれれば、それでいいから」

「はい」

最初は、例のタレコミを受けたときの話を聞いた。

十五日の夜、もう道場で寝ようとしていたところ携帯電話に架電があった、その内容については浅沼係長に報告した、これについては他言するなと言われた。そこまでは本宮が受けた報告とも、植木から聞いた話とも矛盾する点はなかった。

つまり、目新しい要素もないということだ。

なので、それについて今から訊いていく。

「植木くんから、そのタレコミの相手は警察官だったのではないか、というふうに聞いたんだが、それは間違いないか」

佐古が、さも気まずそうに首を傾げる。

「いや、すみません……間違いないか、どうかは」

「そういう意味じゃなくて、君が、警察官じゃないかと思った、そういう印象を持ったのは、間違いないんだよな」

「あ……はい、それは、確かに、そう感じました」

植木の言う通り、この佐古という男は、かなり真面目な性格をしているようだ。この分だと、彼が浅沼係長から「君がタレコミを受けたことにしてくれ」のように耳打ちされた、という線はないと思ってよさそうだ。

「なぜ君は、そう感じたのかな。会話の中に、警察官特有の言い回しがあったとか、そういうことなのかな」

佐古の首が、さらに深く傾いていく。

「警察官、特有の言い回し……いや、そういう、ことなんでしょうか……自分も、明確に、こうという理由は、挙げられないのですが」

「佐古くん、そんなに堅苦しく考えなくていいよ。もっとさ、柔軟にいこう。せっかく、こんなところまで来てもらってるんだから。まあ、飲んで。それも、食べながらでいいから」

「はい……すみません」

隣にいる植木は、さっきからクックと笑いを嚙み殺している。

「おいおい、かといって笑い事でもないんだぞ」

「分かってます……すんません」

面と向かって植木と話をしたのは一昨日が初めてだが、それだけとは思えない気の置けなさが、彼にはある。個人的には、こういう男の方が本宮は好きだ。

だが、今日の主役はあくまでも佐古だ。

「言い回しじゃないとすると、あとは、なんなのかな」

薄っぺらいノックの音。続いて格子戸が開けられる。

「失礼いたします。こちらバンバンジーサラダと、ハラミなんこつのコリコリ焼きになります」

「はい、じゃあ……ここに」

届いた料理を、佐古は率先して取り分けた。そうしている間に自身の考えをまとめたいのか。あるいは、質問攻めにされる時間からの、わずかながらの逃避か。

横から植木が、茶化すように訊く。

「そのタレコミさ、マル被は中島晃って男っすよ、みたいに言ってたとか、そういうことじゃないの」

「そんな分かりやすい話だったら、最初に言ってますよ」

「なんだよ、怒るなよ」

「怒っては、いませんけど」

だが三つ目、自分の取り皿にサラダを盛り始めたところで、佐古の手の動きが鈍った。

「……その、なんていうんでしょう、『マル被』みたいな、そんなに分かりやすい言い回しはなかったと思うんですが、たぶん、文脈というか、その、相手に何かを伝えようとするときの、言葉の並べ方みたいな、それが、すごく上手かったというか、そんな印象はあります。事務的というか……無線でのやり取りとも、また違うとは思うんですけど、でも、誰が何を、どこでどうした、みたいな、必要とされる情報を、無駄なく伝える……並べ方っていうか、それが、なんか耳慣れたものに感じ……たのかも、しれません」

なるほど。だが、会議や報告が多いのは警察だけではない。それは一般企業でもおそらく同じだ。プレゼンテーションの上手い下手で、企画が通ったり通らなかったり、そういうことが給料に直結するとなれば、話術も必死で磨くだろう。スキルも身に付くだろう。

「……あれ」

なんだろう。サラダをひと口、箸に取った佐古の目が、何かを探すように、左右に揺れる。

「植木さん……今さっき、なんて言いましたっけ」

「は？　俺、なんか言ったっけ」

植木の言ったことといえば、こうだろう。

「……マル被は中島晃、みたいに相手は言ったのか、ってことか」

すると、

「そ、それです」

一瞬、佐古は本宮を指差そうとし、しかしそれを引っ込め、かと思うと背中を向け、後ろに置いてあった自分のカバンを漁り始めた。

植木が、さも迷惑そうに体を避ける。

「なんだよ、お前」

「ちょっと、ちょっと待ってください」

佐古が取り出したのは、仕事で使っているのであろう手帳だった。

「えっと……あ、これだ。ここ、ちょっと見てください」

枝豆とバンバンジーサラダを避け、テーブルを自分のお絞りでいったん拭いてから、佐古はその空いたところに手帳を広げた。

慌てて書いたのだろう。やや乱れてはいるが、でも充分に読める字が並んでいる。

ナカシマアキラ、中島晃、東京都世田谷区南烏山5-※-◇-305。それと「080」で始まる携帯電話番号。

佐古が指差しているのは、名前の片仮名の方だ。

「電話の相手は、間違いなく『ナカシマアキラ』と言いました。漢字を確認したときも『真ん中のナカ、広島のシマ、でナカシマ』と答えました。その説明も、ちょっと警察官っぽかったと言えば、そうなのかもしれませんが、それよりも、あとで浅沼係長から照合結果を聞いたら、『ナカジマ』だって言うんですよ」

確かに、本宮は最初から「ナカジマアキラ」と聞いている。「ナカシマ」というのは、少なくともこの捜査に携わってからは聞いたことがない。

なんだ。今度は植木が首を傾げ始めた。

「どうした、植木くん」

同じように、反対にも傾げる。

「あれ……誰かいるな、デスクに。俺も、変だなって思ったんですよ。この人、間違って覚えてんだか、癖なんだか分かんないすけど、ちょいちょい、中島のこと『ナカシマ』って呼ぶよな、って。でも別に、わざわざ指摘するほどのことでもないしな、と思ってたんですが」

それが、もし――。

「植木くん、落ち着いて、落ち着いて思い出せ」

「はい……ええと……んーと」

だが、絶対に思い出せ。

8

上山はデスクの直通電話で長谷川管理官と話していた。用件は、向野巡査部長と昨日面談したときの内容報告と、今後の人員配置についてだ。

「……そういうことですので、そろそろ向野を引き揚げさせたいと思うのですが」

長谷川が答えたのは、数秒の唸り声のあとだ。

『しかしな……あそこは二勾（延長勾留）の終わりまで、もうあと一週間だろう。それを待ってからでも』

そういう話は聞き飽きた。

「その一週間の余裕がないんですよ、こっちには。一日でも早く、一人でもいいから戻していただきたい。例の預金詐取だってあるんですから。何度も申し上げるようですが、全く人員が足りてないんです」

『そうはいっても、併任解除にだって、タイミングってものがある』

その時間稼ぎのために休みを削られる部下の身にもなってみろ。

「……管理官。捩じ込むときは待ったなしで、引き揚げは向こうの都合次第って、いくらなんでも、それはないでしょう」

『仕方ないだろう。犯罪者は、こっちの都合に合わせてヤマを踏んでくれるわけじゃないんだから』

「とにかく、向野の併任を即刻解除する手続きを執ってください。中にもう一人いないと、預金詐取の件は進められませんから」

最後はなんとか長谷川に『分かった』と言わせたが、実際に向野が戻ってくるのは、どんなに早くても三日後だろう。五日後ならまだ上出来。今の感触だと、一週間以上先ということも大いにあり得る。

そもそも長谷川の肩書は「総務部管理官取調べ監督官兼特命担当」であり、運三の管理・監督は、その「特命担当」業務の一部分に過ぎない。運三に何かあれば、当然責任を問われる立場ではあるが、かといって運三で何か成果を上げようだとか、環境を整えて後任に渡そうなどという考えはないと思っておいた方がいい。

「……では、よろしくお願いいたします。失礼します」

受話器を置くと、早速天野が目を合わせてきた。

「係長、いいですか」

「ああ」

天野は自分のデスクで書類を揃え、上山のところまで来て、またこっちのデスクにそれらを並べ直す。

「例の、預金詐取事案の途中経過です。今日、今の段階に至っても、被害者同士に共通項は見つかっていません。居住地もバラバラ、年齢、性別、職業、最終学歴、メインバンク、クレジットカード会社、固定電話及び携帯電話のキャリア、それぞれの通信相手まで、何一つ……何一つと言ったら、性別などもありますから、あと電話会社に関しては、シェアと同等の割合で分散ということになりますが、特にこれ、という傾向は何一つ……少なくともメタデータ上では、ないと言わざるを得ません」

メタデータとは「データのデータ」、あるいは「データの目次」のような意味だ。ここでは、通話音声やメールの本文ではなく、どの番号がどの番号と通話したか、どのIPアドレスがどのIPアドレスと通信したか、というざっくりとした記録のことを指している。

天野が続ける。

「たった一つ……イットコインに換金され、DOR内部のサイトを経由して支払われたのであろうこと以外に、共通する点は、何も」

イットコイン＝ITコインは、アメリカ発祥の暗号資産だ。

「何も出ない、か……イメージ的には、ウェブ上のブラックホールに、全国各地の銀行預金が、無差別に吸い上げられていく感じか」

「まさに、そんな状況です。一度に二十万円から五十万円、同じ口座から二度引き出された例はありません。一件一件の被害金額は決して高額ではないので、ひょっとしたら、同様の手口で引き出されているにも拘らず、気づいていない被害者も相当数いるのではないかと思われます。そうなると、被害総額は一体いくらになるのか……何しろ、支払われた先が分からないので、この犯人が単独なのか複数なのか、同一犯による連続した犯行なのか、模倣犯による同時多発なのかも分かりません」

「全てはDORの、闇の中か……」

DOR及びその先にあるダークウェブについては何度も説明を受けているので、細かい部分は違うかもしれないが、上山自身はこのように解釈している。

その「ダイレクト・オニオン・ルーター」という名前の通り、DORはタマネギのような構造を持っている。タマネギの皮と身を剥くように、何度も何度も暗号化のフィルターを通過しなければダークウェブには到達できない、というのが命名の由来らしい。

その暗号化フィルターというのが曲者《くせもの》で、通常、通信するコンピュータはそれぞれ「IPアドレス」という、個人名のような住所のような識別記号を持っているが、これが暗号化フィルターを通るたび、全く別の記号に書き換えられてしまう。喩えれば、DORに入った時点で「上山」は「山田」になり、やがて「吉川」になり、さらに「本橋」になり「村井」になり「斉藤」になり、最終的には「岡野」になってダークウェブに行き着くようなものだ。これはダークウェブ内にサイトを持っている側も同じで、改名に改名を重ねてそこにいるので、正体は全く分からない。

自分ではない何者かになった誰かと、正体不明の誰かが、ネットの広大な「闇」で交流を持つ。児童ポルノの画像を閲覧するくらいなら、ひょっとしたら無料なのかもしれない。だが違法薬物、偽造免許、偽造パスポート、拳銃の類だったら、タダというわけにはいかない。必ず金銭の授受が発生する。

そこで利用されるのが、イットコインをはじめとする暗号資産だ。

イットコインだけを例にとれば、利用開始時に個人情報を登録する必要はない。よって、誰が誰に支払いをしたのかが非常に分かりづらい状況になる。ダークウェブ上の取引において、これほど都合のいい決済方法はない。

一点、イットコインには、手形の裏書きのように、誰から誰に渡ったかという履歴を残す機能がある。その履歴は第三者が自由に閲覧できるようになっており、この「履歴の自由閲覧」という仕組みが、イットコインの通貨としての信頼性を担保しているとも言われている。だが当然のことながら、その履歴から個人が特定される可能性も出てくる。なので、非合法取引にイットコインを利用する者は、頻繁にコインアドレスを変更する必要がある。コインアドレスとは、銀行で言ったら口座番号のようなものだ。

新木場爆殺傷事件の被疑者、中島晃もDORとイットコインの利用者だった。中島の場合は自らDOR内にサイトを持ち、海外のユーザーから違法薬物を仕入れ、国内の売人に卸していた。そんな売人の一人が、森田一樹だった。

中島が自分の流儀で商売をしているうちはよかった。逆に言えば、警察は手も足も出なかった。しかし、違法薬物は自分で持っているだけでは金にならない。中島は売人に売らなければならないし、売人は末端使用者に売らなければならない。その末端にまで中島が自分の流儀を徹底させられればよかったのだろうが、そんなことは、現実には不可能だ。

このケースで言えば、複数の末端使用者からまず森田が割れた。だが、警視庁組織犯罪対策部を中心とした捜査班の調べでは森田から先が割り出せなかった。そこで、運三が動いた。スパイダーで森田の行動を過去にまでさかのぼって調べ上げ、森田の暗号資産利用状況を徹底的に洗った。

その結果、森田がある重大なミスを犯していることが分かった。

森田は、ある時期からコインアドレスの変更をしなくなっていた。つまり、森田の持っていたイットコインの履歴を調べれば、その次の持ち主を見つけることができる。その次の持ち主こそ、森田にクスリを卸していたブローカーである可能性が高い。

それが、中島晃だったというわけだ。

中島が逮捕されたのは、中島がヘマをしたからではない。単に、森田がだらしなかったからだ。森田が面倒臭がってコインアドレスの変更を怠ったから、その先にいた中島の正体まで割れてしまったのだ。

同じようなミスを、この預金詐取事案の犯人がしてくれていればいい。それに自分たちが気づくことができれば、そのミスをスパイダーなりスティングレイなりで察知することができれば、おそらく事件は解決できる。

だが犯人が、なんのミスも犯さなかったら。ひょっとしたら、自分たちは犯人を特定することができないかもしれない。

ふいに、ぽっ、と音がした。

上山の見ていた書類の端に、歪んだ円形の、シミができていた。

視線を斜めに上げると、天野の顎に、雫がぶら下がっていた。

汗、か。


久し振りに休みが取れたので、妻、咲子と大型スーパーまで、車で買い物にきた。普段着にするような服を見て、家電を見て、調理器具を見て、少し書店も見て、食事をして、最後に食料品を買って帰る。休日の過ごし方としては、ごくありふれたものだ。

多少違和感を覚えるとすれば、今日は夫婦二人きり、という点だろうか。

最新型ドライヤーの機能を真剣にチェックしている、咲子に訊いてみる。

「そういや、なんで唯は来なかったんだ」

春休みで家にいるのだから、来ようと思えば一緒に来られたのだ。

咲子が、横目でこっちを見る。

「……決まってるでしょ」

「何が」

「携帯買ってもらえないから拗《す》ねてるの。お父さんなんて大っ嫌い、なんだってよ」

なるほど。そういえば、朝の挨拶もなかったような気がする。その後も会話を交わした記憶はない。

「だからって俺から媚《こ》びを売るつもりはないが、俺を嫌っていたら、携帯電話は益々遠退くだけだろう」

咲子が、鼻で溜め息をつく。

「……子供が、十歳のあの子が、そこまで損得考えて行動すると思う？　私は、父親と距離を置いて、寂しくなった父親が根負けして、携帯持ってすり寄ってくるのを待ってる……みたいな方が、よっぽど怖いし、女って嫌だな、とは思うけど」

なんの話をしているのやら。

「唯は、そんな子じゃないだろう」

「だからそう言ってるでしょ、唯は違うって。今はね、そこまで頭は回ってないと思う。でも、あれだって女だからね……そういう知恵も、もうすぐつくと思うよ」

上山が茶々を入れたからか、咲子はその最新型ドライヤーは手に取りもせず、調理器具売り場の方に歩き始めた。

もう一人いる子供の話も、しておくか。

「蓮は、朝早く出てったのか」

「うん。っていっても、八時半頃だけどね」

「部活か」

ギロッ、と音がするほど、咲子が鋭い視線を向けてくる。

「……ハ？　何よそれ」

「何って、何が」

「蓮の部活って」

「部活って、だから……テニス部、だろ」

咲子が、聞こえよがしに「ハァ」と息を吐く。

「蓮、高校入ってから、部活なんて何もやってないよ」

今は三月も末。蓮の高校一年目は、ほぼ終わったも同然だ。

「え……そう、だったっけ」

「じゃああなた、最近ラケット持ってるあの子、見たことあった？」

ラケットの有無より、蓮自身をいつ見たのか、記憶にない。

「部活じゃなきゃ、じゃあなんで、そんなに朝早く出かけてったんだよ」

「逆に訊くけど、なんだったらあり得ると思う？」

部活ではない、でも休日の朝早くに家を出る、用事。

「……デートか」

「ふざけてんの？　蓮にカノジョがいるなんて話、私したっけ」

「知らないけど、いつのまにか、できてるかもしれないじゃないか」

「できてたら、ちゃんと言うわよ、あなたにも。相手のある話なんだから、何か起こってからじゃ遅いんだぞって、散々聞かされてるしね、あなたから……自分の息子を、よくもまあそこまでケダモノみたいに言えるもんだと思ったけど、あなたの仕事のこと考えたら、一般家庭以上に、そういうところは気を付けなきゃいけないだろうとは思ってたし、一応、尊重もしてきたつもりなんだけど」

ギリギリ「警察」のひと言を口にしなかったところは、上出来だ。

「部活でもなくて、デートでもなきゃ、なんなんだよ」

「考えなさいよ、少しは自分の頭で」

「勉強?」

「なんの」

「分かんないけど、春期講習とか」

「蓮、成績は学年でもトップクラスなの、ご存じない?」

いや、知っている。ダイニングテーブルに置いてあった成績表は、ちらっと見た記憶がある。

咲子が、バッグのストラップを肩に掛け直す。

「……っていうか、春期講習受けるんだったら受講料が必要でしょ。それ、私が独断で出してよかったの? っていうか、そんなお金どこにもありませんけど」

お金、銀行、預金、吸い上げられる、ブラックホール、ダークウェブ——いや、今は、そういう話ではない。

「大きな声出すなよ」

「誰も聞いてやしないわよ」

「だから……なんなんだよ、結局」

「私は、ヒントもそれなりに出してるつもりですけど」

ヒント？　今までの話の中に、ヒントなんてあったか。

「え……成績？」

「違う」

「トップクラス」

「それのなに。違うけど」

「じゃあ……ケダモノ？」

そこは、少し可笑《おか》しかったらしい。咲子が相好を崩す。

「何それ……逆にさ、ケダモノが正解だったら、蓮は朝から、何をしに行ってると思うの」

「動物園とか」

「あの子、小さい頃から動物園好きじゃなかったでしょ。臭いって言って」

もういい。

「なんなんだよ。もう降参。教えてくれ。分かんないよ」

「ヒントは……お金」

暗号資産、詐欺、詐取、売春、強盗――それも違う。

「お金を、なに」

「お金がほしい高校生は、何をしたらいいの」

「あー、アルバイトか」

「そうよ。夏からファミレスでバイトし始めたの。欲しい物があるんだけど、お父さんに買ってもらうのは嫌だから、自分で働いて買いますって、学校の勉強もちゃんとしますから許可してくださいって……いい子だよ、ウチの子たちは二人とも」

父親に買ってもらうのが嫌な物って、なんだ。

「なんだよ。その欲しい物って」

「なんだと思う」

「もういいよ、普通に教えてくれよ」

咲子が、ニヤリと頬を持ち上げる。

「……ギターだって。エレキギターが欲しいんだって。友達とバンド組むんだって」

なるほど。確かに、親にねだって買ってもらうより、自分でバイトをして買った方が、ギターみたいなものはカッコいい。それには上山も共感する。

ただ、不安もある。

上山も、高校時代にお年玉でフォークギターを買った。だが、一曲も弾けるようにはならなかった。

音楽的才能は、あるいは才能のなさは、親から子に遺伝するものなのだろうか。

買い物を済ませて官舎に戻り、ちょうど車を駐車場に入れ終えたところで、携帯電話が震え始めた。

「……すまん、会社からだ」

正確には、松尾の携帯からだ。

「そう。じゃあ私、先に荷物持って上がってる」

「ああ」

エンジンを切り、携帯を通話状態にする。

「もしもし」

『すみません、お休みのところ。松尾です。今、大丈夫ですか』

咲子は後部座席のドアを開け、荷物を取り出している。

「ああ、大丈夫だ」

『急ぎってわけでもないんで、なんでしたらかけ直しますが』

「いいよ。ちょうど帰ってきたところだから」

強めにドアを閉め、荷物を抱えられるだけ抱えた咲子が、官舎のエントランスに向かって歩いていく。

『すみません……実は、天野のことなんですが』

あの、書類を几帳面に揃える手つきが目に浮かぶ。

「うん、天野が、どうした」

『ちょっと、様子がおかしいように、思うんですが』

ぞっ、と首の後ろに、肌触りの悪い何かが生じ、両耳、両頬へと広がり、上山の視界を暗く霞ませる。咲子が入っていった官舎は明るく見えているのに、それでも視界は明らかに暗くなったと感じる。

「……具体的には、どうおかしい」

『目つきがちょっと、落ち着きがないというか、焦点が合ってないというか。あと、汗が……この季節に、あの発汗量は異常ですよ。平場の女の子なんて、まだ何人もブランケット使ってるのに』

そうだった。天野は昨日、上山と話しているときも、顔に妙な汗を掻いていた。しかも本人は、それを拭おうともしなかった。まるで、自分が汗を掻いていることに気づいてもいないようだった。

上山も、変な汗を掻きそうだった。

同じ状況をこの目で見ていたにも拘らず、自分は、部下の異変に気づくことができなかった。常々、係員の精神状態には気を配らなければならない、早め早めに手を打たなければならないと自身に言い聞かせてきたのに、実際には、何もできていなかった。何も、見えていなかった。

松尾が続ける。

『係長が赴任してくる、一年くらい前に辞めた……』

「確か、田辺《たなべ》巡査部長」

『ええ、その、辞める前の田辺の様子に、よく似てるんですよ、今の天野は。ほっといたら……ちょっと、マズいかもしれないですね』

いくつもの後悔が、渦になって脳内を巡り始める。

預金詐取の捜査を彼に振ったのがよくなかったのか。調布の事案を任せたのがよくなかったのか。中島晃の件はどうだ。外務省へのハッキング事案はどうだ。他には。仕事以外にも、彼を追い詰めるような要素があったのではないか。松尾との関係は、國見とは、上山自身とはどうだった。

「……天野は、今どうしてる」

『少し休めと言って、今日は帰しました。俺がカバーするから、明日も休めとは言ったんですが、どうですかね……大人しく休まないんですよね、ああいう下手に責任感の強いタイプは』

マズい。これはかなり、マズい状況だ。

9

あの二人とは、少し距離を置くことにした。

涼太と、幹子の二人だ。

別に嫌いになったとか、面倒になったとか、そういうことではない。俺には好きも嫌いも、面倒云々もない。

もっと二人のことをよく知るために、距離を置くのだ。

幹子は夕方、遅くとも十八時前には部屋を出る。仕事は必ず毎日というわけではないが、休みは、あっても週に二日程度のようだ。

アパートから、駅の近くにある例のビルまでは歩きだ。幹子は、女のわりに歩くのが速い。俺と涼太が散歩がてら歩くのの、三倍くらいは速い。寄り道もしない。一度、コンビニに寄るのを見たことはあったが、でもそれくらいだ。デパートで洋服を見るとか、ドラッグストアで化粧品を物色するとか、そういうことはしない。

いったんビルに入ったら、しばらくは出てこない。幹子が、六階あるうちの何階にいるのかも分からない。ただ、男たちの溜まり場のような部屋も別にあるのだと思う。涼太が「ゴッいっしょ」と言った異母兄や、その取り巻きたちも頻繁に出入りしている。男は全部で五人くらいだろうか。

あの夜と同様、幹子を含む女たちは黒いワゴン車でどこかに運ばれていく。走って追いかけて、信号待ちで上手く追いつければ、どこのホテルにどの女が入っていくのかを確認することはできる。バーのような店で待ち合わせをしてからホテルに、というパターンもある。

走って追いつけなければ、それで終わりだ。見失ったら諦めるしかない。とはいえ、営業エリアはさほど広くはなさそうだから、この作業を地道に繰り返していけば、そのビジネスの全体像を知ることも不可能ではなさそうだった。

俺は異母兄についても調べ始めた。

幹子たちの待機所とは別に、もう二ヶ所、彼は仕事場を持っているようだった。

一つは歩いていけるくらいの距離。「フェニックス」という、この界隈では高級な部類に入るクラブだ。看板を見ると「Phoenix」ではなく「Fenixx」となっている。このヒネりを洒落ていると思うか、頭が悪そうと感じるかは人それぞれだろう。

もう一つは、車で十五分くらいのところにある雑居ビルの一室だ。ここは彼自身、あまり頻繁には来ないので、こちらも調べを後回しにせざるを得なかった。

尾行中、取り巻きたちが彼のことを「アンドウさん」と呼んでいるのは耳にしていたが、彼の本名が確認できたのは、調べ始めてから二週間以上あとのことだ。

自宅マンションは尾行で簡単に分かったのだが、なかなかセキュリティが厳しく、部屋番号を確認するのにえらく手間取った。

明るいうちに帰宅されては、まず調べにならない。部屋に明かりが点かないからだ。だが夜に何度か尾行し、どの部屋に明かりが点くかは確認できても、今度はそこが何号室なのかが分からない。郵便受には部屋番号があるだけで、名前は出ていない。

仕方なく、別の住人をターゲットにして部屋番号の割り出しを試みた。できるだけ頻繁に出入りする住人でなければ都合が悪いので、子連れの主婦と、デザイン事務所のスタッフ三名に的を絞った。結果、主婦の部屋は三〇八号室、デザイン事務所は七一〇号室であることが確認でき、同じように数えれば、異母兄の部屋は五〇七号室であると思われた。

あとは、その部屋番号の郵便受に届く物の宛名を確認すればいい。

三日後、「電気ご使用量のお知らせ」が入っているのを見つけた。

安藤光雄《みつお》。それが異母兄の名前だった。

気は進まなかったがネットカフェにいき、その名前で検索してみたものの、これといった情報は上がっていなかった。主だったSNSに、同姓同名でのアカウントは合計二十三。本人と思しき顔写真を載せているのは、そのうちの七名。しかしそこに、涼太が「ゴッいっしょ」と言った顔はなかった。だが、あの風体で無店舗型風俗店とクラブを経営しているのだ。ヤクザか半グレ。実際そうではないにしても、それに極めて近い人間であることは間違いない。

幹子がそのマンションに入っていくのも、何度か目撃した。安藤と一緒に入っていくこともあれば、安藤の帰宅後に呼び出されるのか、一人で入っていって、一人で出てくることもあった。

そんな頃になって初めて、幹子は俺の部屋を訪ねてきた。

秋の初めで、地味なグリーンのブルゾンを着ていた。

ドアを開けた俺の顔を、彼女は少し、怒ったような目で見ていた。

「なんだ。元気そうじゃん」

涼太に何か言われて来たのだろうか。

黙って頷くと、幹子は肩を捩じ込むようにして玄関に入ってきた。拒む理由はないので、そのまま部屋に上げた。

「ここんとこ、全然来ないから……心配してたんだよ。涼太も、あたしも」

言いながら、物珍し気に室内を見回す。

「……ウチより、物少なくない？」

「ああ」

「でも、ベッドはあるんだ」

その代わりにテレビがない。

幹子がベッドの前まで行く。

「座ってもいい？」

「ああ」

俺はその足元、ベッドを背もたれにして床に座った。

幹子が俺の、頭頂部の髪をくしゃくしゃと弄ぶ。

「……心配してたって、言ってんだろ」

「ああ。でも、なんでもないから」

「だったら来てよ。ご飯食べにでも、なんでもいいから」

ベッドのマットレスが、凹んだり、潰れたりする。

幹子が尻の位置をずらしたのだ。

肩口に、いきなり幹子の顔が現われる。

耳の下を、甘く噛まれる。

「……毎回、抱いてなんて言わないから。顔くらい見せなよ」

「ああ」

「涼太から聞いたんでしょ。腹違いの、兄さんのこと」

「うん」

「気にしないでって、あたしが言うのも変だけどさ、なんていうか……背後霊みたいなもんだから、あれは。変に、追い払おうとしたりしなければ、別に怖いもんじゃないし。多少、吸い取られはするけど、呪い殺されるわけじゃないし。慣れたら……案外、どうってことないの。あんなの」

幹子は、どこまで分かっていて話しているのだろう。

安藤の元でデリヘルをやらされ、ときには、クラブ関係者の接待にも駆り出され、呼ばれれば、夜中だろうと安藤の部屋までタクシーで駆けつける。セックスの相手だけではないのかもしれない。ひょっとしたら、部屋の片づけや、料理などもさせられるのかもしれない。その上で、殴られる。蹴られることもある。安藤のマンションから出てくる幹子は、いつも傷ついている。頬が青くなっていたり、片脚を引きずっていたり、泣いていたりする。

俺がそこまで知っているとは、夢にも思うまい。

だったら、逆に訊いてみよう。

「追い払おうとすると、怖い目に遭うのか」

「んー……借金してるからね、ウチら」

「涼太と、二人で、ってこと？」

「そうね。あの人には、自分の親でもないのに、ウチの母親の葬式出してもらって、高校に通わせてもらって、生活の面倒も見てもらって……養育費、っていうのとは違うのかもしれないけど、子供一人育てるのには、一千万かかるって……違う、それ教育費だわ。でもなんか、そういうこと言われて。だからお前らには、単純計算で二千万貸してるのと一緒なんだぞって、よく言われる」

掛け布団と一緒に、幹子の体が、ベッドからずり落ちてくる。

「オサムちゃん……やっぱ、慰めて。あたし、ちゃんと綺麗にしてきたから。オサムちゃんが触っても穢《きたな》くないように、ちゃんと、綺麗に洗ってきたから……だから、慰めて。今日は、まだ汚れてないから」

幹子は、穢くなんてない。汚れてなんていない。

穢いのは、俺だ。汚れているのは、俺の方だ。

確認を後回しにしていた方の、安藤の仕事場。そこの使い道が分かったのは、ほんの偶然からだった。

涼太だ。涼太はそこに入っていき、しばらくすると何人かと連れ立って銀行に行ったり、スーツを着て車で出かけたりしていた。

振り込め詐欺のアジトか。

涼太の吐いた言葉のいくつかが、カチカチと頭の中で組み合わさり、一枚の絵が現われる。

溺れてる人を助けるときは、慌てて飛び込んでも一緒に溺れるだけ。幹子は幹子で、涼太を食わせるのに必死だった。涼太はあるとき、汚れ仕事は自分がやると決めた。でも駄目だった。結局は涼太まで溺れてしまった。

安藤光雄という泥沼に、深くはまり込んだだけだった。

アジトにしている部屋のベランダ。ある日の夕方、十六時頃だったろうか、黒っぽいボクサーパンツ一丁という恰好で立たされている男がいた。

見覚えのある髪型。見慣れた、線の細い体。

涼太だった。

室内をチラリと見ては背を向け、またチラリと見ては背を向ける。やがてその掃き出し窓が開き、安藤が出てきた。涼太が何を言われたのかは聞こえない。ただ殴られているのは見えた。振り子のように、安藤の拳が低く弧を描く。その鉄拳がみぞおちに重く打ち込まれる。

胃からこみ上げるものがあったのだろう、涼太の頬が膨らんだ。それを両手で瞬時に抑え込む。安藤に、吐くなよ、とでも言われたのか、涼太が頷く。だが次の一撃で、ぶっ、と口から白いものが飛び散った。それが、安藤の胸の辺りにかかった。

表情は見えなかったが、安藤の態度が変わったのは分かった。

今度は高く拳を振り上げる。涼太は反射的に、顔面を守ろうと両手を上げた。それでも、やはり殴られたのは腹だった。今までで、一番体重の乗った一撃だった。涼太はうずくまり、頭しか見えなくなった。安藤は窓を開け、室内に戻っていった。

鍵を掛けられたのだろう。涼太は中には入らず、しばらくの間、ベランダにうずくまったままだった。

数分して、別の誰かが窓を開け、手に提げていた何かを下に置き、すぐに窓を閉めた。

水の入ったバケツだったのではないか。涼太はその水で、自分の吐物を掃除するよう命じられたのではないか。

その後も俺は、ずっとベランダを見ていた。

暗くなると、カーテンを引いた室内に明かりが点いたが、それも二時間ほどで消えた。

道に面した表側にいたので、安藤たちが部屋から出てくるところは見えなかったが、七人ほどで連れ立ち、ベランダ側に回ってきて、涼太にひと声かけていくのは見ていた。

「お疲れぇ……風邪ひくなよ」

立ち上がった涼太は気をつけをし、一礼し、七人が一つ先の角を曲がっていくまでその姿勢を崩さなかった。

やがて、涼太は肩をすぼめ、またその場にしゃがみ込んだ。

また、頭しか見えなくなった。

翌日の午後に部屋を訪ねた。呼び鈴を押しても応答はなかった。いるはずなのに、涼太は出てこなかった。

その次の日、同じくらいの時刻に訪ね、ノックをして声をかけると、今度は普通に出てきた。

「……オサムぅ、なんだよお前ぇ。入れ入れぇ」

その長袖Tシャツの裾を捲ったら、腹にはいくつも痣があるのだろうか。そんな下手な殴り方は、安藤はしないのだろうか。

俺は手に提げていた袋を見せた。

「讃岐うどん、食うか。ちくわの天婦羅も買ってきた」

「おっ、いいねェ。食おうぜ食おうぜ」

部屋に、幹子はいなかった。

「姉さん、もう仕事行ったのか」

「あ、いや、ちょっと買い物」

「じゃあ、三人分作っとくか」

「んー、すぐには帰ってこないから、二人前でいいよ」

うどんを茹でている間、涼太はいつも通り「笑えんだよ」と前置きし、ここ数日間のどうでもいい話をし始めた。

駅ビルの上りエスカレーターで見えた女子高生のパンツの話。カートの車輪が踏切にはまって立ち往生していた老婆を助けたら、お礼に茄子を一本もらった話。その茄子もうどんに入れると言い出したが、結局は見つからなかった。幹子が黙って食ったのだと、涼太は笑いながら怒っていた。

「ちゃんと汁も付いてんのな。すげえな」

「生玉子と絡めて食べても、旨いけど」

「玉子？　そうか、玉子か……ありゃ、やっぱねえわ。残念」

薬味もなし。汁と、うどんと、ちくわの天婦羅だけ。

それでも涼太は、目をいつもの倍くらいに大きくして叫んだ。

「うんめェーッ、めっちゃ旨えな、な、オサム」

「……こぼした。ちゃんと飲み込んでから喋れ」

「姉ちゃんみてえなこと言うなよ。ちゃんとこぼしたのだって……ほら、拾って食うから」

いきなり、幹子が帰ってきた。

「ただいま……ってちょっと、ちょっとちょっと、何やってんの、ズルいズルい、なに二人で、何それ何それ」

口にあるものを飲み込んで、俺は流し台の方を指差した。

「ちゃんと、あるから……一人前。一緒に作って、伸びちゃったら、勿体ないだろ」

「マジで。あほんとだ。ありがと……じゃいいよ、食べてて。あたし、自分で作るから……あ、ちょうど生姜買ってきたんだ。それ擂《す》ってさ、入れたら美味《おい》しいんじゃない？入れるよね、うどんに生姜。あるよね」

あえて安藤の話はしなかった。話したところで、この二人にできることなど何もないのは分かりきっていた。俺が口を挟み、それで事態が好転するくらいなら、二人だってとっくにそうしていただろうし、安藤がそれを許すかというと、それもないと言わざるを得なかった。

ただ、俺がこの二人について考えている。そのことに、俺自身が驚いていた。

「ちょっと涼太、それ、全部擂らないでよ」

「なんで」

「他にも使うんだから」

「ケチなこと言うなや、たかが生姜くらいで」

「あんたはなんでも入れ過ぎなの。それじゃ生姜の味しかしなくなっちゃうで……だから、もういいってば、やめてよ」

人と人との関わりが、怖かった。他人の気持ちを知るのも、怖かった。人間一人ひとりが隠し持つ欲が怖かった。美しい言葉が、それを嘘だと知るのが、怖かった。嘘だと知らずにいるのも怖かった。愛が怖かった。愛がないのも怖かった。沈黙が、人混みが、ビルが怖かった。アンテナが、テレビが、パソコンが、携帯電話が怖かった。車が怖かった。夜が怖かった。太陽が怖かった。壁が怖かった。

壊れてしまった、自分が怖かった。

なのに、俺はこの二人とうどんを食べている。

「……美味しいね」

「だろ」

「なんで涼太が自慢すんの」

「茹でたの俺だし」

この二人が特別だとは思わなかった。むしろ、どこにでもいる、ちっぽけな弱者だった。

それがよかったのだと思う。

それでいいと、俺は思う。

「……なあ、涼太」

ん？という顔でこっちを向いた涼太の口から、ちくわの欠片《かけら》がこぼれ落ちる。

「またあんた、ほら」

「なに、オサム」

「お前の携帯番号、教えてくれ」

ぐちゃっ、と涼太が笑う。

「なぁーんだよ、オサムぅ。だってお前、携帯持ってねえじゃん」

「いいから、教えてくれ……あんたも」

俺はまだ、涼太の前で幹子をなんと呼ぶべきか決めかねていた。

「うん、いいけど。どうしたの、急に」

そう。まさに「急に」なのだが、俺は二人のために、何かしてやりたくなったのだ。

もう、何も怖くないと思えたのだ。

その夜、俺は財布を持ってATMのあるコンビニに行った。

丸々五十万円引き出した。

明日、久し振りに、秋葉原に行こうと思う。

10

休日の夜の過ごし方としてはかなりイレギュラーだが、上山は天野の自宅を訪ねてみようと決めた。

咲子にはむろん、正直にその旨を伝えた。

「同じ係の、天野って警部補が、ちょっと心配でさ……精神的に、深刻な状態でなけりゃいいんだけど」

「もしかして、さっきの電話？」

こういうときの咲子は、妙に察しがいい。

「うん……ここんとこ、ハードワークが続いてたから、参ってるんじゃないかって、他の奴から、指摘されてね。なんで俺、それに気づいてやれなかったんだろうって……」

「それでか」

咲子が、ダイニングにあるサイドボードに目をやる。天板にはよく飲むスコッチや、国産の安物だがブランデーのボトル、ガラス扉の中にはバカラのワイングラス、普段使いのロックグラスなどが並べてある。

「それでって、何が」

「休みなのに飲まなかった。車で出るつもりだったんでしょ」

「ああ……まあ」

「何かお土産持っていかなくていい？　焼菓子か、京都のお漬物くらいしかないけど。あなたが車じゃ、ウイスキー持っていって一緒に飲むわけにもいかないしね」

咲子はいつも、土産にできる品をいくつか買い置きしてくれている。

「……今日は、いいや。どういう状況か分からないし、俺も、そいつのところにいくの初めてだから。ほんと、ちょっと様子を見てくるだけだから」

「そう、分かった。じゃ、いま用意します」

スーツに着替える間、咲子は特に他の話をしなかった。唯ともう少し話してあげてとか、休みは休み、仕事から離れる時間も必要だとか、言いたいことはいくらもあるだろうに、何も言わなかった。

ただ「行ってらっしゃい」と、車のキーを渡してくれた。

天野は警視庁の待機寮ではなく、世田谷区内にマンションの一室を借りて住んでいる。来てみると十二階建ての、なかなか洒落た佇《たたず》まいの建物だった。
エントランスに入り、インターホンで部屋番号を呼び出す。
《……はい》
「上山です。遅くに、申し訳ない」
《いえ……今、開けます》
事前に連絡はしておいたが、逆に、今になって分からなくなった。
咲子の言っていた「さっきの電話」とは、夕方に松尾から受けた連絡のことだったのか。

それとも咲子が夕飯の支度をしている間に、こっそり上山が天野にかけたことを言っていたのか。こうなってみると、後者だったような気もしてくる。しっかりバレていたのかもしれない。

天野の部屋は十階。外廊下から見える夜景は、予想していたよりもだいぶ暗かった。遠くに新宿辺りの煌《きら》びやかなビル群は見えるものの、足元の住宅街は、吸い込まれそうなほど深い闇――いや、他人の家から見える風景に、ケチなんてつけるもんじゃない。

天野は、玄関のドアを開けて待っていてくれた。

咲子にはああ言ったが、やはり何かあった方がいいと思い、途中のコンビニでビールを買ってきた。上山の分は、もちろんノンアルコールだ。

その袋を、天野に差し出す。

「悪いな、急に」

天野が、恭《うやうや》しくそれを受け取る。

「いえ、こちらこそ、ご心配をおかけしまして、申し訳ありません……散らかってますが、どうぞ」

「ありがとう」

当たり前かもしれないが、まるで散らかってなどいなかった。

間取りはおそらく1LDK。上山が勧められたのは、大画面テレビの正面に置かれたソファ。天野はダイニングテーブルから椅子を引っ張ってきて、それに座った。

天野は、コンビニ袋の中身を全てテーブルに並べ、その中の一本、ノンアルコールビールの正面を上山に向けた。

「係長、車だったんですか」

「ああ……もともと、休みは飲まないようにしてるんだ」

「そうなんですか。知りませんでした」

いま思いついた方便だから、無理はない。

用意されたグラスに交互に注ぎ合い、探り合うような乾杯をする。

ツマミは、一緒に買ってきたわさび味の柿の種だ。

「……松尾が心配して、俺に電話をくれてね」

「はい。そうじゃないかと、思ってました」

「すまなかったな。つい、君ならやってくれるだろうと思って、仕事を振り過ぎた。反省してる」

天野がかぶりを振る。

「そんな……ウチが大変なのは、分かってますから。シンドいのは、自分だけじゃないです。係長だって……」

「いや、俺なんて全然……君らは、直接アレに触ることが多いからな。受けるストレスは、桁違いだろう」

運三の奥にもパソコンはある。警視庁の貸与品が一人一台ずつ、それぞれのデスクに置いてある。ただしそれらは、一切ネットには繋がっていない。文書を作成してプリンターで出すためだけの、いわばワープロに過ぎない。係員同士でメールのやり取りもできない。

危険なのは平場の端末だ。

平場の技官は、基本的にはスパイダーによる検索を担当している。様々な検索キーワードで引っ掛かってくるサイトやIPアドレスを、さらにスパイダーのAIで篩《ふるい》に掛け、犯罪性が高いと思われるものを抽出する。ただし、その時点では通信内容やサイトそのものは見ない。あくまでもスパイダーが拾ってきたメタデータを、ネットから切り離して奥に渡すのが技官たちの役目だ。言わば、スパイダーはネット上の警察犬であり、技官はその担当係員に相当する。

それらが実際に、犯罪に該当する行為なのか否かは、捜査員である奥の係員が判断する。

殺人、拉致監禁、暴行、強姦、恐喝、脅迫、違法取引、謀議、盗聴、盗撮、諜報等を思わせる通信の記録や履歴、サーフェイスウェブ、ディープウェブ、ダークウェブ上でやり取りされる様々なメッセージ、アップロードされたファイルの数々。

係員たちは日々、人間の悪意と悪意が絡まり合い、さらにどす黒い、別種の悪意へと変貌していく闇の沼に、自ら首を突っ込むことになる。

たとえば、女性が複数の男性に暴行、強姦され、最終的に殴り殺される映像があったとする。本当にそんなことをしたら、もちろん犯罪になる。しかしそれが作り物であれば、演技やCGを含む映像作品であれば、犯罪ではない。残念ながら、映像が作り物か否か、その真贋を見分けることまでは、スパイダーのAIにもできない。係員が目で見て、血の流れ方、傷のつき方、抵抗の度合い、行為の悪質性などを総合的に判断し、警察による捜査が必要かどうかを検討することになる。それ以前に、犯行現場が日本国内ではないとの確証が得られた時点で、その案件は「パス」される。外国だったら何をしても、何をされても見て見ぬ振りか、という自己批判もあるにはあるが、警視庁が日本の首都警察本部である以上、海外の犯罪にまで手を出すことはできない。

また、全ての案件が血みどろなわけでもない。振り込め詐欺、違法な売買春、外国人によるスパイ行為など、運三が扱う事案には血の流れないものも多くある。だがそこには、常に人間の「悪意」がある。現実社会では口に出すのも憚られるような悪意が、ネットの中では剝き出しのまま飛び交っている。

それに触れ続ければ当然、強いストレスを受けることになる。警察官として、いや人間として、真面目であればあるほど。

じっと、手にしたグラスを見ている、天野に訊く。

「……仕事中、気分が悪くなったりは」

天野は、ゆっくりとかぶりを振った。

「いえ。特に、そういったことは」

自覚症状がない方が、より危険であるとも言える。

「君は確か、運三の創設メンバーだったよな」

「はい。ですから、もう二年と……七ヶ月くらい、ですか」

「二年前と、それ以前でもいいけど、比べて、何か変わったことはあるか。体調面でも、生活面でも、感覚的なことでもいい」

天野はしばらく考えていた。一分か二分。その間、天野は心当たりを探していたのではないと思う。心当たりを上山に明かすかどうか、それを考えていたのだと思う。

「実は……去年の、秋頃ですけど」

「ああ」

「交際していた女性と、別れました。結婚も、漠然とですが、考えていましたし、とても……支えになってくれた人だったんですが、なんというか……」

少し間を置いてから、天野は「すみません」と付け加えた。

それ以上、冷静に話すのは難しそうだった。

「そうか……勤務体系も、他の部署と比べて、整っているとは言い難いしな。君には、キツい思いばかりさせたな」

今度は、短くかぶりを振る。

「自分と比べたら、田辺さんの方が、よっぽどキツかったと思います。ほんと、係でも、一番できる、真面目な人だったんで……ある頃から、やたらとトイレに立つ回数が増えて、國見統括に言われて、よく様子を見に行ったんですけど、そのたびに、田辺さん、便器にしがみついて、吐いてて……やたら汗掻くのも、見て知ってはいたんですが、まさか……自分がそうなってるなんて、松尾さんに言われるまで、全然気づかなくて……すみません」

とんでもない。

「君が謝ることじゃない。俺の、管理不行き届きだ。仕事のことは考えないで、少し休んだ方がいい」

「でも……」

「そうしてくれ。これ以上無理をさせて、田辺巡査部長のように、君まで失うようなことにはしたくない。もうすぐ向野も帰ってくる。いま以上の案件は、状況が改善されない限り、俺ももう引き受けない。だから……俺がいいと言うまで、休め」

天野は、首を折るように頷いた。

これが、正しい判断だったのかどうか。

正直、上山にも分からない。

翌日からの、奥の係員一人ひとりに掛かる負担の増加は予想を遥かに超えるものだった。いや、それは上山が予想できていなかっただけで、國見や松尾は相応の覚悟をしていたのかもしれない。

まず、松尾の負担が倍増した。天野が扱っていた案件を、いったん全部引き受けたのだから当たり前だ。厳密に言えば天野の方が担当件数は多かったので、倍以上だった。

ただ、そんな割振りで運三の仕事が回るわけがないことは誰にでも分かるので、絶対に無理なものから松尾は國見に振っていった。上司が部下から仕事をもらうという「あべこべ」な状況だが、致し方ない。部下だの上司だのと肩書に拘っている場合ではない。

上山も同じだった。人間関係が複雑な案件や、金融システム絡みの高度な専門知識が必要な案件は無理だが、規模が大きくても単純な振り込め詐欺であったり、逆に外交問題に発展する可能性を孕《はら》むデリケートな案件は、上山が扱う方が理に適っている。

「じゃあ、こっちの、特殊詐欺七件と、朝陽新聞の案件を……係長、お願いします」

「分かった」

朝陽新聞の案件とは、簡単に言うとこうだ。

この十年ほど、半導体事業で苦戦続きだった国内電子機器メーカー、アース・エレクトロニクスは一昨年、台湾の総合電機メーカーPRSと資本提携し、事実上その傘下に入った。だが、アース・エレクトロニクスはヤマト電通と同様、自衛隊が使用する防衛装備品等の開発も手掛けてきた企業だ。同社が持つ技術の全てを、そのままPRSに開示するわけにはいかない。開示すれば、それらはいずれ必ず中国側に漏れ伝わる。陰では、PRSは長年にわたり中国共産党から資金提供を受けてきたとも言われている。なおさらアース・エレクトロニクスの防衛装備品関連技術をPRSに渡すことはできない。

そこでアース・エレクトロニクスは、PRSとの資本提携前に、防衛装備品関連の部門を別の国内企業、千代田重工に移した。避難させた、と言った方がいいかもしれない。人員、情報、資機材に至るまで全てを、しかもタダ同然でだ。これがビジネス的にフェアか否かはさて措くが、日本の安全保障上は絶対に必要な措置だった。実際、その手引きをしたのは日本政府だという話もある。

だがしかし、これをPRS側に知らせた人間がいる。

朝陽新聞の記者、宇治木博丈《うじきひろたけ》という男だ。

PRSはこれに猛反発、千代田重工に転職した人材、譲渡した技術情報や資機材を、アース・エレクトロニクスに返還するよう両社に要求した。しかし、千代田重工及びアース・エレクトロニクスの一部の幹部はそれを拒否した。

そんな騒ぎの最中、大阪に身を隠していた宇治木が殺害された。

これに関して、極右を名乗る活動家から犯行声明でも出れば運三の出る幕ではなくなるのだが、事態は思わぬ方に転がり始めた。

ダークウェブ内のサイトが、宇治木博丈を殺す人間を募集していた、成功者には一千万円相当のイットコインが支払われた、という情報をスパイダーが拾ってきたのだ。

拾ってしまった以上、運三としては、ある程度恰好がつくまでは追いかけなければならない。募集をかけたのは個人の極右活動家なのか、団体なのか、あるいは中国共産党、朝陽新聞関係者という可能性だってないとは言いきれない。宇治木がPRSとどんな取引をしたのかも、今のところは不明だ。

上山は、この件に関する大量のメタデータを受け取り、捜査に取りかかった。まず、宇治木の首に賞金を懸けたサイト、そこにアクセスしたIPアドレスの割り出しを平場に指示し、現在、大阪府警刑事部捜査一課が行っている捜査の進捗状況、参加している捜査員の構成、大阪府警刑事部長及び捜査一課長の経歴、交友関係等を照会してもらえるよう管理官に電話で頼んだ。公安部との調整は、今回は後回しにする。

割り出し作業に関して言えば、実際に行うのは技官であり、上山はその結果を待つだけだが、思うような成果が得られなければ、技官の後ろにベッタリと張り付いて、検索ワードをあれこれと指示することもある。その分野に強い技官が、上山では思いつかないようなワードを組み合わせて検索し、成果を出す場合もあるが、こと捜査や法律、犯罪組織やその周辺事情に関しては上山たち捜査員の方が詳しい。

「PRSのバランスシートは出せるか」

「それなら……はい、こちらです」

一方、スパイダーを使わなくてもできる捜査はいくらでもある。いわゆる「オシント＝オープン・ソース・インテリジェンス」だ。公開されている情報を合法的に入手し、その他の情報と突き合わせることで、別の新しい情報、あるいは結論に行き着くことも少なくない。

その、PRSの貸借対照表をじっと見ていたら、後ろから声をかけられた。

「係長」

いきなりだったので、少し驚いた。

「え……ああ、國見統括か」

「だいぶ、入れ込んでますね」

「いや、何しろ慣れないもんで。ちょっとした、視野狭窄を起こしてるみたいです」

「四、五分、奥にいいですか」

「はい」

見れば、向かい側では松尾が、三人の技官に同時に何か説明をしている。頼もしい限りだ。とてもではないが、今の上山にあんな真似はできない。

無人だった奥に、國見と二人で戻る。

國見が、奥と通路を隔てるドアを閉める。平場と行き来することが多いので、日中はほとんど開けっ放しにしているドアだ。

「……実は、ちょっと、妙なことになってまして」

デスクの椅子に座った上山に、國見が書類を向ける。パッと見、例の預金詐取事案に関する、都府県警の各捜査二課の捜査資料と、スパイダーが検出した結果表のように見える。

「これが、何か」

「現状、警察本部が設置した捜査本部が七つ、本部と共同で設置した捜査班が十一、所轄レベルの捜査班が十六ありまして、それぞれの被害状況をスパイダーで追いかければ、その三十四件に関しては、同じ数値が上がってくる……はずなんですが」

「そのはず、ですよね」

「ところが、見てください」

國見が指差す数値の一つひとつが何を意味するのか、瞬時には読み取れないが、捜査資料とスパイダーの結果、捜査資料とスパイダーの結果、という往復運動であるのは分かる。

「こっちだと三十二万円、でも同じ被害者なのに、こっちでは二十六万円になっています」

「スパイダーが被害額を少なく見積もった、ということですか」

「一概にそうとも言えません。逆のケースもあります。こっちだと、三十三万円、でもスパイダーは、四十七万円と出してきています」

最もありそうなのは、単純なヒューマンエラーだ。

「被害者が被害金額を見誤ったのか、捜査員が文書化するときに打ち間違えたのか」

「私もそう思ったので、同じ案件について、別のスパイダーで再検索させたところ、なんと……それぞれが違う結果を出してきました」

そんな馬鹿な。

「いや、そんな……そんなことって、今まであったんですか」

國見も運三の創設メンバーだ。過去の事例に関しては上山よりよほど詳しい。

その國見が、かぶりを振る。

「いえ。捜査報告とスパイダーの検索結果が喰い違うことは今までにもありましたが、少し様子を見ていれば、スパイダーの出した結果の方が、特に数値に関しては正しいというケースがほとんどでした。現実の方が、あとからすり寄ってくるわけです。中には、喰い違ったままというのもありましたが、どちらにせよ大した問題ではなかった。しかしこれに関しては、スパイダー同士が違う結果を拾ってきている。まだ、全号で同時に試したわけではないので、なんとも言えませんが、四号、五号、七号、十一号で試した結果、全て喰い違いました。しかし、あとから九号と五号で試したところ、その結果は一致しました。九号と一号も一致しました。預金詐取ではなく、他のターゲットで検索しても、四号、七号、十一号は微妙に違う結果を示しましたが、九号と五号は同じ結果を出しました」

つまり。

「……四号、七号、十一号に、バグがあるということですか」

「その可能性は、考えておいた方がいいと思います。また、その他のスパイダーが正常に機能しているのかどうかも、一斉に点検する必要が、あるかもしれません。その三つにだけバグがあるのか、それとも他のにもあるのか……」

「バグ＝bug」は「小さな昆虫」を意味する英語だ。コンピュータ関係では、プログラムの欠陥や誤りを意味する。

スパイダー＝蜘蛛が、いつのまにか小さな昆虫に取りつかれ、侵されているのだとしたら。

笑えない冗談としか、言いようがない。

11

朝の会議を終え、本宮は講堂を出ていく捜査員たちを見送りながら、手元の資料をまとめていた。

依然、中島晃は取調べで多くを語らずにいるという。

携帯電話の通話やメールの送受信履歴を調べた結果、中島が八つ年下の交際相手、二十八歳の女性美容師と、いつ、どんな店で食事をしたとか、服を買ったとか、そういうことは分かった。以前勤めていた編集プロダクションの元同僚と飲みに行ったり、その頃に知り合った関係者とカラオケやゴルフに行ったりしていたことも、分かっている。そんな昔の仲間からときおり仕事を振られ、フリーのライターとして仕事をしていたことも、分かっている。しかし、違法薬物の売人らしき人物と接触をしていたような様子は、一切ない。

さらにここ数年、どんな仕事で生計を立てていたのかも、本人が説明をしないので分からない。銀行の個人口座には八百万円近い預金があったが、それをどうやって稼いだのかも白状しない。「さすが」などとは言いたくないが、中島はその八百万円のほとんどを、自らATMに行き、手作業で預金している。つまり、その口座についていくら調べても、中島が手掛けていたと思われる薬物売買との繋がりは立証できないわけだ。

一点、特捜本部が期待を寄せているのが、中島のパソコンの使い方だ。本宮はこれから、別室でそれについての報告を受けることになっている。

「管理官、そろそろ」

「はい、行きましょう」

講堂を出るとき、一瞬、デスクにいる植木と目が合った。眼鏡を掛けていなかったので、そう見えただけなのかもしれないが、でもそう感じた。あとで、植木から何かあるかもしれない。

講堂の斜向かいにある小会議室に移動すると、しばらく本部に戻っていたSSBC情報分析係の原《はら》係長と、高塚《たかつか》担当主任が先にきていた。

「管理官、おはようございます」

「おはようございます……ああ、そのままで」

こっちは本宮と殺人班二係の浅沼係長、成田《なりた》統括主任の三人だ。

あらかじめ書類が置かれていた通り、本宮が奥の議長席に座り、原と浅沼、高塚と成田が向かい合う形に落ち着いた。

本宮は原に頷いてみせた。

「じゃあ早速、お願いします」

「はい」

それを受け、高塚が資料を示す。

「まず、こちらです……中島宅から押収したパソコン関係の解析が長引いていた理由について、簡単にですがご説明いたします。中島のパソコン、正確には搭載されていたハードディスクですが、これは一定時間、正しいパスワードが入力されないと、ハードディスクが勝手に初期化されるプログラムが仕掛けられていました。言わば、時限式の自爆装置です」

ついこの前、本宮は似た話を聞いている。

「それって確か、森田一樹のパソコンにも」

「仰る通りです。我々が解析し始めた段階で、中島のパソコンも森田のパソコンも中身は空っぽ、オペレーションシステムまで跡形もなく消えていました。データの復旧も試みましたが、残念ながら失敗しました。残っていたのは、その時限式自爆プログラムと、それが作動した痕跡のみ。よって分かったのは、マル害である森田一樹と、マル被である中島晃の両名が、同じ自爆プログラムを使用していた、ということだけです。共犯関係にあったことが疑われる要素ではありますが、プログラム自体は一般に入手可能なものですので、証拠能力という点では、ゼロと言わざるを得ません」

新宿署に設置されていた捜査班の資料に、森田は長時間の外出を滅多にしなかった、という一文があったのを思い出す。あまり長く家を空けるとパソコンが自爆してしまう、だから森田は恋人の部屋に泊まることもできなかった、というわけだ。

一つ確認しておく。

「その、一定時間というのは、自分では変更できないのかな」

「できるはずです。本人がそのやり方を知っていれば」

森田は知らなかった、ということなのか。

「なるほど……はい、続けて」

「はい。ですが、プロバイダー事業者に通信履歴を照会し、中島及び森田が普段、どのようにインターネットを利用していたかは、ある程度調べがつきました。ひと言で言えば、ダークウェブです。簡単にご説明しますと……」

高塚はそう言ったが、まるで「簡単に」ではなかった。

本宮に分かったのは、二人が、一般にはアクセスすることもできない「ダークウェブ」内で接触、連絡をとり合っていたと考えられること、そのダークウェブには「DOR＝ドア」と呼ばれる特殊なプログラムでアクセスしていたこと、ダークウェブ内では誰が何を閲覧し、どんなメッセージを送受信したかなど、一切が秘匿されること、くらいだ。

「ダークウェブ、DOR……でもそこにアクセスしていたことは、分かったんだよな」

「はい。DORでダークウェブにアクセスしたことまでは、分かっています。まあ、ダークウェブというのは、ウェブ上の深くて暗い森、みたいなものだと思ってください。そこに行ったことまでは、調べがつきます。そこから抜け出てきたことも、分かります。しかし、その森の中で何をしていたかまでは、分からない。何しろ真っ暗で、誰が誰だかも分からない状況なので。その、何も分からないという秘匿性が、ダークウェブ及びDORの、そもそもの存在意義なのです」

なぜ一切分からないのかが、本宮には分からない。IPアドレスがどうとか、イットコインがどうとかも説明されたが、分からないものは分からない。

「……二人がDORの中で、どんなやり取りをしていたかは、もう全く、解明できる可能性もないのかな」

「不可能だと思います。主には、DORはもともと、米海軍がネット上で匿名通信を行うために開発したソフトです。亡命を希望する独裁国家の要人と秘密裏に連絡をとるとか、そういった目的で使用されるものでした。それが一般にも広まった結果、違法な取引や、犯行計画立案の密談に使われたり、あろうことか、テロリスト同士の連絡に使われたりしているわけです。FBIやCIAも現在、必死になってDORの攻略を試みていますが、成功したという話は聞こえてきません。同じアメリカ合衆国の機関なのに……まるで、厳重に戸締りをした家に、自分で入れなくなってしまった、みたいな……それを間抜けと笑う資格は、我々にはありませんが」

そうなると逆に、森田一樹にクスリを卸し、のちに爆殺したのは中島晃であると、そうタレこんだ人間は、どこでどうやって二人の関係を知ったのか。謎はより深まる。

「原係長、高塚主任。中島の逮捕は、一本のタレコミ電話が発端だったことは、知ってるよな」

「ええ」

「はい」

「だとすると、そのタレコミをしてきた人物は、どうやって森田と中島の関係を知ったんだろう……ダークウェブ内でのやり取りは、第三者には分からない。じゃあ、他にどういう方法がある」

これにも、答えたのは高塚だった。

「いえ、第三者に全く分からないかどうかは、また別の話です。ダークウェブ内で、第三者を交えて取引の相談をしていたかもしれないので、そこで森田と中島の関係を知った可能性はあると思います」

「つまり、元は仲間だった人間が密告、裏切った可能性か」

「はい。ただそうなると、中島が逮捕されたことで、自分にまで捜査が及ぶ可能性も出てきますから、やや考えづらくはあります。そうなると、トバシの携帯ってことに、なるんじゃないですかね」

トバシの携帯。他人や架空の名義で契約した、使い捨て前提の携帯電話。犯罪者が利用する通信の常套手段だ。

浅沼が頷く。

「確かに、こっちで押収できたのは、プライベートで使っている一本だけでした。森田も中島も……トバシをどこかに持ってたんでしょうか。それともすでに処分済みか……」

それは分からないが、問題はそこではない。

「いや、仮に二人がトバシの携帯を使用していたとしても、第三者がその通話内容を知ることはできないだろう」

高塚は頷いてみせたものの、その表情はむしろ否定的だ。

「ええ、通常であれば、知り得ないと思います」

どういう意味だ。

「通常以外の方法で、何かあるのか」

「非常に考えづらいですが、なくはないです」

「たとえば、どんな方法だ」

「管理官は『スティングレイ』という装置については、ご存じありませんか」

スティングレイ。「スティング」なら、そういうタイトルのアメリカ映画を観たことがあるので、言葉としては知っている。「レイ」が「ray」ならば、放射線とか光線とか、そういう意味の英単語だったと思う。「スティングレイ」となると、そういう名前の車があったような気はするが、定かではない。

しかも「装置」となったら、まるで心当たりはない。

「……いや、分からない。説明してくれ」

「はい。スティングレイというのは、アメリカのハリス社が開発した、携帯端末の追跡と、盗聴を可能にする装置です」

そわりと、肌が粟立つ。

「追跡と……盗聴？」

「はい。似たような機器は他にもあり、その類似品も含めて『スティングレイ』と呼ばれたり、それを使用しての捜査手法も、同じように『スティングレイ』と呼ばれることがあるようです。もともとは軍事目的で開発された、諜報活動用の装置なので、アメリカ国家安全保障局……NSA辺りが使うのは当然としても、FBIが使っていたとなると、かなり問題があるでしょうね。法的にも、国民感情的にも」

アメリカの連邦捜査局が、まさか。

「FBIは、本当にそんなものを、捜査に使用していたのか」

「公式には認めていませんが、使ってるんじゃないですかね」

ちょっと、よく分からなくなってきた。

「しかし、そのスティングレイと、森田、中島の話は、どう繋がる」

「ですから、可能性の有無だけを言えば、現実にそういう装置もあるわけですから。たとえ中島が、トバシの携帯を取っ換え引っ換え何台使い分けようと、自宅マンションの部屋で通話をしてしまったら、盗聴される可能性はゼロではない、ということです」

浅沼が「ちなみに」と割って入る。

「『スティングレイ』ってのは、どういう意味なんですかね」

それには、なぜか原が答えた。

「『アカエイ』だと思います。あの海にいる、平べったい、ヒラヒラ泳ぐやつ。でもあの、尖った尻尾には毒針がついてましてね。刺されると、大変なことになるんですよ」

高塚が半笑いで原を見ている。

「……原さん、なんでそこ、そんなに詳しいんですか」

「俺、海釣り大好きだもん」

「でも、スティングレイが『アカエイ』だなんて」

「お前、俺、英検一級持ってんだぞ。馬鹿にすんな」

そんな会話を片耳で聞きつつ、本宮は自分の頭の中で、何かが勢いよく回り始めるのを感じていた。

待て、ちょっと待て——。

その勢いの余り、自分の体温が上がっているのか、下がっているのか、体が浮き上がろうとしているのか、重く沈み込みそうなのか、よく分からない感覚に陥った。

スティングレイは「アカエイ」。エイは海洋生物。「海洋」「海」は英語で「Sea／シー」。

つまり「C」。

マルC——。

いや、これはいくらなんでも、こじつけ過ぎか。

モヤモヤとした気持ちのまま特捜に戻ったところで、内ポケットの携帯電話が震え始めた。見ると、電話番号宛てのメッセージが一件来ている。

植木からだった。

【隣のビルのコンビニまで来れますか？】

見回したが、講堂内に植木の姿はない。本宮が戻ってくる頃を見計らって、先行してコンビニに向かったのか。それともたまたま用があって、出かけたついでなのか。

すぐに返事をした。

【五分で行く。】

書類をカバンに入れ、浅沼にひと言断わりを入れる。

「浅沼さん、ちょっと、薬局まで行ってきます」

「おや、どうされました」

「いえ、大したことじゃないんで。ご心配なく」

こう言えば、普通は口にしづらい疾患、たとえば痔とか、そういうものだろうと相手は忖度し、しつこくは訊いてこない。

浅沼もそうだった。

「そうですか。分かりました」

「すぐに戻りますんで、お願いします」

再び講堂を出て、エレベーターで一階に下りる。玄関を出るまで、特に知った顔と出くわすこともなければ、声をかけられることもなかった。

庁舎警備の署員と挨拶を交わし、歩道に出たら右、隣のビルの一階に入っているコンビニに向かう。

だが、店内にまで入る必要はなかった。

植木は出入り口の脇、太い柱の陰に半身を隠し、こっちの様子を窺っていた。そうと思って本宮が見ているからかもしれないが、若干わざとらしいというか、佇まいが怪しい。

「……お疲れさん。何も、こんなところじゃなくてもよかったろう」

植木が、ちょこんと頭を下げる。

「いや、急に肉まんが食いたくなって。でもやっぱ、脚がこれだと、ここまで来るだけで、けっこう時間かかっちゃって。食い終わったら、もうそろそろ管理官も戻ってくる頃だなって思って、だったら、申し訳ないですけど」

「呼び付けようと」

植木が思いきり眉をひそめる。

「申し訳ないとは思いましたけど、ご足労願おうと思ったわけです」

「分かってるよ。大きな声出すな」

どうも本宮は、この植木を見ているとからかいたくて仕方がなくなる。そう本宮に思わせる何かが、この男にはある。お陰で、さっきまでのモヤモヤした気持ちが、少しは晴れた気がする。

「……で、何か分かったのか」

真顔になった植木が、一つ頷く。

「突き止めましたよ。デスクで、中島を無意識に『ナカシマ』って呼んじゃう奴」

「誰だった」

「SBCの、アガワ、アガワって巡査部長です」

アガワ、アガワ——分かった。阿川喜久雄巡査部長だ。わりと背の低い、でもガッチリした、濃い顔の、あの男だ。

「彼は、係はどこだったかな」

「分析捜査係です」

植木がポケットから名刺入れを出し、一枚抜いてこっちに向ける。確かに【捜査支援分析センター　第二捜査支援　分析捜査係　巡査部長　阿川喜久雄】とある。さっきの原係長と高塚担当主任は情報分析係。厳密な分掌事務の線引きは分からないが、それでも比較的近い性格の部署という印象は受ける。

「……このこと、佐古くんには」

「まだ言ってません。自分も、ついさっき気づいたばかりなんで。あ、こいつだ、って……でも、自分でもヤバいと思ったんじゃないですかね。今日はちゃんと『ナカジマ』って発音してましたよ」

「そうか……なんとか機会を作って、阿川チョウの声を、佐古くんに確認してもらえるといいんだけどな」

植木は、今度は片眉だけをひそめてみせた。

「首実験ならぬ、喉実験ですか」

上手いことを言う。

「分かりますかね、それで。上手いこといって、阿川に電話かけさせて、それを佐古に聞かせられるならともかく、生の声聞かせても、駄目じゃないですかね。少なくとも、自分だったら自信ないですね」

確かに。それで上手くいったとしても「似ていると思う」くらいの証言がせいぜいだろう。

「……なんか、他に上手い方法はないかな」

「阿川が、タレコミ電話の主かどうかを確かめる方法、ですか」

「ああ」

右に左に、植木が首を捻る。

「んん……確かめられるかどうかは別にして、阿川の様子を探ってみる価値は、あるかもしれないですね」

「行動確認、ってことか」

「別に罪にはならないでしょ、仲間のあと尾けたくらいじゃ」

その神経の太さは、買う。

「でも、君には無理だろう。その脚じゃ」

「ああ、俺は無理っすよ。だから、佐古に」

なんだろう。本宮は、妙にこの植木が気に入ってしまった。

この事件にひと区切りついたら、組対から引き抜いて捜査一課に欲しいくらいだ。

どうやら、佐古は植木の申し出を受けたらしく、その日の夜から阿川の行動確認を開始したようだった。

本宮も、自分なりの方法で阿川について調べ始めた。警視、捜査一課管理官という立場を使えば、できることはいくつもある。

まず、SSBCの分析捜査係長に連絡をとり、阿川喜久雄の人事情報について尋ねた。本来、人事記録データの出力権者は警務部長及び各所属長だが、同じものは係長クラスも当然持っている。業務上必要とあらば、問い合わせに応じるくらいはする。しかも、現在の分析捜査係長は山田博《やまだひろし》という、たまたまだが、本宮とは刑事講習が同期だった男なので好都合だった。

「そっちの、阿川喜久雄巡査部長な。彼って、今いくつなの」

『阿川喜久雄……ああ、つい最近来た奴ね。彼はね……まだ三十、三十……三十四、かな』

ＳＳＢＣには異動してきたばかり、と。

「つい最近って、いつ」

『まだ二週間とか……だから、新木場の特捜設置と、ほとんど同時ですよ。まるで、そちらの捜査のお手伝いをするために併任されてきたようなもんで。変な話、私なんかは、まだ彼のことをよく知らないんです』

併任？

「阿川チョウは、併任されてるのか」

『はい』

「どこと」

『どこだっけな。ちょっと待ってくださいよ……ああ、総務部情報管理課、運用第三係、ってなってますね』

「そっちが本籍か」

『時期から言えば、そういうことになりますな』

「そこにはいつから」

『三年前の八月、だから……二年と七ヶ月前、ですか』

「その、運用第三係の前は」

『えっと、その前は……万世橋《まんせいばし》署警備課公安係、ってなってますね』

「その前は」

『本宮さん、やけに興味津々じゃないですか。なんかありました？　奴』

「いや、なかなか見所があるんでね。覚えておこうかな、と思って」

『ああ、そういうことですか……ええと、その前は公安部外事三課。巡査部長の昇任配置で上野署から練馬署の地域に行って、そこから本部に上がったわけですな。なんなら、卒配から順番に読みましょうか』

「いや、分かった。ありがとう」

阿川が公安部経験者だったのは、少し意外だった。

次に、総務部情報管理課運用第三係について調べてみようと思った。だが、直通電話をかけようにも、「総務部情報管理課運用第三係」では警視庁内電話帳に載っていない。新設部署ならそういうこともあり得なくはないが、山田の話では、阿川は二年七ヶ月も前から運用第三係の配置になっている。そんな部署の番号が載っていないのはおかしい。

ひょっとして、山田が資料を間違って読み上げたのかと思い、今度は警視庁の公式資料を当たってみた。これは一般にも公開されているものなので、誰の手を煩《わずら》わせることもない。

すると、こちらも妙なことになっていた。

今現在、警視庁総務部情報管理課に、運用係は「第二」までしかない。上から順番に見ていっても、情報管理第一係、第二係、情報セキュリティ第一係、第二係、開発企画係、開発第一係、第二係、運用第一係、第二係、照会計画係、照会係——以上。少なくとも情報管理課に「運用第三係」という部署はない。

逆か、とも思った。阿川が配属された二年七ヶ月前には存在したが、今は部署名が変わってしまっている、それが何かの手違いで阿川の人事記録には反映されなかった、とか。あってはならない手違いだが、あり得なくはない。

調べてみると確かに、過去には「運用第三係」というのもあった。だがそれは、開発運用担当管理官の元に、開発第一から第三係、運用第一から第三係という形で、一元的に置かれていた時代の話だ。今の組織編成とはいくつかの点で異なる。

どういうことだ。

阿川喜久雄は、一体どこから、この特捜にやってきたのだ。

植木が、阿川の行確をすると宣言した三日後。

夜の捜査会議を終え、別室で特捜幹部と打ち合わせをしていると、また携帯電話にメッセージが入った。

【阿川に動きあり。尾行します。】

この四日の間、似たようなメッセージは他にも受け取っていた。だが結果から言えば、そのときの行き先はコンビニであったり、港区内の自宅マンションであったりと、特に怪しい点はなかった。

しかし、今夜は違った。

続報が入った。

【青海中央ふ頭公園前にて、銀色のトヨタ車に乗り込んで何者かと接触。監視続行。】

ちょうど打ち合わせも終わったので、本宮も湾岸署を出た。

携帯電話の地図で確認すると、北東方面に真っ直ぐ行った辺りだから、歩いても数分だろうと思った。ところが、突き当たった交差点には青海中央ふ頭公園側へと渡る横断歩道がない。かといって警察官が、いくら夜中で交通量が少ないとはいえ、片側四車線、対向八車線、中央分離帯に大きな植え込みもある車道を、徒歩で横断するわけにはいかない。致し方なく何百メートルか先、テレコムセンター前まで行って横断歩道を渡って、また同じ距離を戻って、公園前に着いた頃には出発してから十五分以上が経っていた。

そこで携帯電話に着信があった。植木からだ。

「もしもし」

『管理官、お疲れさまです。右手、次の植え込みの切れ目で、公園に入ってください』

「そっちから、俺は見えてるのか」

『はい、見えてます。それ以上進むと、マル対の真横に行っちゃうんで』

同じ警察官を「監視対象」呼ばわりするのは、如何なものだろう。

「……分かった」

指示通り公園に入ると、すぐそこの暗がりに二つの人影があった。

植木と佐古だった。

佐古が、さもすまなそうに頭を下げる。

「……管理官、お疲れさまです」

「ああ、お疲れさん。でなに、彼は車で誰かと会ってるって？」

植木が身を屈め、樹々の間から見える車道を指差す。

「もう、すぐそこですよ。その……見えませんか、銀色のクラウンなんですけど」

見えた。

「ああ、あれか。相手は何人だ」

「一人です」

「どんな奴だ」

「四十代くらいの、スーツ姿の男性です。これがまた、なんというか……警察官みたいに、見えるんですよねぇ、不思議なことに」

この位置からでは、車体の後部しか見えない。おそらく阿川は、助手席に座ってその相手と話しているのだろう。

「ＰＣか」

捜査用ＰＣであれば、装備品の特徴で見分けられる。

「これ以上の接近は難しいんで、確認はできてません」

本宮は、辺りをぐるりと見回した。

「阿川はここまで、どういうルートできた」

「向こうの横断歩道を渡って、迂回してきました。だから、管理官とは反対回りですね」

だとすれば帰りも同じルート、車の進行方向とは反対に歩き始める可能性が高い。

「……よし。ここで話が終わるのを待ってても仕方がない。もう少し先の方に行って、相手が帰るときに、顔を確認しよう」

「分かりました」

三十メートルほど公園内を歩いて、それから歩道に出た。ちょうどそこに乗用車大の、コンクリート製の地上設置型防火水槽があったので、今度はその陰に身をひそめた。

植木が「うッ」と声を漏らす。

「どうした。膝、痛むのか」

「いえ、大丈夫です」

それから二、三分した頃だろうか。

車のドアの、開く音は分からなかったが、閉まる音は聞こえた。続いてエンジンがかかる音もした。すぐにヘッドライトが点灯し、目の前のアスファルトが少し明るくなった。

「来るぞ」

「はい」

防火水槽の上端から顔を出し、車道に目を向けた。ヘッドライトは直視しないよう、だが至近距離にきたら確実に運転手の顔が確認できるよう、この辺りだろうと見当をつけて視線を据えた。

予想に反し、目の前まで来たとき、車両はすでに二つ向こうの車線に入りかけていたが、その距離でも、本宮には分かった。

上山——。

ここ数日、常に頭の隅にあった単語のいくつかが、にわかに思考のど真ん中まで躍り出てくる。

スティングレイ、携帯端末の追跡と盗聴、NSA、FBI、総務部情報管理課運用第三係、併任――。

上山章宏。なぜお前が、こんなところにいる。

12

スパイダーの誤動作が発覚した、翌日。

早くも向野巡査部長が運三に復帰してきてくれたのは、嬉しい誤算だった。

「係長、戻ってきましたよォ」

向野哲郎《てつろう》、四十一歳。刑事畑での捜査経験が豊富な、頼れる男だ。

「お疲れさん……いや、ほんと助かるよ。正直、戻るのはもう何日かあとだと思ってたから」

向野が、脱いだ上着とカバンをしばらく使っていなかった自分のデスクに置く。

「実は、明日いっぱいは向こうってことになってたんですが、今朝、下痢が止まらないって係長に電話したら、もう来なくていいって言われまして……そんなわけで、正式には明後日からなんですが、なんですか、奥がパニクってるって、スズちゃんからもSOSもらっちゃったんで。今日明日は、非番返上でご奉仕しますよ」

向野の言う「スズちゃん」とは、富山鈴花《とみやますずか》という二十九歳の女性技官のことだ。どこまで本気なのかは知らないが、向野はよく「スズちゃん可愛いな、付き合いてぇ」と呟いていた。

動機はどうあれ、奥に人手が増えるのはありがたい限りだ。

「じゃあ早速で悪いが、この特殊詐欺五件と……國見統括」

國見も、珍しく頬を弛《ゆる》めている。

「はい。この、企業恐喝事案が共捜（共同捜査本部）の進捗とリンクしてるかどうか。それから、この強制性交の背景割り出し……もう一件あるな。こっちも強制性交の背景割りだな」

「分かりました。とりあえず、第一弾はそれくらいで」

天野の離脱だけなら、向野の復帰で充分帳尻は合う。しかし、いま運三が抱えている問題は人員不足だけではない。

調べれば調べるほど、スパイダーの誤動作は深刻な問題だった。

試しに、上山と國見で携帯メールをやり取りし、一往復送受信するごとに、そのメタデータをスパイダーに拾わせてみた。とりあえず、その段階では問題なかった。三回、四回と続けてみても、まだ問題はなかった。

だが七回目で不具合が出てきた。上山が送信したものを國見が受信し、それに返信したのは間違いないのに、その返信を上山も受信しているのに、スパイダーはそれを拾わなかった。國見からの返信はなかったことにされた。

拾わなかったスパイダーは四号と十一号。七号は、その返信に関しては正常に拾ってきた。

あくまでも、メタデータに関しては。

次の段階として、七号にはそのメールの内容を読み込ませた。すると、示されたのは

【al[ori¥¥hを渡さないとお前を:p:serf。】

國見が送った原文は【覚醒剤を渡さないとお前を殺す。】という一文だった。

「これは……」

「マズいですね、係長」

決して文字化けなどではなかった。明らかに警察が問題視しそうな単語が、なんらかの理由で書き換えられていた。これは「マズい」で済むレベルの話ではない。実に由々しき大問題だ。

このテストに限っていえば、上山と國見のやり取りを狙い撃ちさせたからこそ、スパイダーはこの一文を拾ってきたのだ。通常の、犯罪性が疑われるキーワード検索では、もはやこのメールは拾われないに違いない。文字を正確に読まなくなったスパイダーなど、鼻の利かない警察犬よりもっと役に立たない。

「國見統括。やはり全号に対して、同じテストをする必要がありますよ」

「そう、なりますな」

それでも、全ての検索作業をストップさせることはしなかった。テストをした結果に問題がなければ、その止めていた時間は無駄だったことになるからだ。そんな余裕は、今の運三にはない。要は、その間に上がってきた情報を根拠に、次の行動を起こさなければいいのだ。不具合の原因が明らかになるまで、情報は情報のまま溜め込んでおけば問題はないはずだ。

「一号から順番にというのも効率が悪いので、ひと区切りついたところから、ランダムにやっていきましょう。そう、指示を出してください」

「分かりました」

その後、九時半と十時過ぎの二回、上山は長谷川管理官に連絡を入れた。二回とも席を外していたのか繋がらなかったが、十時半過ぎになって折り返し電話があった。

「……お疲れさまです。管理官、昨日の」

『ああ。マルCの不具合って話か』

「ええ。いろいろテストはしてみているんですが、かなり状況は深刻です」

具体的に説明すると、長谷川も電話口で深く息をついた。

『……一番マズいのは、七号ってことか』

「現状はそうですが、全体的に検索がザルになっているのだとしたら、我々の業務自体、意味がないことになってしまいます」

『早急に、開発のチームを向かわせるよ。マルC案件は、あっちにとっても最優先事項だからな』

総務部情報管理課開発係。特に開発第二係内に設置された、通称「マルC特命班」は、スパイダーのプログラム設計から関わっている専門家チームだ。

「よろしくお願いします。それと、明日にでも湾岸に行って、もう一度、阿川と話をしてみようと思っています。こっちも状況が状況なので、できれば、阿川にも引き揚げてきてもらいたいと考えています」

『そうだな……ちなみに、天野はどれくらいで戻ってこられそうなんだ』

「分かりません。まだ一日半休ませただけなんで。医者にも行けとは言ってあるんですが、どうなんでしょう……精神安定剤か何かで済む話ならいいんですが、それより重い診断になると、最悪の場合、異動ということも、考えておいた方がいいかもしれません。無理に復帰させたところで、こっちも仕事を振りづらいですし」

今回はさすがの長谷川も『状況さえ許せば、可能な限り早く阿川の併任解除手続きを執る』と確約してくれた。

上山が受話器を置くと、それを待っていたかのように二人、技官が奥に入ってきた。平場の職員がこっちに入ってくること自体、非常に珍しい。

花岡順二《はなおかじゅんじ》副主査と、福元功《ふくもといさお》主任。副主査は警部補、主任は巡査部長に相当する役職だ。

花岡が、厳しい面持ちで一礼する。

「……係長。少し、お時間よろしいでしょうか」

「はい、なんでしょう」

すると、花岡が福元に小さく頷いてみせる。

それを受け、福元が半歩前に出る。

「現在の……スパイダーの、不具合についてなんですが」

「はい」

「非常に、考えづらいことではあるのですが、ひょっとすると……運三のサーバが、ハッキングを受けた可能性もあるのではないかと」

その可能性がゼロでないことは、上山も理解している。

「何か、そうと疑われるような痕跡でもありましたか」

「現状、これと具体的に指摘することはできませんが、このような検索結果の不一致は、少なくともスパイダー同士の不一致は、これまでに見られなかった現象です。特にプログラムの更新をしたわけでもないこの時期に、いきなりこういった不具合が現われるというのは……やはり、ハッキングによってマルウェアが仕込まれた可能性を、疑った方がいいように思います」

マルウェアとは、コンピュータの正常な動作を妨げたり、データやシステムの破壊等を行う、悪意を持って開発されたソフトウェアの総称だ。

福元はシステムエンジニアに加え、プログラマーの経験もある。ことプログラミングに関しては、運三で最も高いスキルを持っている。今、この時点での彼の指摘は重い。

「……だとすると、どうするのが最善の策ですか」

「平場の業務の全てを停止するのが、最善と思われます」

「現状、検索結果はそれとしてプールし、捜査本部に出向している係員に、新たな情報や指示は出さない方針ですが、それでは足りませんか」

福元が深く頷く。

「不具合が出てからの検索結果は捜査実務に反映しない、というのは必要な処置だと思いますが、マルウェアの性格が分からない以上、今は、スパイダーを動かすべきではないと考えます」

どういう意味だろう。

「……もう少し、詳しく説明してください」

「つまり、今のスパイダーの誤動作が、マルウェア本来の目的ではないかもしれない、ということです。一連の誤動作は単なる目くらましで、我々がそれへの対処で混乱しているうちに……たとえば、こちらが蓄積しているデータを吸い出すとか、スパイダーの仕組みを解析するとか、あるいは……スパイダーそのものをコピーし、盗み出すということも」

スパイダーを、盗む——。

「そんなこと、現実に可能なんですか」

「原理的には可能です」

「でも君は、運三がハッキングを受けるとは、非常に考えづらいと言わなかったか」

それにも、福元は頷く。

「申し上げました。でもそれは、システムやセキュリティの話ではなく、単にハッカーの、損得勘定の問題です」

損得勘定、とはまた。

「……どういう意味ですか」

「現状、この情報管理課運用第三係は、警視庁の組織図にも載っていない、秘密部署です」

「いかにも、その通りです」

「そんな、存在するかどうかも分からない部署のサーバに、わざわざハッキングを仕掛けてくる物好きがいるでしょうか」

なるほど。

「……確かに、それはそうですね」

「とはいえ、現実に不具合はあるわけですから、それも安心材料にはなりません。そもそも論になりますが……核兵器でも通常兵器でも、国家の軍事力は、その国の経済力に比例します。軍備にはとにかく金がかかる。そしてそれがそのまま、軍隊の強さに繋がる。防衛力も含めてです。金をかければかけるだけ、防衛力は上がる……当然です。敵が撃ってきた一発のミサイルに対抗する際、迎撃ミサイル一発より十発の方が、十発より百発の方が、防衛力は確実に上がります。そしてそれだけ、軍事費もかさみます。しかし、サイバー攻撃は違う。同じ対象に同じ攻撃を仕掛けるだけなら、一回やるのも百回やるのも、極端に言ったら経費は一緒です。ところが、やられる方は違う。一つひとつの攻撃に、それぞれ対応しなければならない……サイバー戦争というのは、常に仕掛ける側が有利で、仕掛けられる側が不利な戦いです。だから、北朝鮮のような弱小軍事国家が、サイバー空間ではアメリカのような最強の軍事国家と、対等に渡り合うことができるのです」

それくらいの理屈は、上山にも分かる。

「そんなサイバー攻撃に、我々はどう対処すべきですか」

「サイバー戦争において、防御に徹するのは得策ではありません。有効なのは、それ以上の攻撃を仕掛け、相手のシステムをダウンさせることです。しかし、相手も分からないのでは反撃もできません。それ以前に、運三にはそのような攻撃能力がありません」

「反撃できないなら、どうすべきですか」

「ネットから離脱するのが最も有効な策です。この部屋にあるPCのように、ネットに繋がってさえいなければ、ハッキングされる可能性もありません。ただし、本当にハッキングされたのか、マルウェアを仕込まれたのかどうかは、これから詳しく調べなければ分かりません」

　もしハッキングではなかったとしたら、どうなる。

　翌日には開発二係の特命班が入り、全ての作業は停止、スパイダーのプログラムを含む運三のサーバの総点検が開始された。

　技官はみな特命班係員の指示に従い、それぞれの端末のチェックに追われた。松尾と向野もこれに加わり、チェック項目の確認や結果の記録を担当していた。

　上山と國見は、その様子を奥の出入り口から見守っていた。

　國見が、何度も何度も腕を組み直す。

「こうなると、我々にはあまり、できることもありませんな」

「そうですね……」

　特命班も運三係員も二十時過ぎまで粘ったが、結果から言えば全ての点検を終えることはできず、不具合の原因もその日は特定するに至らなかった。

　かなりの超過勤務をさせてしまったので、上山は自腹で寿司の出前を取り、その場にいた全員に振る舞ったが、上山自身はあまりゆっくりしてもいられなかった。

「……國見統括、私はこれで」

「ああ、阿川ですか」

「はい。まもなく会議も終わるでしょうから、私はもう出ます」

「分かりました。お気をつけて」

「あとはお願いします」

急いで車を走らせ、いつもの青海中央ふ頭公園に向かった。

幸い道は空いており、さほど遅くはなっていないはずだったが、それでも阿川の方が先に来ていた。

「……すまん、待たせたか」

「いえ、俺もほんの二、三分前です」

タッパーに少しだけ詰めてきた寿司を二人で摘みながら、運三の現状を阿川に伝えた。

「……マジっすか。ハッキングは、ヤバいっすね」

「まだ、そうと決まったわけでもないらしいけどな」

「でも、それ以外にはないでしょう」

「どうだかな。説明してもらっても、あまり専門的なことになると、俺には分からないし、今は何より時間が惜しい。復旧まで、実際どれくらいかかるかは分からないが、復旧したらいつも以上……より、もっともっと、忙しくなると思う。できればそのとき、お前にもいてほしい。実は、その方向でもう、管理官には話をしてある」

阿川は、少し間を置いてから、頷いた。

「……分かりました。中島は、今日から第二勾留ですが……まあ、供述を引き出せないのは、俺のせいじゃありませんし。何より、ここんとこ、ちょっと……」

さも意味ありげに、阿川が言葉を呑み込む。

「ちょっと、なんだよ」

「ええ、ちょっと……嫌な予感、してたんですよ、実は。この特捜はもう引き揚げて、俺は、新橋に帰った方がいいんじゃないかな、って……でもまさか、ウチがハッキングを受けるなんて、思ってもみなかったです。正直、ショックです」

運三のシステムセキュリティは、防衛省の情報本部に勝るとも劣らないレベルにあると言われていた。そう言われていたことに、慢心がなかったとは言いきれない。

サイバー戦争は、常に仕掛ける側が有利な戦いである――。

よくよく、胆に銘じておこう。

13

今も俺に尾行が付いているかどうかは知らない。これまでは付いていようがいまいが、まるでかまわなかった。だがこれからは違う。これからは、徹底的に撒く動きをしていく。駅構内、百貨店での無意味な往復、階の上がり下がり。タクシーに乗り、降りたら反対車線に渡ってまたタクシーを拾う。そんなことを三時間ほど繰り返し、秋葉原までやってきた。

飛び込んだのは大型のパソコンショップだ。

これからやることに特別な機能は必要ない。余計なアプリケーションは邪魔なだけ。一般的なオペレーションシステムで起動し、ネットサーフィンができれば問題はない。とにかく新品で、できれば持ち運びに便利な薄型ノートタイプ。条件はそれだけだ。フロアを五分見て回って、十三万円の国産品に決めた。支払いは現金。すぐに使いたいからと言って箱から出してもらい、付属品や保証書は紙袋に入れ直してもらった。

次はホテル探しだ。場所はどこでもいいのだが、足跡を多く残すのも得策ではないので、同じエリア内で探すことにした。パソコンショップのトイレで別の服に着替え、バッグごとレジでもらった紙袋に突っ込んだ。これで、防犯カメラ映像による追跡もある程度はかわせると思う。

一軒目と二軒目のホテルは無線LANのセキュリティがないも同然だったので、中でもマシだった三軒目に決めた。ここでも支払いは現金。氏名、電話番号は架空でもかまわないのだが、念のため涼太のそれを使わせてもらった。

フロント担当者が笑顔で差し出してきた紙製のカードホルダーには「1204」と手書きされていた。十三階あるうちの十二階。おそらく眺めのいい部屋なのだろうが、カーテンはチェックアウトまで開けるつもりがないので、それはどうでもいい。

部屋に入ると右にトイレとバスルーム、左側にクローゼット、奥が七畳程度の洋室になっている。

まず、室内に隠しカメラや盗聴器の類がないかを調べた。安いドライバーセットは家から持ってきていたので、換気扇やコンセントカバーなども外して点検した。特に、そういったものは仕掛けられていなかった。

では早速、作業を開始する。

ドレッサーを兼ねたデスクでパソコンを開き、最初にディスプレイ上部にあるカメラのレンズを塞ぐ。万が一ハッキングされたときに、カメラ越しに顔を見られるのを防ぐための処置だ。一瞬、テープの類を持ってこなかったことに焦ったが、紙袋を見ると、店のロゴ入りテープが何ヶ所かに貼ってある。それを丁寧に剥がして貼り付けた。長くは保たないだろうから、ちゃんとしたテープは次に外出したときに調達する。

あとはごく普通だ。ケーブルを接続し、電源を入れ、初期設定を済ませたらホテルの回線を利用し、通常のウェブブラウザでネットに接続する。メーカーサポートは利用しないので登録しない。少し動悸がしてきたが、今は我慢して続ける。

いよいよDORだ。これをダウンロードしないと何も始まらない。それ自体はフリーソフトなので、支払い手続き云々は必要ない。サイトにアクセスしてダウンロード、そのままインストールすればいい。以前、自宅のPCに入れて使用していた時期もあるので、勝手は分かっている。何も難しいことはない。

何も、難しいことは、ない。

パソコンが新しいからか、ダウンロードもインストールも予想より遥かにスムーズに完了した。

あとは、アクセスするだけだ。

それにしても、ひどく喉が渇く。

少し外の空気が吸いたい。でもカーテンは開けられない。窓も開けられない。

何か、機械音でないものを聞きたい。
鳥の声でも、風の音でもいい。
誰か、誰か――。

作業は適当なところで切り上げ、また三時間かけて家に戻り、その後はしばらくベッドに寄りかかって安静にしていた。

一番つらかったのは、山手線に乗っているときだった。そんなことはないと、頭では分かっている。分かってはいるが、どうしても聞こえてくる。

あの女いいケツしてんな、姦りてえな。くたびれたオヤジだな、ああはなりたくねえ。臭えなこいつ、どっか行けよ。あの時計高そう、手首ごと鉈《なた》で切り落としてかっぱらうか。いっそ殺して、ビデオに撮ってダークサイトで流すか。切り落とした手首は、その死体のケツの穴に捩じ込んでやれ。フィストファックだ、ファックだファック、ファック、ファック、ファァァーック――。

摑んでいた吊革が赤く濡れている。手がすべるほど。慌てて放し、掌を確かめる。白い、小さな虫がウジャウジャ湧いている。分かっている。これも幻想だ。大丈夫、ちょっと手が痺れただけだ。違う、この無数に蠢く感触は、違う、違うんだ――。

そう、俺はもう、家に帰ってきている。ここは安全だ。ネットには繋がっていないし、誰かに盗聴されることも、生活の全てを監視されることもない。

手の届く範囲にボトルはなかった。台所まで這っていき、流し台の下の収納扉を開けると、目が二つあった。顔のない目だ。いや、真っ黒な猫の目か。それがじっと、俺を見ている。その首を、正面から鷲掴みにする。見た目より細く、長く、固い、焼酎の一升瓶だ。フタを毟り取り、逆さまに持ち上げてラッパ飲みする。赤い、泥のような酒を浴びる。腐った肉や、細切れにされた内臓が混じっている。排泄物かもしれない。飲め、飲め、飲め。酔えば少しはまともになれる。

分かっている。自分が、頭を大きく前後に振り続けていることは分かっている。誰か止めてくれ。首が折れる、折れるよ、折れちゃうよ。

吐いた。何もかも。胃も腸も、体の中にあるもの全部だ。

その床に頭突きする。吐物が飛び散る。

うるさい。うるさいのはお前だ。うるさい。だからうるせえのはオメェの方だ馬鹿野郎。

ごめんなさい、ごめんなさい。静かにします。赦してください。

風呂場までは匍匐《ほふく》前進。シャワーを浴びる。その水を飲む。顔面を散弾銃で狙い撃ちされる。肉が弾ける。骨が砕け散る。ざまあ見ろ、ばーか。糞だ、糞。ほら、糞だぞ、糞。

笑える。

　気づいたら、ベッドの上にいた。

「……い……サムゥ」

　真っ暗だ。何時だ。

「おーい、オサムよォ、いねーのかァ」

　ベッドから足を下ろし、立ち上がる。なぜだろう。額が痛い。

　玄関まで行き、ドアを開けた。

　涼太がバンザイをして立っていた。足元には白いレジ袋が二つ置いてある。

「やっぱいるんじゃぁん。いると思ったんだ。上がっていい？」

「ああ……」

「パチンコ勝ちまくり……ん、なんか臭くね？」

　全く記憶にないが、どうやら俺は台所で嘔吐し、それを足で踏んづけて玄関まで出てきたようだった。

「まったく、何してんだよぉ、オサムぅ。とりあえず電気くらい点けろや」

　上げると、床掃除は涼太が勝手にやってくれた。俺はそれを、ただぼんやりと、トイレのドアにもたれて見ていた。

「……なに。なんかあったん」

「いや、何も」

「目、こーんなになってっぞ」

涼太が手で、自分の両目尻を下げてみせる。

「……ちょっと、疲れた」

「なんで」

「分かんねえ」

「そうか。そんなときは、飲むっきゃねえな」

パチンコの戦利品だろうか、涼太は袋からブランデーのボトルを取り出した。もう一つの袋からは、パック寿司が五人前出てきた。

「オサム、ブランデーって飲んだことある?」

「ああ、あるよ」

「俺さ、今まで一滴も飲んだことねーの。でもさ、ぜってー旨いよな。金持ちの飲む酒だもんな。ぜってー旨いはずだよな」

「それ、そのブランデー、いくらしたの」

「千二百円くらい」

寿司とブランデー。決して薦められる組み合わせではないが、かといって、吐くほど不味いわけでもないだろう。

一つ、涼太に言っておくべきことを思い出した。

「そうだ……ちょっと、ビジネスホテルを使う用事があってさ。電話番号、俺ないから、涼太の番号書いたんだけど」

「あそう。うん、いいよ」

「なんか連絡あったら、そういうことだから」

「あいよ」

涼太はイカの握りを頬張り、あとからちびりと、コップに注いだブランデーを口に含んだ。

「……あれ、けっこう甘くね、これ」

「そうだよ。ブランデーってのは、果実酒のウイスキーみたいなもんだから」

涼太は「かじつしゅ?」と訊き返したが、舌が長いのか短いのか、それともひと口で酔ったのか、あまり上手く言えていなかった。

寿司は、さすがに五人前は食べきれなかった。途中からはさっぱりした細巻の取り合いになり、玉子が四つと、意外にも中トロとイクラとウニが最後まで残った。

涼太が大きめのガリを一枚摘む。

「……そうそう、さっき言いかけた話」

「ああ」

「この前、兄貴が、ブイヤールやってみろって言うの」

またしても発音が悪く、ほんの一瞬意味が分からなかったが、すぐに「仮想現実＝バーチャル・リアリティ」の「VR」だろうと思い至ったので、とりあえず頷いておいた。何か、仮想現実を体感する機器の話をしたいのだと思う。

俺は頷いたのに、なぜか涼太は口を尖らせた。

「知ってんのかよ」

「ああ、VRだろ。それがどうした」

「オサム、ほんとに分かってんのかよ」

「何が」

「ブイヤール、知ってんのかよ」

「だから、バーチャル・リアリティの『VR』だろ。知ってるよ」

「馬鹿、そんな難しいやつじゃねえよ。こういう、ゴーグルみたいので、エロビデオ見るやつだよ」

それはバーチャル・リアリティの、非常に限定された利用方法の一つでしかないと思うが、まあいい。

「ああ、それがどうした」

「だから知ってんのかって」

「知ってるよ。リアルなAV見るやつな」

「なんだよ、知ってんのかよ……オサム、ケータイもパソコンも持ってねえし、テレビもねえから、そういうの知らねえだろと思って、自慢しようと思ったのによ」

この一年は確かにそうだが、VRを用いたAV鑑賞はそれ以前からある技術なので、かろうじて知ってはいる。

「ああ……なんかで見て、それは知ってた。それが、なんなんだよ。やってみたのか」

話に乗ってやると、途端に機嫌を直すところが、涼太らしいといえば涼太らしい。

「それがさ、マジすげーの。こう、右向いたら右でさ、左向いたら左が見えんの。マジでさ、AV女優が目の前にいるみたいなんだわ。さすがにな、触れはしねえけど、誰もいねえんだから。でもマジヤベーから、オサムもやってみ。ケータイでも……ってオサム、ケータイもなかったか。じゃあさ、この際、思いきって買っちゃえば？　ブイヤール、マジでいっぺん体験してみた方がいいって。元のAVには戻れなくなっから……あれ、そういえばオサムって、どうやってAV見てんの？　テレビもケータイもないのに」

それよりも、俺には気になることがあった。

「お前それ、兄貴にやれって言われたって、どこでやったの」

「ん？　兄貴のマンションだけど」

「呼ばれて行ったのか」

「うん。呼ばれたら、行かなきゃマズいっしょ。行かなかったら殺されっかもしんねえじゃん。ま、殺されはしねえだろうけど」

「行ったら、ゴーグル渡されて」

「ああ、ズボン脱げって言われて」

やれやれ、だ。

「……それ見て、自分でマス搔けってか」

「いや、オナホ渡された。電動の」

オナホール。代表的な男性用性具の俗称だ。

「これ使って、抜けと」

「そう」

「抜いたのか」

「そりゃもう。腰が抜けるほど抜いたよ」

「そんなに何回もか」

「いや、一回だけだけど」

会話の「すれ違い感」は否めないが、それでも俺は確かに、涼太に救われていた。涼太という存在によって、俺は俺自身を取り戻すことができた。

「他にもさ、めっちゃリアルなCGのやつだと、自分から近づいてったり、好きな角度で覗き込んだりもできるんだって。だからまあ、撮影したのより、さらに自由度が高いんだな。これさ、あんま進歩し過ぎっと、マジでリアルなカノジョ、要らなくなっちゃうかもな。いや、なっちゃうかもしんねえよ、マジで」

不思議なものだ。

テクノロジーは、人を幸せにもするけれど、確実に不幸せにもする。ダイナマイト、電力、原子力、通信、放送、インターネット、全てがそうだ。自動車の自動運転も、やがてとんでもない惨禍を人類にもたらすに違いない。その起源は、人類が言語と火力を手に入れたことにあると言っても過言ではない。

火を熾《おこ》せなければ、人間は戦争などしなかった。

言葉が話せなければ、誰かを傷つけることもなかった。

でも、俺が涼太と出会うこともなかった。

いるかいないかも分からない尾行を三時間かけて撒き、ホテルの一室で、仮想現実というヘドロの沼に頭の天辺までどっぷりと浸かる。そんな日々が続いた。

わざわざ児童虐待ポルノを閲覧したりはしない。スナッフビデオのサイトを開こうとも思わない。死体を買う趣味はないし、ましてや違法薬物を購入しようなどとは夢にも思わない。

それでも、DOR内部がそういう世界であることは、嫌というほど知っている。かつてのあれは、閲覧などという生易しい関わり方ではなかった。モニターに穴が開くほど見つめ続け、VRではないが、まさに自分がその世界に引きずり込まれるような感覚に、頻繁に陥った。

今は脇目も振らず、ただ自分の仕事にのみ集中し、粛々と進める。それでも、カサカサと体中に何かが取り憑いてくるのは感じる。ときおり短く叫び、ベッドに寝転がって四肢を滅茶苦茶に振り回して追い払う。冷水のシャワーを浴び、それでも足りず、玄関にあったプラスチック製の靴ベラで全身を叩き続ける。その姿を鏡で見て、座禅と警策を一人でやっているようだと気づき、ひとしきり笑い、ふと我に返る。後日、体中のミミズ腫れについて幹子に訊かれたが、ＳＭクラブに行ったと答えると、幹子は「またまた」と笑って抱きついてきた。

当初の予定よりだいぶ時間はかかったが、なんとかネット上を回遊している「蜘蛛」との接触に成功した。接触といっても、いきなり「こんにちは」というわけにはいかない。そういった点では、性格は蜘蛛よりも野良犬に近いかもしれない。不用意に「お手」と手を差し出してみても嚙みつかれるだけだ。

だがそれが、かつて自分で飼っていた犬なら話は別だ。

俺のこと覚えてるだろ、と優しく背中を撫でてやる。再会するときの合言葉を、耳元で囁いてやる。

そうすれば、蜘蛛は従順に背中を開いてくれる。

その、蜘蛛の背中に手を突っ込む。蜘蛛は決して逆らわない。

いい子だ。これからは俺がお前の主人だが、今までのご主人さまも大切にしなければいけないよ。俺と外で会っていることは、今までのご主人さまには内緒だぞ。

初めから、あまり多くを蜘蛛に望んではいけない。内緒話ができるかどうか、それが今までのご主人さまにバレないかどうか、様子を見ながらの作業になる。蜘蛛は人工知能を持っているので、非常に利口である。しかし同時に、呆れるほど馬鹿でもある。

人工知能というと、何やらとんでもなく進化した技術のように聞こえるが、決してSF映画に出てくるロボットのように、人間を凌駕する思考力を持っているわけでも、その結果人類を滅ぼそうと反乱を企《くわだ》てるわけでもない。乱暴な言い方をすれば、人工知能とは、応用統計学と学習機能を基にした高機能演算プログラムに過ぎない。その他の「人工何《なに》某《がし》」と大差はない。

たとえば、人工芝には水を必要としない、枯れないという長所があるが、同時に成長はしない、自発的には増えないという短所もある。人工臓器も、失われた臓器に代わって身体機能を維持してくれる、疲れを知らないという長所はあるものの、本当に人体に馴染んで見分けがつかなくなるわけでも、メンテナンスが必要なくなるわけでもない。

人工知能も一緒だ。

ここに、ある程度キャリアのあるソングライターが一人、いたとしよう。その彼が「作りそうな曲」を予測して作曲することなら、人工知能にもできる。要は「似た傾向の曲」なら作れるということだ。だがその彼が、今まで自分では書いたことのないタイプの曲に挑戦しようとしたとき、それを先取りして書くことは、人工知能にはできない。それができるのは唯一、オリジナルのソングライターである彼だけだ。それはソングライターとしての成長であるのと同時に、既存のリスナーに対しては「裏をかく」行為ともいえる。

そう。人工知能には「裏をかく」ことができないのだ。仮に裏をかくような結果を示すことがあったとしたら、それは単に前例となるデータが存在したからであって、前例があるという時点で、それは人工知能にとっては「裏」でもなんでもなく、数多ある「表」データの一つでしかない。言い替えれば、過去から未来を予測することは人工知能にもできるが、今この瞬間から始まることは、人工知能には予測できないのだ。

蜘蛛はこれまで、人間を裏切ったことも、裏切られたこともない。

蜘蛛は、ネットに蠢く害虫を一匹一匹駆除するのは得意だが、まさか自らが害虫になるなどとは想定していない。仲間の蜘蛛も同じだ。隣の蜘蛛を、いわば兄弟を駆除しようとはしない。

蜘蛛は、即《すなわ》ち警視庁が秘密裏に運営する「スパイダー」とは、米国が開発した通信監視、検索、分析プログラムである「PRISM」「XKeyscore」「バウンドレス・インフォーマント」の三つを連動させ、さらに日本国内で使用できるよう、徹底的に日本語に対応させた統合インターフェイス・プログラムだ。

これが悪事を働き始めたら、どうなるか。

それを予測し得なかったのは「スパイダー」ではない。

他ならぬ警視庁と、日本国政府だ。

14

すでに、総務部情報管理課開発第二係の「マルC特命班」による調査も三日目。しかしいまだに、スパイダーの不具合の原因は特定できていない。

通常業務は全てストップ。かといって原因究明作業に加われるほどの知識も技術もない上山と國見は、今もその進捗を奥から見守る以外にすべきことがない。

國見の溜め息も止まらない。

「これなら、労働組合にストライキを起こされる方が、まだマシですな」

「ええ。相手が人間なら、一応交渉の余地がありますからね……しかも、口頭でなんとでもなる。相手がコンピュータでは、冗談も恫喝も通じません」

頷いた國見が、上山のデスクにある管理官直通電話に目を向ける。

「長谷川管理官は、特命班をよこして、それで終わりなんですかね」

言いたいことは、分かる。

「一応、阿川の併任解除に動いてくれているとは、思うんですが」

「それはまあ、当然そうでしょうけども」

この三日、これと似た会話は何度も交わしてきた。

國見が片眉をひそめる。

「いや、私はね、今この状況で、言えた立場ではありませんが……この手の技術の、本当に最先端の知識を持った人間が警視庁にいるとは、到底思えないんですがね」

今それを言っても始まらないだろうとは思うが、全く同じことは上山も常々考えていた。

「彼らも、定期的に専門機関で研修を受けてはいるようですが、本当の意味での、先端技術の最先端となったら、メーカーの開発部門か、大学の、その手の学部の研究室でないと、分からないんでしょうね……日本の場合」

いわゆる「先端テクノロジー」とされるものは、最初は軍事技術として研究、開発され、のちに民間転用されたものがほとんどだ。医療技術然《しか》り、GPS然り、インターネットもまた然りだ。

しかも、そのほとんどの発祥がアメリカだ。

なぜアメリカからそんなに多くの先端技術が生まれるのかといえば、それはもう「多額の軍事費に支えられているから」としか言いようがない。軍事技術の開発は、いわゆる「ビジネス」ではないので、顧客ニーズがどうとか、製造コストがどうとか、目を惹くデザイン云々、などと考える必要がない。それが有益な研究であることが認められれば、国が必ず予算をつける。結果、企業単位で行う研究開発とは桁違いの自由度が担保される。

では、諸外国の軍事費とは、毎年一体どれくらいなのか。

まずGDPを比較してみると、アメリカは日本の約四倍、中国が約二・五倍。一方、日本の軍事費はGDPの一%未満だが、アメリカは三%強、中国は二%程度。サウジアラビアの十%超えというのは特殊な例だろうが、イギリス、フランスはやはり二%前後、インドと韓国が約二・五%。先進国のみで比較してみても、日本の一%未満というのは圧倒的に少ない。次に少ないのはドイツで、一%強だ。

これを金額に直すと、さらに開きが出てくる。アメリカの軍事費は日本の十五倍、中国ですら四倍、毎年捻出している。むろん、国土の広さもそこには関係してくるが、仮に各国が、一定の割合で軍事費を新技術の研究開発に費やしているのだとしたら、発明の多くがアメリカから出てくることには容易に合点がいく。

そう考えると、予算が少ないわりに日本はよくやっていると言えなくもないが、やはり自らの力で発明し、運用を始めることのメリットは大きい。

運三が使用しているスパイダーは、日本人技術者によって日本語化されたソフトウェアではあるけれども、その正体は「PRISM」「XKeyscore」「バウンドレス・インフォーマント」といった、アメリカ製プログラムの詰め合わせだ。スティングレイに至っては開発から製造まで米国内という、純然たる「メイド・イン・USA」だ。しかも、これらは全て現役の軍事技術でもある。日本人に、しかも警視庁の一部署が立ち上げた「特命班」係員に、不具合の原因究明ができるかというと、非常に難しいだろうと思わざるを得ない。

案の定、十五時過ぎになって、特命班を指揮する潮崎《しおざき》統括主任が奥に入ってきた。

「……失礼します」

「お疲れさまです」

奥に応接セットのようなものはないので、潮崎には松尾の席に座ってもらった。

潮崎は、資料の類は何も持っていない。

「大変申し上げにくい状況ですが……今のところ、運三のサーバがハッキングを受けたと疑うに足る痕跡は、発見できていません」

言葉は丁寧だが、潮崎の表情には、なんというか、ある種の太々《ふてぶて》しさがある。

「今のところ、ということは、まだ調べきれていない個所があるということですか」

その上山の問いを、潮崎はあからさまに鼻で嗤《わら》った。

潮崎の階級は五級職警部補。上山より一つ下で、國見とは同格。年齢は上山よりいくつか下、おそらく四十二、三ではないだろうか。

よほど自分の知識量と技術力に自信があるのか、あるいはただ性格が悪いだけなのかは分からないが、なかなかやりづらい相手であることは間違いなさそうだ。

さらに苦笑いを浮かべ、小首を傾げてみせる。

「実質、スパイダーは米国政府及び軍からの貸与品みたいなものでしょう。アップデートから検索結果の共有まで、アメリカの国家機密に触れるような部分は我々にも触りようがない。仮に、今回のこれがハッキングによるものだとして、それが米国内の『PRISM』や『XKeyscore』から及んだものだとすれば、我々には何一つ成す術がないわけです。がしかし、もしそうだとしたら、この程度の騒ぎで済むはずがない。こちらの、平場の技官が気づく前に、向こうから何かしらのアナウンスがあるはずです。ところが、現状はそれもない。ということは、やはり日本独自の部分、基幹部分を除いた、日本語化インターフェイス以降のプロセスに、不具合の原因はあるものと考えざるを得ません」

要するに、あんたらでも調査可能な領域ということではないのか、と訊き返したいのは山々だが、もう少しだけ下手に出ておく。

「しかし、そこにハッキングを受けた痕跡はないんですよね」

「アクセスログを見る限りは、ありませんでした」

「他には、どういった可能性が考えられますか」

潮崎が、少し深めに座り直す。

「これ……係長に直接申し上げるべき事柄かどうか、非常に悩ましいところなんですが」

なるほど。これまでの潮崎の妙な態度には、それなりに理由があったということか。

「どういうことでしょう」

潮崎が、すっと國見に顔を向ける。

「大変申し訳ないですが……係長と、二人にしてもらえますか」

國見は一瞬面白くなさそうな顔をしたが、上山が頷いてみせると、仕方ないといった体でデスクに手をつき、腰を浮かせた。

「……じゃあ、私は」

潮崎も丁重に頭を下げる。

「すみません」

國見が出ていき、ドアが閉まると、潮崎はキャスター椅子ごとこっちににじり寄ってきた。

「……この三日の、係長のご様子から、逆にお話ししてもいいのではないかと、個人的に判断いたしまして」

上山の様子。調査にはノータッチで、奥から見守るだけになっていたことを言っているのか。

「それだったら、國見も同じでしょう」

「いや、ああ見えて國見統括は、けっこうイジれる方ですよ。ま、それはいいとして。実は……内部の者の犯行を、私は疑っています」

上山はガラス越し、思わず平場に目を向けそうになったが、なんとか堪《こら》える。

「……どういうことですか」

「外部からの不正アクセスを受けた形跡はないが、スパイダーが、外で何かしら仕込まれてくる可能性だったら、ないとは言いきれない。ただし、スパイダーが外部で読み込み作業をする領域は、検索や分析をする領域とは明確に区分されています。一般には公表されていないスパイダーの構造を、部外者が知り得るとは考えにくい。その、構造も分からないはずのスパイダーに、その手の巧妙な仕掛けができる者がいるとも、また私には考えづらいわけです」

もう少し、補足説明をしてもらおう。

「大前提として、スパイダーが外で何か仕込まれてくる可能性というのは、あるんですね？」

「ないとは言いきれない、というレベルでなら、あります。しかし極めて考えづらい。むしろ、スパイダーの構造に精通した部内者がバックドアを仕掛け、スパイダーを通じて、外から運三のサーバへのアクセスを秘密裏に可能にする、というのなら、実現性はぐっと高まります。おまけに、それだと非常に発覚しづらい。スパイダーは一応、正常運行しているように見えるので」

「バックドア」は、コンピュータ関連でもそのまま「裏口」を意味する。正面からアクセスできない者がマルウェア等で勝手に裏口を作り、そこから無断で侵入してくるイメージだろうか。

部内者がバックドアを仕掛け、スパイダーを通じて、運三のサーバに不正アクセス、か。

「変な話……ウチの技官なら、誰にでもできるレベルのことなんですか、それは」

「誰にでも、は言い過ぎでしょうが、何人かはできると思いますよ。そうなるとこれは、IT技術で解決する問題というよりは、事情聴取とか取調べとか、従来の、地道な刑事捜査の方が手っ取り早く片づく問題……なのかも、しれませんね」

まさか、身内を疑わなければならない事態になるとは、上山は思ってもみなかった。

「潮崎統括。どのスパイダーに、いつバックドアが仕掛けられたのかは、調べられますか」

「不可能ではないですが、難しいのは……犯人かもしれない技官がいる、その目の前で、我々が点検を実施するのかということです。全員を端末から離れさせて、壁に両手でもつかせてやりますか。じゃなかったら帰宅させてから、というのでもいいですが、私だったら、翌日はもう出勤しませんね。そのまま高飛びします。これは日本国政府か、最悪、米国政府を敵に回す行為なわけですから」

この時点で、潮崎が想定している状況と、上山の頭にあるそれとは、すでに大きく乖離していたと思う。

つまり、部内者の犯行というのが、必ずしも「今現在の」ではない可能性も考慮に入れる必要があるということだ。

上山が知る限り、この二年八ヶ月の間に運用第三係を離れた者は四名。上山の前任である細谷潤一《ほそやじゆんいち》係長警部、病気療養で休職した田辺理巡査部長、平場からは本間秀幸《ほんまひでゆき》副主査、坪山敏光《つぼやまとしみつ》主任がそれぞれ別の部署に異動している。その四名のうち、のちに警視庁を退職したのは二名。

田辺理巡査部長と、本間秀幸副主査。

この両名には、今なお警視庁の監視が付いているはずだが。

直通電話で問い合わせると、長谷川管理官の答えはこうだった。

『あの二人には、副総監命令で公安の監視が付いている。妙な動きがあれば、すぐに報告をもらう手筈《てはず》にはなっているが』

公安が察知できる範囲の「妙な動き」とは、どこからどこまでを想定しているのだろう。

「田辺と本間の監視担当責任者に、今すぐ確認をしてもらえませんか。できれば、直接報告を受けたいのですが」

『それはつまり……例のスパイダーの不具合が、二人のどちらかの仕業と考えられる、という意味か』

「二人が連携している可能性もあります。むろん、二人とも無関係という可能性もありますが」

『分かった。二時間後にもう一度電話してくれ』

指示通り二時間待って連絡を入れると、二日後、四月三日の朝九時から、本部の副総監執務室で公安の監視担当責任者と会うことになった。

いつも通り、秘書に案内されて入ると、すでに野崎副総監とは別に二人、応接セットに着席している者がいた。

「失礼します。総務部情報管理課管理官、長谷川です」

「同じく情報管理課運用第三係長、上山です」

二人も立ち、頭を下げる。

「公安総務課、管理官のマカベです」

「……カワモトです」

名刺交換という流れがなかったので、二人がどこの所属かは分からない。ただ分掌から推察すれば、マカベはおそらく第五か第六公安捜査の管理官、カワモトはその下にいる係長か統括主任だろう。

二人の風貌に共通する特徴はない。マカベは、どちらかといったら学者肌、大学教授か物書きのような佇まいをしている。カワモトは、もう少し折り目正しい印象がある。喩えるなら、営業畑の中間管理職といったところか。

四人で着席すると、まず野崎が口を開いた。

「まあ……総務の現状はさて措くとして、簡潔に、田辺理元巡査部長と、本間秀幸元副主査についての報告を、お願いします」

「はい」

応えたのはカワモト。その手元には資料があるが、コピーをこっちに渡す気はないらしい。一部だけ、自身で読み上げ始める。

「では田辺理から……田辺は一昨年の十月十八日付で警視庁を退職後、同月二十九日、東京都杉並区和泉《いずみ》四丁目※※の●、ベルハイツ六〇六号から、東京都荒川区西日暮里《にしにっぽり》二丁目△▲の◎、ワキタソウ二〇三号に転居。退職後は定職に就いておらず、アルバイト等もしておりません」

この行だけで、カワモトの印象はがらりと変わった。営業職などでは到底ない。やはりバリバリの公安部員だ。情報を持っていること自体に、とてつもない優越感を覚えるタイプ、とでも言おうか。一節読み終えるたびに、反応を窺う目つきが非常に嫌らしい。そこは明らかに、刑事の気質とは違う。

「昨年八月十六日、田辺は西日暮里駅近くのラーメン店、メンヤコウシュウにて、マエハラリョウタ、二十七歳と接触。退職からここまで、田辺が定期的に誰かと会うようなことは一切ありませんでしたが、以後、マエハラとは互いの部屋を行き来するようになり、マエハラが同居する姉ミキコ、三十二歳とも親密な関係を持つに至りました。同人も自身の部屋に招き入れています。この姉弟との関係は現在も続いています」

この調子で、一年半にも及ぶ田辺の行動報告をする気なのだろうか。しかも、全て口頭で。

「マエハラリョウタは無職ですが、異母兄のアンドウミツオ、四十八歳が経営する会社に出入りしており、収入もそこで得ているようです。アンドウは飲食店と無店舗型風俗店を経営し、姉ミキコはそこでコンパニオンをしています」

長谷川も冗長と感じたのか、隣で何やら言いたげに目線を上げたが、それにはすかさずマカべが目を合わせてきた。今は黙って聞け。そういう意味だろう。

「……田辺は昨年十二月二十六日深夜、西日暮里駅近くの銀行ATMにて五十万円を引き出し、翌日、どこかに外出しています」

疑問に思ったのは上山だけではあるまい。野崎副総監も、眉をひそめてカワモトを見る。長谷川に至っては、ほとんど喧嘩越しで身を乗り出している。

「どこかにってのは、それはどういう意味だ」

買って出たのはマカべだ。

「どこかには『どこかに』だ。どこに行ったかは分からないということだ」

「キサマ、それでよく公安の管理官が務まるな」

「あんたこそ、公安のなんたるかがまるで分かっていないようだな。こっちは監視が専門だ。マル対がこっちの監視に気づき、あるいは気づかないまでも警戒を強めた段階で、尾行が難しいと判断すれば現場は放尾する。そんな基礎的なことを、まさかここで講義させられるとは思ってもいなかったよ」

上山にしてみれば「どっちもどっち」だが、かといって割って入れる空気でもない。

珍しく長谷川がヒートアップしている。

「だったらなんのためにお前らがいる。撒かれましたから分かりませんとは、国家警察が聞いて呆れるな」

警視庁の内部部署にも拘らず、公安部の予算の多くは国費から捻出される。その点について長谷川は言ったのだろうが、正直それは今どうでもいいと、上山ですら思う。

当然、マカベも熱《いき》り立つ。

「現時点では分からないと言ったまでだ。監視は常に長期戦でね。あんたは今日『短気は損気』って言葉を覚えて帰るといい」

「そもそも、二人に何か変わった動きがあれば報告をするという取り決めだったろう」

「変わった動きがあったのかどうかも、分からないと言っているんだ。そんな細かい経過報告までする義務は、こちらにはない」

いや、公安は尾行の失敗を、総務に知られたくなかっただけだろう。庁内利益より部内利益、保身を優先させたわけだ。

さらにマカベが続ける。

「だったらこちらも言わせてもらうが、長谷川管理官、そもそもあんたらは何をやってるんだ。元サッカンの監視をしろとは、一体どういう了見だ。田辺は極左か？　テロリストなのか？　そんな危険分子を、あんたらはそうとも知らずに使っていたのか。それともあんたらが、田辺を危険分子に育て上げたのか。それ以前に、運用第三係とはなんなんだ。分掌事務も明らかにしないあんたらに、我々の仕事をとやかく言う資格があるのか」

ようやく野崎が割って入る。

「マカベ管理官……その辺で」

しかし、マカベもすでに収まりがつかなくなっているようだ。

「副総監、少しはっきりさせておきたいんですが。昨今、ちらほらと耳にする『マルC案件』、あれは、いつまで今のような運用形態をとるおつもりですか。根拠の薄いネタに振り回される方の身にもなっていただきたい」

長谷川は「根拠はある」と呟いたが無視された。

まだマカベはやめない。

「公安には公安の流儀がある。刑事には刑事の流儀があるでしょう。そこに出所の怪しい、検証不能なネタを放り込んでおいて、『マルC案件だから黙って使え』では、下の者に示しがつきません。士気にも関わります。ここらで、運用第三係とは何か、マルCとはなんなのか、副総監からご説明いただけませんか」

野崎は、無表情のままマカベを見ている。

「それはできない」

「なぜですか」

「君が知る必要はないからだ」

マカベが短く溜め息をつく。

「……すでに、様々な憶測が飛び交っています。それが警視庁内部に留まっているうちはまだいい。しかし、たとえその一端でもマスコミに漏れたらどうするんですか。これは私の、単なる憶測に過ぎませんが、マルCというのは、とてもではないが世間に公表できるような代物ではない、到底国民の理解を得られるような捜査手法ではない……そういうことなんじゃ、ありませんか」

野崎は頷きも、かぶりを振りもしなかった。

「その意見は意見として聞いておく。報告、続けて」

カワモトが小さく頷く。

「はい……以後、田辺は二日に一度、三日に一度程度の間隔で外出をするようになりました。むろん、マエハラ宅とは別場所です。幸い、数日待てば住居には戻ってくるので、その都度尾行をつけ直し、結果、何回かビジネスホテルに入るのは確認できましたが、その目的は今も確認できておりません」

また長谷川が目くじらを立てる。

「そこまで分かっていて、なぜその先が分からないんだ」

言われたら、マカべも黙ってはいない。

「何度も同じことを言わせるな。じゃ何か、我々に、刑事の真似事をして、ホテルで聞き込みでもしろというのか」

「やれるものならやってみろ」

「喧嘩売ってんのか、あんた」

「よせ、二人とも」

上山の心情を言えば、長谷川には申し訳ないが、六対四でややマカベ寄り、ということになるだろうか。ほんの一時にせよ公安部に身を置いたことがあるから、などという理由ではもちろんない。上山も、今の運三のやり方が正解だとは元より思っていない。マルCの運用形態がベストだとも、まるで思わない。

だが「やるしかない」という思いも、一方にある。

テクノロジーの進化は、もはや誰にも止めようがない。むしろ乗り遅れるデメリットが焦燥感を煽《あお》り、我先にと個人が、組織が、企業が、国家が、サイバースペースへと活動の拠点を移そうとしている。いや、すでに我々の生活は、サイバースペースに呑み込まれてしまっていると言っても過言ではない。

目に見える景色にさほどの変化はなくても、この三十年、四十年で我々が住む社会は、生きる世界は、大きく様変わりしてしまった。

その激し過ぎる変化に、今は人間の倫理観が追いつけなくなっている。

昔はどこの家も、わざわざ玄関の戸に鍵を掛けたりはしなかった。今でも地方によっては、そういった慣習が残っている地域がある。だがいずれ、それでは駄目だということが分かってくる。泥棒は確実に、同じ社会に存在する。強盗も、人殺しもいる。家の戸に鍵を掛け、それらの侵入は防がなければならない。出入りのたびに施錠、解錠を繰り返すのは甚《はなは》だ面倒だが、隣人を「犯罪者か」と疑うような真似もできることならばしたくはないが、財産と身を守るためには致し方ない。そういう考えが、社会全体に浸透してくる。

被害に遭うのは「ウチは大丈夫」「そんなことは滅多に起こりはしない」と高を括り、いつまでも鍵を掛けなかった家だ。社会の変化、倫理の変化に順応しなかった人たちだ。

いま我々は、これの何万倍もの変化に晒されている。いや、何十万倍、何億倍かも分からない。

この変化に対応する術は、ある。社会秩序を維持する方法は、決して完璧ではないが、確立されつつある。

問題は倫理観なのだ。

玄関の鍵と同じように、「そこまでしなくてもいいんじゃないの」という安易な思い込みが邪魔をする。「ウチは大丈夫」という根拠のない楽観が、自らの変化を拒み、時代の変化から目を背けさせる。

いま上山たちが戦っているのは、その「倫理観を変えようとしない意識」だ。それを変えるのが容易でないことは、上山もよく分かっている。上山自身が、本当にここまでやる必要があるのか、と思うくらいだ。一般市民にしてみれば「やり過ぎもいいところ」だろう。

しかし、時代は動き続けている。常に。しかも確実に。

「……では次、本間秀幸に移ります」

そして上山もまた、変化を強いられる一個人でしかない。

15

阿川喜久雄巡査部長は、総務部情報管理課運用第三係とSSBC分析捜査係に併任されていた。そんな彼が特捜の会議終了後、人目を憚るように青海中央ふ頭公園前で会っていたのは、あろうことかあの、上山章宏だった。

本宮は、植木と佐古の肩に軽く手を置いた。

「……今夜はもういい。ご苦労さん」

怪訝そうな目で本宮を見たのは、植木だ。

「管理官、ちっとも『いい』って顔、してませんけど」

おそらくそうなのだろう。このショックを顔に出さずにいられるほど、本宮も器用な性格ではない。

「んん……実は、知ってるんだ、あの男」

「あのって、クラウンを運転してた男ですか」

「ああ。上山っていう、俺の後輩だ」

植木は「なぁんだ」と仰《の》け反ってみせた。

「じゃあ、あとはもう簡単じゃないっすか。その上山さんに、どうなってんだって訊けば終わりでしょう」

「だと、いいがな……でももしかしたら、これは、そんなに簡単な話じゃないのかもしれない」

佐古が心配そうに覗き込んでくる。

「管理官、何かあったんですか」

そう思わせるような言い方をしてしまった自覚は、ある。

「あったと言えば、あった。だが、まだよく分からん」

「自分たちには、言いづらいことですか」

それも含め、本宮にもよく分からないとしか言いようがない。ただ、この件について相談できる人間が捜査一課にいるのかというと、残念ながら一人もいない。

管理官で異動してきて、あたふたしているうちに新木場爆殺傷事件の特捜を任された。そういった意味では、自分の部下と、特捜に集められてきた所轄署員たち、双方にさしたる親密度の差はない。むしろ、ひょんなことから話を聞くようになった植木と佐古の方が、明らかに親近感は覚える。

話してみても、いいのかもしれない。

「いや……ちょっと、気になることを耳にしてな。君らは『スティングレイ』って聞いて、なんの意味だか分かるか」

ゆるくだが、頷いたのは佐古だった。

「そういう名前の、ベースならありますが。楽器の」

植木が「えっ」と漏らす。

「そりゃ『スティングレイ』じゃなくて『スティング』だろ。あのほら、イギリスのミュージシャンの、『ザ・ポリス』でベースを弾いてた」

佐古がかぶりを振る。

「それは確かにスティングですが、それじゃなくて、ミュージックマンっていうメーカーが、『スティングレイ』って名前でエレクトリックベースを出してるんですよ。自分、学生時代にちょっとやってたんで、知ってるんです。買えはしませんでしたけど。けっこう高かったんで」

どっちにしろ、両方ともハズレだ。

「そういう、音楽関係の話じゃなくて、たとえば盗聴とか、そっち系の話なんだが」

今度も、先に反応したのは佐古だった。

「それって……ひょっとして『スノーデン事件』の、アレじゃないですかね」

スノーデン事件、といったら。

「あの、アメリカの諜報機関の職員が、内部機密を暴露したっていう、アレか」

「ええ。確か、元NSAの」

「それで米国内にいられなくなって、ロシアに亡命した奴だろ」

「はい。確かスノーデンは、CIAにも一時期いたんじゃないですかね。自分も、よく覚えてませんけど」

　それでも、本宮よりは遥かに詳しそうだ。

「そのスノーデンと『スティングレイ』は、どう関係してるんだ」

「スノーデンが暴露した、ＮＳＡによる国際的な監視活動の中に、確か『スティングレイ』での、携帯電話の通話盗聴も含まれていたと思うんですが……ちょっと待ってください」

　佐古が、自身の携帯電話をポケットから出して弄《いじ》り始める。ディスプレイの明かりに、その真剣な眼差しが浮かび上がる。そもそも、夜中の道端でするような話ではないのだが、特捜に戻っても人の耳があるし、店といってもこの近所には一軒もない。

「……ありました。やっぱりそうですね。『スティングレイ』は、それ自体が通信基地局に成りすまして、対象となる携帯番号の位置を割り出したり、通話を盗聴する装置だそうです。あと、有名なところでは『エックス・キー・スコア』とか『プリズム』、『バウンドレス・インフォーマント』なんていうのも、あったみたいです。それぞれは……まあ、ちょっと長くなりそうなんで省きますが、要するにこの三つは、インターネットを含む通信全般を、世界的に監視するプログラムっていうか、システムのことみたいです。これにはＮＳＡだけではなくて、ＣＩＡやＦＢＩの関与も疑われているみたいです」

通信全般を世界的に監視する、プログラム及びシステム。

しかも、これにもFBIが絡んでいる可能性がある。

仮にだ。仮に、日本の警察がそれらを極秘裏に運用し、犯罪捜査に活用し始めているとしたら、どうなる。

たとえば例の、西池袋の事件だ。通常の事件捜査では、被害者の妻の、高校時代の交際相手にまではなかなかたどり着かなかった。だが妻の、携帯電話の通話履歴を一瞬にして調べ、その通話内容まで把握することができるとしたら、どうだ。不倫相手がいたことが立ち所に分かるのではないか。妻が日頃から夫に不満を抱いていたことも、不倫相手が被害者の妻に未練を持っていたことも、ストーカー行為に及んでいたことも、何もかも警察の知るところとなるのではないか。

しかし、それらが分かったところで現行の警察組織に何ができる。

改正通信傍受法で認可された「特定電子計算機」による傍受ならいざ知らず、盗聴を含む広範囲かつ無差別な通信傍受となったら、それはもはや合法的な捜査手法ではない。令状がなければ完全なる違法捜査だ。違法捜査によって集められた情報は、裁判では証拠として採用されない。当然、公判は維持できない。

だが、犯人はすぐそこにいる。それは分かっている。どうしたらいい。なんならできる。

おそらく、そこで方便として出てきたのが「タレコミ」だ。

タレコミを装って、違法捜査で摑んだ情報を捜査関係者に流す。たとえば捜査一課長に伝え、一課長が特捜の誰かに命じ、その誰かがまんまとネタをモノにする。あの日の本宮のように。犯人は被害者の妻の元不倫相手らしいと特捜幹部に伝え、その線で捜査が動き始める。やがて犯人が逮捕され、なぜ妻の元不倫相手に目をつけたのかという話になっても、全ては「タレコミがあったから」で説明がつく。ネタ元は守られ、事件は解決。万々歳だ。

新木場爆殺傷事件についても、同じ仮説で説明できる。

誰かが――現状可能性が高いのは阿川巡査部長だが、とにかく何者かが佐古にタレコミ電話をかけ、その情報を端緒に、特捜はまんまと中島晃を逮捕した。誤算があったとすれば、中島がなかなか自供しないという点だけだろう。

もしこの仮説が仮説ではなく、事実を言い当てているのだとしたら、とんでもないことだ。警察が、捜査の名のもとに広範囲な通信傍受を日常的に行っているのだとしたら、それは、市民に対する手酷い裏切り行為だ。

そしてその裏切り行為に、本宮もまた、知らず知らずのうちに加担させられていたことになる。

マル害の妻の過去を調べるよう、小菅に耳打ちされたあの日。

本宮が裏切ったのは他でもない、日本国民だった。

同時に、自分自身をも裏切っていたことになる。


やるべきことは山ほどあるのに、何から手をつけていいものやら、本宮にも分からなくなっていた。

当たり前だが、本宮には新木場爆殺傷事件特捜の仕事がある。朝晩会議を開き、捜査員たちが集めてきた情報を把握し、幹部会議で精査、選別し、取調官が中島を落とすのに有効なネタをまとめ、空いた時間で取調官との協議もする。逆に取調官から、こういった情報が欲しいとの要求があれば、捜査担当区分を調整し、新たにそこに人員を振り分ける。

何日かに一回は東京地方検察庁に出向き、公判担当検事とも会わなければならない。今のところ、先方は中島晃に関するタレコミがあったことはそのまま信じているようだが、そこをツツかれると厄介なことになる。ネタ元がはっきりしなければ起訴できない、などとゴネられたら、特捜はネタ元を全力で割らざるを得なくなる。

間の悪いことに、SSBCから阿川巡査部長を引き揚げたい旨の連絡が入った。

SSBCは警視庁刑事部の附置機関、所属長であるセンター所長は警視。階級では、警視正である捜査一課長よりも一つ下になるが、指揮命令も人事に関しても完全なる別系統。SSBCが「引き揚げたい」との意向を示し、刑事部長がそれを了承してしまえば、捜査一課側に拒否する権利はない。そもそもSSBCとはいえ、阿川の配置は分析捜査係。この特捜では「お手伝い」の感が否めない。実際、さして重要な仕事もさせていない。正直、引き留めるに足る理由も、方便も思いつかない。

上山か、と思う。

阿川が上山と会っていたことがこの「引き揚げ」に繋がっているのだとしたら、上山も例の「タレコミ」に関わっている可能性が出てくる。人員配置、指揮命令系統を考えれば、上山が阿川の上司ということすらあり得る。

公安部サイバー攻撃対策センターの係長である上山が、なぜ。ひょっとして、ここにも謎の「併任」措置があるのか。

この点だけは確かめてみてもいいだろうと思い、警電（警察業務専用回線）で直接かけてみることにした。サイバー攻撃対策センターの電話番号は、上山にもらった名刺に載っている。

『はい、サイバー攻撃対策センターです』

出たのは女性職員だった。

「もしもし。刑事部捜査一課、管理官の本宮と申します」

『お疲れさまです』

「第九係長の、上山警部をお願いできますか」

『はい、少しお待ち……あ、上山警部でしたら、すでに異動されまして、こちらにはおられませんが』

なるほど、こっちは正規の異動か。

「そうですか。じゃあ、上山警部は今どちらに」

『少しお待ちください』

一分ほど待たされ、変わって出たのは男性だった。

『……お電話替わりました。所長のフジオです』

藤尾義治《よしはる》か。この前まで月島署長だった警視だ。

「捜査一課管理官の本宮です。そちらの、サイバー攻撃対策第九係長が、上山警部だと思ってご連絡したのですが」

『上山警部なら、昨年の秋に異動しましたが』

「秋、ですか。それは知りませんでした。今はどこの所属でしょう」

『総務部情報管理課、と私は聞いていますが』

「情報管理課の、どこかは」

『異動の時点では、まだ決まってなかったんじゃないでしょうか』

嘘か本当かは分からない。だが課内の配置は所属長の専権事項。前の部署の所属長が、その後に配置される係まで把握していなくても不思議はない。

「分かりました。ありがとうございました」

しかし、先日の状況から考えて、上山の異動先が総務部情報管理課運用第三係である可能性は高い。

さあ、どうする。

植木の言うように、上山に直接訊くという方法は、ある。お互い個人用の携帯番号も知っているのだから、何も難しいことはない。

だがこれについては、会って直接、顔を見て話したい。そうしなければならない、という思いがある。そうしなければ分からないことがある、とも思う。

その日、四月一日の二十三時半過ぎ。本宮は会議後の幹部打ち合わせを終え、湾岸署の玄関を出た。

庁舎の脇にある駐車場に回ると、すぐに管理官専用車の運転席ドアが開いた。運転担当刑事の寺脇《てらわき》巡査長が降りてくる。

「管理官、お疲れさまです」

「ご苦労さん」

自身は後部座席に乗り込み、運転席に戻った寺脇がエンジンをかけたところで、行き先を告げる。

「すまんが、今日は井草に向かってくれ」

寺脇が、ちらりとルームミラーを見る。

「杉並区の、井草ですか」

「ああ。下井草駅の、もう少し上の方だ」

「……はい、分かりました」

寺脇が怪訝に思うのも無理はない。

本宮の住まいは港区三田《みた》。台場から首都高速に乗り、レインボーブリッジを渡ったら、マンションまではもう五分かそこらだ。一方、井草まではどこを通っても一時間弱はかかるだろう。

こんな夜中になぜ、と思われているのだろうが、説明はしない。

黙って、腕を組んで目を閉じる。

本宮は今、一人で暮らしている。十五年前に妻を胃癌で亡くし、男手一つで育てた一人娘は三年前にめでたく大学を卒業、現在は神戸の電子医療機器メーカーに勤めている。電話やメールは、あっても月に一回。顔を合わせるのは年に二回、あるかないかだ。

半年くらい前か。同じ営業部の先輩と付き合い始めた、という報告を電話でされた。

「……真面目な奴か」

『私が不真面目な男の人と付き合うと思う？』

「思わないが、騙されてる可能性だってある」

『騙されてる私に、そんなこと訊いたって無駄でしょ。どっちにしろ、真面目な人よ、って答えるに決まってんじゃない』

悔しいが、娘の言い分の方が正しいと、自分でも思った。娘相手だと、どうも職場で普段していないような論理的思考が働かなくなる。脳内に靄《もや》が掛かるというか、変に空回りするところがある。思えば、同じような感覚は妻に対してもあった。

もしかして、自分は女性が苦手なのかもしれない、と思った時期もある。妻は、本宮に対しては「はい、はい」と従順だったが、そのわりに「こうしましたよ」と事後報告することが多く、本宮もなんとなく「そうか」と呑み込まされるのが常だった。要は、掌で体よく転がされていたわけだ。

一方娘は、本宮の、というよりは、警察官の娘というのが影響したのか、やや理屈っぽいところがあり、妻に輪をかけて扱いづらい女に育ってしまった。扱いづらいというか、本宮が上に立てないというか、強く出られないというか。

だが職場では、一切そういうことはなかった。幸か不幸か女性上司は持ったことがないが、部下なら大勢いた。上に立てないとか、強く出られないなどということは一度としてなかった。言うべきときは、常にビシッと言ってきた。

ああ、そうだった。これについては、きっと自分は公私をきちんと分けられる人間なのだ、と納得したのだった。妻とも娘とも一緒にいない時間が長くなり、つい忘れがちになるが、自分は決して女性が苦手なわけではない、単に職場と家庭を分けて考えていただけ、と思うことにしたのだった。

道が空いていたからだろうか、車は環状八号線から左折して千川通りに入り、もう練馬区南田中まできていた。杉並区井草は、この先の右手だ。

「……管理官、まもなく」

「ああ。その先の、コンビニのある角で停めてくれ」

寺脇は指示通り、右手にコンビニエンスストアのある交差点でハザードを出し、左に寄せた。

「ご苦労さん。今日はもう、ここでいいから」

「えっ……ご自宅には」

「用が済んだら、タクシー拾って帰るからいいよ」

寺脇が体ごとこっちを振り返る。

「そんな、お待ちします、何時間でも」

「こっからは仕事じゃない。かといって、愛人とか、そんな色っぽい話でもないがな」

「分かります、それは。管理官のお顔を見ていれば」

この野郎。たった一ヶ月で、ずいぶん言うようになった。それとも、そんなに自分は分かりやすく顔に出しているのだろうか。

「……本当にいいんだ。どうってことない野暮用だし、俺にも時間が読めない。それより、早く帰って、風呂に入って寝て、明日は時間通り、迎えにきてくれ……ってもう、今日か」

なんとか言い含め、寺脇はそこで帰した。本音を言えば、待ってもらった方が本宮も楽だ。なんなら車に乗ったまま、というのが一番都合がいい。だがそれはしたくなかった。まだ右も左も分からない見習いの寺脇を、この件に巻き込みたくはない。言い替えれば、植木や佐古ほど見込んでもいないということだ。

車が千川通りを直進し、テールランプが見えなくなってから横断歩道を渡った。そのまま真っ直ぐ、正面にある細道を進む。右側、ワンブロック向こうには団地の明かりも見えるが、あとはたいてい二階建ての民家だ。たまに畑もあるが、長くは続かない。眺めとしては、東京ならどこにでもあるような、ごくありふれた深夜の住宅街だ。歩行者の影はない。

二つ目の十字路を左に曲がる。この先にある三階建ての賃貸住宅が目的地だ。上山が家族と住んでいるはずの警視庁官舎、家族寮だ。

この近辺には駅が二つある。西武池袋線の富士見台駅と、西武新宿線の下井草駅。官舎の北に富士見台、南に下井草、双方ともほぼ等距離という位置関係にある。上山が帰ってくるとすれば、どっちにしろいま本宮がいるこの道を通るはずだが、すでに帰宅していればその限りではない。極端な話、朝までここに立っていれば出てくるだろうが、本宮もさすがにそこまでするつもりはない。

上山には二人子供がいる。上の長男は高校生、下の長女はまだ小学生ではなかったか。新宿で会った去年の秋、そんな話も少しした記憶がある。

上山の細君とは二人の結婚式で挨拶をしたきりなので、どんな女性なのかはよく知らない。上山にお似合いの、背の高い別嬪さん、という以外の印象は特に残っていない。かれこれ二十年近く前のこと、しかも向こうは一生に一度の晴れ姿だった。今ここに、ブルゾンか何かを羽織ったジーパン姿で出てこられても、おそらくそうとは気づけないだろう。

上山と出会ったのは、本宮が警部補の昇任異動で行った渋谷署でだった。本宮が三十四、上山が二十五とか六ぐらい。本宮が地域から刑事に上がり、その直後に上がってきたのが上山だった。当時はまだ巡査長だった。

その後、本宮が本部の捜査一課、上山が第二機動隊にいくまでの三年弱、本宮は徹底的に上山を扱《しご》いた。単純に刑事としての筋がいいと思ったのと、実直で明るい性格が気に入ったのだ。根性もあった。本宮が「もう帰るか」と言っても、「もう一軒」と粘るのはいつも上山の方だった。聞き込みでも、飲み屋でも。

あの上山が、と思う。

美男子のわりに、よく顔をクシャクシャにして笑う男だった。目が、柴犬のように黒くてクリクリとしていた。酒はさして強くなかったが、酒の席の雰囲気は好きだと言っていた。

初めて二人で捕ったホシは葬式泥棒だった。本宮が取調べ、立会いに上山を付かせたが、ホシの身の上話を聞いて勝手に泣き出し、初回の調べは台無しになった。あとで「お前が泣いてどうする」と叱りつけた。

翌日、同じホシを呼び出し、昨日の身の上話、あれは全部嘘だろうと問い詰めると、ホシはぺろりと舌を出し「すんません」と頭を下げた。

その後の上山は、しつこかった。

「教えてくださいよ。ホシのどこを見れば嘘だって分かるんですか。見分けられるんですか」

「だから、全部だよ。目の動き、声の抑揚、呼吸の速さ、長い短い、座り直す頻度、タイミング。見るべきところはいくらだってある」

「たとえばそれが、どうだったら嘘なんですか。どうだったら本当なんですか。呼吸が早くて短かったら、どっちなんですか」

「そんなの人それぞれだよ。その癖を見抜くのも調べのうちだ」

「じゃあ分かりました。サインを決めましょう。今こいつ、嘘を言ったと思ったら、右手の親指を立ててください。本当のことを言ってるんだったら、グーのままで」

「馬鹿言うなよ。こっちだって真剣に調べやってんだ。草野球じゃあるまいし。そんな下手なサインなんか出してられるか」

「そんなぁ……」

あの上山が、まさかと思う。

ＣＩＡやＦＢＩの真似事をして、盗聴をはじめとする違法捜査に手を染めているなどとは、決して信じたくない。信じたくはないが、疑念は事実、拭い難い。

だからこそ、目を見て話したい。

上山は自分に嘘などつかないと、この目で見て確かめたい。

16

四月三日。上山は公安部総務課の報告を聞き終え、昼過ぎになって本部庁舎から新橋庁舎に戻った。運三では、今日もマルC特命班によるスパイダーの解析が続けられている。

奥に入ると、國見がすぐさま椅子から立ち上がった。

「係長、お疲れさまでした」

「……どうも。お疲れさまです」

「どうでした、公安の方は」

特命班の潮崎統括主任から、部内者の犯行という可能性もある、と言われたことについては、國見には伏せてある。今日のところはあくまでも長谷川と上山の判断で、警視庁を退職した元運三係員のその後について公安から話を聞く、とだけ言っておいた。

「一応、報告は受けましたけど、あれ……公安総務課は、さして真剣には尾行なんてしてませんね。あからさまに、副総監に言われたからやってるだけ、ってな態度でしたよ。それに苛ついた長谷川管理官が、それでもお前ら国家警察か、みたいにキレて。そしたら、あっちの管理官も喧嘩上等みたいになっちゃって。だったら、お前ら運三のやってることはなんなんだ、マルCってなんなんだって、逆捩じを喰わされたというか、逆ギレされたというか……ほんと、最悪の展開です。あれじゃ子供の喧嘩ですよ」

國見が口を尖らせながら頷く。

「じゃ、収穫はなしですか」

「いや、そういうわけでもなかったです。一応、一応ですけど、向こうも形だけは尾行も監視もしてるんで、田辺と本間に関する報告は受けました。今どこに住んでいて、何をしているのか、レベルの話ですけど。そういった意味じゃ、公安というよりは、興信所の調査報告みたいなもんです」

意外なほど、國見が真剣に喰いついてくる。

「今、あの二人はどうしてるんですか」

「田辺は無職で、退職後、しばらくは外出も人付き合いもなかったらしいんですが、去年の夏頃から、前原幹子、前原涼太という姉弟と、互いの家を行き来する仲になったらしいです。で、去年の暮れ辺りに、ATMで五十万円引き出し、田辺はどこかに向かった……

後日、外出先でビジネスホテルに入る姿は確認されているんですが、中で何をやっているのかまでは、分からないと」

直接、報告書のコピーをもらうことはできなかったが、田辺と前原姉弟の顔写真、現住所、異母兄である安藤光雄の事務所所在地など、主だったデータは手に入れてきた。

國見が怪訝そうに眉をひそめる。

「なんで、何をやってるか分からないんですか。公安ともあろう者が」

「もう単純に、やる気がないってだけでしょう」

それでも、國見が呆れたように天井を見上げたのは一瞬だった。

「……じゃあ、本間の方は」

「本間は、千葉の実家に戻って、習志野駅近くのパソコン教室で、講師をしているみたいです。正確には、インストラクターだったかな……プライベートの方は、今のところ特筆すべき点はなし、ということでした」

國見が小刻みに頷く。

「本間は、真面目な奴でしたからね。そもそも、あれですよ、退職した理由も、母親が体調を崩して、その面倒を見てやりたいから、ってことでしたしね。奴には兄貴がいて、所帯も持ってるんですが、嫁さんと両親との折り合いが悪くて、同居してないんですよ。父親はまだ定年って歳じゃないし、せめて自分が近くにいれば、父親と二人で面倒を見られるって……まあ実に、親孝行な息子です」

さすが元上司、部下のことはよく把握している。

それでも、國見の眉間には深く縦皺が刻まれている。

「ということは、現時点で気になるのは、田辺の五十万と、ビジネスホテルへの出入り、ってことですか」

「現金に関しては、たまたまそのとき、多めに下ろしただけかもしれませんし、ホテルっていうのも……ひょっとしたら、デリヘルか何か呼ぶためかもしれませんしね。分からないですよ」

公安が尾行を撒かれた、という話も、今は伏せておく。

「そうは言っても、前原何某という、その姉弟の姉の方とも、付き合いがあるわけでしょう」

「公安は『親密な関係』みたいな言い方をしましたが、実際にはどうなんですかね。行為を覗き見たわけでもないでしょうし」

「我々が言うのもなんですが、それをやったら犯罪ですからな」

「ええ。大体この件に関しては、まるでやる気がないですから、あの連中は。ひょっとしたら、使用済み避妊具をゴミ袋から採取、くらいはしたのかもしれませんが、そういった行《くだり》は、報告にはありませんでした」

國見が、それとなく平場に目を向ける。

「でも確かに、本間と違って、田辺は当時から女関係にだらしなかったですよ。ここでの仕事は一応、真面目にやってましたが、どうも……性格的に合わなかったんだか、なんだか知りませんけど、ほんの数ヶ月で、様子がおかしくなっていきましてね。ヤワなんですね、どうしようもなく。運三の一員という以前に、警察官だろお前、って。技官枠採用の職員だって、ここではもっとタフにやってますよ……その五十万ってのも、どうなんですかね。おかしなことを、考えてなけりゃいいですが」

少々、気になる物言いだった。

「國見統括は、田辺元巡査部長に、あまりいい印象をお持ちではないんですね」

ふと我に返るように、國見が表情を和らげる。

「いえ、そういうわけじゃありませんが、任期や仕事量からいったら、田辺は天野の、何分の一もやってないわけですから、結局。それで、精神的に保ちません、辞めさせてもらいます、ってのは、どうもね……いや、私の考えが古いんでしょうけど」

警察官は、中途退職者にあまりいい感情を持たない傾向がある。特に「元刑事」などの肩書でメディアに出るOBには厳しい。あんなのは見習いに毛が生えた程度で、刑事のなんたるかなんて碌に分かっちゃいない、それが捜査を語るとは笑わせる、デタラメばかり言いやがって——國見の「田辺評」も、基本的にはそれと同じなのだろう。

ただ上山も、田辺のことは気になっていた。

現時点で、自分が運三のためにできることは何もない。一方、公安による田辺の監視は、お世辞にも充分なものとは言えはない。田辺が公安の尾行を振り切ったという話も看過できない。何か企《たくら》んでいるのでは、と疑いたくなる要素ではある。

公安のマカベ管理官ではないが、ここは一つ、刑事の真似事でもしてみるか——。

そんなことを考えていたら、目の前にある管理官直通電話のランプが光った。

遅れて電子音が鳴るのと同時に、受話器をすくい上げる。

「……はい、上山です」

『ああ、もう戻ってたか』

長谷川はまだ腹の虫が治まらないのか。いつもより若干早口になっている。

「はい。先ほどは、お疲れさまでした」

『まったく、公安なんざ碌なもんじゃないな……いや、それはいいとして、今さっき人事の方から、ちょっと気になることを聞いてな』

「はい、なんでしょう」

『SBCのヤマダって分析捜査係長のところに、あの本宮警視が、阿川について探りを入れてきたらしいぞ』

本宮、阿川、探り。

たった三つの単語で、ここまで最悪の気分を味わうことも滅多にあるまい。

「……具体的に、本宮警視はなんと」

『阿川の年齢とか、その前の部署とかを尋ねられて、その際に、運三と併任されてることも、そのヤマダって係長が喋ったらしい。本宮はあくまでも、阿川を捜一に欲しい、みたいなことを言っていたらしいがな』

それが方便だとしたら、事態はより深刻だ。

「本宮警視がヅいているのだとしたら、自分の責任です」

『何度も言わせるな。彼と会ったのは配属前の、新宿の一回だけなんだろう。責任も何もありゃしないよ。ただ、注意するに越したことはないと思ってな。一応、君の耳に入れておこうと』

「ありがとうございます。充分、注意いたします……それと、そういうことでしたら、なおさら阿川の併任解除を」

『ああ、分かってる。急いで進めるよ。じゃあ』

「はい、失礼します」

受話器を戻し、上山はポケットから、自身の携帯電話を取り出した。節電のため電源は切ってある。それでなくとも、ここ運三にはあらゆる電波が届かない。通話もメールもできない。

それでも、かかってくるような気がした。

あの本宮が、何事もなかったように『よう元気か』と、喋りかけてくる気がしてならなかった。

鳴らない携帯電話を苦々しく睨み続け、今日という日を終えた。

スパイダーの解析作業も、すでに残業をする段階にはない。特命班の係員は十六時半頃に、平場の技官も十七時半過ぎにはほとんどが帰っていった。

上山も、今日は少し疲れた。早く帰ろうと思う。

「すみません、お先に」

「はい、お疲れさまでした」

國見と向野、平場に残っていた松尾、二人の技官とも挨拶を交わし、部屋を出た。

いつもならここで仕事用と個人用の携帯電話、両方の電源を入れる。特捜に出張っている係員から連絡があるかもしれないし、家からかかってくる場合だってある。せめて不在着信や留守番メッセージくらいは確認した方がいい。そう思いはするものの、なかなか電源ボタンを長押しすることができなかった。

新橋庁舎から御成門駅までは歩いて二分。三田線に乗って大手町駅、東西線に乗り換えて高田馬場駅、西武新宿線に乗り換えて下井草駅。改札を出たら、官舎までは徒歩十分。この帰宅する一時間弱の間も、ずっと携帯電話を気にしていた。電源を入れてないのに鳴ったらホラー映画だろ、と自身を嗤いながら、それでも、一瞬たりとも意識を逸らすことができなかった。

だから、気づくのが遅れた。警視庁官舎が並ぶ通りまで来て、多少気を抜いていたというのも、あるかもしれない。

上山が住む棟の、車道をはさんで向かい側、民家のブロック塀と電信柱の陰から、

「よう上山」

突如、あの本宮が現われた。

思いきり飛び退くほど驚いた。

それを、確実に見られた。

「び……びっくりした」

「そりゃそうだろ。驚かせるつもりだったんだから」

口振りとは裏腹に、本宮の顔は少しも笑っていない。

だが、それには気づかぬ振りをする。

「なんすか、こんなとこで……偶然ですか」

「いや、お前を待ってたんだよ」

いきなり、そうくるか。どうやら、言葉遊びをするつもりはないらしい。本宮がなんの連絡もせず、直接訪ねてきた意味は重い。

「……俺を、ですか」

「ああ。夜中にも二回来てみたんだが、これくらいの時間の方が、かえって捕まえやすいんじゃないかと思って、今日はこの時間にしたんだが、案の定ドンピシャだったな」

今日が、すでに三回目なのか。

「捕まえやすい、ってそんな、電話もらえれば、どこにでも行ったのに……どうしたんすか。何かあったんですか」

すると、上着の内ポケットから何やら取り出す。

名刺入れだ。

「何かで知ってるかもしれないが、実は今、捜査一課に戻ってるんだ。一応、挨拶はしておこうと思ってな」

名刺には【刑事部捜査第一課第三強行犯捜査管理官　警視　本宮夏生】と、分かりきった文字が並んでいる。

知っている体、知らない体。ここは「知っている」でいいだろう。

「……ええ、新聞で見ました。わざわざすみません。久し振りの捜査一課ですね。おめでとうございます」

だが上山が受け取ろうとしても、本宮は指先に力を入れ、名刺を離そうとしない。

「……ちょっと、なんすか」

「お前のも出せよ」

この口振り。上山が、すでにサイバー攻撃対策センターにいないことは知っている、ということか。

マズい。どこまで白を切るべきか判断できない。それでも、とりあえず新部署の名刺は出さねばなるまい。

「……ですよね、失礼いたしました。実は俺も、あのあとすぐ、異動になったんですよ」

上山も名刺入れを出し、一枚抜き出す。この五ヶ月、合わせても三、四枚しか配ったことのない、取って置きの名刺だ。

「ご挨拶が遅れました。総務部情報管理課の、上山です」

手にした名刺の文字を見る、本宮の、冷めきった目。

この男、どこまで知っている。

「……運用第三係長ってことは、ウチの特捜に来てる、阿川巡査部長の上司ってわけだ」

まあ、そうくるだろう。

「はい。彼はSSBCとの併任で、もうずいぶん、ウチには来てないんですけどね」

「だから深夜の、人気のない青海中央ふ頭公園前に車を停めて、話をしていたわけか」

一瞬、頬が引き攣ったのが、自分でも分かった。

まさか、アレを見られていたとは想定外だった。

どうする。早く最終防衛ラインを決めないと、どこまでも攻め込まれることになる。だが本宮は、相手に考える時間を与えない男だ。それはかつて共にした取調べで分かっている。嫌というほど、よく知っている。

「男同士で夜の公園ってのは、どうなんだろうな。女房も子供もいて、そっちに鞍替えってことでもないんだろ……なあ、上山」

決められない。自分は何を諦め、何を守るべきなのか。

「少し歩くか。お前も、こんな官舎の真ん前じゃ、言いづらいこともあるだろう」

「いえ、俺は……」

「俺はあるんだよ、訊きづらいことが。いいから、ちょっと来てくれ。すぐそこに公園があるだろ」

どの公園のことを言っているのかは分からないが、付いていくしかなかった。

歩いている間も、本宮は攻め手を弛めない。

「運用第三係ってのは、具体的には、何をやる部署なんだ」

こういう質問を受けた際の模範回答は、ある。がしかし、それで誤魔化せる気はまるでしない。

「主には……サイバー捜査関連の、新しい資機材の、運用試験です。なので、やり甲斐も、あるようなないような、変な部署です」

「どんな機材を試験するんだ」

「それはまあ、開発段階なんで……勘弁してください」

「実用化したものは、まだ一つもないのか」

完全に、分かっている訊き方にしか聞こえない。

逃げ道は、もう自分には残されていないのか。

「一つか二つは、あったのかな……どうなんでしょ。俺もまだ、よく分かってないんです」

本宮が、上山の足元から顔に、抉《えぐ》るような視線を上げてくる。

「なんて名前の機材か、当ててやろうか」

本宮はいわゆる熱血漢であり、優秀な捜査員であり、真に誠実な人間なのだと思う。それだけに、犯罪や疑惑、自身が納得できない事態に直面したとき、驚異的な粘り強さを発揮する。

自分の正義を疑わない。それはときに、ある種の残酷さ、冷酷さにもなり得る。

「いや……ご存じ、ないと思いますけどね」

「そうか。じゃあ、携帯電話の基地局に成りすまして、通話を盗聴する『スティングレイ』って機材は、お前の部署の扱いじゃないんだな」

否定は、本宮に対する虚偽を、肯定は、組織に対する背任を意味する。

そして沈黙は、おそらく上山の敗北を意味する。

「おい上山、黙秘はグレーじゃない、九十九パーセントのクロだって、お前に教えたのはこの俺だぞ。それとも、もう二十年前のことなんざ忘れちまったか」

前方左手、小さな児童公園が見えてきた。本宮が、ここまで適当に歩いてきたとは思えない。全て、本宮の描いた絵図の通りに進んでいるのだと思う。

ブランコの手前にあるベンチに座ることも、あらかじめ決められていたのだろう。

「……答えろよ。スティングレイはお前の部署の扱いなのか、そうじゃないのか」

それとなく、外灯に照らして腕時計を見る。十九時。気温はまだ二十度近くはあるのではないか。

それなのに、寒いと感じる。まるで雨に濡れた野良犬の気分だ。

元の飼い主が見たら、ずいぶんみすぼらしくなったなと、哀れむだろうか。

「違うって言えよ、上山。俺は、お前を責めにきたんじゃない。ただ、本当のことが知りたいだけだ」

世界の真実がどれほど残酷か、この男には分かるまい。

「……黙ってたら、俺が引き下がるとでも思ってるのか。俺が間違ってた、疑って悪かったって、大人しく帰るとでも思ってるのか」

不祥事を隠蔽するために、自ら命を絶つ官僚や議員秘書の気持ちが、いま初めて、少し分かった気がした。

とはいえ、上山は自殺する気など毛頭ない。

死ぬくらいなら、まだやれることはいくらもある。

そう冷静に考えられるくらいの思考力は、残っている。

「分かりました……でも、お答えする前に、一つ教えてください。本宮さんは、それを聞いてどうするつもりですか」

本宮が、微かに眉間の力を弛める。

「そんなの、聞いてみなけりゃ分からないよ」

「これから俺のする話が、本宮さんの想像する最悪の状況だったとしたら、どうしますか。裁判に訴えますか。それとも、マスコミにでも売りますか」

数秒考えてから、本宮は溜め息をついた。

「……そうだな。できることなら、今やっていることは試験運用に留めて、お前のいる部署は解体してもらいたい。それが一番、誰も傷つかない方法なんじゃないか」

頑《かたく》なな対決姿勢ではない、と分かったのは不幸中の幸いだ。

まだ話し合いの余地はあるということだ。

「そうですか。じゃあ、お答えします。確かに、運用第三係はスティングレイを使用しています。違法捜査との誹《そし》りを受ければ、反論の余地はありません」

「他にも、何かヤバい機材を使ってるんじゃないのか」

微妙な訊き方だが、ただの当て推量ということはあるまい。

「何かって、たとえばなんですか」

「たとえば、『マルC』とか」

どこで聞き齧ってきたのやら。

「他には」

「マルCについて答えろよ」

「まとめて答えますよ。他に聞きたいことは」

「じゃあ、『PRISM』、『XKeyscore』、『バウンドレス・インフォーマント』。いずれも米国で開発された、通信傍受システムだそうだが、それについてはどうだ」

なんのことはない。もうほとんど、バレているも同然ではないか。

正確に言ったら、「PRISM」は多様なメタデータの収集と監視をするプログラム、「XKeyscore」はネットデータの検索と分析をするシステム、「バウンドレス・インフォーマント」は国ごとの通信メタデータを分析するプログラムだが、今わざわざ説明する必要はあるまい。

「……はい。その三つも、そのままではありませんが、事実上、運用はしています」

「マルCは」

「マルCというのは、その三つをまとめて日本語化したプログラムの符丁です」

また徐々に、本宮の眉間に力がこもっていく。

「……そんなもんを使って、お前、何をしている」

いきなり犯罪者扱いか。

「捜査に決まってるでしょう。趣味が高じて覗きをやってるわけじゃありませんよ」

「同じだろう。覗きと盗み聞きと、他には何をやってる」

「その覗きによって、初めて逮捕できた殺人犯がいるのも、また一方にある事実なんじゃないですか」

言い方が癪《しゃく》に障ったのか、本宮の右手がピクリと跳ねた。

「……西池袋の殺しと、新木場爆殺傷事件のことを言ってるのか」

「かもしれないし、そうじゃないかもしれない」

「フザケるな」

どっちが。

「大きな声出さないでください。わざわざここまできた意味がないでしょう……フザケてなんていませんよ。俺だって首を覚悟で話してるんです。少しは譲ってください」

こう言えば、本宮なら訊き方を変えてくる。だがそれは口先だけのこと。上山にはそれも分かっている。

「じゃあ架空の事件でいい。特捜が立って、しかし容疑者の一人も浮かんではこない。そういうとき、運用第三係なら何ができる。誰が被害者と通話をし、メールのやり取りをし、何を話し、何を書いたのか、ボタン一つで全部調べられるってことか」

馬鹿な。

「そんなに簡単な話じゃないです」

「どの辺が違う。どういうところが難しいんだ」

自分では架空の話だとしながら、相手には架空の答えを許さない。本宮が得意とする会話戦術だ。

そうと分かっていながら、乗らざるを得ない。

「まず……通話内容は、あとからでは分かりません。現在でも、全ての通話を記録するシステムはありません。もし記録したとしても、音声信号のままではAIには分析ができません。文字情報に変換する必要が出てきますが、そこまでは正直、誰もやろうとは思っていません。我々が収集、分析するのは、主にメタデータです」

「メタデータ？　なんだそれは」

「誰が誰と通信をしたのかという、表面上の記録です。通話、メール、SNSのメッセージ機能、ATMの利用状況まで、あらゆる通信のメタデータが収集対象になります」

本宮が、左手を自分の鼻に持っていく。

「……ってことは、何か、運用第三係は……いや待てよ、どういうことだ……まさかお前、電話会社のコンピュータに、ハッキングを仕掛けてるってことか」

おそらくこの点が、本宮を含む一般市民の、最も知りたくない部分だろう。

だが、事実なのだから致し方ない。

「いいえ。運三は少なくとも、通信事業者のコンピュータにハッキングを仕掛けたりはしません。その必要はないんです」

本宮が、グッと奥歯を嚙み締めたのが分かる。

「……どういうことだ」

「メタデータは、通信事業者から提供されるからです」

本宮の口が、中途半端に開く。

「……業者から、提供？」

「はい」

「じゃあ、プライバシーもへったくれも、ないじゃないか」

「そうですよ。そういう世の中なんですよ、すでに」

慌てたように、本宮が首を振る。

「いやいや、それはないだろう。だって、事実、俺たちは通信履歴を事業者に出させるのに、照会書だの、差押え令状だの、いくつも手続きを」

まだだ。

「声、気をつけてください……通常の捜査ではそうでしょうが、我々は違うんです。そこだけは、ボタン一つはさすがに言い過ぎですが、でもそれに近い操作で、検索が可能です」

正確に言ったら「通信事業者から提供」というのも少し違う。

通信事業者には、許諾を得た上でホストサーバにバックドアを仕掛けさせてもらっている、と言った方が正しい。そのバックドアからシステムに入れば、運三はいつでもメタデータを自由に収集することができる。そういう仕組みだ。

いや、「運三は」と言いきったら、それもまた語弊があるか。

本宮の口は、まさに開いたまま塞がらない状態だ。

「そんな、馬鹿な……」

「どう思うかは、人それぞれでしょう。監視社会だとか、監視国家だとか……でも事実、現在の刑事捜査に、防犯カメラの映像解析は欠かせないものになっている。それによって解決できた事件がどれほど多いか、本宮さんだってよくご存じでしょう。防犯カメラが個人のプライバシーを侵害する例は、確かにあります。でもだからといって、防犯カメラはもうなくせない……必要悪。国民感情も、すでにそういう向きに傾きつつある」

本宮が体ごとこっちを向く。かなりムキになっている。

「防カメの解析と、事業者からの、通信データの無断提供を同列に語るな。そっちはお前、契約者に対する、明らかな裏切り行為だろ。一般市民に対する、警察の裏切り行為でもある。俺がどうこう以前に、マスコミに漏れたらどうするんだ。裁判に訴えられでもしたらどうするつもりだ。どう考えたって勝てる話じゃないぞ。警察なんて、誰も信用しなくなる」

それしきのことも考えずに上山が今の仕事をやっていると、本宮は、思って言っているのだろうか。

「お言葉ですが、本宮さん。そもそも論として、世界のネット通信の約八割がアメリカを経由してるっていうのは、ご存じですか」

本宮は、明らかに「知らない」顔をした。

「……八割が、アメリカ？」

「残り二割のうち、一割がイギリス経由。もうこれだけで、米英の同盟が世界のデータ通信の九割を牛耳っていることになる。そのアメリカが開発したのが、『PRISM』であり

『XKeyscore』であり『バウンドレス・インフォーマント』であり、『スティングレイ』なんですよ。運用第三係があろうがなかろうが、日本の通信は、最初からアメリカに首根っこを押さえられているんです。運三が見る前に、全てのデータはアメリカによって収集され、把握され、分析され、監視されているんですよ」

ようやく本宮が発したのは「だからって――」のひと言だった。

「……だからって？　だから運三が何をしてもいいのかって言いたいんですか。分かりますよ、そういう考え方も。俺もずっとそう思ってましたから。ＦＢＩでの研修が終わるまではね。でも、日本人が何をしようがしまいが、プライバシーなんてとっくに侵害し尽くされてるんですよ」

自分も少し、声の大きさは注意した方がいい。

「今はただ……国民がそれに、気づいてないってだけのことです。どの道、アメリカの掌で踊らされてる状況は変わらない。変えられない。だったら、すでに出涸らしみたいなメタデータですが、それを犯罪捜査に役立てようとしたら、それは、国民に対する裏切りですか。俺たちがどんな想いで、あのヘドロの沼みたいなサイバー空間から、たったひと摘みの情報を洗い出してくるか、そんな苦労話をするつもりはありませんよ。そのために、何人が精神を病んで現場を離れていったか、そんな愚痴を言うつもりもありません。ただ

「……」

なぜ自分が、国家による「国民のプライバシー剝奪行為」を擁護しなければならないのか、疑問に思わないと言ったら嘘になる。いや、ありのままを言ったら疑問だらけだ。納得なんてこれっぽちもしていない。

だがしかし、一個人の疑問を差し挟める状況ではない。世界はすでに、情報というヘドロの沼に浸りきっている。そのことを上山はアメリカで、FBIで、思い知らされた。呑み込まされてしまった。

綺麗事でなく、逃げることができないのなら、自分の手を汚してでもここで戦うしかない。それがたった一つ残された道なのだと、今は自分に、必死に言い聞かせる毎日だ。

本宮が、溜め息交じりに漏らす。

「……ただ、なんだ」

自分は、何を言おうとしたのだったか。

「ただ……今しばらく、見守ってください。釈迦に説法でしょうが、法律は時代によって変わります。国民の意識も、やがて変わるでしょう。今はその過渡期なのだと、自分は考えています……すみません」

本宮は腕時計を確認し、「少し考えさせてくれ」とベンチから立った。帰るのかと訊くと、捜査会議に出席するため東京湾岸署に戻るのだという。

もう一度、上山が「すみません」と頭を下げると、本宮は「お前が謝るな」と、上山の肩に手を置いた。

懐かしい重みだった。

一瞬だけ、あの頃に戻れたような気がした。

17

ちゃんと天気予報を見ていなかったので、雨に降られた。幸い、最近買ったリュックが防水性の高さを売りにした商品だったので、中のパソコンまで濡れる心配はしなくて済んだ。

夕方、アパートまで帰ってきて階段を上りきると、部屋の前に人が立っていた。

幹子だった。

自分同様、ここに来るまでに濡れたのか。あるいは待っている間に、外廊下まで吹き込んでくる雨風にやられたのか。

髪が、ぺったりと頬に張りついている。

それでも、表情は決して暗くない。

「……どうした」

「どうしたじゃないでしょ。待ってたの」

「なんで」

「……なんでだろ」

部屋に上げ、乾いたタオルを渡した。もう一枚出して自分も拭いた。いつも部屋干しなので、すこしカビ臭い。

「シャワー、浴びるか」

「いい……」

湿った幹子が、ぶら下がるように抱きついてくる。支えきれず、そのまま床に倒れ込んだ。

ごんっ、と音がした。

「大丈夫か」

「……大丈夫じゃない」

温かい唇に、呑み込まれる。濡れた衣服を互いに剝がし合い、何も着けずに交わり合う。

暗ければ暗いほど、幹子の肌は白く見える。光を蓄え、明かりを消すとぼんやりと浮かび上がる。

涼太が「デカいデカい」とからかう乳房を寄せ集め、捏《こ》ねる。しこりを宿した乳首を指で摘み、押して埋め込み、また摘み出す。

「なんか言って……」

気持ちを確かめたいのか。それとも責められたいのか。どちらにせよ、気の利いた台詞は浮かばない。

「気持ちいいか」

「……ばか」

幹子の、上半身だけをベッドに上げた。伏せさせ、後ろからまた繋がる。

白い尻に、自分の下腹を繰り返し押しつける。覆いかぶさり、首の後ろの汗を舐めて拭う。

「なんか、言ってってば……」

「デカパイ」

「んも……ムカつく」

揺れる。二人一緒に。だがどんなに互いを求めても、許し合っても、その快楽すら共有することはできない。重なり合うのは、肉体のほんの一部だけ。それすらも陰と陽。補い合えるものでもない。

頂の訪れもバラバラ。各々、別々だ。

「……ぎゅっ、てして」

鼓動が鎮まるまでは、ベッドの上で並んで過ごす。

幹子はうつ伏せになって、頭を乗せてくるのが好きだ。

「今日は、どこ行ってたの」

「一応、仕事……みたいな、もんかな」

「最近、よく出かけるね」

「ああ」

「あんま、いないもんね」

「来たのか。前にも」

「何回も来てるよ。だって、そうしないと会えないじゃん。オサム、ケータイ持ってないし」

「固定電話もないしな」

「なんで？　お金ないわけじゃないんでしょ」

「買っても、使えないんだよ。頭悪いから」

「……絶対ウソ」

薄く生えた胸毛を引っ張られる。痛い。

現実にある、確かな、それでいて、甘い痛みだ。

「幹子……前に、安藤に借りてる金、二千万だって、言ったよな」

「うん。大体ね」

「正確にいくらかってのは、分かんないのか」

「なんで？　なんでそんなこと訊くの」

「いくらあったら、安藤は納得するのか、安藤から、自由になれるのかな、って思って」

幹子が顔を上げようとする。だが手で押さえ、上げさせない。

俺の胸で、幹子がジタバタする。

「……なんで、そんなこと訊くの」

「用意、するよ。だから、額を決めてくれ」

「そんなん、できるわけないじゃん」

「退職金、あるし。それに少し足せば」

ようやく、俺の手をどけて幹子が顔を上げる。

「だってオサム、今いくつよ。退職金ったって、どうせそんなにもらえてないでしょ。しかもそれ、けっこう前の話でしょ。今だってほとんど働かないで、貯金で食べてんでしょ。二千万なんて……そんな大金、作れっこない」

幹子は、頭を撫でられるのが好きだ。そうしてやると、素直にまた胸に乗せてくる。

これでいい。これでいいんだ、と思う。

「世の中には、いろんな仕事がある。いろんな稼ぎ方がある。俺は今、ちょっと休んでるだけで、ほんとは、その気になればバンバン稼げるんだ」

また胸毛を弄られる。チクチクする。

「うそ……まさか、危ない仕事じゃないよね」

「たとえば、なに。高層ビルの窓拭きとかか」

「ふざけないで。あたしは真面目に訊いてるの」

「俺だって真面目に訊いてるよ。だから危ない仕事って、たとえばなんのことだよ」

「そんなの……安藤のやってることだってそうだし。この前も、涼太と喧嘩したんだ。あんたが安藤の言いなりになってたら、元も子もないでしょ、って」

そういうことだ。

「俺のは、安藤とは全然違うよ。安心しろ」

「できないよ、安心なんて。あたしたちのために、オサムに、無理なことしてほしくない」

「無理なんてしないさ。休業も、そろそろ飽きてきたから。また一発、ドカンと儲けようかなって」

幹子が肩まで這い上がってくる。大きな乳房が、俺の胸の上で潰れている。

「それがなんの仕事かって訊いてるの」

「本当にいい儲け話は、簡単に他人に言うもんじゃない。自慢げに喋る奴ほど、実際は危ないんだよ」

「大体でいいから。詐欺とか麻薬とか、そういうんじゃないよね?」

「違う」

「じゃギャンブル系? あ、株とか? でも今どき、パソコン使えないと、株もできないんじゃないの」

俺は、幹子の丸い額に唇を寄せた。

「……ま、その辺が一番近いよ」

「なに、株?」

「ああ。デイトレードな」

「だから、パソコンなきゃできないでしょ、って言ってるの」

「そんなもん、買えばいいんだろ」

「買っても使えないんじゃないの、馬鹿だから」

馬鹿とは言っていない。頭が悪いから、と言っただけだ。

「大丈夫だよ。危ないことはしない。だから、いくらあればいいのか、額を言ってくれ。そしたら、それだけ揃えて渡すから。それ持って、安藤のところに行け。今までお世話になりましたって」

なんとか目を合わせようと、幹子がさらに這い上がってくる。

「安藤に、お金渡して、そのあとは、どうなるの」

右目、左目、また右目。幹子が何度も、俺の両目を見比べる。

そんなに見ても、この中には何も入っていない。

何も、映ってやしない。

「どう、って」

「あたしたちは、どうなるの」

「幹子も涼太も、晴れて自由の身だよ」

「違う。あたしとオサムはどうなるの、って訊いてるの」

汗が引いて、少し寒くなってきた。

「どうしたい」

「あたしは……オサムと、一緒にいたい」

「じゃあ、そうしよう」

「いいの？」

「いいよ」

「なんか……軽くない？　投げ遣りじゃない？」

「そんなことない」

幹子が、頬を合わせてくる。額を、鼻を、唇を、俺の顔にこすりつける。これも少し、ゴリゴリと痛い。

「あたし、どっか行きたい……遠くに行ってみたい」

「旅行？」

「じゃなくて、行っちゃうの、ずっと、東京じゃないところに。海の見える町の、食堂みたいなお店で働いてみたい。涼太は……涼太も、連れてってやるか。あいつは、なんだろ……果樹園の手伝いとか、そういう感じかな」

果樹園。なぜ。

「海の見える町なら、男は漁師の見習いとか、バイトするにしたって、漁協とかだろ、普通」

「駄目。涼太、乗り物酔いすごいし、生きてる魚は触れないし、力仕事も向いてないと思う。昔は、ゲームのプログラマーとか、カメラマンになりたいとか言ってたけど、もうね……今からじゃゲームオタクにもなれないでしょ」

港町の食堂で「いらっしゃいませ」と声を張り上げる、エプロン姿の幹子。店の前のベンチに座り、ときおり思い出したように、カメラを構える涼太。レンズを向けるのは海だ。被写体は船か、カモメか、弧を描く海岸線か。

悪くない。ぜひとも、そうしてもらいたい。

幹子が来た、翌々日の夜。今度は涼太が、また何やら買い込んで訪ねてきた。

「すげーぞオサム、これで三百円だぞ」

大根半分、白菜四分の一、鶏の唐揚げひとパック、スモールサイズのピザ一枚。

「どうした」

「全部スーパーの見切り品。酒はあんだろ?」

「ああ」

「じゃあ鍋やろう」

涼太の言う「鍋」とは、要するに野菜を茹でてポン酢で食べるという、ただそれだけのことだ。

なので、まさかそこに鶏の唐揚げも投入するとは思わなかった。

「おい、大丈夫なのか」

「旨えんだって。いいダシ出んだって」

はっきり言って、見た目はかなりグロテスクな代物だった。剝がれた衣と油分が浮き上がり、全体が怪しい灰色に濁っている。鍋の汁というよりは、どちらかというと汚水に近い。

「お前、これ……前にもやったことあんの」

「ないよ。初チャレンジ」

「じゃあ旨いかどうか分かんないだろ」

「分かるよ。旨いもんと旨いもん合わせたら、もっと旨くなるに決まってっだろが」

だが悔しいかな、ポン酢を付けて食べたら、

「……な？」

「ああ」

意外なほど旨かった。焼酎ともよく合った。

それでも、疑問はある。

「しかし、さっきの理屈だと、鍋にピザを入れるのもあり、ってことにならないか」

「そらないわ。オサム、意外と馬鹿だな」

なんだろう。このやり場のない、憤りに似たものは。

涼太が、わざわざ箸を置いて「そうだ」と手を叩く。

「この前話したブイヤール、あれさ、ラブドールと姦りながら見ると、すげーらしいぞ」

「まあ、そうだろうな」

「なんだよ。もっと興味持てよ、オサム」

「無理言うなよ。ケータイも持ってねえんだから」

「あんだ、姉ちゃんと姦れれば満足か？　ヤバいぞ、それ。いろんな意味で」

VRとラブドールで満足する方が一般的にはヤバいと思うが、涼太は譲らず、VRとラブドールを併用する素晴らしさを、一部妄想も交えながら力強く語り続けた。おそらく、全ては安藤からの受け売りなのだろう。

鍋物は、けっこう早く腹が膨れる。

二人でピザを半分平らげた辺りで、涼太はタバコを吹かし始めた。

「そういや、オサム……姉ちゃんにさ、なんか言ったべ」

涼太は、東京生まれの東京育ちのわりに、妙な方言を使いたがる。ひょっとすると、言いづらいことを言うときの照れ隠し、なのかもしれない。

「何かって」

「金、作るとかなんとか」

「ああ、言ったよ」

がっくりとうな垂れながら、涼太がかぶりを振る。

「そういうさ……姉ちゃん糠喜びさすようなこと言うなや。すっかり舞い上がってっぞ。頭ん中、人生バラ色だぞ」

いいじゃないか。

「別に、冗談で言ったわけじゃない。ちゃんと当てはある。もう少しの辛抱だから、ちょっと待ってろ」

「冗談だろが。ホラーだろ、そんなの」

嘘という意味で「法螺」と言ったのか。絵空事という意味で「ファンタジー」と言うべきところを、間違えたのか。

どちらにせよ、意図は汲めた。

「糠喜びにならないように、ちゃんとやるよ」

「どうやって」

「それは言えないが、余計な心配はしなくていい。それより、安藤は本当に二千万で納得するのか。利子とかなんとか、言い出すんじゃないのか」

「分かんねえよ、そんなの。訊いたことねえから」

「確かめたこともない額の借金にお前ら、今までずっと縛られてきたのか」

「だって、世話になってんのは間違いねえもんよ。一円も稼げなかった俺らが、飢え死にしねえで今まで生きてこれたのは、兄貴のお陰なんだって。そら間違いねえんだって」

その代償が、売春と詐欺行為への加担だとしてもか。

涼太にも幹子にも言っていないが、実は、安藤光雄についてはある程度調べがついている。犯歴云々ではなく、どういう経緯で幹子と涼太の面倒を見るようになったのか、ということについてだ。

安藤光雄の父、安藤基樹《もとき》はかつて、ぬいぐるみの製造販売を行う会社の社長をしていた。幹子と涼太の母親、前原十和子《とわこ》は一時期、その会社の従業員だった。十八歳から二十一歳になるまでの、約三年。その間に、基樹と十和子は不倫関係に至ったと思われる。

やがて二人の関係が発覚し、十和子は会社を辞めたが、それで終わりにはならなかった。

翌年、十和子は幹子を産み、基樹と同棲するようになる。この当時、基樹は四十七歳、十和子は二十二歳だった。

基樹が帰らなくなった安藤家は、近所でも噂になるほど荒れたという。

そして、事件が起こる。

基樹の妻、理保子《りほこ》が、会社に出てきた基樹と口論になった末、基樹を刺殺。逮捕された理保子は有罪判決を受け、収監されたのち獄中で自殺する。このとき光雄は十八歳、前原十和子は二十四歳、幹子は二歳だった。涼太が生まれるのはこの三年後だ。

そう。涼太の父親は、安藤基樹ではない。幹子と涼太の父親は違う人物、ということだ。

それは一体、誰なのか。

ここから先は想像の域を出ないが、おそらくこういうことではないかと、俺は考えている。

光雄にとって十和子は、父親の元不倫相手であるのと同時に、両親を死に追いやった憎き女だ。しかも、かつては父親の会社の従業員だった。光雄と十和子が当時から顔見知りだった可能性は充分ある。光雄のあの性格からして、十和子を放ってはおかなかったはずだ。淫売、人殺しなどと、少なくとも罵りにいくくらいはしただろう。しかも、光雄は中学時代から札付きのワルだった。家庭環境が原因だったとは思うが、窃盗、暴行傷害、恐喝を繰り返していたとなると、あまり同情の余地はない。

当時の光雄の目に、十和子はどう映っただろう。

幹子が持っていた生前の写真を見る限り、十和子は目鼻立ちの整った、充分美人と言っていい容貌の持ち主だった。今の幹子よりも細面で、わりと日本的な顔立ちと言ったらいいだろうか。歳は光雄の六つ上。一児の母親とはいえ、まだまだ女盛りだったはずだ。光雄が十和子に何をしたのかは、一切分からない。憎しみから暴力を振るい、凌辱の限りを尽くしたのか。どこかの時点で愛情が芽生え、庇護するに至ったのか。最初から同情的だったという可能性も、ないではない。両親の死と引き換えに、光雄は決して少なくない額の金を手にしている。前原親子の面倒を見ることも充分可能だったのだろうが、それはどういう心境からだったのか。これぱかりは、光雄本人に訊いてみなければ分からない。

分かっているのは、十和子の入院費、葬儀費用を立て替えたのは光雄だったということ。涼太の父親は安藤基樹ではないということ。十和子の死後、光雄は幹子と涼太を養い、しかし一方では幹子を慰み者にし続け、涼太には詐欺の片棒を担がせているということ。

そして涼太は、安藤基樹の子供でないにも拘らず、基樹と、親子のようによく似た顔をしているということだ。

涼太が安藤光雄に恩を感じるのは、理解できる。

でも、だからといって、このままでいいわけがない。

「……じゃあお前は、ずっと、安藤の兄貴にコキ使われて生きていくつもりか」

「そういうわけじゃ、ねえけどよ」

「姉ちゃんを、自由にしてやりたいとは思わないのか」

「思うよ。思うけど……」

「俺が、その手助けをしてやるって言ってるんだよ」

「嬉しいけどさ、そら嬉しいけど、でも無理だって」

「無理じゃないんだよ。金で済む話なら、なんとでもなるから」

「でも、二千万って……」

「二千万じゃ足りないのか。じゃあ三千万か。三千万あればいいのか。お前ら、自由になれるのか」

「分かんないって、だから……」

涼太は、もしかしたら怖いのかもしれない。

安藤光雄という庇護者の下でしか生きたことのない涼太は、それ以外の世界を見ることが、怖くて堪らないのかもしれない。

確かに、この世界は歪んでいる。どうしようもなく汚れ、荒み、壊れかけている。

でも、それを「捨てたもんじゃない」と俺に教えてくれたのは、お前なんだよ、涼太。

今度は俺が、お前に、人生を諦めるのはまだ早いってことを、教えてやりたいんだ。

駄目かな。俺の言ってること、間違ってるかな。

なあ、明与《あきよ》。

18

四月四日木曜日、午前十時四十分。

上山は、田辺理の自宅アパート近くまで来ていた。

東京都荒川区西日暮里二丁目。周辺はほとんどが二階か三階建てで、その一階部分を会社事務所や工場、倉庫に使っているところも多い。それぞれの業種は、外から見ただけではよく分からなかった。

直接、田辺の部屋を訪ねるわけにはいかない。昔あなたがいた部署で係長をやっています、と自己紹介する場面を想像し、その滑稽さを一人、鼻で嗤った。

さて、張込みをするとしたらどこがいいだろう。いつものクラウンに乗ってきてはみたものの、ちょうどいい駐め場所はない。アパートの真裏が駐車場になってはいるが、あいにく月極なので勝手には駐められない。結局、少し離れたところにあるコインパーキングに駐めるしかなかった。

車中が駄目なら、どうする。長居させてくれそうな飲食店でもあればいいのだが、それもない。あとはどこかのビルの屋上か。持ち主に事情を話して借りられたら、それに越したことはないが、あまり高層だと何か動きがあったときに困る。地上まで下りる間に田辺を見失っては意味がない。

などと考えながら、十分ほど辺りをウロウロしていたら、一つ先の角から出てきた男に声をかけられた。

知っている顔だった。

「ちょっと……困りますよ」

公安部のカワモト。昨日、副総監執務室で田辺と本間についての報告をした、あのカワモトだ。

思ったより早く見つかってしまった。

だが、それならそれでいい。

「昨日はどうも」

「とりあえず一緒に来てください」

「任意同行ですか」

「ふざけないで」

この短時間でカワモトが現われたということは、公安の監視拠点はこの近くにあり、きちんと機能もしているということだ。

「おたくらはどこで張ってるんです？」

「いいから、ここを離れましょう」

「いいですよ、そちらにお邪魔させてもらえるなら」

「なに言ってるんですか」

「いい場所がなくて困ってたんですよ」

「とにかく、一緒に来て」

腕を引っ張られるまで粘るつもりはない。カワモトが背を向けて歩き出したので、大人しくついていく。

角を曲がると、カワモトはその先にあるコインランドリーに入っていった。上山も続く。見たところ、洗濯機も乾燥機も稼働中のものはない。

カワモトが中ほどで振り返る。

「……どういうつもりですか」

「どうって、田辺について知りたくて来たんですよ」

「それなら昨日報告したでしょう」

散々出し惜しみをしておいて何を言う。

「あれでは、よく分からない部分があったので。かといって、あまりそちらの手を煩わせるのも申し訳ない。あとは自力で調べようかと。これでも一応、元は刑事なので」

ここまでカワモトはずっと無表情のままだが、それでも苛ついているのは分かる。

「悪いと思うなら、ここには近寄らないでください」

「近寄らなかったら調べられないでしょう」

「それが迷惑だと言ってるんです」

「分かってますよ。だから、おたくらの拠点に行こうと言ってるんです。何も、茶を出せとまでは言いませんから。私には、かまわなくていいですから」

初めて、カワモトが口元を歪める。

「……っと、タチ悪いな」

「本当に、これでも申し訳ないとは思ってるんですよ。ウチを辞めた人間の行確なんて、おたくじゃ優先度の低い仕事でしょうから。カワモトさんにとってはハズレくじもいいところでしょう。だから、自力でやると申し上げてるんです」

もう、カワモトは無表情に戻っている。

「他部署の人間に恥を掻かせるのが、そんなに楽しいですか」

「だから、申し訳ないと言っているでしょう。ご迷惑はおかけしたくないが、こっちも少々事情が切迫してましてね。田辺について調べて、シロならまた次に行かなければならない。時間がないんです」

この段階に至っても、カワモトがどういう立場の公安部員なのかは分からない。管理官より下であるのは間違いないが、係長なのか、統括主任なのか、ひょっとしたらヒラ係員という可能性もないわけではない。よって、どの程度の権限を持っているのかは不明だ。

そのカワモトが、小さく頷く。

「……仕方ありません。ご案内します。私も、あまり長く持ち場を離れるわけにはいかないので」

「助かります」

案内されたのは、ランドリーの斜め向かいにある比較的新しいマンションの二階だった。

「……どうぞ」

「失礼します」

間取りは1LDK。家財道具はほぼないに等しい。奥の洋間にスポーツバッグが一つ、布団がひと組、あとはゴミ袋と、監視用機材がある程度だ。

窓際にカメラと三脚、その手前の床にはレコーダー、モニター、通信機器と思しき機材が並べられている。確かにここからなら、田辺のアパートの出入りは分かる。モニターには、さっきまで上山が歩いていた辺りの様子が映し出されている。

ただし、カワモトの他には誰もいない。

「田辺は今どこに」

「さあ。外出中としかお答えできません」

「ここは、何人で回してるんです」

「それもお答えできません」

カワモト一人だけではないのか、という疑念が拭えない。

「この部屋はいつ借りたんですか」

「しつこいですよ」

それでも一応やるべきことはやっている、というのが確認できたのは収穫だ。

「カワモトさん、携帯番号、交換しましょうよ」

「なぜです」

「私はこれから、前原姉弟の様子を見にいきます。そういう連携だったら、不都合はないでしょう」

「お断わりします。そちらが下手を打って、こっちまで火の粉をかぶるのはご免ですから」

火の粉も何も。

「それはないですよ。この件はウチからお願いしてるんです。仮に私がしくじって、おたくが撤収することになっても、恨み言を言うつもりはありません」

「あなたがどうこうは関係ない。部内での、私の立場が悪くなると言ってるんです」

なるほど。それは確かにそうだろう。彼にしてみれば、上からの命令で仕方なくやっているだけなのだ。それを「保身」と嘲《あざけ》る気にはなれない。

「……分かりました。でも、もし何かあったら、連絡してください。非通知でも、なんでもいいですから」

名刺の裏に自分の携帯電話番号を書き足し、差し出した。

頷きはしなかったが、カワモトもこの場では受け取ってみせた。

そもそも、この「カワモト」という名前も本名かどうか疑わしい。現場に出る公安部員は通常、いくつもの名前を使い分ける。

やはり刑事畑の人間にとって、公安部員は付き合いづらい。

田辺宅から前原宅までは徒歩十五分、車だと早ければ五分という近距離だった。幸い、アパートの斜め前にコインパーキングがあったので、今度は駐車場所に困らなかった。

ここで張っていたら、田辺は本当に現れるのだろうか。

そうこうしている間にも、奈良や出水から連絡が入った。内容は上山から國見に伝え、長谷川管理官とも情報を共有しておくよう命じておいた。ついでに解析作業の進捗について も訊いてみたが、そっちは相変わらずということだった。

一つ、國見からいい報せがあった。阿川の併任解除手続きが完了し、明日から運三に復帰できる目途がついたという。これには大いに安堵した。あの本宮の下に阿川を置いておく不安は大きかった。大事になる前に阿川を退避させられるのは、素直に嬉しい。

しかし、呑気に喜んでいられたのも束の間だった。

目の前を通り過ぎていく、黒いセダン。上山の乗っているのより年式は古そうだが、同じトヨタ・クラウンアスリート。確か、同じ車がさっきも前を通ったのを見た気がする。

しかも今回はこの駐車場に入ってくる。二つ向こうの枠に駐めようとしている。

その後部座席にいる男の顔を見て、上山は本当に、心臓が止まりそうになった。

本宮が、なぜこんなところに。

ぴったりと輪留めまでバックし、黒いアスリートが停止する。こっちは、駐車料金の精算をしていないので逃げるに逃げられない。

後部ドアが開き、チャコールグレーのスーツを着た本宮が降りてくる。今からドアロックをしても意味はない。上山は大人しく、本宮が後部座席に乗り込んでくるまで待つしかなかった。

「……よう、お疲れ」

まるで、張込みの交替要員のような口振りだ。

「本宮さん、なんなんですか」

「何って、お前を尾行してきたんだよ。新橋からずっと」

昨日、馬鹿正直に名刺を渡したことが、今になって悔やまれる。

「ちょっと待ってくださいよ……なんすか、管理官って、そんなに暇なんですか」

あっというまの逆転劇。自分が、ついさっきまでのカワモトの立場に置かれたことを自覚する。

本宮は、ルームミラーの中で苦笑いを浮かべていた。

「失礼な奴だな……でもまあ、実際そうなんだよ。特捜にいたらいたで、いろいろやることはあるんだが、任せようと思えば、案外なんとかなるもんでな。中間管理職ってのは、そういうもんだろ……中島は相変わらず自供しそうにないが、再逮捕の材料はもう充分揃ってる。あとは調官に、気長にやってもらうしかない、ってな状況だよ。それよりも俺は」

本宮が、シートの間から顔を出してくる。

「……検察に、中島逮捕の端緒となった、タレコミのネタ元を割れって言われるんじゃないかって、戦々恐々としているわけさ」

そうきたか。

「なんですか、新手の恐喝ですか」

「重ね重ね失礼な奴だな。元はと言えば、お前らの盗聴ネタを喰わされて動いたんだからな、こっちは。黙って、はいそうですかってやってりゃいいのかもしれんが、生憎《あいにく》そういう性分でもないんでね」

それはよく知っている。

「だからって、俺を尾行したって仕方ないでしょう」

「そうでもないさ。いろいろ勉強になるよ。運用第三係の係長さんは、意外と足を使う仕事もするんだな、とか。どっかの誰かさんと、コインランドリーで口喧嘩したりもするんだな、とか……あれひょっとして、公安だったりするんじゃないか」

現場を離れても、刑事の「鼻」は健在か。

しかし、本格的にマズいことになった。本宮にだけは気づかれたくないと思っていたが、いったん気づかれたら、案の定これだ。

「……とにかく、しばらく見守ってくださいって、昨日頼んだじゃないですか」

「分かってるよ。だから見守りにきたんだろうが」

「そういうことじゃなくて」

「張込みだろ。ちゃんと前見てた方がいいぞ」

完全に最終防衛ラインの設定を誤った。すでに跡形もなく攻め崩されている。機密も何もあったものではない。

本宮がフロントガラスの先を指差す。

「どこ見てんだ。あのボロいアパートか。どの部屋だ。一階か、二階か、右左真ん中、どこを張ってんだよ」

善後策、善後策——駄目だ、何も思いつかない。ただ追い払うだけでは意味がない。本宮の狙いを知る必要がある。運三を秘密裏に解体することか。そのために自分に付きまとっているのか。こんな子供じみた嫌がらせで、運三を解体できると思っているのか。大体、運三を解体したところで国家による国民の監視はなくせない。形を変え、所管部署を替え、より機密性を高めて継続されるだけだ。

「答えろよ。どこを張ってるんだ」

「それを聞いてどうしようっていうんですか」

「どうもしないよ。見守れって言うから見守りにきただけだろ」

「じゃあ、帰れって言ったら帰ってくれるんですか」

「それは、土産の内容次第だな」

タチが悪いというのは、本来こういう男のことを言うのだろう。

「……いい加減にしてください」

本宮が後部シートに背中を戻す。

「馬鹿だな、お前……人の秘密を暴く側の人間が秘密を持ったら、その時点で負けなんだよ。秘密も機密も、漏れたらただの弱味だ。秘密なんてもんは、持たないに越したことはないんだよ」

正しさが強さの一つであることは認める。だがそれだけで社会が守れるのか。本当に守りきれるのか。

「……その弱みにつけ込んで、どんな土産をせしめようっていうんですか」

「人聞きが悪いね。俺はそんな、土産の中身に注文を付けるようなはしたない真似はしないよ。いただけるものは、なんでもありがたく頂戴する主義だ」

「口に合わない土産は、かえって迷惑になることもありますよ」

「確かにな。じゃあここは曲げて一つ、注文を付けさせてもらうか」

また本宮が顔を出してくる。

「お前の、この張込みの目的はなんだ。新橋にいればボタン一つでなんでも分かるんだろ。今さら『昔取った杵柄』でもあるまいに」

ふいに閃いた。ヒントになったのはさっきの、本宮自身の言葉だ。

思いついてしまえば簡単なことだ。

「……残念ながら、もう、ボタン一個じゃ分からないんですよ」

「何が」

「何もかもです」

「どうして。回線を根こそぎ引っこ抜かれでもしたか」

「まあ、そんなところです。とにかく今、我々運用第三係は全機能が停止状態にある。正直、俺なんかは新橋にいても何もすることがないんです。だから、たまには娑婆《しゃば》に出てきて、刑事の真似事でもしようかなと、いうわけです」

本宮が「分からない」という顔をしてみせる。

「回線引っこ抜かれて、その暇潰しに張込みごっこってのは、どうにも解せ……いや、そうか。そこのアパートに住んでるのが、その回線を引っこ抜いた張本人ってことか」

「惜しいですね。そこに住んでるのは張本人の情婦と、その弟です」

「なるほど。となるとさっきの、公安の張ってた方が張本人のヤサか。しかし、なんで公安とヤマがかぶった。張本人は、極左のサイバーテロリストってことか？　でもそれにしちゃ、こっちじゃさっきみたいに、文句言いに出てこないな。情婦のヤサを張ってないってことはないだろ、公安ともあろうもんが。近くにいるんだろ」

さすが、こういう話だと呑み込みが早い。

「それが、あるんですよ。この件に関しては、公安はまるでやる気がないんです。たぶん、こっちを張るほどの人数は最初から出していない。それが分かったから、俺もこっちに来てみてるんです」

そろそろ、いいだろう。

「……本宮さん。どうせ暇してるんだったら、手伝ってくださいよ」

「はあ？」

人は、秘密を守ろうとするから弱くなる。だったら、秘密を秘密でなくしてしまえばいい。すでに七割方、本宮には知られてしまっている。全て明かしたところで、もはや状況にさしたる変化はない。

変化するとしたら、それは本宮の方だ。

本宮は骨の髄まで警察官であり、信頼するに足る実直な人間だ。価値観の根本も、そう大きくは上山と違わないはずだ。実際に昨日、運三による国民の監視について、マスコミに漏れたらどうする、裁判に訴えられたらどうすると上山に迫った。

本宮ですら、運三の実態を国民に知られるのはマズいと思っているのだ。だったら、共有しようではないか。この秘密を。

「手が足りないんですよ。本宮さん、手伝ってください」

「おいお前、捜一の管理官に、今さら張込みさせんのか」

「得意だったじゃないですか、昔は」

「お前と違って、俺は仕事がないわけじゃないんだよ。会議だのなんだの、いろいろ忙しいんだ」

「でもそんなものは、遣り繰り次第でどうにでもなる。現に今、ここに来ることができている」

「盗聴ネタの喰わされっ放しにはできないからな」

「いいですよ、なんでもお話しします。だから手伝ってください」

本宮は、低く「この野郎」と漏らした。

「……俺を、共犯者に引っ張り込むつもりか」

その通りだ。

19

この件に関して、自分はどこまで知りたいと思っていたのか、知るべきだったのか、あるいは知るべきではなかったのか。本宮自身、もう完全に分からなくなっていた。

正直、ここまでの事態とは思っていなかった。

通話もメールもその他のメッセージも、警察が令状なく検閲し、必要とあらば取り締まる。それは現代社会の人権意識からいったらあり得ない「過剰な国民監視」であり、決して許されることではない。しかし上山によると、日本国はもうすでに、その是非を論じる段階にはないのだという。

スノーデン事件を見れば分かる通り、望むと望まざるとに拘らず、米国はすでに国家による完全な監視体制を確立している。一方、インターネットを含む通信の世界に国境はない。それは同時に、日本国も米国の監視体制下に組み込まれていることを意味する。あるいは呑み込まれている。

またアメリカか、という思いを禁じ得ない。

日本は太平洋戦争で負けたことにより、ハーグ陸戦条約で禁じられているにも拘らず、米国に憲法を書き替えさせられ、さらに一切の軍備を放棄させられた。しかし朝鮮戦争が勃発すると、米軍は半島に勢力を展開せざるを得なくなり、日本の治安維持どころではなくなった。そこで創設されたのが警察予備隊、今の陸上自衛隊の前身に当たる武装組織だ。

現行憲法の施行が一九四七年、警察予備隊の設置は一九五〇年。たった三年だ。「陸海空軍その他の戦力は、これを保持しない」と謳《うた》った憲法第九条は、たったの三年で有名無実の条文と化していたのだ。

そして今度は、国家による検閲の復活か。あれほど戦前戦中の特高警察を非難し、廃止させておきながら、それ以上のことを米国は今、日本に許すというのか。

本宮は何も、悪いのは全部アメリカだ、などと言うつもりはない。喧嘩上等の極道国家だとは思うが、国交を断絶するなど絶対にできないのだから、上手く付き合っていくより他に道はない。日米同盟には確かにデメリットがある。しかし、公平に見てもそれ以上にメリットのある二国間関係であるのもまた、一方にある事実だ。

おそらく、日本人が揺るぎない自主性や主体性を持つことこそが重要なのだろうが、今それをこの場で言ってみても始まらない。

とりあえず、警視庁がこの件にどこまで関わっているのか、現状がどうなっているのかを把握することが先決だ。

本宮が「共犯者に引っ張り込むつもりか」と訊くと、上山は悪びれもせず「その通りです」と返してきた。

「俺だって、今のこのやり方が正しいとは思ってないです。でも走り出してしまった以上、もう降りることはできないんですよ。テクノロジーってそういうもんでしょう。いったん乗ってしまったら、上手く付き合っていく他に道はないんです」

何やら、本宮の心の声を一部盗み聞きされたような気もしないではないが、ことさら否定する必要もない。

「……分かった。今日のところは夕方まで付き合ってやる。今後のことはまた別途ご相談だ。俺には新木場の他に、まだ荏原署の特捜もあるんでな。そっちの状況も見ながら、考えさせてもらうよ」

しばらくは本宮が後部座席、上山が運転席に座ったままの時間が続いた。本宮が「家族には何か話したのか」と訊くと、上山は「話せるわけないでしょう」と自嘲気味に頬を歪めた。

それで、何か思い出したようだった。

「……下の娘に、今、携帯電話をねだられてましてね」

「唯ちゃんか。いくつだっけ」

「十歳です」

「十歳で、もう携帯電話か……でも、そういう時代なんだろうな」

「いえ、むしろ遅いくらいです。周りの友達はもう、みんなとっくに持ってるらしいです。もはや、そういう時代なんでしょうが……今、こういう仕事をしてると、とてもじゃないですけど、買ってやる気になんてなれませんよ。そうとは知らないうちに、プライバシーは覗かれ、情報はどんどん抜き取られていってるんですから。女房にも、長男にも注意したいんですけど、でも言い始めたら、じゃあケータイなんて意味ないじゃないかって話になる。持ってたって使えないじゃないかってことになる……それが分かってるから、結局は何も言えなくて、放置です。俺にも、何が正解かなんて、まるで分からないですよ」

そんな話をしたあとだったからか。上山はブーブーと震え始めた携帯電話を内ポケットから抜き出し、忌々《いまいま》し気に見つつも、慣れた手つきで操り、耳に当てた。

「はい、もしもし……ええ、大丈夫です……はあ……」

その横顔から、何かよくない話なのだろうことは察したが、上山の覆うような持ち方がそうしているのか、通話内容はほとんど漏れ聞こえてこなかった。相手が上司なのか部下なのかも分からない。

「……分かりました。ですが、こっちにもう少し、時間もらってもいいですか……それは、戻ってからお話しします……はい、すみません。よろしくお願いします」

通話を終え、上山が携帯電話を内ポケットに戻す。

本宮から、訊いていいのだろうか。

「……どうした。あんまり嬉しい話じゃなさそうだったが」

「まあ、想定の中で言ったら、最低最悪の部類です」

「俺が聞いていい話か」

「聞きたいですか」

「分かんないよ、そんなの。でも俺が聞いて、多少なりともお前の足しになるんなら、聞くよ」

上山は長めに溜め息をつき、うな垂れるように頷いた。

「さっきは、回線を根こそぎ引っこ抜かれた、ってことにしましたけど、正確に言うと、ちょっと違ってまして……本宮さんが言ってた『マルC』ですが、あれって、正式には『スパイダー』って呼ばれてるんです。イメージ的には、ネット上を回遊して、情報を手当たり次第に収集してくる、掃除機みたいなもんです」

自分なりに絵として思い浮かべてみる。

「そう聞くと、蜘蛛というよりは……『夢を喰う獏』みたいだがな」

「それは、別にどっちでもいいですけど」

この野郎、とは思ったが言わずにおいた。

上山が続ける。

「その回遊点であるスパイダーはいくつか存在するんですが、その内の四つに、バックドアが仕掛けられていたことが分かりました」

スパイダーがいくつもあること自体驚きだが、それ以上に分からない単語があった。

「……バックドア?」

「要は裏口です。蜘蛛に裏口って、どう喩えたらいいのか分かりませんが、スパイダーも、実在するサーバに格納されている、一つのプログラムであり、システムなんです。そこに、裏口を仕掛けられてしまった……ということが、ようやく判明したという報告です」

分かるような、分からないような。

「けっこうな大事のように聞こえるが、そのわりに、お前はずいぶんと落ち着いてんだな」

上山が頷く。

「その疑いは、ちょっと前からありましたからね。今のは、システム内部からその証拠とも言うべき……まあ、痕跡が見つかったと、そういう話です。その犯人がタナベオサムという、運用第三係の元係員であることが特定された、という報告です」

なるほど。

「公安はそのタナベをサイバーテロリストとしてマークしていた、お前は裏切り者として追いかけている、ということか」

「ちょっと違いますけど、まあ似たようなもんです」

返す返すもこの野郎。

「お前、さっきからなんだ。ちょっと棘《とげ》があるぞ」

上山がチラリと横目で見る。

「ちょっとくらい勘弁してくださいよ。こっちは、国家機密を吐かされたばかりなんですから。俺がもし、特定秘密保護法違反で処罰されるようなことにでもなったら、本宮さん、どうしてくれるんですか。そうなったら国賊ですよ、俺は、完全に」

むろん冗談だろう。自分は上山と同じ警視庁の人間だ。情報漏洩にも、特定秘密保護法違反にも当たらない、と思う。たぶん。

「……それさ、上手い落とし処を見つけられないと、最悪、どうなっちまうんだ」

「最悪は……そりゃ米国の知るところとなれば、当然、日本の危機管理能力のなさを強く非難されることになるでしょうね。向こうは一応、親切で一連のシステムを貸してくれているわけですから。その結果、日米同盟にヒビが入る……なら、まだマシかもしれない。これをネタに、米国がさらなる内政干渉に乗り出してくるようなことにでもなれば、もはや、我が国は独立国家と言えるのかどうか」

段々、上山が冗談で言っているのか、本気でそう思っているのか、分からなくなってきた。

「そのタナベってのは、そんなに危険な奴なのか」

「あくまでも、今のは最悪の想定です。タナベがどんな奴なのか、何を考えているのかは分かりません。俺は、会ったことすらありませんしね。明らかなのは、タナベがスパイダーにバックドアを仕掛け、スパイダーに……暴走とは言わないまでも、ある種の不具合を生じさせ、正常には運用できなくさせたということと、そのせいで運用第三係は全業務を停止し、原因究明に当たらなければならなくなったということ、その二点です」

そこまでは、理解した。

では、そのタナベ何某について、もう少し詳しく説明してもらおうか。

この日は荏原署の特捜会議に出席し、終わってから東京湾岸署に寄った。幹部から会議内容について報告を受け、打ち合わせを終えたのが午前一時過ぎ。弁当が残っていたら一つ貰おう、などと思って出入り口の方を見たら、ちょうどそこにいた植木と目が合った。隣には佐古もいる。周りにはもう、ほんの数人しか捜査員はいない。

目で廊下の方を示すと、二人は揃って小さく頷いた。それを、とても頼もしく思う気持ちと、罪悪感とが同居している。

あの二人を頼りたい。でも面倒には巻き込みたくない。

廊下に出ると、二人は人気のない突き当たり、真っ暗な窓の前で待っていた。

近づきながら、片手で軽く詫びる。

「お疲れ。ずいぶん、遅くまで残ってたんだな」

植木が口を「へ」の字に曲げる。

「管理官こそ、どこ行ってたんですか。浅沼係長、ずっとヤキモキしっ放しでしたよ」

特捜デスクにいる植木は、それを一日中見ていたというわけだ。

「すまんな。ちょっと野暮用で」

「なわけないでしょ。例の件なんでしょ？」

佐古も頷く。

「阿川巡査部長は、今日一杯でＳＳＢＣに帰りました。あまりにタイミングが良過ぎます。

タレコミの件を有耶無耶《うやむや》にしようとしてるとしか思えません」

それについては、本宮も庶務担当管理官から直接聞いたし、上山にも確認を取った。

「とはいえ、この件は、阿川を絞め上げてどうこうなるもんでもない。彼のことは、もうよしとしたい」

植木が、からかうような目で本宮を見る。

「さては管理官、例の、クラウンの男に会ってきましたね？」

やはり、隠し通せるものではないか。

「……ああ。会った」

「で、どうでした」

「いろいろ話したよ。なかなか、あっちはあっちで複雑怪奇だ」

佐古が、少し怒ったように覗き込んでくる。

「管理官。先日仰っていた『スティングレイ』ですが、あんなものがこの件に関わっているんだとしたら、大問題ですよ」

警察官なら、誰しもそう思うだろう。

「確かにな。大問題なんだよ」

「そんな悠長な」

植木が佐古の肩に手をやる。

「まあまあ、聞こうじゃないか、管理官のお話を。時と場合によっちゃ、俺たちにも出番が回ってくるかもしれないじゃないか」

またしても、この野郎、と心の中で呟いた。

ただし、今のはいい意味でだ。喜びの声だ。

「……相当、面倒な話だぞ」

植木が頷く。

「複雑怪奇、なんでしょ?」

「関わったところで、いい事なんかないぞ」

「そりゃ分かんないじゃないすか。本宮さんに付いていけば、上手くしたら、定年までに本部の係長くらいにはなれるかもしれない」

「どうだかな。巻き添えを喰って、一緒に首になるかもしれんぞ」

「そしたら……ああ、あれですよ、芸能事務所がやってる、テレビドラマの、警察監修のチームにでも入れてもらいましょうよ。捜査一課の元管理官なら、絶対使ってくれますって。俺たちはそのおこぼれに与《あずか》ります……なあ、佐古ちゃん」

これには、佐古も表情を和らげた。

「それは……どうですかね」

「美人女優にいっぱい会えるぞ」

「自分、カノジョいるんで、そういうのは別に。っていうか、首の方が困ります」

「お前、さっきと話違うじゃねえかよ」

二人で、なんの相談をしていたのやら。

結局、植木と佐古には正直に、本宮の知り得たところの全てを話した。むろん、本宮とて事の全容を把握しているわけではないし、上山が語ったことも事象のごく一面に過ぎないのであろう、と断わった上でだ。

聞き終えると、植木は真っ直ぐに頷いた。

「こんな脚の俺でお役に立てるかは分かりませんが、張込みの交替要員くらいにはなると思いますよ。それに、正直もう、デスクは飽きました。そろそろ、外の空気が吸いたいと思ってたところです」

新木場爆殺傷事件発生から、もう三週間以上が経つ。植木の左手中指と左肘は相変わらず固定されているが、顔に絆創膏はすでになく、左膝も、急がなければ普通に歩ける程度には回復している。容疑者との追いかけっこは無理だろうが、確かに、張込みくらいは任せられそうだ。

佐古も、同意を示すように頷く。

「自分もやります。運用第三係、ですか……そこの仕事がどうであれ、システムそのものを悪用されるのはマズいです。ただ、そんな大事なのに、なんで向こうは、上山係長一人しか対処に動く人がいないんでしょう」

それは本宮も疑問だった。

「なんでも、人手不足で大変らしい。そもそも、まだ非公開の部署だからな。予算も人員も充分じゃないんだろう。阿川を引き揚げたのは、そういう事情もあってのことらしいから」

「そうでしたか。それなら……はい」

二人の覚悟は、よく分かった。目を見て話したことで、そこに嘘や強がりがないことも感じ取れた。とはいえ本宮も、二人を沈むと分かっている泥舟に乗せるつもりはない。むしろ二人には「これこそが首都警察だ」と胸を張れる、そんな警視庁の担い手になってもらいたい。

四月五日早朝。本宮は講堂に入ってきた浅沼、泉田の両係長を上座の端に呼び寄せた。

「急な話で申し訳ないが、三日ほど、植木警部補と佐古巡査部長を、俺の特命で使うことにした。理由は訊くな」

当然、二人は眉をひそめる。

訊いてきたのは浅沼だ。

「いやしかし、特命、と言われましても」

「中島再逮捕の材料も揃ってるんだ。二人くらい抜けたって問題ないだろう。俺も、できるだけ会議には戻ってくる」

「ですが、何も訊くなというのは」

「じゃあ一つだけ。中島がホシだというタレコミ、そのネタ元に関することだ。これ以上は言えない。いま聞いたことも他言はするな。たとえ一課長に訊かれても、絶対に言うな。いいな」

返事は聞かず、本宮は植木と佐古を連れて講堂を出た。

廊下を進み、エレベーターに乗ったところで植木が笑いを漏らす。

「泉田係長、ぽかーん、でしたね」

「よく知らないんだが、どういう人物だ、泉田係長は」

「まあ、あんな感じです、いつも。いわゆる『昼行灯』です」

「そうは言っても係長だぞ、君が目指すところの」

「まったく、困ったもんです」

管理官専用車に乗り込み、計四名で前原宅へと向かった。

例のコインパーキングに着いてみると、昨日とは一つズレた位置に上山のクラウンが駐まっている。本宮の車はその隣の隣、ワゴン車を一台挟んだ位置に入れた。

「君らは、ちょっと待っててくれ」

本宮だけ降り、ワゴン車の後ろを回って上山の車に乗り込んだ。

上山は後部座席にいた。

「お疲れ。本当に昨夜は帰らなかったのか」

車内には、それっぽい臭いがこもっている。

上山は早くも怒り顔だ。

「本宮さん、なんですか、あんなに何人も連れてきて。昨日のこと、もう喋ったんですか」

「何人もって、二人と運転手だけだろ。それにあの二人は、お前のところの盗聴ネタを喰わされた当事者だ。真相を知る権利はある」

「俺は、本宮さんを信じて告白したんですよ」

「分かってるよ。お前は俺を信じた。だったら俺の見込んだ二人のことも、お前なら信じられるはずだ。違うか」

今の、上山の舌打ちは聞こえなかったことにする。

「どの道、お前と俺の二人じゃ張込みは回せない。運転手はまだ半人前、数の内には入らない。使えるぞ、あの二人は。俺が保証する」

上山は奥歯を嚙み締め、黙っていた。

「具体的にはどうする。田辺理、前原幹子、前原涼太。三人の顔さえもらえれば、こっちは俺たちに任せてくれてもいい。お前は田辺宅に行って、公安と合流するもよし、ケツを叩いて情報を出させるもよし。そこはお前の判断に任せるよ」

大袈裟な溜め息。気持ちは分かるが、今は実務が優先だろう。

「……上山。俺を抱き込もうと決めたのはお前だぞ。今さら尻込みなんてするな。いったん乗っちまったら、降りるわけにはいかないんだろ。俺たちだって、肚括ってここまで来てるんだ。根性を見せろとは言わないが、それなりに先陣は切ってもらわないとな。今度は俺の恰好がつかなくなる」

上山は額に指をやり、「ほんと」と漏らした。

「本宮さんって、細かいんだか大胆なんだか、よく分かりませんね」

「両方必要なんだよ。小さなことは気にしない、大きなことは分からない……そういうのが一番使い物にならないんだ」

「確かに、そりゃそうですけど」

さも面倒臭そうに、上山が助手席に置いたカバンに手を伸ばす。

「……写真は、俺も余計には持ってないんで、コンビニでコピーするなり、ケータイで撮るなりしたら返してください。それと、今は二人とも部屋に戻ってます。涼太が昨夜二十三時頃、幹子は午前一時頃に帰宅しましたが、田辺理らしき男は一緒にいませんでした。訪ねても来ていません。どこかで落ち合っているかもしれないので、次に出てきたら尾行したいと、思ってはいたんですが……」

だとしても、上山一人に尾行できるのは幹子か涼太、どちらか一人に限られる。やはり頭数は必要だろう、と恩に着せたいところだが、今は控える。

「まさか、アパートの裏からこっそり入ってたり、してないだろうな」

「それはないですね。足場になるような塀もないし、窓の手すりは錆びきってて、とても人がぶら下がれるような代物じゃありません」

「なるほど」

上山が差し出してきた写真、三枚を受け取る。

田辺理は、元警察官にしては線の細い、優男といった印象。

前原幹子は、やや田舎臭くはあるが、愛嬌のある顔をしている。

前原涼太は、分かりやすく言ったらチンピラ風だろうか。

「あの二人、紹介するよ」

「いえ、遠慮しておきます。あんまり、下手に顔を売っていい立場でもないんで。このまま、行かせてください」

そう言われると、頷かざるを得なかった。

いったん降り、上山は料金を精算すると、またすぐに乗り込んで駐車場から出ていった。本宮はそれを、ワゴン車の陰から見送った。

変わらない男だと思っていたが、そんなはずはない。上山は上山なりに、本宮には見えないものを背負い込み、変わることを余儀なくされている。変わらない部分も感じられるだけに、それが少し、本宮には寂しい。

今日の降水確率は何パーセントだったか。

少し、雲行きが怪しい。

20

散々嫌味を言われたが、上山は公安の監視拠点であるアパートに陣を取ることに決めた。ここなら田辺宅の出入りがモニターで確認できるし、トイレも風呂もある。何より、クラウンの運転席と比べたら格段に広い。

カワモトはモニター前で胡坐《あぐら》を掻いたまま、ほとんど動かない。今日は青いチェックのシャツに、ボロボロのジーパンというラフな出で立ちだ。スーツ以外のものを着ていると、意外と若く見える。四十歳前後と思っていたが、実はまだ三十代半ばなのかもしれない。

田辺の不在は今も続いているらしい。

「カワモトさん。田辺の尾行には何人ついてるんですか」

「ですから、それを訊いてどうするんですか」

「人員が足りていないなら、他に何か方法を考えるべきかと」

「監視対象が同じでも、おたくとウチとでは目的が違う。必要とする人員も、手法も違って当然でしょう」

「それが何人かと訊いているんです」

「しつこいですね。私のやり方に不満があるのなら、出ていってもらってかまわないんですよ」

その後も、間を置いて何度か同じ質問をしてみたが、カワモトが答えることは一度としてなかった。

その背中を見ていて一つだけ感心したのは、根気だ。人間離れした忍耐力、と言ってもいい。

上山は壁にもたれてみたり、布団に座ってみたり、三十分と同じ姿勢ではいられない。だがカワモトは違う。どこにも寄り掛からず腕を組み、胡坐を掻き、二時間でも三時間でも微動だにせず、ただひたすらモニターを睨み続ける。少なからず意地はあると思う。これが公安の仕事だ、刑事の張込みなんぞと一緒にしてくれるなという、無言のアピールなのだろう。むろん居眠りなどもしない。話しかければ必ず何かしら反応はあるし、いつ覗き込んでも目は開けている。人間というよりは「石像」に近い。「エコノミークラス症候群」を怖れる気持ちなど微塵もないのだろう。

トイレにも滅多に立たないし、食事も、昼過ぎに菓子パン一つとペットボトルの水を口にしただけ。たまに携帯電話は弄るが、通話はしない。上山に聞かれるのを嫌い、メールか何かでやり取りしているのだと思う。

上山にも、本宮から午後に一度、夕方に一度電話があったが、前原涼太が安藤光雄の事務所に入ったとか、幹子が近所のドラッグストアに行って帰ってきたとか、いずれも田辺と接触したという報告ではなかった。上山から報告すべきことは特になく、双方張込みを続行するという確認のみに留まった。

十九時頃、だったろうか。

ふと静けさが増したように感じ、耳を澄ますと、いつのまにか町の音がぼやけ、遠くなっていることに気づいた。

数秒待つと、すっかり暗くなったモニター画面に初めて、傘を差した女性の姿が映り込んだ。アスファルトも、いくらか黒く光って見える。

雨ですね。

そう呟くと、カワモトは「ええ」と低く返してきた。

なぜだろう。いま彼のことを、本当は優しい男なのかもしれない、と思った。

なんの用意もなく張込みに入ってしまったので、二度ほど外出し、着替えや食料を買い揃えてきた。あと、首を覆うタイプのエアクッションを二つ買ってきた。一つを差し出すと、カワモトは「ありがとうございます」と、意外なほど素直に受け取った。

交替もするようになった。監視を担当する時間はカワモトの方が圧倒的に長いが、それでも交替要員がいて、仮眠や食事、入浴ができるのは嬉しいはずだ。カワモトとて、風呂に入ればさっぱりした顔をする。そんな様子を見れば、やはり同じ人間、同じ警視庁の警察官なのだと感じることもできる。

逆にここでの張込み開始以降、本宮とは電話連絡のみで、直接顔は合わせていない。本宮は当初、この件は三日程度で片がつくと考えていたらしく、そのリミットである七日日曜の夕方辺りは特に電話が多くかかってきた。だがそこを過ぎると、パタリと連絡はこなくなった。例の二人は新木場の特捜捜査員だという。ということは、特捜幹部と何かしら協議をしたのかもしれない。夜になってかけてみると、前原宅前には例の二人を残してあるから安心しろ、と言われた。

明けて四月八日、月曜日。

世間は入学式か。モニターの中を、正装した親子が何組も通り過ぎていく。ということは、蓮も高校二年、唯は小学五年になったということか。いま初めて気づいたのだが、それは決してこの張込みが原因ではない。入学式と卒業式は出席するのでさすがに分かるが、それ以外の、単純に学年が上がることについては、上山はほぼ意識したことがない。四月が終わり、五月、六月になって、ようやく学年が上がっていることに気づく、たいていそんな調子だった。むしろ今年は早く気がついた方だ。

十四時過ぎになって、本宮から電話がかかってきた。

「もしもし、お疲れさまです」

『お疲れ。涼太は十時頃に出勤、例の事務所に入ったが、十二時くらいに出てきて、安藤のマンションに向かい、入っていった。幹子も十二時前に部屋から出てきて、牛丼屋で一人飯を食ってから、安藤のマンションに向かった。今もまだ二人は中にいる……これは、この四日では初めてのパターンだな』

涼太と幹子が、揃って安藤のマンションに、か。

「安藤のマンションで田辺と落ち合ってる、という可能性は」

『なくは、ないだろうな』

「今、本宮さんは」

『いつものパーキングだ』

「分かりました。何かありましたら、こちらからも連絡します」

『おう』

上山は、いい加減「何かありましたら」と言うのも虚しくなっていた。田辺理の行確なのだから、田辺宅を張るのが本筋で間違いはないのだが、こうも動きがないと、手伝ってもらっている立場上、さすがに申し訳なくなってくる。

カワモトも同じことを思ったのか、珍しくモニターから目線を外し、こっちを見ていた。

上山は困り顔をしてみせた。

「いつもの、あっちの管理官からです」

いや、違う。カワモトは、同情で上山を見ていたのではない。目を細め、頬を微妙に強張らせている。

そしてゆっくりと、自身の携帯電話を上山に差し出してくる。

見ろ、というのか。

「なんですか」

受け取ってみると、メールであろう文面が表示されていた。

【田辺理は本日十三時頃、文京区小石川一丁目、UFC銀行春日町支店にて3500万円を引き出したことが分かった。口座の動きについてはこれからの確認になる。】

どういうことだ。十三時頃といえば、約一時間前だ。

「カワモトさん、これは」

「別班からの連絡です。ただし、尾行をしていたわけではないので、この支店から田辺がどこに向かったかは不明です」

三千五百万、って——。

頭の隅に引っ掛かっていた何かが、ころりと音をたて、思考の真ん中まで転がり出てきた。

それは、スパイダーの不具合が発覚した当初の、平場の福元主任の言葉だ。

「今のスパイダーの誤動作が、マルウェア本来の目的ではないかもしれない、ということです。一連の誤動作は単なる目くらましで、我々がそれへの対処で混乱しているうちに……」

しばらく長谷川管理官とは直接連絡をとっていないので、例の預金詐取の被害総額が今現在、どれほどになっているかは分からない。ただ、上山が最後に確認した時点で、すでに二千五百万円を超えていたのは間違いない。

こんな偶然などあるだろうか。

田辺は一年半前に警視庁を退職。その際にいくらもらったかは知らないが、まず一千万を超えることはあり得ない。せいぜい五、六百万がいいところだろう。その後、田辺は定職に就いていない。そんな男が、三千五百万もの大金をどうやって作ったというのだ。

スパイダーにバックドアを仕掛け、機能不全に陥らせたのが田辺であることは、おそらく間違いない。しかし、田辺の本命は別にあった可能性も、考えておく必要がある。スパイダーをダウンさせたのは単なる目くらましで、本当の目的は――。

また上山の携帯電話が震え始めた。本宮からだ。

上山は「すいません」とカワモトに断わり、携帯電話を耳に当てた。

「もしもし」

『今、幹子が安藤のマンションから出てきて、こっちに向かってるらしい。ただ、なんか様子が変だというんだ』

「どんなふうに」

『体調が悪いのか、足が覚束《おぼつか》ないというか、そんな感じらしい』

「涼太は一緒に出てこなかったんですか」

『幹子一人だそうだ』

「じゃあ、田辺も」

『それらしい人物の姿は確認できていない』

「尾行は涼太と幹子、別々に付いてるんですよね」

『ああ、一人ずつだがな。だから、一人は安藤のところに残ってる』

それだけでは、今のところ何も判断できない。

「本宮さん、実は、公安サイドから情報提供がありまして。田辺が一時間ほど前に、小石川の銀行で三千五百万、下ろしているというんです」

本宮が浅く息を呑む。

『三千五百万？　そんなに持ってたのか、奴は』

「いえ、持ってなかったと思います。田辺は、何かもっとヤバいことに手を染めている可能性があります」

『何かって……』

いま詳しいことは言えない、と上山が言い訳をする前に、本宮が『ん』と声を漏らした。

『……幹子が帰ってきた。確かに、調子悪そうだな。なんか……階段上がるのもしんどそうだぞ。フラフラしてる。口を、押さえてる。左手で……今ドアの前、鍵を探して……開けて、入った。ちょっと、泣いてるようにも見えたな……またかける』

「はい。よろしくお願いします」

モニターに映る田辺宅前の様子に変化はない。歩行者が映り込むたび、田辺ではないかと目を凝らすが、結局は違う。配送のワゴン車が手前に停まり、数分、アパートの出入り口が見えなくなることもあるが、もっと先の道路を見ていれば、そこに誰も接近してきていないことは分かる。厳密に言えば、車両等の物陰を利用して近づくことも不可能ではないが、そのためにはこのカメラ位置を正確に把握している必要がある。それはない、とカワモトは考えているのだろうし、上山もないと思っている。

田辺。お前は今、どこにいる。何を考えている。三千五百万もの現金を持って、何をしようとしている。早く帰ってこい。ここに帰ってこい。馬鹿な真似だけはするな。これ以上罪を重ねるな。今ならまだ間に合う。お前ならやり直せるはずだ。

二十分ほどすると、また本宮からかかってきた。

「もしもし」

『きた、田辺だ』

クソ、なぜそっちに。

「間違いないですか」

『間違いない。今、部屋の前にいる。呼び鈴を鳴らしてる……幹子、出てこないな。何回も押してる……出てこない。ノブを握った……開いてたみたいだ。田辺が入った。どうする、任意で引っ張るか』

分からない。

「とりあえず、俺もそっちに行きます」

通話はそのまま、イヤホンを繋いで続ける。

「本宮さん、聞こえますか」

『ああ、聞こえる』

カワモトはモニター前、こっちを振り返り、見上げている。

「田辺が前原宅に現われたそうです。私もあっちに行きます。結果はまたご連絡します。ありがとうございました……あ、それ、よかったらどうぞ」

自分のカバンをすくい取り、惣菜パンの余りをカワモトに勧め、上山はアパートを出た。フザケやがって、と思われているのだろうが致し方ない。礼は改めてする。

近くのコインパーキングまで走り、駐車位置番号を確認して料金を精算する。

「今から車でそっちに行きます。状況は」

『田辺は入ったままだ。様子を探りたいのは山々だが、階段も一ヶ所しかないからな。接近は難しい』

五千円近く支払い、釣銭と領収証を引き取って車へと急ぐ。二、三回雨が降ったからだろう、フロントガラスが斑に曇っている。走りながらワイパーで落とすしかない。

車に乗り込み、エンジンをかける。

「今そっちは三人ですよね」

『ああ。俺と運転手と、幹子の担当がアパートの下にいる』

駐車場から出る。前原宅には早くて五分、信号に引っ掛かっても七分かそこらで着くはずだ。

クネクネと住宅街を進み、大通りまであと一歩、というところで続報が入る。

『田辺、出てきた……あれ、リュック持ってねえな』

「来たときは持ってたんですか」

『背負ってた。グレーの丈夫そうなやつだ。今は背負ってない。あの中に三千五百万入ってたんだとしたら、丸ごと幹子にくれてやったってことかな。でもそれにしちゃ、田辺も様子が変だな。なんか……怒ってるっていうか、腹を空かせて苛ついた、野良犬みたいな面してやがる』

「幹子は」

『出てこない。まだ中だ。田辺が歩き出した……俺も行く』

「本宮さん、気をつけて」

『馬鹿言うな。尾行だってなんだって、お前に教えたのはこの俺だぞ』

こっちは赤信号に引っ掛かった。赤灯《あかとう》を出し、サイレンを鳴らして突破するべきか。

本宮が『クソッ』と吐き捨てる。

『野郎、走り出しやがった』

「でも、もう一人いますよね」

『駄目だ、あいつ、怪我してて走れねえんだ』

何が「使える」だ。

「どっち方面ですか」

『方角的には、安藤のマンションの方だ』

「田辺の着衣は」

『モスグリーンのブルゾンに白シャツ、ベージュのチノパン』

「分かりました、いったん切ります」

前原宅と安藤のマンションはかなり距離がある。走っても十分近くはかかるはず。先回りも不可能ではない。こんなこともあろうかと思い、あらかじめナビに入れておいてよかった。

信号が青になり、後続車にクラクションを鳴らされたが、かまわず行き先確定まで操作を続け、案内開始のボタンを押した。

《案内を、開始いたします。まもなく……》

最初は交差点を右折。左手で後続車に詫びながらアクセルを踏む。

幹子は部屋にいる。涼太はマンションにいる。おそらく安藤も。そこに、苛ついた野良犬のような田辺は向かっている。

何が起こった。田辺、お前は何を、どうするつもりだ。

ナビの指示通りハンドルを切り続ける。もはや、自分がどこを走っているのかを街並みから判断することはできない。右と言われれば右、左と言われれば左、間違いを起こさないようルートをたどっていくだけだ。

少し広い通りに出て、四百メートル直進という指示に、何十秒分かの安堵を覚える。しかし、すぐパネルトラックに前を塞がれ、慌てて車線変更をしたが、今度はダンプトラックの後ろに付いてしまった。無理やりすり抜ける、のは無理そうだ。とりあえず落ち着こう。こんな見通しのいい道路で、しかも午後三時、警察車両が事故を起こすなど絶対にあってはならない。

やはり赤灯を出してサイレンを鳴らすか。いや、田辺がどこにいるかが分からない現状、それもできない。もしそれを見られ、警戒され、また行方をくらまされたら取り返しがつかない。

ここで右折か。しかも右折信号ありだ。長い。向こうに白バイがいる。下手に信号を無視し、サイレンを鳴らした白バイに追いかけられでもしたら最悪だ。ここは我慢、我慢あるのみだ。

ようやく右折信号が出た。慎重に交差点を通過し、二つ目の信号を左折、二百メートル先のT字路を右折したら目的地だ。

よし、あれだ。あの外壁が煉瓦調の建物が安藤のマンションだ。

玄関の十メートルくらい手前に停める。通行人は、手提げカバンを持った子供が二人、自転車の男性、カートを引いた老女。田辺はまだか。それともうマンションに入ってしまったのか。むろん、向かった先がここではないという可能性もあるが、今それは考えても仕方がない。

エンジンを切り、上山が運転席のドアを開けた、その瞬間だった。

右手、一つ先の角から出てきた男がダッシュでこっちに向かってくる。モスグリーンのブルゾン、白シャツにチノパン。顔までは分からないが、間違いない、田辺だ。

玄関の向こうの物陰、たぶん自転車置き場からもう一人飛び出してきた。紺色のジャンパーに黒っぽいスラックス。涼太を張っていたもう一人の捜査員か。

「……田辺ッ」

やはりそうだ。ジャンパーの捜査員がひと声発し、だが田辺は振り返りもせずこっちに向かってくる。

上山も走った。真正面から抱き止めるつもりだった。だがまさか、あと二メートルというところで、田辺がジャンプするとは予想していなかった。

跳び蹴りか、膝蹴りか――。

無意識のうちに左足がブレーキを掛けていた。靴底がアスファルトを上滑りする。転ばぬよう、体勢をキープするのが精一杯だった。

ジャンプは単なるフェイントだったのか。田辺は着地と同時に方向転換、二段飛ばしで階段を上り、マンションの玄関へと駆け込んでいく。それをジャンパーの捜査員が追う。上山も体勢を立て直して続いた。

建物に入ってすぐのところ、エントランス中央に、捜査員の後ろ姿があった。

「田辺」

そう言った彼は、中腰のまま動かない。動けないのかもしれない。

その向こうにあるのは、頑丈そうなガラスドアだ。

それが静かに開き、閉まる。

見たところオートロック式のようだが、田辺は暗証番号を知っていたのか。いや、鍵を持っていたのか。幹子から借りてきたのか。ガラスドアを通過した田辺は、すでにエレベーター前まで進んでいる。手には刃物のような影も見える。

あと一歩。悔しいが間に合わなかった。

上山は捜査員の肩に手を掛けた。

「上山です。あなたは」

「サコです。田辺は刃物を」

「見ました。管理人は……」

幸い呼ぶまでもなく、今の様子を見ていたのだろう。エントランス右側、管理人室の小窓から初老の男が顔を覗かせていた。

彼に警察手帳を提示する。

「警視庁です、ここを開けてください」

「ああ……はい、ただいま」

だが、上山とサコが入ったときにはもう、エレベーターの階数表示は【2】になっていた。

サコが奥を指差す。

「自分は階段で、五階ですよね」

「はい、五〇七です」

確かに、彼ならエレベーターより速いかもしれない。その後ろ姿に「間に合ってくれ」と念を送る。

こっちの階数表示は【4】、変わって【5】で停止。扉に何か挟み込まれたら五階に停め《》っ放しになるな、と思ったがそれはなく、表示は【4】【3】と順調に減ってきていた。

一緒に入ってきた管理人も心配そうに見ている。

「あの、何が……」

「ご説明はのちほどいたします」

開いた扉にすべり込み、【5】のボタンに続いて内向き三角のボタンを連打する。扉の隙間に小さくなっていく管理人。カゴは無駄に落ち着き払い、遠慮がちに上昇を始める。

連打して速くなるボタンがあれば、何万回だって押してやる。

あらかじめ五階の状況を想定しておく。サコが刃物を構えた田辺と対峙している。タイミング的にそれはないか。いや、安藤がドアを開けなければあり得るか。あるいはもう部屋に入られていて、サコが「開けろ」と五〇七号のドアを叩いている。

どっちだ。

エレベーターの扉が開き、外廊下に飛び出すと、状況は想定のどれとも違っていた。

数メートル先をいくサコの背中。部屋番号を確認し、そのドアレバーに手を掛ける。彼はドアを盾にする位置に回り込み、レバーを下ろし、手前に引いた。数センチ、ドアが開く。

誰も、出てこない。反応がないのを確かめ、残りを一気に引き開ける。物音も特にしない。

ドアの向こうから顔を覗かせたサコと目が合う。何もない、という意味で頷いてみせる。上山も近くまで行き、中を窺う。

玄関。誰もいない。もう少し奥を覗く。廊下があり、その先に居室の入り口が見える。ドアは開いている。室内は薄暗い。

サコと目配せし、玄関に入る。靴は脱がずに廊下に上がる。状況が分からないので声はかけない。

慎重に一歩ずつ廊下を進む。見知らぬ家の、嗅ぎ慣れない臭いがするが、異臭というほどではない。だが開けっ放しのドア付近までくると、微かに臭った。

血だ。

向こう正面にある窓にはカーテンが引かれているが、ある程度、透けて入ってくる外光で物は見える。リビング中央にうずくまる人影、ソファにも誰かいる。ほぼ影絵の状態。それ以上は分からない。

手探りで照明のスイッチを探す。押し込むと、白色の明かりがリビング全体を照らした。

ソファにもたれ、大の字になっている男は、全身血塗れだった。自身の出血か、返り血かの判別はつかない。

リビング中央、床に膝をつき、こちらに背を向けているのは田辺だ。誰かを横抱きにしている。ぐったりと、こちらも大の字に四肢を投げ出している。

「……涼太、涼太……」

震えた声で、田辺は呼びかけ続ける。その傍《かたわ》らには、さきほどサコに向けたものであろう刃物が放り出されている。刃は銀色、未使用のように見える。

「サコさん、救急車」

「はい」

田辺。ここで一体、何があった。

21

飼い慣らしていたはずのスパイダーにある日、突如アクセスできなくなった。なんらかの事情で警視庁総務部情報管理課運用第三係のサーバがダウンした可能性はあるが、おそらくそうではあるまい。

運三は気づいたのだと思う。サーバにバックドアが仕掛けられ、それによって、複数のスパイダーが正常に運用できなくなっているという事実に。その犯人が誰であるのかも、早晩明らかになるだろう。

そろそろ潮時、ということだ。

ネット上にあるイットコインの口座、俗に言う「財布」の残高を確認する。次に、その全額を現在のレートで日本円に換金し、手数料等を引いた金額を試算する。

三千三百八十二万四千九百六十二円。充分だろう。

早速換金の手続きをし、自分名義の、UFC銀行の口座に振り込む。その足でUFC銀行春日町支店までいき、もともとの預金と合わせて、三千五百万円を引き出した。現金を受け取る際、窓口まで出てきたスーツ姿の男性行員に、非常に丁寧な言葉遣いで使い道を尋ねられた。彼には「新型のベンツを買う」と説明して済ませた。

電車とバスを乗り継ぎ、久し振りに帰ってきた。といっても自宅にではない。幹子と涼太の部屋に、だ。

三千五百万の使い方は二人に任せようと思っていた。ただ、提案だけは俺もするつもりだった。

まず二千万返すと安藤に言う。そんな額で済むか、と安藤は怒るだろう。だったらもう三百万、五百万、八百万、一千万――。難しい交渉になるとは思うが、さすがに千五百万上乗せしなくても折り合いはつくだろうと予想した。残った金は二人で使えばいい。そう言えば、安藤との交渉にも気合いが入るだろう。そんなことを考えながらの道中は、案外楽しかった。昼間の街が眩しく目に映った。

部屋の前まで来た。いつものようにノックし、返事を待った。何度もノックし、そのたびに耳を澄ませた。だが応える声も、室内に物音もなかった。

留守か。そう思ってドアノブを握った。メッキが剝がれ、ザラザラに錆びついたそれは、壊れているのかと思うほど簡単に回った。

明け透けなところのあるあの姉弟は、施錠しないことも少なくない。ただ、留守をするときはさすがに鍵くらい掛ける。それをしていないということは、どちらかがいる、あるいは二人ともいるということだ。

おい、入るぞ。

そう言ってドアを開けた。入ってすぐのところは台所になっている。幹子はいた。ゴミ置き場から拾ってきたような、ただ馬鹿デカいだけの古臭い冷蔵庫に、寄り掛かるようにして立っていた。両腕を力なく垂らし、目を半分閉じて斜め上を向き、首を細く伸ばし、長い両脚を前に投げ出して――。

幹子。

そう声に出して呼んだかどうかは覚えていない。一瞬、靴を脱ごうとしたがやめた。小さく「馬鹿」と罵りながら台所に上がった。正面から幹子を抱き上げ、同時に冷蔵庫上部の、冷凍室のドアを開けた。幹子の首にはビニール紐が何重にも回っており、紐の先にはサンダルが結びつけられていた。幹子が近所に出るときによく履いていたものだ。紐が冷凍室から抜けてこないようサンダルを括りつけ、もう一方を自身の首に巻きつけ、紐がドアの上端に掛かるようにして閉め、脚の力を抜く。苦しくなって立とうとすれば、むろん死には至らない。ただほんの数秒、意識がなくなるだけの時間を我慢すれば、確実に死ねる。

幹子。

体を横たえ、心臓に耳を当てた。よく知った膨らみの真ん中、そこに両手を揃えて何度も押し込む。何度も、何度も何度も何度も。呼吸の有無を確かめる。乾いた半開きの唇に、ありったけの息を吹き込む。それを繰り返す。幹子、違うだろ、そうじゃないだろ、なんでだよ、何があったんだよ、ちゃんと説明してくれよ。

どれくらい、続けただろう。

ウッ、と幹子が呻《うめ》いて、苦し気に顔を歪めて起き上がって、体を屈して咳き込んで。そんな瞬間を、どれほど待ち望んだだろう。

どれほど、心から願っただろう。

だが、そんな瞬間は訪れなかった。

幹子の顔は、表情を失ったままだった。

それは、最初からそこにあったのだろうか。それとも、どこかから落ちてきたのだろうか。床に寝かせた幹子の肘の下に、メモ紙があった。乱れた字ではあったが、読むことはできた。

オサムちゃん　ごめん　海　行けなくなった

なぜだ。なぜ、こんなことになった。

俺は頭を掻き毟り、叫び出しそうになる口を両手で摑んで握り潰し、台所の天井にある雨漏りのシミを見上げ、そこにはいない何者かに幹子が自らを罰した理由を問い、そうしてようやく、涼太の不在に思い至った。

涼太、お前は今、どこにいる。

電話、電話、携帯電話。

台所と和室との境に放置された、幹子の、紫色のトートバッグ。引っ繰り返すと、財布、ハンカチ、化粧ポーチ、ウェットティッシュ、二つだけ鍵の付いたキーリング、メモ帳とボールペン、残り半分ののど飴、それと、携帯電話が出てきた。

携帯電話のロック解除番号は知っていた。以前、涼太に貸すときに「三五三九」と言って手渡すのを見ていた。

その通り打ってみると、現われたのは通常の待ち受け画面ではなく、何かの動画が再生し終わった静止画面だった。

おそらく、見るべきではなかったのだろう。

幹子も、見られたくなどなかっただろう。

幹子が涼太から取り上げ、調理台の引き出しに入れておいたバタフライナイフと、幹子のキーリング。その二つだけをポケットに入れて部屋を出た。迷いはなかった。やるべきことは一つだった。

知らぬまに走り出していた。どんどん走れた。いくらでも走れた。息切れすら感じなかった。風が体を吹き抜けていき、目と口だけが街中を水平移動していった。音は何も聞こえなかった。

唯一聞こえたのは、安藤のマンション前まで来たときだ。田辺、と怒鳴り声で呼ばれ、だがかまわず走り続けると、前方に現われたスーツの男が、行く手を阻もうとするかのように駆け寄ってきた。

邪魔するな。

跳び蹴りでもなんでも喰らわせてやるつもりだったが、相手が立ち止まる方が早かった。

ならばいい。俺は先を急ぐ。

マンションのエントランスに駆け込み、幹子の鍵を使ってドアを開けようとした。追手は二人いたらしく、スーツではない、紺色のジャンパーを着た男にまた名前を呼ばれた。

だから、邪魔するなって。

俺はナイフを向け、彼の動きを制しながらドアを開けた。後ろ向きでエレベーター前まで行き、上向き三角のボタンを押した。

あの二人は警察官だろう。運三の係員か、他部署の人間かは分からないが、俺に残された時間はもう、そう長くはない。手っ取り早く事を済ませなければならない。

五階でエレベーターを降り、安藤の部屋へと急いだ。五〇七号室。ドアは開いていた。靴は脱がず、そのまま上がって廊下を進んだ。

だが事は、全て、終わっていた。

安藤はソファにもたれ、大の字になっていた。部屋が暗く、詳細は分からないものの、全身が黒々しているように見えた。血塗れなのだろうと察した。また、俺が入ってきても微動だにしないことから、すでに意識はないのだろうとも思った。

涼太は、その手前に仰向けで倒れていた。

パンツ一丁で、こちらも血塗れだった。でもまだ息はあった。

俺は涼太を抱き起し、名前を呼びながら傷の有無を確かめた。

相当殴られたのだろう。顔は、まるで剥き出しの臓器だった。肝臓とか、胃とか、その手の内臓のように丸く膨れ上がり、内出血と外出血とでドス黒く変色していた。上半身の傷は、分からなかった。一見したところ、下半身に傷はないようだった。

詳しい経緯は分からない。でもおそらく、こういうことなのだろうという推察はできる。

涼太は例の、VRのゴーグルを装着させられたうえで、安藤に言われていたのだと思う。これで高級ラブドールと姦ったら最高だぞ。そんなふうに、ビデオを見せられていた。

もしくは、俺が使う前に実験台になれ、だったかもしれない。涼太が断わらなかったであろうことは想像に難くない。

しかし、涼太が射精に利用したそれは、ラブドールなどではなかった。

幹子だった。

幹子の携帯電話に残っていた動画ファイル。音声はよく聞き取れなかったが、状況は映像からだけで充分に理解できた。

全裸で、しかも両手両脚を広げた状態でベッドに固定され、猿轡を嚙まされた幹子。笑っている。

そこに、安藤に手を引いて連れてこられる涼太。馬鹿みたいに大口を開け、はしゃいでいる。小躍りすらし始めそうな興奮状態だ。

ちょうどいい位置に座らされ、涼太が幹子の乳房に手を伸べる。左右同時に鷲掴みにする。激しく首を振る幹子。涼太にはその顔が、全く別の女のそれに見えていたに違いない。

黒子を演じる安藤は、涼太が挿入しやすいよう、幹子の右脚の拘束を解き、しかし逃げたりしないように両手でしっかりと押さえている。安藤も、頬が千切れんばかりの笑みを浮かべている。

チョーいいっすよ、最高っすよ、安藤さん。

だろう、この組み合わせは傑作だろう。

いくらVRが高性能でも、見えているビデオソフトが最新型でも、自分が手で触れている相手が、挿入した相手が、生身の人間であることくらい普通は気づくだろう。幹子だとは思わなくても、少なくともラブドールではないことくらい分かるだろう。

だが、それを涼太に問い質したところで意味はない。

涼太には分からなかったのだ。馬鹿だから。どうしようもない馬鹿だから、安藤の口車に乗せられて、つい姦ってしまったのだ。あるいは、ラブドールだろうと生身の女だろうと、涼太は、そのとき気持ちが好ければそれでよかったのかもしれない。そういういい加減さを、安藤に巧みに利用されたのかもしれない。

安藤がどういう方法で涼太に種明かしをしたのかは分からない。でもおそらく、幹子が見たのと同じ動画を見せたのだろう。

オメェが姦ったのは高級ラブドールなんかじゃねえ、幹子だよ。オメェの姉ちゃんだよ。オメェが涎垂らして乳揉んで、おっ勃ったチンポ突っ込んで、ヨイショヨイショって出し入れしてた相手は、オメェの姉ちゃんなんだよ、馬鹿が。鬼畜だな、オメェら。実の姉弟でも姦っちまうんだからよ。汚え。キッタねえなァ、オメェらキョーダイはよォ。

泣きながら殴りかかる涼太。だが喧嘩で安藤に敵うわけがない。殴り返されただろう。蹴り返されただろう。十倍返し、二十倍返しを喰らっただろう。だから、涼太は刃物を持ち出した。ここにあった包丁か、自分で持っていたナイフかは分からないが、とにかく安藤を刺した。滅多刺しにした。

その結果が、今のこの状態、なのだと思う。

明かりが点き、背後で「サコさん、救急車」「はい」というやり取りが聞こえた。

警察官の一人が俺と並ぶように、すぐ隣に膝をついた。

「田辺理だな」

正面から駆けてきて、俺が跳び蹴りを喰らわせようとした男だった。はい、と答えたつもりだが、相手に聞こえたかどうかは分からない。

「十五時三十七分、銃砲刀剣類所持等取締法違反の容疑で、現行犯逮捕します」

異論は、ない。

あの辺りなら、所轄署は南千住署か尾久署。銃刀法違反ならそのいずれかで取調べるのが通例だろう。だが俺が連行されたのは、千代田区霞が関にある警視庁本部だった。もうそれだけで、特別待遇なのであろうことが察せられた。

場所は、二階の六二号取調室。

取調官一人、立会人一人。

「取調べを担当します、カミヤマです」

差し出された名刺を見て、驚いた。

【総務部情報管理課運用第三係　係長　警部　上山章宏】

もう運三の係長は細谷潤一ではない、というのもそうだが、新しい係長が直々に自分を調べるというのには、当然だが強い違和感を覚えた。それでも、銃刀法違反なんて別件逮捕だろう、などとつまらない抵抗をするつもりはない。スパイダーの件でも、それを用いての預金詐取に関してでも、好きに調べたらいい。いくらでも喋ってやる。

立会いに付いている男は「モトミヤ」と名乗った。五十代半ばに見える。彼も新しい運三の係員なのだろうか。その雰囲気から、巡査部長ということはなさそうだが、だとしたら主任か、あるいは統括主任か。名刺を出さなかったので、確かなことは分からない。

上山係長は四十代半ばの、比較的物腰の柔らかい男だった。

「では、まず……」

改めて、犯罪事実の要旨を「ナイフを所持していたことによる銃砲刀剣類所持等取締法違反」と告げられ、弁護人選任の権利告知に続き、弁解の機会を与えられた。弁解はせず、所持していたナイフを警察官であろう男性に向けたことは間違いない、と認めた。併せて弁護人を頼むつもりはないことも告げ、弁解録取書に署名、指印した。

さらに黙秘権の告知を受け、ようやく本番の取調べが始まる。

「田辺さん。率直に申しまして、我々はここしばらく、あなたの行動確認をしていました。前原幹子さん、涼太さんの住まいも、張込んでいました。ですので、あなたが前原さん宅から、安藤光雄さん宅に向かったことは、承知しています……あのナイフは、普段からあなたが持ち歩いていたものですか」

早くスパイダーや預金詐取について訊きたいだろうに、こんな、ナイフの所有者から調べを始めなければならないなんて。

警察官の職務とは、どうしてこうも七面倒臭いのだろう。

「……はい。私のものです」

「どこで入手されましたか」

しかも、自分が元警察官だからか、必要以上に丁寧な口調なのも気になった。気にはならなかった。ったが、それをどうしてほしいとも思わない。

「どこでしたかね……どこかの公園で、拾ったような気がします」

「ご自宅近くの公園ですか」

「さあ。正直、警察を辞めてから、日々の記憶が、あまり明確ではないんです。酒を飲んで、ウロウロと歩き回って……公園で寝てしまうことも、知らぬまに部屋に戻っていることもありました。あのナイフも、いつのまにかポケットに入っていた……そんな感じだったと思います」

「今し方、公園で拾ったと仰いましたが」

「ような気がする、と申し上げました。道端かもしれないし、ひょっとしたら万引きしたのかもしれない。覚えてないんです。詳しいことは、何も」

調べたら、涼太や幹子の指紋が出てくることは充分あり得るが、そのときはそのときだ。さして重要な論点ではない。

上山が浅く頷く。

「そうですか……あなたは逮捕時、二つの鍵とナイフしか持っていませんでした。二つの鍵は安藤さん宅と、前原さん宅のものでした。あの鍵も、あなたのものですか」

「いえ。前原幹子のものです」

「それをなぜ、あなたが持っていたのですか」

「一時拝借したんです。安藤の部屋に行くために」

「鍵とナイフを持って、安藤さん宅に行った目的は」

本気で、殺してやるつもりだったのだろうか。自分でも、もうよく分からない。もはや、そんなことはどうでもいい。

それは、上山とて同じだろう。

「……上山さん。やめましょうよ、こんなまどろっこしいやり取りは。本当はスパイダーとか、そういうことについて訊きたいんでしょう。いいですよ。あとで上申書でもなんでも書きます。この取調べも、一応録音してるんでしょう。誤解のないように喋りますし、あとで、別件逮捕だなんて騒いだりもしませんから。お訊きになりたいことを、お訊きになりたい順番で、訊いてください。話せる範囲のことはお話しします。話したくないときは、そうお断わりします。ただ、その前に……あの二人の容体について、聞かせてください」

一拍置いてから、上山は頷いた。

「安藤光雄さんは、死亡が確認されました。前原涼太は一命を取り留め、しかし現在も意識不明のまま入院中です。頭蓋骨骨折が見られ、脳挫傷の疑いもあるそうです」

安藤は死んだのか。ということは、涼太と幹子になぜあのようなことをさせたのか、その真意を問い質すことは、もう永久にできないわけか。

実父の不倫相手だった前原十和子、二人の間にできた幹子、幹子とは父親が違う涼太。光雄自身の子かもしれない、涼太。

安藤は幹子と涼太を、どうしたかったのだろう。どう思っていたのだろう。二人に、どう思われたかったのだろう。憎しみ合いたかったのか。それとも、一片でも愛情を持っていたのか。二人の人生を弄び、徹底的に貶《おとし》め、それでも侵せなかった「姉弟」という関係を最後に無理やり繋げ合わせ、何がしたかったのか。お前らも俺と同類だと、そう示したかったのか。自分と同じ絶望を共有させたかったのか。一緒に鬼畜になってほしかったのか。地獄の道連れにしたかったのか。それとも、赦してほしかったのか。認めてほしかったのか。

分からない。たぶん本人の口から理由を聞いても、理解できないだろうし、納得もできないだろう。

「涼太が意識を取り戻したら、それだけは、教えてもらえますか」

「分かりました。情報が入れば、必ずお伝えします」

こっちはあくまでも紳士的にいきますよ、という上山の宣言であると、俺は受け取った。

「……ありがとうございます」

「では、お尋ねします。あなたがかつて所属した、警視庁総務部情報管理課運用第三係。そこのサーバ及びコンピュータ端末に、『バックドア』と呼ばれる、不正アクセスを可能にする工作をしたことは、間違いありませんか」

はい、間違いありません。

上山が最初に明らかにしようとしたのは、俺がスパイダーにバックドアを仕込んだ時期と、その動機だった。

むろん、仕込んだのは運三在籍時の職務中だが、動機についての説明は容易ではなかった。それについてはかなり注意深く、言葉を選びながら話さなければならなかった。

表向きは運用第三係の職務に、具体的に言えば、スパイダーを用いての捜査活動に異議を唱えたかったから、となる。最終的にはスパイダーを運用不能に追い込みたかったから、でもいいと思う。そう考えるに至った理由は、言うまでもあるまい。過剰な国民監視、秘密裏に進められるプライバシーの侵害。その実態を知れば、阻止しようとする方がむしろ、自然な国民感情と言える。

だが、それが本心かと問われたら、心の底から頷くことはできない。頷いてはみせるが、決して全てではない。

そもそもを言えば、専科講習を受け、運三の分掌事務について、俺はある程度納得した上で任に当たっていた。洗脳された面もないではないが、全く自らの意に反して、強制的に従事させられていたわけではない。何割と数値で示せるものではないが、少なからず自由意志を以《もっ》て職務を遂行していたことは間違いない。

また、警察官はどんな相手とでも自由に結婚できるわけではない。そういう暗黙の規律についても理解はしていたし、従うつもりでもいた。相手が反社会的勢力と関わりの深い人物であったり、左翼主義者、共産党員であったりすれば、当然結婚はできない。社会秩序を守るべき警察官が、ヤクザ者に便宜を図るようなことがあってはならないし、共産党に情報を流すようなことがあってもならない。そういった疑惑を市民に持たれることすら、自発的に避けるべきだ。

しかし富永《とみなが》明与は、決してそんな女性ではなかった。

三年前の二月、運三に配属される半年ほど前。俺は休みのときによく立ち寄る渋谷のビア・ラウンジで、ホールスタッフのアルバイトをしていた明与と出会った。

そこはビール以外のドリンクも、フードメニューも豊富な、いわゆる「アメリカンダイナー」的な店だった。クラブでもガールズ・バーでもないので、女性スタッフが客の隣に付くことはない。なので明与とも、最初は、オーダーする以外ではカウンター越しに世間話をする程度だった。

何度か店で顔を合わせるうちに、明与の上がりは概ね二十三時であることが分かってきた。バーテンダーのような恰好から私服に着替え、帰る前にカウンターで一杯飲んでいく姿も見かけた。

ある夜、俺は思いきって「一杯奢るよ」と声をかけてみた。すると明与は、本当に嬉しそうに頷き、俺の隣のスツールにちょこんと腰掛けた。

大した話でなくても、目を真ん丸く見開いて、よく笑う娘だった。音楽も映画も全く趣味が合わず、でもそれを好き勝手に言い合うのがむしろ楽しかった。唯一合致したのは、もんじゃ焼きを食べたことがない、ということだった。

じゃあ今度、一緒に行こうか。

それが俺と、明与の始まりだった。

警察官であることは、店に通い始めた頃から普通に話していたので、明与も当然、そうと分かっていて俺と付き合い始めた。ピストル撃ったことあるの、とか、犯人を逮捕したことあるの、とか、いかにも一般市民が興味を持ちそうなことも、ひと通り訊かれたように記憶している。

なんの不安もない、ただ楽しいだけの日々だった。明与の笑顔を見ているだけで、自分は幸せなのだと感じることができた。俺の腕の中で、明与は「ずっとこのままがいいな」と言った。同感だった。結婚が面倒だとか、そういうことではない。ただ今の幸せが、そのまま続くことだけを願っていた。たった一人の女性の存在によって、こんなにも心は満たされるものかと、驚いてすらいた。唯一不安を覚えたのは、明与のいない未来を想像する瞬間、それだけだったと思う。

やがて俺は総務部情報管理課運用第三係に異動になり、明与も設計事務所に正社員として採用が決まり、渋谷の店を辞めた。

それが、付き合い始めて十ヶ月、運三への配属から四ヶ月が経った頃だ。

明与から、電話で急に言われた。

『理の上司って人から、電話があったんだけど』

苛立ちと不安が入り混じったような、震えた声だった。

「上司って、そんなはず……」

『言ってたもん。田辺理の上司ですがって、はっきり言われたの』

「なんで、そんな……なんか言ってた、その上司」

『なんかじゃないよ。私、何か悪い事した？　理と別れなきゃならないような、法律に反するような事した？』

「ちょっと待って、なに、なんて言われたの」

『そのまんまだよ。田辺とはもう会わないでほしいって、あなたには警察官と交際する資格はないって、そう言われたんだよ』

訳が分からなかった。

俺が、富永明与という女性と結婚したいと思う、と上司に相談したのなら、まだ分かる。運三は機密情報を扱う部署だから、他部署よりさらに、係員の結婚相手に厳しいチェックが入るだろうことは想像に難くない。しかしだ。俺が明与と付き合ってることは、運三の同僚にも話したことがなかった。同僚に「カノジョはいるのか」と訊かれ、「いるっちゃ、いるかな」程度に答えたことはあった。しかし名前も職業も、ましてや携帯電話番号なんて、誰にも教えていなかった。

勝手に調べたのだ。スパイダーを使って。運三に六人いる、自分より上官の誰かが。あるいは複数人が。

直接訊いて回ると、ある上司が悪びれもせず、明与に直接電話したことを認めた。

「ひょっとして、彼女から聞いてないのか。石丸秀哉《いしまるひでや》。彼女の二つ年上の従兄で、十代の頃は暴走族、バーニングフラッグスの中心メンバー、現在は大和会系淡島一家の構成員だ。そんな人間が親戚筋にいる女となんて、付き合っていいわけがないだろう」

結婚相手でも、問題視されるのは三親等までと言われている。従兄だったら四親等だ。

俺は、とんだ越権行為、過剰干渉、言いがかりもいいところだと抗議した。職場で声を荒らげたことなど一度もない俺の剣幕に、上司も面喰らったのではないだろうか。最後は「勝手にしろ」と言い放ち、その場から立ち去った。

次は、明与への謝罪と弁明だ。

運三の職務内容について触れるわけにはいかないので、交際相手については上司に報告しなければならない内規がある、と言い訳をした上で、でも勝手に電話するなんて言語道断だ、上司には真正面から抗議した、以後こういうことはないはずだから安心してくれ、赦してくれと深く頭を下げた。

明与は、少なからず不満はあったと思うが、それでも、ちゃんと赦してくれた。

「じゃあ……私、理と別れなくても、いいの？」

「当たり前だ。何考えてんだって、怒鳴りつけてやったよ。俺は明与と別れるつもりなんてないし、それをあんたにとやかく言われる覚えもないって、はっきり言ってやった」

しかし、それで終わりではなかった。

ある日、明与はまた電話で、聞いたこともないようなか細い声で、俺に告げた。

『もう、私、無理だよ……こんなの、耐えられない』

「なんだよ、今度は何があった」

『私、怖いよ……警察がその気になったら、本当に……なんでも、調べられるんだね。一般人のプライバシーなんて、ないも同然なんだね……』

「だから、何があったんだって」

『昨日、直接、職場に来た……ごめん。私、警察が怖いし、理と、付き合い続けるのも、怖いよ……理のことも、ちょっと怖い……信じられない』

明与から聞けないのなら、上司に訊くしかない。

翌日、例の上司を新橋庁舎の屋上に呼び出した。

そこに現われた彼の、あの勝ち誇ったような笑みを、俺は一生、忘れることはないだろう。

「彼女が二年前に、子供を堕ろしていることについても、君は聞いてないんだろうな。その、相手男性の署名欄に、なんて書いてあったか、教えてやろうか……石丸秀哉。あの従兄の、ヤクザ者の、石丸秀哉だよ。まあ、子供の父親が本当に石丸かどうかは、分からんがな。本当の相手とは不倫か何かで、妊娠については相談もできず、代わりに石丸に署名してもらった、というような可能性はある。だとしても、そういう相談ができる程度には親密なわけだ、お前のカノジョと石丸は。どっち道、父親でもないのに署名をしたら私文書偽造だ。悪いことは言わない。あの女とは別れろ」

なぜそこまで上司が知り得たのかは、俺も疑問に思った。いくらスパイダーを自由に使える立場にあるとはいえ、手術を受けた病院の中絶同意書まで閲覧することなど不可能だからだ。

それについて訊くと、上司はあっさりと口を割った。

「石丸から聞いたんだよ、直接。組に関することじゃないと分かると、ペラペラとよく喋るもんだな、ヤクザ者なんてのは。しかも二年前、奴が盃をもらう前の話だからな。むしろ、人助けしてやったくらいの口振りだったよ」

このとき覚えた脱力感と虚無感は、どう表現したらいいのだろう。

地の底が抜けて深い穴に落ちていくような。暗黒の山頂に一人とり残されるような。いや、そんなものじゃない。目に映る日常は何も変わっていないように見えるのに、自分だけが無色透明になってしまったような、生きることは疎か、死ぬ自由すら剝奪されたようなーーいや、それももう、どうでもいい。

明与とは、別れるも何もなかった。電話は着信拒否から『現在使われておりません』になり、意を決して訪ねていったときにはもう、アパートも引き払われたあとだった。

それでも、住民票や実家住所から今の居場所を探ることはできる。しかし、それをしてなんになる。そういう行為こそを、明与は嫌ったのだ。そんなことをしてまで会いにいって、俺に何ができる。

土下座して謝る前に、明与は訊くだろう。

なんで私がここにいるって分かったの？

どの面下げて会いに来やがったと、足蹴にされる方がまだマシだと思った。

明与との関係について、上山を含む第三者に明かすつもりは毛頭ないが、本当の動機が何かと言えば、要するにそういうことだ。

この世に在ってはならない、悪魔の装置を破壊する。国民一人ひとりの背中に張りついている蜘蛛を、まとめて引っ剥がしてやる。

それが俺の、唯一の目的になった。

表面上は運三の業務をこなしているように装いながら、何かにつけて平場に出ていき、スパイダーを直接操作し、折を見てバックドアが機能し始めるようプログラムを仕込んだ。ネジ一本、プラグを一個ずつ運び込むように、少しずつ少しずつ、スパイダーに毒を飲ませていった。

困ったのは、その違法作業を遂行するためには、日々、それの何倍もの合法作業を——

運三の分掌事務が合法か否かはさて措くとして、カムフラージュのために、大量の通常業務をこなさなければならないという点だった。

こんな捜査は間違っている。こんな警察は間違っている。そう脳内で繰り返し唱えながら、自らの目と手で、明与何千人分、何万人分ものプライバシーを侵害し続ける。この国が悪魔に支配し尽くされる前に、自らが悪魔の手先となって国を侵す。

その矛盾に、俺の頭はとうとう耐えきれなくなった。

自分のデスクで突如嘔吐し、気を失って病院に担ぎ込まれた。

以後、運三には一度も戻っていない。

せめてもの救いは、その時点ですでに、バックドアの仕込みはほぼ終わっていたという点だ。

明与に関すること以外は、概ね正直に供述した。バックドアを仕込んだ経緯、具体的な方法、それを外部から操る方法、ダーク・ウェブを介して他人名義の銀行口座から預金を詐取する方法、その際に使用したコインアドレス、すでに押収されているノートパソコンのパスワードに至るまで、話せること、覚えていることは全て話した。

なぜ警視庁退職から一年半も経ってスパイダーのバックドアを作動させたのか、という問いには、こう答えた。

退職後、しばらくは無気力状態が続いたが、前原姉弟と出会い、二人の窮状をなんとかしたいと思うようになり、着手を決意した。

気持ちを込めず、事実だけを淡々と供述するよう心掛けた。特に、幹子の顔は思い浮かべないよう努めた。あくまでも冷静に、取調べを受けたかったのだ。むろん、二人が無事でいればこんな供述はしないが、幹子は亡くなり、涼太に至っては、意識が戻ったところで安藤殺しの犯人だ。隠しても意味はないと判断した。

今日で第一勾留も五日目。途中、銃刀法違反で送検され、新件調べが一日はさまったので、実質一週間でここまで供述し終えたことになる。

上山の態度は終始一貫、紳士的だった。

「昼に、また病院に問い合わせてみましたが、前原涼太の意識は、まだ戻っていないということでした」

「……そうですか」

「それと、前原幹子さんの葬儀は、簡単にではありますが、荒川区が執り行うことになりそうです」

「分かりました。ありがとう、ございます」

これは自分が礼を言うべき事柄だろうか、と脳内で自問した、その瞬間だった。

ここまで、ほとんど口を挟むことのなかった立会人のモトミヤが、ふいに身を屈め、俺の顔を覗き込んできた。

「田辺くん……また、同じ質問を蒸し返すようで、悪いんだが、君が、運三のサーバにバックドアを仕込んだ、動機なんだけどね。あれって、ひと言で言ったら、誰のためだったのかな」

心の隙間に、スッと染み込んでくるような、声。

「君は誰のために、あんな大それたことを、しようとしたのかな」

明与――。

無意識のうちに、いくつもの明与を思い浮かべていた。笑顔、泣き顔、怒った顔。打ち消そうとしても、掻き消そうとしても、あとからあとから、あの頃の明与が溢れてくる。

私、理と別れなくても、いいの？

そう訊いたときの不安そうな顔が、心細そうに掠れた小声が、今そこに、まさに明与がいるかのように、甦《よみがえ》ってくる。

自分の手の甲に落ちたものがなんであるのかは、見るまでもなく分かっていた。

この涙は、想定外だった。

22

田辺を留置場に戻し、第一勾留五日目の取調べを終えた。

三階の留置管理課を出たところで、本宮が人差し指を立てる。

「ちょっと、来ないか」

「どこにですか」

「六階」

本部庁舎六階といえば、刑事部捜査一課の大部屋があるフロアだ。

上山は同じ刑事部でも、捜査二課と三課の経験しかないので馴染みの薄い場所ではあるが、かといってこの辺は官庁街なので、話がしやすい喫茶店などは近くにない。十七階まで上がれば「パステル」という喫茶室があるが、どこの部署の誰が入ってくるか分からないので、そこもかえって落ち着かないだろうと思う。

「ええ、行きましょう」

中層エレベーターで六階まで上がり、本宮のカードで捜査一課に入った。

閑散とした、だだっ広いフロアだ。目で正確に数えられるものではないが、おそらく三百台以上あるだろう事務机が川の字に並べられている。物が載っている机は、ほとんどない。奥の方に数人、まだ残っている課員がおり、彼らの手元には何かありそうだが、それがなんであるのかは遠くて判別できない。

本宮は、誰のかも分からない机の椅子を引いて座った。上山も倣い、隣の椅子を引いて腰掛ける。

短く息をつき、本宮が頷く。

「まあまあ、ある程度は聞き出した、ってところかな」

上山も頷き、同意を示しておく。

「ですね。ただ、田辺は上申書でもなんでも書くとは言っていますが、それもね……あの供述内容じゃ、公表できませんから、こっちとしては」

「それを分かった上で喋ってんだろ、奴は。できるもんなら、裁判でもなんでもやってみろ、ってことだよ」

「かと言って、銃刀法違反だけで起訴、公判っていうのもね」

「それでも喋っちまうかもしれないしな、公判で。訊かれてもいないのに、運三についてペラペラと」

「ほんと、上はどうするつもりなんですかね」

上山を田辺の取調官に任命したのは野崎副総監だ。本宮を立会人に推薦したのは上山だが、それについては野崎も長谷川管理官も異論をはさまず、むしろ進んで刑事部との調整に動いてくれた。

このままだと最悪、銃刀法違反については不起訴、その他の、スパイダー絡みの不正アクセス禁止法違反や預金詐取については不問という結論になりかねない。そうなったら、身柄を一週間以上拘束している今のこの状況の方が、傍《はた》から見たら「異状」ということになる。

その辺は、上山一人でどうこうできる問題ではない。野崎や長谷川が、検察庁の然るべき部署の人間と協議し、決めていくことになると思う。

本宮が、やや前屈みになって上山を見上げる。

「それはそれとして、お前、見たろ」

「見たって……何をですか」

「涙だよ、田辺の涙」

確かに。

「ええ、泣いてましたね、奴」

「お前、あれってどういう意味だと思う」

田辺が流した、涙の意味。

「それは、その直前に、前原幹子の葬儀は、区が受け持つことになりそうだ、って聞いたからじゃないですか。それで、安心したんじゃないですかね」

本宮が、からかい顔で首を捻る。

「そうかな……奴が涙を流したのは、俺が、バックドアを仕込んだ動機について、再度尋ねたときだぜ。君は、誰のためにあんな大それたことをしたんだって、そう訊いた直後だぜ」

分かってる。それくらい、上山だって覚えている。

「でも、その質問は、これまでに何度も」

「その通り。質問の主旨はこれまでと変わってない。でも俺は、あえて今までとは違う訊き方をした。重要なのは、誰のために、ってところだ」

「それも、だから……広く言えば、国民のためにっていうか、一般市民のプライバシー保護、ってことなんじゃないですか」

本宮が、得意気に頬を持ち上げる。

「果たしてそうかな。奴が掲げた大義名分は、確かにそうだった。お前自身も今、図らずも『広く言えば』と前置きした。じゃあ、狭く言ったらどうなるんだよ。なんなんだよ」

なるほど。

「田辺が、スパイダーを破壊しようとした本当の動機は、もっと個人的なものだった、ということですか」

「んん。もうひと声、かな」

国民、一般市民、より個人的な、動機づけ。

「……まさか、女ですか」

本宮が頷いてみせる。

「おそらくな。田辺は非常に頭のいい、しかも冷静な男だ……普段はな。あれだけのIT知識があるんだ、頭が悪いわけがない。一年半、間が空いたとはいえ、スパイダーの乗っ取りにも実質成功している。冷静さも十二分に持ち合わせている、ってことだ。しかし一方には、前原幹子の首吊り死体を目の当たりにし、鍵とナイフを持って安藤を殺しに行こうとする、そういう……感情的というか、熱いっていうのとは少し違うんだろうが、でも何か、グッと感情が入り込むと、それまでとは打って変わって、突拍子もない行動に出る、そういう面も持ち合わせているように、俺には見えたがな」

悔しいが、本宮がそこまで言うのなら、田辺にはそういう面もあるのだろう、と思わざるを得ない。

「つまり、誰のために、というひと言に引っ掛かって」

「そう、奴は涙を流したと、俺は見ている。あのとき田辺の脳裏には、確実に、誰かの顔があった。忘れたくても忘れられない、そんな女の顔だ」

「いや、さすがにそれは、本宮さんの想像の域を出ないでしょう」

「なに言ってんだよ。事件の筋読みは、言ったら推理だ。推理の原動力は想像力だ。想像するのはタダだ。タダなら、考えてみる価値はあるだろう」

どうも、いくつになってもこの人には、敵いそうにない。


まんまと本宮に、種を植え付けられてしまった。

いったん植え付けられると、種は不思議なくらいスイスイと養分を吸い上げ、上山の脳内に根を張り、芽を出し、ある方向へと茎を伸ばしていった。

翌朝、上山は本宮に電話を入れた。

「すみません。今日の調べ、一日休ませてもらえませんか」

『ああ、俺はかまわないよ。だったら俺は、湾岸署の方に顔出してくるよ。なんか、あっちも動きがあったらしいから』

「すみません。よろしくお願いします」

それから、半日かけて都内数ヶ所を巡り、何人かに話を聞いて回った。予想通りの点もあれば、予想外の話を聞くこともあった。空振りも、少なからずあった。

上山が、久しぶりに新橋庁舎の運用第三係に戻ったのは十七時半頃。平場は早々と無人になっていたが、事前に連絡を入れておいたので、國見統括だけは残っていてくれた。

「ただいま戻りました……統括、長い間留守をして、申し訳ありませんでした」

國見も立ち上がり、深々と頭を下げ返した。

「そんな、係長だって、遊びで留守をしてたわけじゃないんですから……お帰りなさい。お疲れさまでした」

國見が出してくれた冷たい緑茶を飲み、ひと息ついたところで訊いてみた。

「どうでしたか、留守中、スパイダーの方は」

「はい。係長が、田辺からいろいろ聞き出してくださったお陰で、修復作業も、ようやく方向性が見えてきました。今日なんかはみんな、夕方まで休憩なしだったんで、さすがにマズいだろうと思って、早く帰したくらいなんですよ……そちらは、どうですか。田辺の、取調べの方は」

上山は、持っていたコップをコースターに戻した。

「逮捕容疑は銃刀法違反なんですが、意外なほど、向こうからいろいろ喋ってくれましてね。でもそれも、変な話、ありがた迷惑っていうか。田辺が真実を語れば語るほど、逆に警視庁としては、彼を罪に問いづらくなる。自分は何をやってるんだろうって、段々分からなくなってきましたよ」

國見は、小さな頷きを繰り返している。

「おかしな正義感を振りかざして、一体、何様のつもりなんでしょうね、田辺は。この部署の在り方に異議を唱えたつもりなんでしょうが、奴がやったことは、結局のところサイバーテロじゃないですか。挙句の果てに、刃傷沙汰にわざわざ加担しに行くとは……そう考えたら、早い時期に辞めてもらって、かえってよかったのかもしれませんよ」

やはり、という確信が、上山の中に芽生えた。

「國見統括、前から、田辺に対する評価は厳しめでしたからね」

クシャッと、國見が苦そうに顔を歪める。

「それはそうでしょう。実務はまあ、確かにできる方だったんでしょうが、そんなね、ちょっとやってパッとできればいい仕事じゃないですから、ここのは。長期戦ですから、一事が万事。奴はとにかくメンタルが弱いし、今回のも、なんですか、また女絡みだそうじゃないですか。変わってないんですね。馬鹿な奴は、同じ失敗を何度でも繰り返す」

そこまで言うのなら、遠慮なく聞かせてもらおう。

「その……田辺の、女関係の話ですが。國見統括が言うそれは、具体的にはどういうことなんですか」

國見が、軽く首を傾げる。

「どういう、って……まあ、こういう部署ですからね。交際するにしたって、相手は選んでもらわなきゃ困る、ってことですよ」

「ですから、具体的には」

「係長……あなたは私に、何をお訊きになりたいんですか」

田辺が逮捕され、取調べを受けるとなれば、そこで運三時代のマズい話も洗いざらいぶちまけられる可能性がある。それくらい、國見なら察しがつくはず。とすると、今のこの、國見以外の係員が一人もいないという状況は、國見自身が作り出したと考えた方がいいのか。あらかじめ人払いをして、上山を待っていたというわけか。

「……実は今日、世田谷に行って、細谷さんに会ってきたんですよ」

上山の前任者である細谷潤一警部は現在、世田谷警察署で警務課長心得の任に就いている。

「はあ、細谷さんですか」

「細谷さんも、あまり詳しくはご存じないようでしたが、田辺理の交際相手について、國見統括との間で何かあったようだというのは、承知していらっしゃいました。それと……ついさっきですけど、この近くで、マルC特命班の、潮崎統括主任にも、話を伺いました」

國見が眉をひそめる。この話を始めてから、國見が意外そうな表情を浮かべたのは、今が初めてかもしれない。

「……潮崎統括が、なんですか」

「もう、二週間くらい前になるでしょうか。潮崎統括から、今回のスパイダーの不具合は、内部の者の犯行という可能性もある、という話をされました。その前に潮崎統括は、國見統括に、席を外してくれるよう頼んでいます。部内者の犯行である可能性を探るなら、潮崎統括は、本当なら、私にもその話をするべきではない。しかし、潮崎統括は見抜いていました。私にはそんな技術も知識もないと。面と向かって……実際の言葉は、もう少し柔らかかったですが、そういう意味のことを言われました。私は、だったら國見統括も同席させていいんじゃないか、と言いました。実際あの頃、私と國見統括は蚊帳の外だったじゃないですか。でも、潮崎統括の見解は違っていた。彼はこう言いました……ああ見えて、國見統括はけっこうイジれる方ですよ、と」

　國見の顎に力がこもる。

　上山は続けた。

「ちょっと引っ掛かってたんですよね、それ。なんでそんなこと言ったのかな、って。だから今日、訊いてみたんです、潮崎統括に。すると、こう言われました……國見統括はスパイダーを使って、運三の係員全員、奥も平場も、係長も含めて、全員の日々のメタデータを集めてチェックしてますよ、って。場合によっては、それ以上のことも深く調べてるんじゃないですかね、と……どうですか、それについては。國見統括」

　明らかに、國見の表情はそれまでと変わっていた。

「どうもこうも、必要不可欠な自衛の措置でしょう。ここは日々、機密情報を扱う部署です。情報漏洩の防止にありとあらゆる手を尽くすのは当然のことです。どんな手を使ったところで、やり過ぎということはない」

　悪びれもせず、というのは、こういう態度を言うのだろう。

「……あなたは、田辺のプライバシーについて、何を調べ、何を知り、結果、何をしたんですか」

　國見は、自慢げにすら見える表情で、聞こえる口調で、自らの行為について吐露した。

トミナガアキヨという、田辺の交際相手について。淡島一家の構成員となった彼女の従兄、イシマルヒデヤについて。彼女が受けた中絶手術について。直接電話し、さらに彼女の勤め先まで会いにいったことについても。

田辺が流した涙の意味が、今ようやく、分かった気がした。

「……國見統括。それはもはや、越権行為の範疇すら大きく逸脱していますよ」

それでも國見の態度は変わらない。

「だとしたらなんですか。犯罪行為ですか。私のしたことが犯罪だと仰るなら、ここの係員は全員犯罪者です」

ドン、と大きく心臓が鳴った。

「……フザケるな。ここでの我々の業務は、あくまでも捜査の一環だ」

「同じですよ。従来の捜査手法では手出しできなかった情報をスパイダーによって入手し、不倫相手が犯人であることを突き止める、産業スパイを別件逮捕できるネタを探し出す、暗号資産のやり取りから犯人を割り出す……情報漏洩の原因となり得る部下の交友関係を洗い出し、必要とあらば関係を解消するよう指導する。一緒じゃないですか」

「田辺の交際相手は犯罪者ではない」

なぜ、こんな簡単な理屈が分からない。

「分かっていますよ。私だって、トミナガアキヨが刑法犯だとは考えていない」

「だったら勝手に調べ上げて、中絶手術のことまで持ち出して田辺と別れろなんて言う必要はなかったでしょう。田辺を精神的に追い詰め、辞職にまで追い込み、最終的に犯罪に走らせた、その原因を作ったのは、全部あんたじゃないか」

「分からない人だな。この部署の人間であるからこそ、高潔さと潔白であることが求められるんでしょう」

違う、違う違う違う。

「分かってないのはあんただ。部下に高潔と潔白を求めるなら、まず上司が、身を以てそれを示すべきだろう。国民が我々に求めるのも、まずはそれだ。触れてはならないプライバシーに触れる、もしそれが我々に許されるのなら、それは我々が誰よりも高潔であり、潔白であった場合のみだ。どんなにテクノロジーが進化したところで、それを扱うのは人間であり、恩恵に与るのも、悪用するのも、被害に遭うのもまた人間だ。あんたが……あんたは、自分のしたことの是非を、胸を張って国民に問うことができるのか。俺は、あんたのような人間が運用第三係の職務に携わるべきではないと考える」

その訴えすらも、國見は鼻で笑い飛ばした。

「まるで、自分だけは高潔で、潔白だとでも言わんばかりだな」

なんだろう。

この脱力感と虚無感は、どう表現したらいいのだろう。

國見は「お先に失礼します」と帰っていった。

上山は奥に一人残り、ガラス越しに平場の暗がりを見つめていた。

チカチカと瞬いて見えるのは、書棚のように大きなサーバに仕込まれたＬＥＤランプだ。

それが何を意味するのか、上山には分からない。一生、分からないままだろうと思う。

どんなに考えても、答えは出なかった。

運用第三係は、存続すべき部署なのか、解体されるべきなのか。

だが運三がなくなったところで、別の部署が業務を引き継いでしまったら意味がない。

テクノロジーの進化を止めることは誰にもできない、上手く付き合っていく他に道はない。そんな意味のことを、本宮に言った記憶がある。何を偉そうに、と今になって思う。

上手くなんて、全然付き合えていないじゃないか。笑えるものなら、自分で自分を笑ってやりたい。

どれくらい、そうしていたのだろう。ひょっとすると、少し眠ったりも、したのかもしれない。

壁の時計を見ると、十時を回っていた。

帰ろう。そろそろ。

奥の出入り口に鍵をかけ、照明を消し、緑色の、非常口誘導灯の下まで歩く。入室時にはカード認証、指紋認証、暗証番号入力が必要だが、退室時はカードだけで通れる。

「お疲れさまでした……」

内廊下に出たら、携帯電話の電源を二台とも入れる。すると仕事用の方に、二十一時半頃に一回、十分前と五分前に一回、計三回も本宮からかかってきていた。

早速、折り返してみる。

『……おう、お疲れ。どうした』

「お疲れさまです。いや、何回か電話もらってたんで。出られなくてすみませんでした」

『取り込み中だったか』

運三の部屋は電波が通じない、というのは教えていなかったか。

「ええ、ちょっと。でも、もう済みました」

『済みました、って声じゃねえな。どうだ、一杯飲むか』

「今からですか」

『あのときの、新宿の店でどうだ。俺、あそこの料理、ほとんど食べてないんだよ』

喉に閊《つか》えていた何かが、嘘のように失せ、ふいにひと声、笑いが転げ出てきた。

「本宮さん……あんなの、どうってことない、居酒屋料理ですよ」

もっと笑いたい。笑いたいのに、なぜだろう。

涙が出てきた。


あの電話の時点で、本宮はどこにいたのだろう。店には本宮の方が先に着いており、掘座卓には料理の皿もいくつか揃っていた。

「よう、お疲れ」

「お疲れさまです。それ、なんですか」

「麦の水割り」

「じゃあ俺も、同じのにしようかな」

本宮のお替りと合わせて、二杯オーダーした。

残りを、グッと呷《あお》った本宮が、ひと息ついてから話し始める。

「……例のホシ、中島晃な」

「はい、新木場爆殺傷事件の」

「奴、いきなり全面自供に転じたらしい」

「えっ、なんでまた……でも、よかったじゃないですか。おめでとうございます。何か、新しいネタでも上がったんですか」

思わずといったふうに、本宮は苦笑いを浮かべる。

「中島の、愛知県の実家まで行った捜査員が拾ってきたネタなんだが、実家で飼ってた猫が先週亡くなったって聞いてきて。それを取調官が、中島に話したらしいんだ。そしたら奴、ボロボロ泣き始めて、取調官も、思わずもらい泣きしたら、刑事さぁんって、中島が手ぇ握ってきて、すんませんでしたって。そっからはもう、滝のような全面自供だってよ……分からんもんだな、人間なんて。だからまあ、取調べってのは面白いんだけどな」

自分の仕事を、苦笑いしながらも「面白い」と言える本宮が、正直、羨ましかった。

すぐにきた麦焼酎の水割りで乾杯。

次は、上山の番だった。

「田辺の、女関係の話ですが。あれ、たぶん本宮さんの言う通りです。ウチの統括主任が……」

恥ずかしい限りだが、思い出すだけでまた腸が煮え繰り返って仕方なかったが、できるだけ正確に、國見とのやり取りを再現して聞かせた。

本宮はそれを、どこか遠い目をしながら聞いていた。

「……國見を、運三に置いておけないのは当然ですが、だからといって、それで何か解決するわけでもありませんしね。マルCの不具合が完全修正できたとしても、田辺が、バックドアを作動させる前に戻るだけですから。ほんと……今回のことでは、自分の無力さを、痛感させられました」

口を「へ」の形に曲げ、本宮が頷く。

「なるほどな……俺も、最初にお前から聞いたときは、フザケるなって思ったが、今お前らが手にしてるものを、ただ手放せばいいのかというと、それは違うんじゃないかって、少し考えが変わってきてるんだ。原子力発電とかだって、似たような面があるんじゃないのかな……放射能漏れは怖いし、廃炉まで入れたら、原発が電力を得る方法として、本当に有益なのかどうかは怪しいが、でも原子力に関する研究までやめてしまったら、ただ負の遺産が残るだけだ。しかも、仮に日本がやめたところで、他の国がやめなかったら意味がない。国内で事故が起こるのは嫌だが、他国で起こる分にはかまわないなんて、そんな理屈は通らないんだよ。望むと望まざるとに拘らず、日本という国はもう、他の多くの国との関わりの中にいるんだから」

ひと口、水割りで喉を湿らせた本宮が続ける。

「……ネット社会も、同じだろ。物理的な距離が存在しない分、むしろ、そういった傾向はより強いのか。だったらなおさら、いま手放すべきではない……と、俺みたいな素人は、思うけどね」

いや、決して的外れな見解ではないと、上山は思う。

「だとしても……自分がこの先、何をすべきなのか、さっぱり分からなくなりました」

本宮が、おやおや、とでも言いたげにかぶりを振る。

「係長さんがそれじゃ、困りますね」

「だってそうでしょ。統括主任があれじゃ……」

「お前がいるじゃないか」

意外なほど、真っ直ぐな視線を本宮が向けてくる。

「お前が、誰よりも高潔で、潔白な姿勢を示す。それ以外、お前に何ができる。ITの知識も技術もないお前にできるのは、それしかないだろう。いつ誰に見られても、調べられても……皆さまのご不安は重々承知しておりますが、我々はこれを犯罪捜査にのみ活用し、より安全な市民生活の実現に繋げて参りますと、胸を張って言えるように努力する。それが今の、お前の役目なんじゃないのか」

言うは易し、という思いをぐっと抑え込む。

「……なんか、俺より本宮さんの方が、向いてんじゃないですかね」

「フザケるな。俺は警視だぞ。捜一の管理官だぞ。なんで今さら、総務で係長やんなきゃいけねえんだよ。そんなもん、懲罰人事じゃねえか」

「まあ、そう仰らずに」

「嫌だね。そんな『覗き屋本舗』みてえな仕事、俺は真っ平ご免だね」

「あ、それ、なんか傷つくな。それじゃなんか、覗きビデオの専門店みたいじゃないですか」

「そのまんまじゃねえか。お前、全然反論になってないよ」

だがあながち、冗談というわけでもなかった。

本宮のように、少しでも理解し、部分的にでも許容してくれる人を、一人ずつでもいいから増やしていく。

そういう方法しかないのではないかと、今は、思う。

おそらく、長い長い戦いに、なるのだと思う。

解説

瀬木広哉（編集者・ライター）

読み終えた時、思わず深々と息を吐いた。物語に没頭し、無意識に息を詰めていたらしい。静と動で言えば、本作はどちらかというと静の物語。その分、ずっしりとした手応えが残る。いや、少しずっしりしすぎかもしれない。誉田哲也とはやはり、なかなかにやっかいな作家だ……。

エンターティンメント小説は、一義的には娯楽である。ハラハラドキドキしたり、切なさに涙したり、謎解きに驚いたり。読者が期待するのは何よりも楽しませてくれること。しかし中には、たっぷり楽しませておきながら、社会的な問いをがつんと投げ掛けてくる作品もある。それも、分かりやすい〝答え〟などない問いを。

本作がまさにそれだ。もともと著者の書く警察小説には、通りのよい〝正しさ〟ではどうにもならない社会の一面を突き付けてくるところがある。警察という国家の正義を担う組織は、正義というもののままならなさを描くのにうってつけの舞台でもある。だとしても、今回はなんだか一味違う。語弊を恐れずに書けば、作品に流れる通奏低音がいつもよりも重低音だ。

それも当然といえば当然なのだろう。本作が問い掛けているのは、現在の世界が直面している最も困難な問題の一つなのだから。


本作は作家・誉田哲也が二〇一九年に刊行した長編小説である。姫川玲子シリーズ、〈ジウ〉サーガなど警察小説の人気シリーズも多い著者だが、本作は独立した一作。加速する監視社会の深部をえぐる作品として刊行当初から話題となり、第百六十二回直木賞の候補にも選ばれている。特筆すべきは、本作で著者が自身のキャリアで初めて警視庁の架空の部署を登場させたことだろう。

誉田作品のファンならご承知のように、著者は警察組織の仕組みや行動原理において、リアリティを追求してきた書き手のひとり。著者の描く、組織で生きる者たちの葛藤に共感してきた読者も少なくないだろう。そんな著者のこと、よほどのことがなければ、実在しない部署を描いたりはしない。つまり今回、よほどのことがあったのだ。

本作は多くの誉田作品同様、多視点で進む。第一部で登場するのは池袋署刑事課長の本宮。同僚らとのやり取りから、彼が剛直に一歩一歩足場を踏み固めてきたタイプだと分かる。それゆえに頑固そうな印象もあり、もしも職場の上司だったらちょっと怖そう。

　ある日、西池袋の路上で男の刺殺体が見つかる。池袋署に捜査本部が設置され、大規模な捜査が始まる。現代の犯罪捜査において、現場周辺の防犯カメラや、自動車のナンバーを読み取るNシステムが重要な役割を担っていることはよく知られている。ただ、もちろん万能ではない。本作でも防犯カメラの映像などから被害者と何らかの接点がありそうな黒っぽいスーツの男の存在が浮上する。しかし、その素性は知れず、捜査の雲行きは徐々に怪しくなっていく。そんなある日、警視庁の捜査一課長から本宮に奇妙な密命が下った。捜査本部には内緒で、限られた人員だけである人物について調べよと……。

　さて、通常であればネタバレを避けながら内容に言及すべきところだが、本作ではなかなかそれが難しい。中盤以降に明かされる重要な秘密の一端に触れずに、ここから先、話を続けられそうもない。なので、本編をまだお読みでない方がいたらご注意いただきたい。

　結果的に事件を無事に解決した本宮はしかし、えも言われぬ違和感を抱く。そして、第二部から視点人物は警視庁組織犯罪対策部の警部補、植木へと移る。植木は本宮とは逆に、どこか人懐っこく親しみやすいタイプ。彼は尾行中に起きた爆発事件に巻き込まれるが、退院後ほどなく、主犯とみられる男が別件の薬物所持で逮捕されたと知る。急転直下の展開に不自然さを感じた植木は、背景を探り始める。

二つの事件に共通するのは、逮捕のきっかけが匿名の誰かによる情報提供だったということ。この情報提供者は一体誰なのか。捜査本部が辿り着けずにいた真相を、なぜ知り得たのか。多くの謎を積み残したまま物語は第三部に突入する。

一部と二部で描かれる事件は、猟奇殺人もたびたび描いてきた著者の作品にしては、比較的地味な部類だ。それでもしっかりと読み手を引き込むところが著者の人気作家たるゆえんだが、三部に入って読者は気付く。ここからが本番なのだと。

明かされるのは、極秘に新設されていた総務部情報管理課運用第三係の存在。そこで行われているのは、現行法では明白に違法な捜査。ひとことで言えば、令状に基づかない通信の監視だ。捜査員たちは警察組織内でも極秘とされている任務を、限られた人員で担っている。法を守る立場の自分たちが日夜、職務として法を犯す。そんな引き裂かれた状況にいながら、身近な人に愚痴ることもできない。身体的、精神的な疲労がピークに達する中、ついに不測の事態が起こる。第三係が運用する検索システム「スパイダー」に、バグがある可能性が浮上したのだ。

本作を読んで誰もが想起するのが、二〇一三年のスノーデン事件だろう(作中でも言及されている）。アメリカ政府が日本を含む世界中の通話、メールなどを秘密裏に監視しているという事実は、私たちに衝撃をもたらした。

インターネットの普及によって私たちの生活はたしかに便利になった。寛容な社会の実現に寄与した面もある。一方、SNSなどでの殺伐とした言葉の応酬、自己承認欲求の肥大化など、人間の負の側面も大いに増幅されたと感じているのは、筆者だけではないはず。ネットとは便利で、同時にやっかいなもの。多くの人がそんな受け止め方をしてきたのではないだろうか。しかし、スノーデン事件で私たちは思い知った。事態は想像を超えて深刻なのだと。

国家による監視を批判するのは容易い。もしもメールやチャットアプリでのプライベートなやり取りを盗み見られているとしたら。誰だって不気味に感じる。目的が手段を正当化するという発想は危険だし、思想統制への悪用を危惧する人もいるだろう。

しかし、一度手にした情報通信技術を私たちは手放せない。交通事故が多発しても社会から自動車が一掃されないのと同様に。ましてや、その通信網の深部では犯罪やテロにまつわる情報が日々駆け巡っている。世界の潮流がメタバースへと向かう今後、犯罪やテロもさらに高度化、複雑化していくだろう。そんな中で、清廉潔白に法令を遵守した結果、テロを防げずに多数の民間人の命が失われたとしたら？　あるいは世界の情報戦でこの国だけが致命的に遅れをとり、国防上の重大な危機に陥ったとしたら？　そんな想定をした途端、私たちの〝正義〟はあっけなく行き場を失う。

本作の肝要な点は、中心的な視点を警察組織内部の人間に置いたところだと、筆者は考えている。拡大する情報網と監視の問題を小説の題材とする際、運用する側の視点で描くことは、いわば加害の側の視点に立つこと。それは被害の側の視点から書くよりも困難な試みかもしれない。一歩間違えると、違法な国民監視を肯定したとみられかねない。しかし同時に、最も深い苦悩はきっと運用する側にある。そこに斬り込まずして、何を描けるというのか――。著者はそんな風に考えたのではないかと、勝手に想像してしまう。

三部以降、物語の軸となるのは、重大な秘密をめぐる警察組織内での腹の探り合いと、暴力に支配された日々を生きる姉弟と謎めいた男との奇妙な交流だ。次々と謎が積み上がっていく展開に翻弄されながら読み進めた先で、読者は驚きの真相を知らされる。そこで私たちが思い知るのは、どれだけ技術が発達しようとも、それを扱うのは人間であるということ。

はたしてそれは希望だろうか。それとも絶望だろうか。著者は〝答え〟を提示しない。判断を読者に委ねたまま、物語は幕を閉じる。

物語世界から帰還したとき特有の心地よい疲れと、残された問いの重さを感じながら、しばし呼吸を整える。ふと仕事用のデスクに目をやる。そこには開きっぱなしで置かれたノートPCが。そういえばオリバー・ストーン監督の映画「スノーデン」には、アメリカの国家安全保安局が一般家庭のパソコンをハッキングし、ウェブカメラから私生活を除き見ているシーンがあった。自分に覗き見る価値があるとも思わないが、しかし……。想像すると、背筋がぞわりとする。「背中の蜘蛛」とは、言い得て妙だ。

今年は誉田哲也のデビュー二十周年に当たる。警察小説のみならず、ホラー、青春小説、音楽小説、農業小説、SFコメディなどなど、多彩な作品を発表してきた著者にとって、本作をより重心の低い方向へと踏み込んだ野心作と位置付けることは可能だろうか。著者に聞くと「その時その時、ただ書きたいものを書いているだけだけどね」と言われてしまいそうな気もする。

だからこそ、著者の作品は人気を勝ち得てきたのかもしれない。自分が信じたものをぶれずに生み出し続ける。ものづくりにおいて、それ以上に強靭な態度はない。読者のひとりとしては、著者がこれからも自分の「書きたい」に忠実に、作品を発表し続けてくれることを願うのみだ。

参考文献

『サイバー犯罪入門　国もマネーも乗っ取られる衝撃の現実』足立照嘉／幻冬舎新書
『犯罪「事前」捜査　知られざる米国警察当局の技術』一田和樹＋江添佳代子／角川新書
『サイバー・インテリジェンス』伊東寛／祥伝社新書
『闇（ダーク）ウェブ』セキュリティ集団スプラウト／文春新書
『サイバー攻撃　ネット世界の裏側で起きていること』中島明日香／講談社ブルーバックス
『テロ爆弾の系譜―バクダン製造者の告白―』木村哲人／第三書館
『インテリジェンスの世界史　第二次世界大戦からスノーデン事件まで』
小谷賢／岩波現代全書
『闇（ダーク）ネットの住人たち　デジタル裏社会の内幕』
ジェイミー・バートレット著＋星水裕訳＋鈴木謙介解説／CCCメディアハウス
『サイバー犯罪対策概論―法と政策―』四方光／立花書房
『逐条　不正アクセス行為の禁止等に関する法律 第2版』
不正アクセス対策法制研究会／立花書房
『スノーデン　日本への警告』
エドワード・スノーデン＋青木理＋井桁大介＋金昌浩＋ベン・ワイズナー＋マリコ・ヒロ

セ＋宮下紘／集英社新書
『スノーデンが語る「共謀罪」後の日本』軍司泰史／岩波ブックレット
『暴露　スノーデンが私に託したファイル』
グレン・グリーンウォルド著＋田口俊樹＋濱野大道＋武藤陽生訳／新潮社
『日本の公安警察』青木理／講談社現代新書
『公安警察の手口』鈴木邦男／ちくま新書
『公安は誰をマークしているか』大島真生／新潮新書
『スパイと公安警察 実録・ある公安警部の３０年』泉修三／basilico
『第一線捜査書類ハンドブック』警察実務研究会／立花書房
『取調べと供述調書の書き方』捜査実務研究会／立花書房
『新 事件送致書類作成要綱 一件書類記載例中心』高森高徳／立花書房
『警視庁捜査一課殺人班』毛利文彦／角川書店
『ミステリーファンのための警察学読本』斉藤直隆／アスペクト
『検死ハンドブック』高津光洋／南山堂
『死体検案ハンドブック』的場梁次＋近藤稔和／金芳堂

本作品は二〇一九年一〇月、小社より刊行されました。
作中に登場する人物、団体名はすべて架空のものです。

双葉文庫

ほ-10-03

背中《せなか》の蜘蛛《くも》

2022年10月16日　第1刷発行

【著者】
誉田哲也《ほんだてつや》

【発行者】
箕浦克史
【発行所】
株式会社双葉社
〒162-8540 東京都新宿区東五軒町3番28号
［電話］03-5261-4818(営業部)　03-5261-4831(編集部)
www.futabasha.co.jp（双葉社の書籍・コミックが買えます）
【印刷所】
大日本印刷株式会社
【製本所】
大日本印刷株式会社
【カバー印刷】
株式会社久栄社
【DTP】
株式会社ビーワークス

【フォーマット・デザイン】
日下潤一

ISBN978-4-575-52610-3 C0193
Printed in Japan